ROBERT GODDARD
Der verborgene Schlüssel

Buch

Lance Bradley erwartet nicht viel vom Leben. Träge schleppt er sich durch ereignislose Tage in Somerset – bis Winifred, die exzentrische Schwester seines alten Freundes Rupert Alder ihn um Hilfe bittet. Alder hat die Unterhaltszahlungen an seine bedürftigen Geschwister von heute auf morgen eingestellt und ist seit geraumer Zeit unerreichbar. Bradley verspricht Winifred, ihren Bruder zu suchen, und macht sich nach London auf, wo Alder für ein renommiertes Schifffahrtsunternehmen arbeitet. Dort erfährt er, Alder habe sich vor ein paar Monaten aus dem Staub gemacht, angeblich weil er in einen Betrugsfall verwickelt sei. Bradley kann kaum glauben, dass der immer korrekte Alder eine Straftat begangen haben soll, und sucht weiter nach ihm. Bei seinen Recherchen trifft er auf einen Privatdetektiv, der im Auftrag des Amerikaners Townley ebenfalls auf der Suche nach Alder ist, und auf den japanischen Geschäftsmann Hashimoto, der behauptet, Alder habe seine Nichte verführt und ihr ein wichtiges Dokument gestohlen. Bradley wird die Sache bald zu komplex und gefährlich; ganz egal, was Alder auch getan haben mag, Bradley will es gar nicht wissen. Aber als er aus der ganzen undurchsichtigen Geschichte aussteigen möchte, muss er feststellen, dass es dafür bereits zu spät ist: Der einzige Ausweg ist die Lösung des Rätsels. Und diese scheint in der Vergangenheit zu liegen, nämlich im Jahr 1963, dem Geburtsjahr von Bradley...

Autor

Robert Goddard wurde in Hampshire geboren, wo er auch heute noch mit seiner Frau lebt. Er lehrte Geschichte an der Universität von Cambridge, bevor er sich ausschließlich seiner schriftstellerischen Arbeit widmete. Alle seine Romane sind internationale Bestseller.

Von Robert Goddard sind außerdem folgende Romane lieferbar: Dein Schatten, dem ich folgte (09856), Leben heißt Jagen (41195), Mitten im Blau (41310), Geschlossene Gesellschaft (42751), Die Zauberlehrlinge (44273), Dunkle Spiegel (44704), Das Haus der dunklen Träume (44744), Gefangen im Licht (45035), Die Mission des Zeichners (44745)

Robert Goddard
Der verborgene Schlüssel

Roman

Aus dem Englischen
von Peter Pfaffinger

GOLDMANN

Die Originalausgabe erschien 2001 unter dem Titel
»Dying to Tell« bei Transworld Publishers, a division of The
Random House Group Ltd, London.

Umwelthinweis:
Alle bedruckten Materialien dieses Taschenbuches
sind chlorfrei und umweltschonend.

Deutsche Erstausgabe 12/2002
Copyright © der Originalausgabe 2001 by Robert and
Vaunda Goddard
Copyright © der deutschsprachigen Ausgabe 2002
by Wilhelm Goldmann Verlag, München, in der
Verlagsgruppe Random House GmbH
Umschlaggestaltung: Design Team München
Umschlagfoto: Jonathan Ring
Satz: Uhl + Massopust, Aalen
Druck: Elsnerdruck, Berlin
Titelnummer: 44746
Redaktion: Ilse Wagner
BH · Herstellung: Heidrun Nawrot
Made in Germany
ISBN 3-442-44746-1
www.goldmann-verlag.de

1 3 5 7 9 10 8 6 4 2

SOMERSET

1

Dieser Tag begann wie jeder andere: spät und langsam.

Die Vorhänge zog ich nur ein Stück zurück. Es sah nach zu viel Sonne aus, als dass ich mich ihr vor dem Duschen und einer großen Kanne starken Kaffees hätte stellen können. Sie hatte kein Recht, Ende Oktober so hell zu strahlen! Außerdem wären bei trüberem Wetter die auf dem Fußabstreifer liegenden Rechnungen nicht so aufgefallen. Ebenso wie die Schatten unter meinen Augen, die ich beim Rasieren unwillkürlich begutachtete.

Nur wenige Wochen vor meinem siebenunddreißigsten Geburtstag sah ich gar nicht mal so schlecht aus – für einen Fünfundvierzigjährigen. Es war wirklich höchste Zeit, dass ich mich in den Griff bekam, oder jemanden fand, der das für mich übernahm. Beides schien nicht allzu wahrscheinlich. Wenn schon der Wechsel ins neue Jahrtausend bei mir keine Wende zum Besseren hatte herbeizaubern können, was dann?

Das Problem mit mir ist seit jeher, dass es nicht viel braucht, damit ich mich besser fühle. Ein Specksandwich und ein sauberes T-Shirt genügten, um mich an diesem Morgen in eine halbwegs gute Stimmung zu versetzen. Ich verließ die Wohnung und ging um die Ecke in die Magdalene Street, um mir eine Zeitung zu kaufen. Das Abbey-Parkhaus war bereits voll belegt. Schon Herbstferien? Jedenfalls trieben sich jede Menge Kinder herum. Ein Junge schaffte es, genau in dem Moment, in dem er auf seinen Rollerblades an mir vorbeisauste, einem Kumpel etwas derart gellend zuzurufen, dass ich vor Schreck zusammenfuhr, was ihn ungemein amüsierte.

Ein Segen immerhin, dass die Gaststube des Wheatsheaf wenige Minuten vor Mittag eine kinderfreie Zone war. Und dunkel obendrein! Ich ließ mich auf meinen Stammplatz unter der Fotocollage von der letzten Verkleidungsnacht im Pub sinken, nippte an einem heilsamen Carlsberg Special und widmete mich dem Kreuzworträtsel als Aufwärmübung für meinen Versuch, aus den Nachmittagsrennen in Chepstow und Redcar einen Sieger auszuwählen.

Les, der Wirt, versuchte behutsam, mit ein bisschen Herumpolieren an den Zapfhähnen und der Überprüfung der Optik des Tresens richtig wach zu werden. Die einzigen anderen Gäste außer mir waren zwei ältere Stammkunden namens Red und Syd, die mit Gesprächen nicht viel am Hut hatten. Die Kneipe war ruhig, wohltuend und sicher. Alles war vollkommen normal und bestimmt nicht irgendwie bemerkenswert.

Und doch erinnere ich mich daran bis in jedes Detail. Denn es sollte das letzte Mal sein, dass mein Leben ruhig, angenehm und sicher war. Im nächsten Augenblick sollte die Kneipentür aufgehen und alle Normalität durch das Fenster entweichen.

Das wusste ich natürlich nicht. Ich ahnte nichts davon. Es geschah einfach, und nach Verhängnis, Schicksal oder irgendetwas Bedeutsamem sah es nicht aus. Doch das war es. O ja, das war es ganz gewiss.

Ich erkannte sie nicht auf den ersten Blick. Winifred Alder musste inzwischen auf die sechzig zugehen und hatte sich für ihr Alter auch nicht besser gehalten als ich mich für meines. Sie war hager und hohlwangig, ihr stahlgraues Haar kurz und ausgefranst, als hätte sie es selbst mit einer Schere geschnitten, die einen Schliff nötig gehabt hätte. Von Makeup fehlte jede Spur. Die roten Flecken auf der Haut, die sich über vorstehende Wangenknochen spannte, stammten von Wind und Wetter, nicht von Rouge. Abgesehen davon hätte Make-up kaum zu ihrer Kleidung gepasst – grober grauer Pullover, schienbeinlanger brauner Rock und schlammbespritzter Regenmantel. Es waren eigentlich die Schuhe, an denen ich sie erkannte. Clarks zweiter Wahl, keine gängige Farbe (ursprüngliches Lila, das zu einem trüben Mauve verblasst war), etwa zwanzig Jahre alt. Sie waren es, die meinem Gedächtnis auf die Sprünge halfen. Das musste Winifred sein. Oder ihre Schwester. Mildred glich Winifred wie ein Ei dem anderen. Sie war etwa zwei Jahre jünger, was freilich in ihrem Alter kaum einen sichtbaren Unterschied ausmachte. Aber während ich noch zwischen den zwei Möglichkeiten schwankte, nahm mir Winifreds unverwandter strenger Blick die Entscheidung ab. Mildred hatte anderen nie wirklich in die Augen schauen können.

»Haste 'nen Schauer abgekriegt, Süße?«, fragte Les und grinste sie über die im Sonnenlicht glänzenden Zapfhähne hinweg an.

»Hast du mich gesucht, Win?«, schaltete ich mich ein. (Eine andere Erklärung für ihr Kommen sah ich nicht. Dass sie auf ein Glas Portwein mit Zitrone hereingeschneit war, hielt ich für unwahrscheinlich.)

»Die Kellnerin in dem Café, über dem du wohnst, hat gemeint, ich würde dich hier finden.« Winifred trat vorsichtig zwei Schritte näher.

»Ein Zufallstreffer.«

»Aber durchaus eine sichere Bank«, brummte Les.

»Möchtest du was trinken?«, fragte ich.

»Was ich möchte, ist mit dir reden.«

»Reden ist hier erlaubt«, ließ sich Les vernehmen. »Aber eine Tanzlizenz habe ich nicht. Das solltet ihr wissen.«

»Unter vier Augen.«

»Keine Sorge«, sagte Les. »Ich bin für meine Verschwiegenheit bekannt. Und Reg und Syd haben ihre Hörgeräte abgestellt.«

Wins Blick wurde um keinen Deut weicher. Ja, er war noch viel beredter als ihre Worte.

»Wir könnten in den Garten gehen«, schlug ich vor. »Wenn er geöffnet ist.«

»Er ist schon geöffnet«, antwortete Les. »Soll ich euch die Drinks rausbringen?«

»Was für Drinks?«

»Na ja, du wirst bald Nachschub brauchen. Und für die Dame...?«

Win musterte ihn, dann wanderte ihr Blick über die Flaschen auf dem Tresen. Modische Sachen wie Nitrokegs und Alcopops waren ihr eindeutig ein Rätsel. »Einen kleinen Cider«, verkündete sie schließlich. »Nicht sprudelnd.«

Der Garten war insofern geöffnet, als die Tür, die ins Freie führte, nicht verschlossen war. Im Grunde war er nichts als ein voll gestellter Hinterhof mit Platz für zwei verrostete Tische, den in der Mitte eine Wäscheleine teilte, die von dem Gewicht eines halben Dutzend, zum Trocknen aufgehängter Deckchen durchhing.

»Könnte schlimmer sein«, kommentierte ich. »Wenigstens hat Les nicht ausgerechnet heute seine Unterhosen gewaschen.«

Win sah mich an, als spräche ich eine fremde Sprache, und machte keinerlei Anstalten, sich zu setzen. »Hast du was von Rupert gehört?«, fragte sie mich unvermittelt.

»Rupe? Nein, ich...« Rupert war ihr jüngster Bruder, ein

Nachzügler – mehr als zwanzig Jahre lagen zwischen ihnen. Er war sogar ein paar Monate jünger als ich. In der Schule, an der Universität und während der Zeit, als wir beide in London gearbeitet hatten, waren wir Freunde gewesen. Aber in den letzten Jahren hatte ich ihn kaum noch gesehen. Unterschiedliche Karrieren sollten gute Freunde nicht trennen, und in manchen Fällen kommt es vielleicht wirklich nicht dazu. Bei uns war das aber der Fall. Während er immer weiter aufstieg, war es mit mir in die entgegengesetzte Richtung gegangen. Und wie zum Beweis dafür stand ich nun zwischen Leergut in Les' so genanntem Biergarten, wohingegen Rupe... Hm, na ja, was *war* mit Rupe? »Ich hab schon lang nichts mehr von ihm gehört, Win.«

»Wie lange?«

»Könnten... zwei Jahre sein. Du weißt ja, wie...«

»Die Zeit vergeht im Flug, wenn man Spaß hat.« Les' Letzte-Bestellungen-bevor-wir-schließen-Bariton dröhnte über den Hof und hallte von den Mauern wider.

»Danke, Les.«

»Soll ich diese Decken da abnehmen?«

»Nein.«

»Macht mir aber wirklich keine Mühe.«

»*Nein!*«

»Von mir aus. Wie es euch gefällt.« Er stolzierte theatralisch davon.

Ich setzte mich und schob einen Stuhl zu Win hinüber. Langsam ließ sie sich darauf nieder, oder zumindest auf der Kante, auf der sie unbequem sitzen blieb. Zwischen die Knie hatte sie ein Einkaufsnetz geklemmt, das ich bis dahin nicht bemerkt hatte. »Ich hatte gehofft, du wüsstest vielleicht was von ihm«, begann sie zögernd.

»Du etwa nicht?«

»Nein. Nicht mal... indirekt.«

Was sie mit »indirekt« meinte, war mir nicht klar. Rupes Familie führte ein zurückgezogenes Leben und blieb stets für sich. Seine Mutter hatte noch gelebt, als ich sie kennen gelernt hatte, sein Vater war schon lange tot. Penfrith, ihr baufälliges Zuhause in der Hopper Lane, am Fuß des Ivythorn Hill, am Rand des Ortes Street war einmal eine Farm gewesen, ehe sie der Tod des alten Alder zum Verkauf ihres Viehbestands – also ihrer Kühe – und der meisten Felder gezwungen hatte. Irgendwie sah es immer noch nach einer Farm aus; oder zumindest war es mir bei meinem letzten Besuch so vorgekommen. Rupe hatte sich damals schon längst aus dem Staub gemacht. Soweit ich das beurteilen konnte, war er zum letzten Mal 1995 bei der Beerdigung seiner Mutter in Street gewesen. Seitdem lebten Winifred, Mildred und ihr anderer Bruder, der arme alte, minder bemittelte Howard, allein auf Penfrith, ohne Arbeit und Bindungen zu irgendjemandem außerhalb der Familie, und hatten nicht einmal die Möglichkeit, mittels eines Telefons Kontakt zur Welt aufzunehmen. Die Wahrheit war, ich hatte keine Ahnung, wie Rupe mit ihnen in Verbindung blieb, doch das war allem Anschein nach der Fall. Es mussten wohl Briefe sein, aus London oder sonstwoher, wohin ihn seine Karriere gerade verschlagen hatte.

»Das hätten wir aber eigentlich müssen, verstehst du. Wir hätten von ihm hören müssen.«

»Wie lange ist es her, dass ... er sich zuletzt gemeldet hat?«

»Mehr als zwei Monate.«

»Habt ihr ihm geschrieben?«

»O ja, wir haben geschrieben. Allerdings ohne eine Antwort zu kriegen.«

»Telefon?« (Schließlich gab es so etwas wie Telefonzellen.)

»Dasselbe. Nichts. Außer sein ... du weißt schon, wie das heißt.«

»Anrufbeantworter.«

»Ja, so heißen die Dinger wohl.« Sie hielt inne, um Cider zu trinken, von dem sie etwa das halbe Glas hinunterkippte, um sich dann mit dem Handrücken den Mund abzuwischen. »Na ja, so kann es doch nicht weitergehen, findest du nicht auch?«

»Ich nehme an, dass er im Ausland ist. Ihr werdet sicher bald von ihm hören.«

»Irgendwas stimmt da nicht.«

»Das glaube ich nicht.«

»Jemand muss nach London fahren und es herausfinden.«

Jemand. Langsam erwies sich, dass Winifreds Marsch nach Glastonbury durchaus einen Sinn gehabt hatte, allerdings keinen, der mir gefiel. Ich versuchte, sie davon abzulenken. »Wann möchtest du denn hinfahren?«

»Ich? Nach London? Dort bin ich im ganzen Leben noch nie gewesen.«

»*Noch nie?*« Dumme Frage, wirklich. Glaubte ich im Ernst, Winifred Alder hätte jemals das große Smogloch besucht? Ein Ausflug der Sonntagsschule nach Weston-super-Mare war bestimmt der am weitesten entfernte Ort, zu dem sie bei ihren Reisen gekommen war. »Hm, das wird eine ganz neue Erfahrung für dich sein.«

»Wir möchten, dass du hinfährst.«

»Ach, komm schon, Win, ich kann doch nicht einfach...«

»Hier alles stehen und liegen lassen?«

»Er ist dein Bruder.«

»Er ist dein Freund.«

»Trotzdem...«

»Du willst nicht hinfahren?«

Ich zuckte die Schultern. »Ich sehe keinen zwingenden Grund. Es ist doch nicht so, als ob...«

»Es gibt einen zwingenden Grund.«

»Hör zu. Warum … wartest du nicht einfach noch ein bisschen?«

»Wir haben lange genug gewartet.«

»Ich sehe wirklich keinen Anlass zur Sorge.«

»Woher nimmst du deine Sicherheit?«

»Woher nimmst *du* deine?«

Win starrte mich finster an. Nach einem weiteren Schluck Cider stieß sie hervor: »Er hat dir das Leben gerettet.«

»Ja, das hat er.« Es stimmte. Andererseits hätte man mit der gleichen Berechtigung sagen können, dass er es auch in Gefahr gebracht hatte. Dennoch ließ sich an den Tatsachen nicht rütteln. Wäre Rupert Alder nicht gewesen, hätte ich meinen gegenwärtigen Beitrag zum erhabenen Kampf der Menschheit nicht leisten können. »Aber *sein* Leben ist doch nicht in Gefahr.«

»Vielleicht doch.«

»Es besteht kein Grund, so etwas anzunehmen.«

»Lancelot…«

Es macht mir nichts aus, zuzugeben, dass es mich aus dem Konzept brachte, meinen vollen Namen zu hören. Jeder kannte mich als Lance. Und so ziemlich jeder ging davon aus, dass das auch mein Taufname war. Ich wünschte nur, sie hätten Recht gehabt. Doch Winifred Alder wusste es natürlich besser, nur hielt sie eben nichts von Kurzformen. Zugegeben, ihre Schwester nannte sie Mil. Aber Mil war ein Sonderfall. Rupe hieß immer Rupert und ich offenbar immer Lancelot.

Sie beugte sich vor. »Er schickt uns Geld«, flüsterte sie. »Nur so halten wir uns über Wasser.«

»Bekommt ihr keine… Sozialhilfe?« Nein, wie ich ihrer leicht verächtlichen Miene entnahm, war das wohl nicht der Fall. Sie hätten das Almosen genannt. Und sie wollten nichts mit der Welt zu tun haben, nicht einmal mit ihrer Fürsorge.

Trotzdem mussten sie irgendwie leben. »Du musst nicht darüber reden, Win.«
»Damit hat er aufgehört.«
»Aufgehört?«
»Seit Ende August ist nichts mehr gekommen.«
»Ich verstehe.«
»Das würde er uns nie antun.«
»Nein, das kann ich mir auch nicht vorstellen.«
»Fährst du hin?« Sie sah mich mit, wie ich glaube, flehenden Augen an. »Ich würde das als einen großen Freundschaftsdienst auffassen, Lancelot.«
»Hast du schon mit den Leuten gesprochen, für die er arbeitet?«
»Sie sagen, dass er gegangen ist. ›Hat die Firma verlassen.‹ Mehr war nicht aus ihnen herauszubekommen. Und es hat mich eine ganze Hand voll Münzen gekostet, bis ich das bisschen erfahren habe. Bei meinen meisten Anrufen haben sie mir einfach... Musik vorgespielt.«
Auf einmal bekam ich Mitleid mit ihr. Ich sah sie förmlich vor mir, wie sie in einer Telefonzelle in der Handtasche nach Münzen wühlte und gleichzeitig versuchte, aus der computergesteuerten Anlage, an die sie geraten war, schlau zu werden. »Ich rufe dort an«, versprach ich. »Mal sehen, was ich herausfinden kann.«
»Du wirst persönlich mit ihnen sprechen müssen. Anders geht es nicht.«
»Ich rufe an, Win. Gleich heute Nachmittag. Abspeisen lasse ich mich von denen nicht, das garantiere ich dir. Und wenn das nicht klappt...«
»Fährst du hin?«
»Vielleicht. Aber ich glaube nicht, dass das nötig sein wird.«
»Doch. Etwas stimmt nicht, das weiß ich.«

»Warten wir's ab.«

»Heute Nachmittag, sagst du?«

»Ganz bestimmt.«

»Wenn du nicht zu viel von diesem ... Lager ... trinkst und dann alles vergisst.«

»Das werde ich nicht.« Ich grinste sie verlegen an. »Es vergessen, meine ich.«

»Ich musste wegen deiner Anschrift zu deinen Eltern gehen.« Diese Bemerkung bedeutete einen Übergang zu beinahe leichter Konversation. »Es scheint ihnen gut zu gehen.«

»Ach, Mum und Dad halten sich recht fit.«

»Dein Vater hat mich gebeten, dir Grüße auszurichten.«

»Wirklich?«

»Das kam mir merkwürdig vor. Ich meine, du musst sie doch häufig sehen, da du ja in der Nähe wohnst.«

»Das ist nur sein Sinn für Humor.« Ich zwang mich zu einem Grinsen. »Von ihm hab ich den meinen geerbt.«

Der Tag ließ sich eindeutig nicht so an, wie ich es erwartet hatte. Und er sollte eine weitere unwillkommene Wendung nehmen.

Ich begleitete Win noch zur Bushaltestelle. Nach dem Abschied kehrte ich schnurstracks ins Wheatsheaf zurück, wo mich ein hämisches Funkeln in Les' Augen schon vor neuem Ungemach warnte.

»Lancelot, hm?«

»Was?«

»Lance als Kurzform von Lancelot. Darauf wäre ich nie gekommen.«

Ich holte tief Luft. »Wir sind zu einem *vertraulichen* Gespräch in den Garten gegangen.«

»Ich wollte gerade im Damenklo die Seife überprüfen. Nur für den Fall, dass deine Bekannte sich die Nase pudern möchte. Und weil das Fenster zufällig offen stand ...«

»Wie lange hat das Überprüfen der Seife denn gedauert?«
»Ich habe gründlich gearbeitet.«
»Selbstverständlich.«
»Na ja, wie du gesagt hast, dein Vater hat Sinn für Humor. Lancelot ist der schlagende Beweis, würde ich sagen.«
»Ach ja?«
»Wer ist eigentlich dieser Rupe?« Für den klassischen Kneipenwirt fehlte es Les an der Leibesfülle eines Falstaff, dafür stürzte er sich umso lieber in den anderen Teil seiner Rolle, den des fürsorglichen Beichtvaters. »Ich hab dich nie von ihm reden hören.«
»Ein Freund von mir. Ich habe nämlich welche, weißt du.«
»Schade, dass du sie nicht mitbringst. Wie ist er denn mit der Frau im Regenmantel verwandt?«
»Bruder. Er und ich sind in Street zusammen zur Schule gegangen.«
»In die Millfield, richtig?«
»Wir sind in Street geboren und aufgewachsen, Les. Wie alle anderen sind wir in die Crispin gegangen.«
»Wie kommt es, dass er dir das Leben gerettet hat?«
»Das war ein Unfall während einer Höhlenwanderung.«
»*Du* machst Höhlenwanderungen?«
»Es ist lange her.«
»Was ist geschehen?«
»Ist das so wichtig?«
»Hintergrundwissen zu meinen Stammgästen ist immer wertvoll.«
»Das sehe ich nicht so.« Gleichwohl war mir bereits klar, dass er keine Ruhe geben würde, bis er mir die ganze Geschichte aus der Nase gezogen hatte.
Im Sommer 1985 hatte Rupe mich dazu überredet, ihn bei einer Höhlenexkursion in den Mendips zu begleiten. Er war

Mitglied eines Höhlengängerclubs, allerdings ohne große Lust auf Gruppenwanderungen. Viel lieber zog er allein los, was, wie er mir versicherte, bei weitem nicht so gefährlich war, wie es klang. Um ein Vielfaches riskanter erschien es *mir* dagegen, sobald wir uns unter Tage befanden. Und als ich dann auch noch zwei Siphons bewältigen musste – kurze überflutete Strecken, wo die Luft zwischen der Wasseroberfläche und der Decke zum Atmen reichte –, war ich in heller Panik, lange bevor Rupe die Anzeichen für ein Ansteigen des Wassers bemerkte, das vermutlich durch starke Regenfälle draußen im Freien ausgelöst worden war. Erst jetzt verriet er mir, dass im Wetterbericht von der »Möglichkeit« heftiger Schauer die Rede gewesen war. Wir kehrten sofort um, obwohl Rupe meinte, es wäre wahrscheinlich sicherer, auf einer höher gelegenen Stelle einfach abzuwarten, bis sich die Flut zurückzog. Natürlich gefiel mir das ganz und gar nicht; vielmehr zog es mich mit aller Macht unter den freien Himmel. So hasteten wir zurück, wobei es mir nicht schnell genug gehen konnte.

Das war mein Verhängnis. Rupe hatte die ganze Ausrüstung – Seile, Geschirr, Lampen, Karabiner – und wusste damit umzugehen. Hätte ich seine Anweisungen befolgt, wäre nie etwas passiert. Aber ich war unterkühlt, durchnässt und verängstigt – vor allem verängstigt. Ich wollte nichts wie raus. Und raus bedeutete einen mehr oder weniger senkrechten Abhang mit Hilfe einer Strickleiter hinaufzuklettern. Rupe ging voran. Er hatte das Seil, mit dem er mich sichern wollte, noch nicht ganz herabgelassen, als ich mich schon an den Aufstieg machte. Auf halbem Weg rutschte ich aus.

»Und dann?« Les' Nachfragen wiederholen sich bei diesem Abschnitt meiner Geschichte immer öfter.

»Ich bin gestürzt.«

»Wie tief?«

»Tief genug. Weil ich es nicht hatte erwarten können, bot das Seil überreichlich Spielraum, und ich bin auf den Felsboden gekracht.« Les schnappte nach Luft. »Hab mir einen Knöchel gebrochen, und mehrere Rippen. Nicht zu empfehlen.«

»Schmerzen?«

»Schlimmer als ein Kater von deinem roten Hauswein.«

Les ignorierte meine Spöttelei. Offenbar war er zu gespannt, um sie überhaupt zu bemerken. »Hat Rupe Hilfe geholt?«

Ich grinste. »Nicht sofort.«

»Warum nicht, zum Henker?«

»Die Überschwemmung. Ihm war klar, dass ich dort, wo ich lag, längst ertrunken wäre, ehe er mich mit einem Bergungstrupp erreicht hätte.«

»Was *hat* er also gemacht?«

»Mich zu einer höher gelegenen Stelle hochgezogen.«

»Das war bestimmt nicht leicht.«

»Nein, aber er hat es getan. Die meiste Zeit war ich nicht mehr als ein totes Gewicht, aber wir haben es geschafft. Oben hat er mich in einen Biwaksack gesteckt und gewartet, bis das Wasser nicht mehr stieg; dann hat er noch ein bisschen länger gewartet, bis es wieder etwas gesunken war, ehe er Hilfe holen gegangen ist. Die Siphons waren da natürlich immer noch überflutet, und zwar bis zur Decke und jeweils über ziemlich lange Strecken. Da konnte man beim Durchtauchen schon Angst kriegen. Die Rettungsmannschaft hatte Sauerstoffgeräte dabei, als sie mich bergen kamen. Rupe hatte sich auf nichts als sein Urteilsvermögen verlassen. Zu meinem Glück hatte er einen guten Riecher.«

»Du hättest allerdings genauso gut Pech haben können.«

»Stimmt vollkommen. Das ist der Grund, warum ich seitdem nie wieder unter der Erde gewesen bin. Nicht einmal mit der U-Bahn fahre ich.«

»Du machst Witze!«

»Nein. Als ich in London lebte, war der Bus immer gerade gut genug für mich. Selbst in deinem Keller würde ich mich unbehaglich fühlen.«

»Kein Grund zur Sorge.« Les hatte plötzlich ein ernstes Gesicht aufgesetzt. »Da lasse ich dich nie runter.«

Les bedrängte mich, für den Anruf bei Rupes Arbeitgeber sein Telefon zu benutzen. Mittlerweile brannte er noch mehr darauf als ich, zu erfahren, was los war. Ich erklärte (was zufällig sogar stimmte), dass ich die Nummern, die ich brauchte, nicht dabei hatte. So kehrte ich in meine Wohnung zurück, um sie hervorzukramen, und beschloss, mich kurz aufs Ohr zu legen, woraus ein fester Schlummer von über einer Stunde wurde. Unerwartete Heimsuchungen und traumatische Erinnerungen können einem ganz schön zusetzen. Schließlich, so gegen halb fünf, erledigte ich die Anrufe.

Ich bekam dasselbe zu hören wie Win: den Anrufbeantworter bei Rupes Nummer und höflich formuliertes, doch in keinster Weise hilfreiches Blabla von der Personalabteilung der Eurybia Shipping Company. »Mr Alder ist nicht mehr für uns tätig.« Wie lange denn schon? »Das kann ich Ihnen leider nicht sagen.« Wo arbeitete er jetzt? »Das wurde uns leider nicht mitgeteilt.« Wie konnten wir ihn finden? »Das weiß ich leider nicht.« Danke für nichts. »Gern geschehen. Danke für Ihren Anruf.«

Fehlanzeige. Doch im Gegensatz zu Win hatte ich Quellen, die ich anzapfen konnte. (Sonst wäre die Lage wirklich verzweifelt gewesen.) Simon Yardley war zusammen mit Rupe und mir in Durham gewesen und war jetzt eine große Nummer – oder zumindest eine gut bezahlte – in einer Handelsbank. Zu dritt waren wir später gelegentlich in London auf einen Drink gegangen, als wir alle dort Arbeit gefunden hatten. Darum war ich mir ziemlich sicher, dass Rupe und er ihre Kneipenbummel auch dann noch fortgesetzt hatten, als ich von der Bildfläche verschwunden war. Da ich immer noch Simons Telefonnummer hatte, rief ich bei ihm an. Freilich war es zu früh, um einen Handelsbanker zu Hause anzutreffen, doch sein Anrufbeantworter regte an, es mit seiner Handynummer zu versuchen. Anders als Rupe wollte Simon nicht schwer zu erreichen sein. Und er war es tatsächlich nicht.

»Hi.«

»Simon, ich bin's, Lance Bradley.«

»Wer?«

»*Lance Bradley.*«

»Ach, Lance. Das ist aber... Wie geht's dir?«

»Gut. Und dir?«

»Noch nie so gut wie jetzt. Hatte aber auch noch nie so viel Stress. Hör mal, könnten wir vielleicht ein andermal miteinander sprechen? Ich bin wirklich...«

»Es ist wegen Rupe, Simon. Rupert Alder. Irgendwie kann ich ihn einfach nicht erreichen.«

»Hast du denn seine Nummer nicht?«

»Er geht nie ran.«

»Versuch's mit seinem Büro. Bei der Eurybia Shipping.«

»Dort ist er nicht mehr.«

»Wirklich?«

»Hast du eine Handynummer von ihm?«

»Ich glaube, nein. Er hat bei Eurybia gekündigt, sagst du? Dabei hat er nie angedeutet, dass er weg will.«

»Hast du ihn denn in letzter Zeit gesehen?«

»Eigentlich nein. Nichts, was erwähnenswert wäre. Tut mir Leid, Lance, aber ich habe keinen blassen Schimmer.

Und jetzt muss ich springen – das heißt, nur im metaphorischen Sinn. Melde dich bei mir, wenn du das nächste Mal in der Stadt bist. *Ciao*.«

Ciao? Das war ein Neuzugang in Simons Vokabular und ging mir nicht unbedingt leicht ins Ohr. Merkwürdig, wie selbstverständlich er davon ausgegangen war, dass ich nicht in London war. Natürlich hatte er Recht, dieser Scheißkerl. Aber vielleicht bald nicht mehr. Win würde nicht damit aufhören, mein Gewissen zu piesacken, bis ich mehr vorweisen konnte als nur ein paar vergebliche Telefonate.

Aber mussten sie denn vergeblich bleiben? Ich wählte noch einmal Rupes Nummer und hinterließ eine Nachricht mit der Bitte, wegen einer dringenden Angelegenheit zurückzurufen. Ich gab ihm sogar die Nummer des Wheatsheaf, damit er es zur Not dort versuchen konnte. Meine Überlegungen gingen dahin, dass es ihm vielleicht aus irgendeinem wichtigen Grund widerstrebte, mit seiner Familie zu sprechen. Womöglich war ihm bei Eurybia gekündigt worden. Damit wäre erklärt, warum die Zahlungen versiegt waren. Aber mit mir würde er doch ohne Probleme reden können. Mir schuldete er ja nichts. Wenn ich mich nicht täuschte, würde er sich bald melden.

Er meldete sich nicht.

2

Hinsichtlich des Zufalls bin ich mir noch nie allzu sicher gewesen. Im besten Fall ist er eine schlüpfrige Angelegenheit. Aus diesem Grund setze ich auf Pferde, nicht auf die Lotterie. Mir gefällt die Vorstellung, dass ich dank meines Verstands zu einem Vermögen kommen kann. Was man durch reinen Zufall gewinnen kann, kann man genauso leicht verlieren.

Ein Beispiel dafür ist mein stressfreies, aber weit von Wohlstand entferntes Dasein in Glastonbury. Nachdem ich in der Rezession der frühen neunziger Jahre einen guten Job, eine wunderbare Frau und ein hoffnungslos mit Hypotheken belastetes Haus verloren hatte, zog ich als Notlösung wieder bei meinen Eltern in Street ein. Dann lernte ich Ria kennen, und statt meine Fühler erneut nach London auszustrecken, lebte ich plötzlich mit ihr in einer Wohnung in der High Street von Glastonbury und half ihr, im Secret Valley, ihrem New-Age-Laden, Räucherstäbchen und keltische Amulette zu verkaufen. Dann verließ Ria den Laden und mich und verzog sich mit einem keltischen Magier der menschlichen Art namens Dermot nach Irland, aus dem Secret Valley wurde das Tiffin Café, und ich… blieb, wo ich war.

Angesichts einer solchen Fülle von Indizien entging meinem analytischen Verstand natürlich keineswegs, dass ein kurzer Abstecher nach London auf der Suche nach einem verschollenen Freund sich zu einem Geflecht von Komplikationen entwickeln konnte. Für wahrscheinlich hielt ich das zwar nicht, aber ich war mir dieser Möglichkeit durchaus bewusst. Und ich kann nicht leugnen, dass sie einen gewissen Reiz ausübte. Die Frage war nur: Wollte ich eine Veränderung so sehr, wie ich sie eigentlich nötig hatte?

Die Antwort war mir immer noch völlig unklar, als ich am folgenden Nachmittag den Bus nach Street nahm, um Win zu melden, dass ich nichts ausgerichtet hatte. (Die Eigentümerschaft eines Wagens war mit noch weniger Zeremoniell aus meinem Leben geglitten als kurz davor Ria.)

Glastonbury ist mit Jahrhunderte alter Geschichte und Legenden erfüllt. Das weiß hier jeder und keiner besser als ich, was ich einem Vater verdanke, der derart von den Königs-

Arthur-Mythen durchdrungen war, dass er darauf bestanden hatte, mir die Namen Arthur und Gawain aufzubürden, die ich jetzt bis ins Grab mitschleppen muss. (Meine Mutter hatte den Namen meiner Schwester aussuchen dürfen, die das Glück hatte, mit einem schlichten Diane Patricia davonzukommen.) Die kurze Busfahrt führte mich vorbei am Wearyall Hill, wo Joseph von Arimathea gelandet sein soll (der größte Teil von Somerset lag damals unter Wasser), und über die Pomparles Bridge, an deren Stelle einst die ursprüngliche *Pons Perilis* stand, auf der der sterbende Arthur laut der Sage Bedivere befohlen hat, sein *Excalibur* in den See zu schleudern. (Ich selbst habe mich immer auf Bedideres Seite geschlagen. Angesichts der düsteren Schatten des Dunklen Zeitalters und des bevorstehenden Zusammenbruchs der Eisenhütten ergab es allerdings überhaupt keinen Sinn, ein solch prächtiges Meisterwerk der Schwertschmiedekunst wie Excalibur einfach wegzuwerfen.)

Im Gegensatz dazu herrscht in Street ein deutlicher Mangel an Legenden. Als strenge Quäker kümmerten sich die Clarks um praktischere Dinge. Und Schuhe sind so ziemlich das Praktischste, womit man sich befassen kann. Zumindest sind das die Clarks-Schuhe seit jeher gewesen. Mein Vater hat beinahe fünfzig Jahre lang für Clarks gearbeitet. Und mit ihm die meisten Männer seiner Generation sowie die Hälfte der weiblichen Bevölkerung. All das änderte sich um die Zeit, in der ich aus London zurückkam, als die Produktion nach Portugal verlagert und die Fabrik durch ein Einkaufszentrum für »berühmte Marken zu Herstellerpreisen« ersetzt wurde. Dort entstanden natürlich auch Arbeitsplätze, aber nicht für Leute wie Winifred und Mildred Alder oder deren geistig zurückgebliebenen Bruder Howard. Ich hatte angenommen, sie hätten seitdem von staatlicher Fürsorge gelebt. Doch jetzt sah es ganz so aus, als hätte Rupe sie über

Wasser gehalten, was ihm freilich nicht immer leicht gefallen sein kann, wie bescheiden sie auch leben mochten.

Wie sie *eigentlich* lebten, sollte ich bald erfahren. Aber vorher musste ich mir einen Weg durch einen Wust von banalen Fragmenten aus meiner eigenen Vergangenheit bahnen. Gegenüber dem Möbelgeschäft Living Home, dessen Mauern mir vertrauter gewesen waren, als sie noch die Grundschule von Street beherbergt hatten, bog ich von der High Street in südlicher Richtung ab. Bald erreichte ich die Ivythorn Road, in der ich 1963 in einem Hinterhof in der Gaston Close 8 das Licht der Welt erblickt hatte. Damals hatten im Westen der Stadt größtenteils Gärten und Felder gelegen, und Penfrith war Ackerland gewesen. Mittlerweile war die Stadt darüber hinweggekrochen. Meine Eltern waren in den siebziger Jahren in einem dieser Neubauviertel in einen Bungalow gezogen. Doch die Alders hatten der Zeit getrotzt. Sie waren geblieben, wo sie immer gewesen waren, während sich die Welt um sie herum veränderte.

Die Hopper Lane glich immer noch einem Feldweg. In dem Teil, der in die Somerton Road mündete, standen moderne Häuser, aber weiter unten wurden sie von verwilderten Obstgärten, mit Unkraut überwachsenen Grundstücken und verfallenen Häuschen gesäumt. Der Nachmittag schien immer feuchter und trüber zu werden, je weiter ich vordrang, und in der Luft mischten sich die Gerüche faulender Äpfel, vermodernden Laubs und herantreibender Rauchschwaden von Kartoffelfeuern. Penfrith selbst sah zunächst gar nicht so schlimm aus, wie ich es mir vorgestellt hatte. Doch das lag daran, dass das Haus hinter einem wild wuchernden Rhododendronwald so gut wie nicht auszumachen war. Logischerweise mussten das dieselben Pflanzen sein, die ich noch als junge Büsche in Erinnerung hatte, und es fiel mir schwer, diese Tatsache nicht aus den Augen zu verlieren.

Wäre Penfrith in seinem gegenwärtigen Zustand zum Verkauf angeboten worden, hätte ich vorgeschlagen, es ohne Foto zu inserieren. Ansonsten hätte man JEDES ANGEBOT WIRD ANGENOMMEN darunter schreiben müssen. Vom Dach fehlten genügend Schindeln, um es bei Regen in ein Sieb zu verwandeln, und der First hing bedenklich durch. Die Fensterrahmen wiesen mehr nacktes Holz als Farbe auf, und einige Scheiben hatten Sprünge. Dahinter hingen verloren und schlaff ausgebleichte Lumpen, die vor langer Zeit einmal Vorhänge gewesen sein mochten.

Vor der Haustür musste ich einem Rhododendronzweig ausweichen, dann drückte ich versuchsweise auf die Klingel. Sie funktionierte nicht – wirklich kein Wunder –, sodass ich stattdessen mehrmals kräftig den Klopfer betätigte. Das brachte mir eine vom Rost rote Handfläche ein, die erst mal abgewischt werden musste. In der nun wieder einsetzenden Stille vergingen mehrere Sekunden. Eigentlich konnte ich mir nicht vorstellen, dass niemand zu Hause war. Gerade wollte ich wieder zum Klopfer greifen, als mich das klamme Gefühl beschlich, beobachtet zu werden. Ich drehte mich nach rechts und machte vor Schreck einen Satz nach hinten. Durch das Erkerfenster starrte mich stumm Howard Alder an.

»Verfluchte Scheiße, Howard!«, rief ich. »Musst du mich derart erschrecken?« Er schien mich nicht zu hören, und es war klar zu erkennen, dass sein Begriffsvermögen sich nicht gebessert hatte, seit ich ihn zuletzt gesehen hatte. Wie Win gereichten Howard die Jahre – in seinem Fall ungefähr fünfzig – nicht unbedingt zum Vorteil. Er war unrasiert, die Haare, die er noch hatte, fielen ihm grau und strähnig auf die Schultern. Bekleidet war er mit einer verfilzten grauen

Strickjacke über einem schmutzigen Sweatshirt mit der Aufschrift Durham University (wohl ein Geschenk von Rupe) und einer, soweit ich das über das Fensterbrett hinweg beurteilen konnte, abgetragenen rosa und weiß gestreiften Schlafanzughose. Die neue Herbstmode für Herren war das eindeutig nicht. »Willst du mich nicht reinlassen?«

Howard beschrieb mit der Hand eine Kreisbewegung, die eine Bedeutung haben musste. Die Tür war nicht verriegelt. Ich drehte am Knauf, zeigte Howard meinen nach oben gereckten Daumen und trat ein.

Mein erster Eindruck war, dass sich an dem Haus, so wie ich es in Erinnerung hatte, nichts verändert hatte. Ein schmaler Flur führte zur Treppe. An einer Wand hing ein riesiges uraltes Barometer, gegenüber stellte ein antikes Möbelstück Spiegel, Kleiderhaken und Schirmständer dar. Der Teppich und die Tapete waren sicher noch dieselben wie damals. Erst jetzt stieg mir der modrige Geruch in die Nase. Tatsächlich: Nichts hatte sich geändert, sieht man einmal davon ab, dass Verfall Veränderung bedeutet. Und genau das fand auf Penfrith statt: ein sich allmählich beschleunigender Verfall.

Ich ging ins Wohnzimmer und traf auf noch mehr, was unverändert geblieben war: der Läufer vor dem Kamin; die dreiteilige Sitzgarnitur; der Schreibtisch; die Uhr auf dem Kaminsims; der schief in seinem Rahmen hängende Abdruck eines Gemäldes von Constable; der museumsreife Fernseher in der Ecke, dessen Gehäuse weitaus tiefer war als der Bildschirm breit – all das vergammelte an dem ihm zugewiesenen Platz. Und Staub hatte sich darauf gelegt, höllisch viel Staub. Mrs Alder hatte vielleicht kein neues, aber doch ein sauberes Haus geführt; ihre Kinder dagegen waren sichtlich anderer Meinung. Unwillkürlich fragte ich mich, ob Howards Haar vielleicht grauer war, als es sein müsste.

Über seinen abgewetzten karierten Hausschuhen mit Löchern an den Zehen trug er tatsächlich eine Schlafanzughose. Noch immer stand er vor dem Erkerfenster und versuchte zu lächeln, auch wenn man sich bei Howard diesbezüglich nie sicher sein konnte. Neben ihm lag auf einem Tisch, der früher als Ständer für eine Aspidistra gedient hatte (und die immerhin war verschwunden), ein Stoß Zeitschriften. Beim Näherkommen erkannte ich, dass sie seinen treuesten und so ziemlich einzigen Lesestoff darstellten: *Railway World*. Natürlich keine neue Auflage, sondern abgegriffene Ausgaben aus Howards Tagen als Fan von Lokomotiven in den sechziger Jahren, bevor Beeching die Somerset-Dorset-Linie stillgelegt hatte. Laut Rupe (der es von seinen Schwestern gehört haben musste) war Howard über das Ende der S & D – den Abriss der Gleise, die Verschrottung der Lokomotiven, den Raub der geliebten Eisenbahn aus seinem Leben – nie hinweggekommen. So wie es aussah, versuchte er noch immer, jene verlorene Welt der Zwei-Sechs-Zwei und der Null-Sechs-Null, die damals durch das Sumpfgebiet um Glastonbury zum Meer gestampft waren, zurückzuholen. Ob er heute auch nur ein Wort seiner Jugendlektüre verstand, war freilich mehr als fraglich. Denn Howard gab meines Wissens seit Ewigkeiten nichts mehr von sich – das soll heißen, Wörter, die sich deutlich von irgendwelchen Lauten unterschieden –, und zwar seit August 1977.

Das war der Sommer gewesen, in dem ihn die völlige geistige Umnachtung ereilt hatte. Damals hatte er noch so etwas wie einen Job bei Clarks. Rupe und ich radelten als Dreizehnjährige eifrig durch die Moore zu Angelexpeditionen, während Howard auf seinem Moped weitere Fahrten unternahm. Und in seiner Vorstellung... Na gut, wer weiß schon, wie er auf die Schnapsidee gekommen war (vielleicht durch einen Leserbrief in der Railway World?), dass es im

Verzeichnis der in den Sechzigern verschrotteten Dampflokomotiven eine geheimnisvolle Lücke gebe und dass die Regierung für den Fall einer Ölknappheit oder sonstigen Katastrophe eine strategische Reserve angelegt habe. (Laut Rupe wies das Verzeichnis tatsächlich eine Lücke auf; schon als Dreizehnjähriger hatte er eine Schwäche für Verschwörungstheorien.) Wie auch immer, unter den Eisenbahnliebhabern ging das Gerücht, dass diese verschollenen Loks in einer riesigen Höhle unter dem Box Hill in Wiltshire verborgen würden, wo die Bristol-London-Verbindung nahe an einem Luftwaffenstützpunkt vorbeiführt. Von da an unternahm Howard jede Nacht auf der Suche nach Hinweisen weite Touren. Die Spinnerei eines Verrückten, könnte man sagen. Vielleicht habe ich sogar genau solche Äußerungen von mir gegeben, doch das Scherzen verging uns, als Howard nach einem Sturz in einen Entlüftungsschacht schwer verwundet in ein Krankenhaus eingeliefert wurde. Dass ihn das nicht das Leben gekostet hatte, war pures Glück, sofern man einen dauerhaften Hirnschaden als Glück bezeichnen kann. Wie er in diesen Schacht geraten ist, werden wir nie erfahren. Selbst wenn er sich hätte erinnern können, was unwahrscheinlich ist, wäre er nicht in der Lage gewesen, mit jemandem darüber zu reden. Seine Lippen waren versiegelt. (Offenbar war er in dieser Nacht außerdem von einem Hund gebissen worden – darauf wies eine hässliche Wunde hin, die sich deutlich von seinen vielen anderen Verletzungen unterschied. Ein Wachhund, wie Rupert vermutete. Aber es war ja klar, dass er auf so etwas kommen musste. Ich selbst neigte eher zu der Annahme, dass Howard zu den Zeitgenossen gehörte, von denen jeder Hund, der auf seine Würde hielt, ein Stückchen erbeutete.)

»Howard, ich bin's, Lance«, sagte ich und lächelte ihn an. »Erinnerst du dich?«

Er nickte heftig und gab ein saugendes Geräusch von sich. Ich glaube, er erkannte mich wirklich.

»Wo sind deine Schwestern?«

Er nickte noch heftiger und deutete zum hinteren Teil des Hauses, ahmte Schaufelbewegungen nach und stieß, begleitet von jeder Menge Speichel, ein Lachen aus.

»Im Garten? Danke. Ich werd's mal dort versuchen.«

Ich überließ ihn der *Railway World*, durchquerte den Flur und strebte zur Küche. Keine glückliche Wahl der Route, wenn man eine empfindliche Nase besaß. In ungewaschenen Pfannen und verschmierten Schränken schienen alle möglichen Dinge zu verfaulen. Sorgfältig einen Blick auf die Spüle vermeidend, hastete ich zur Vorratskammer und durch die Hintertür ins Freie.

Der Küchengarten war nicht so verwahrlost wie das Grün vor dem Haus. Zwar wucherten die Hecken, die ihn begrenzten, wild drauflos, und das Gras unter den Obstbäumen stand hüfthoch, doch die Gemüsebeete selbst wurden durchaus gehegt und gepflegt. Und dort war auch Mildred Alder und riss voller Energie Möhren und Kartoffeln aus der Erde. Sie war ihrer Schwester auffallend ähnlich, nur hatte sie nicht deren gerade Haltung. Als sie mich bemerkte, nahmen ihre Augen einen panischen Ausdruck an, den es bei Win nie gegeben hätte, und sie hörte sofort auf zu graben. Mil trug einen von Lehm verdreckten, marineblauen Overall und Gummistiefel. Während sie gegen den Stiel ihrer Gabel gelehnt dastand und mich anstarrte, bildete ihr Atem in der kalten Luft Kondenswolken. Auch wenn sie nichts sagte, war ich mir sicher, dass sie mich erkannt hatte. Abgesehen davon konnte mein Besuch wohl kaum völlig überraschend kommen.

Ich trat näher auf sie zu. »Hallo, Mil.«

»Lance«, sagte sie stirnrunzelnd, womit sie mich von der

Vorliebe ihrer Schwester für Lancelot verschonte. »Ich hatte gar nicht mit dir gerechnet.«

»Tja, jetzt bin ich da.«

»Was hast du uns zu berichten?«

»Eigentlich nichts. Ich kann Rupe nirgendwo erreichen.«

»Hatte nichts anderes erwartet.«

»Kein Vertrauen zu mir, Mil?«

»So hab ich das nicht gemeint.« Sie wirkte etwas durcheinander. Vielleicht war ihr wettergegerbtes Gesicht sogar rot angelaufen. »Schau, da kommt Win.«

Von den Obstbäumen näherte sich ihre Schwester mit einem Eimer voller Äpfel. Wie Mil trug sie Gummistiefel und darüber den Rock und den Pullover, in denen ich sie am Tag zuvor gesehen hatte. (Kleiderschränke gehörten auf Penfrith nicht unbedingt zu den wichtigsten Möbelstücken.) »Was hast du ausgerichtet?«, rief sie, noch während sie um das Kartoffelfeld herum auf uns zulief.

»Nichts«, brummte ich. »Ich hab eine Niete gezogen.«

»Das dachte ich mir schon.«

»Ich weiß, ich weiß. Das hast du mir ja gesagt.«

Win blieb neben ihrer Schwester stehen und knallte den Eimer auf die Erde. Dann fixierte sie mich mit ihrem durchdringenden Blick. »Schön, dass du gekommen bist, um es uns zu sagen, Lancelot.«

»Das ist das Mindeste, was ich tun kann.«

»Und mehr hast du nicht vor?«

»Doch. Ich denke, ich fahre nach London und schaue selbst nach, was los ist – wenn was los ist.«

»Es ist was los.«

»Na ja, ich werde es rausfinden. Morgen breche ich auf.«

»Das ist nett von dir. Wir sind dir dankbar, nicht wahr, Mil?«

»O ja«, nickte Mil. »Das ist furchtbar nett von dir, Lance.«

»Er ist doch nicht umgezogen, oder? Die Adresse, die er mir gegeben hat, ist in der Hardrada Road.« (Bei meinem letzten Besuch hatte er in einer Wohnung im Londoner Stadtteil Swiss Cottage gelebt. Danach hatte er sich südlich der Themse niedergelassen.)

»Hardrada Road zwölf«, bestätigte Win. »Stimmt.«

»Und wann genau habt ihr zuletzt von ihm gehört?«

»Kommt darauf an, was du darunter verstehst.«

»Na ja, ein Brief, zum Beispiel.«

»Wir bekommen keine Briefe«, erklärte Mil.

»Nicht von Rupert«, ergänzte Win. »Er schreibt nie. Von ihm kommt nur immer… Geld.«

»Und wie schickt er es?«

»Direkt auf die Bank. Aber das kommt jetzt auch nicht mehr… seit Ende August.«

»Hm. Und wann habt ihr zuletzt mit ihm gesprochen?«

»Gesprochen?«

»Ja, Win. Geredet.«

»Als Mutter gestorben ist«, murmelte Mil. »Seitdem nicht mehr.«

In diesem Moment wechselten die Schwestern einen Blick. Aber weil sich ihre Konversation im Laufe der Jahre auf eine eigene Kurzform eingeschliffen hatte, hegte ich erst gar nicht die Hoffnung, daraus schlau zu werden. Abgesehen davon gab es jetzt andere Dinge, die ich irgendwie klären musste. Seit dem Tod seiner Mutter hatte Rupe vor oder nach einem Besuch auf Penfrith zwei-, dreimal bei mir vorbeigeschaut. Zumindest hatte ich angenommen, dass er vor allem wegen seiner Geschwister in die Gegend gekommen war. Vielleicht hatte er sich sogar dahingehend geäußert, auch wenn ich das nicht beschwören konnte. Wenn nicht aus diesem Grund, warum war er dann gekommen? Sicher nicht, um mit mir ein paar Drinks zu kippen, das stand schon mal fest. Dieser Gedanke führte zu einem anderen: Was immer jetzt los war, wann hatte es damit angefangen?

»Rupert hat immer bis zum Hals in Arbeit gesteckt«, sagte Win, die anscheinend (und zu Recht) spürte, dass so etwas wie eine Erklärung angebracht war. Aber was sie mir anbot, half nicht weiter. »Wir erwarten ja gar nicht, ihn oft zu sehen.«

Doch das Geld, das er ihnen schickte, erwarteten sie sehr wohl. Ging es ihnen nur darum? Geld für den Unterhalt ihres mehr als bescheidenen Lebens? Ein bisschen Fleisch zu den Möhren und Kartoffeln?

»Wir machen uns Sorgen um ihn, Lancelot. Wirklich, wir sind sehr beunruhigt.«

»Hoffen wir, dass dazu kein Anlass besteht.«

»Gestern bist du dir noch ganz sicher gewesen, dass es nichts ist.«

»Und morgen werde ich mein Bestes geben, um es herauszufinden.« Ich sah von einer zur anderen. »Okay?«

Von Penfrith zum Haus meiner Eltern war es zu Fuß nicht mehr als eine Viertelstunde. Aber in anderer Hinsicht waren es mehr als hundert Jahre. Die Alders hausten in einem vergessenen Reservat aus dem neunzehnten Jahrhundert. Sie lebten nicht nur in einer anderen Zeit, sondern auch völlig abgekapselt. Mum und Dad dagegen wohnten im Schmucke-Häuschen-mit-Panoramafenster-Land des ausgehenden zwanzigsten Jahrhunderts, wo der Rasen gepflegt, das Auto gewaschen, der Zaun gestrichen und der Anschein gewahrt wurde. Mein Vater las gern über die Vergangenheit, doch er hatte keinen Wunsch, in ihr zu leben.

»Deine Mutter ist nicht da«, lauteten seine ersten Worte beim Öffnen der Tür, womit er durchklingen ließ, ich sei nur ihretwegen gekommen. »Scrabble.«

»Das macht sie immer noch?«

»O ja, jeden Mittwochnachmittag.« Er stapfte in die Küche, und ich folgte ihm. Mir fiel auf, dass sein Rücken immer krummer wurde. All die Jahre, in denen er sich bei Clarks über Rechnungsbücher gebeugt hatte, verlangten ihren Tribut. »Ich wollte gerade Tee machen. Möchtest du eine Tasse?«

»Warum nicht?«

»Weil du ja vielleicht gerade keine willst.«

»Schön, zu hören, dass du immer noch alles wörtlich nimmst.«

»Wie sollte ich es denn sonst nehmen?«

»Ich hätte gern eine Tasse Tee, Dad, danke.«

»Solange du dir sicher bist.« Er legte den Schalter am elektrischen Wasserkessel um, und das Wasser begann sofort zu kochen. Offenbar war es schon heiß gewesen, und mein Vater hatte den Kessel ausgeschaltet, weil es geklingelt hatte. »Häng bitte noch einen Beutel in die Kanne. Die Dose ist hinter dir.«

»Ach, Teebeutel?« (Ich hatte diese elenden Dinger seit jeher gehasst. Um ehrlich zu sein, lag das allerdings mehr an der Gewohnheit meiner Mutter, sie nach Gebrauch als Dünger um ihre Blumen herum auszulegen, und nicht so sehr am Geschmack des Tees selbst.)

»Verstehst du jetzt, was ich gemeint habe?« Dad runzelte die Stirn. »Ich wusste gleich, dass es zwischen uns wieder losgehen würde.«

»Vergiss es. Ich nehme es, wie es kommt.« Ich zog einen Beutel aus der Dose und warf ihn in die Kanne.

Während Dad das Wasser darüber goss, musterte er mich durch den Dampf hindurch mit zusammengekniffenen Augen. »Diane hat gestern Abend angerufen.«

»Ach ja?«

»Brian ist befördert worden.«

»Das ist eine gute Nachricht.« (Und obendrein eine furchtbar vorhersehbare. Brian gehörte zu der Art von Musterschwiegersohn, die flach verpackt aus dem Versandgeschäft geliefert wurde.)

»Nicht wahr?«

»Habe ich das denn nicht gesagt?« (Himmel, wie erbärmlich diese Geplänkel waren, über die wir einfach nie hinauskamen!)

»Hast du denn welche? Gute Nachrichten, meine ich.«

»Eigentlich nicht. Ich wollte dich um einen Gefallen bitten.«

»Was für einen?«

»Ich muss einen möglichst frühen Zug nach London nehmen.«

»Und jetzt soll dich jemand hinfahren.«

Ich grinste. »Genau.«

»Hast du zufällig ein Vorstellungsgespräch?«

»Nein.«

»Dachte ich's mir doch. Ich meine, fürs Haareschneiden wäre es jetzt zu spät gewesen.«

»Stimmt. Gut beobachtet, Dad.«

»Wie früh?«

»Einfach nur früh. Ich habe mir gedacht, du kannst sicher ein paar Abfahrtszeiten im Internet rausfinden.«

»Schon möglich, dass ich das kann.« Er grinste über die Ironie, die er in seiner Antwort entdeckte. »Genau, das mache ich, während du den Tisch deckst. Ich esse zwei Kekse dazu.« Er ging in sein Büro.

Unterdessen kramte ich die Tassen und die Milch hervor und riss auf der Suche nach der Keksdose sechs Hängeschränke auf, ehe ich sie im siebten fand.

Zu guter Letzt trug ich alles ins Wohnzimmer. Dort lag auf dem Beistelltisch der *Daily Telegraph,* das Kreuzworträtsel war aufgeschlagen. Dad hatte es beinahe ganz gelöst, aber es sah so aus, als würden ihn die wenigen übrig gebliebenen Lücken ärgern. Ich hatte mich gerade darüber gebeugt, als er hereinkam. »Um zehn vor acht kommt ein Zug aus Castle Cary. Damit bist du um halb zehn in Paddington. Ist das früh genug?«

»Klingt gut.«

»Dann hole ich dich um Viertel nach sieben ab.«

»Danke.«

»Tja, der Wagen braucht mal wieder Auslauf. Und zurzeit wache ich ohnehin in aller Früh auf. Darum…« Er setzte sich und trank ein paar Schlucke Tee. »Das ist nicht wegen einer Arbeit, sagst du?«

»Nein.«

»Schade.«

»Ich tue jemandem einen Gefallen. Den Alders. Erinnerst du dich noch?«

»Wie könnte ich sie vergessen?«

»Sie sorgen sich um Rupe. Sie können ihn nicht erreichen. Er scheint… na ja, wie vom Erdboden verschluckt zu sein.«

»Und du willst ihn finden?«

»Das habe ich vor.«

»Wirklich?« Seiner skeptischen Miene nach zu urteilen bezweifelte Dad meine Befähigung dazu. »Hast du schon die Möglichkeit in Betracht gezogen, dass Rupert schlichtweg nichts mehr mit seiner Familie zu tun haben will? Übel nehmen könnte man ihm das wirklich nicht. Sie sind ein erbärmlicher Haufen. Noch erbärmlicher sogar, wenn man sich ihren Stammbaum vor Augen hält.«

»Was für ein Stammbaum ist das?«

»Ach, alles andere als ein guter. Aber immerhin haben sie auf Penfrith bereits im siebzehnten Jahrhundert Ackerbau betrieben.«

»Du hast bei den Alders Ahnenforschung angestellt?«

»Natürlich nicht.« Dads Miene verriet mir bereits, für wie grenzenlos dumm er diese Frage hielt. »Sie sind in einer historischen Quelle aufgetaucht, die ich letzthin studiert habe. Am Anfang des Bürgerkriegs hat es auf der anderen Seite des Ivory Hill ein Scharmützel gegeben. Wurde als das Gefecht von Marshall's Elm bekannt. Dabei wurde ein Trupp des Parlaments von königstreuen Dragonern aufgerieben. Unter den Toten befand sich ein gewisser Josiah Alder aus Penfrith. Rein historisch stellt dieser Vorfall eine Kuriosität dar, weil als Beginn des Bürgerkriegs der zweiundzwanzigste August 1642 belegt ist, als der König seine Standarte in Nottingham aufzog. Doch das Gefecht von Marshall's Elm war fast drei Wochen früher, nämlich am…« Er verstummte jäh und sah mich scharf an. »Hörst du überhaupt zu?«

»Doch, doch, Dad, ich bin ganz Ohr. Auf Penfrith haben schon 1642 Alders gelebt. Aber ich bin mir nicht so sicher, ob es 2042 auch noch welche geben wird.«

»Wenn es so kommt, wird es daran liegen, dass sie damit aufgehört haben, auf dem Land, auf dem sie geboren wurden, Ackerbau zu betreiben. Wenn sie eine Berufung hatten, dann dazu. Und sie haben es aufgegeben.«

»Die Umstände waren eben dagegen.«

»Dass George Alder gestorben ist, ohne einen Sohn zu hinterlassen, der alt oder reif genug war, um den Hof zu übernehmen, meinst du?«

»Ja. Persönlich hast du ihn nie kennen gelernt, oder?«

»Bestimmt nicht. Wir hätten mit keinem von ihnen Kontakt gehabt, wenn du dich nicht mit Rupert angefreundet hättest.«

»George Alder ist ertrunken, richtig?«

»Ich glaube, ja. In einem der Entwässerungskanäle. Richtig, im Sedgemoor Drain. Kann nicht lange nach Ruperts Geburt gewesen sein.«

»Davor, hat Rupe immer gesagt.«

»Du hast Recht.« Dad knabberte nachdenklich an seinem Keks. »Es war tatsächlich davor gewesen, Sommer oder Herbst '63. Komisch, dass ich das alles vergessen hatte.«

»Was alles?«

»Ach, um diese Zeit herum hat es noch mehr Todesfälle auf Bauernhöfen gegeben. Unfälle. Selbstmorde. Sachen dieser Art. Die Leute begannen schon davon zu reden, dass das Land verhext sei. Die *Gazette* war voll davon. Eine Weile zumindest.«

Wenn die *Central Somerset Gazette* von etwas voll war, hieß das noch lange nicht, dass es sich um weltbewegende Nachrichten handelte. Trotzdem war ich mehr als nur ein bisschen überrascht, dass ich bis dahin nie von einem Hexenbann über die Farmen von Street im Jahr '63 gehört hatte. »Wie viele Todesfälle?«

»Ich weiß nicht mehr. Zwei oder drei vielleicht. Hm. Vielleicht lese ich das alles nächstes Mal in der Bibliothek nach. Ein interessantes Thema.«

»Könntest du es mich wissen lassen, wenn du was erfährst?«

»Klar.« Dad kniff misstrauisch die Augen zusammen. »Ich dachte, die örtliche Geschichte würde dich zu Tode langweilen.«

»Das tut sie auch. Normalerweise.«

»Aber in diesem Fall nicht?«

»Das wird von deinen Ergebnissen abhängen.« Ich war weit neugieriger, als ich ihm zeigen wollte. Warum hatte Rupe mir gegenüber nie etwas davon erwähnt? Er liebte Geheimnisse, große und kleine. Und dieses schien sich um seinen eigenen Vater zu drehen. Nun, vielleicht wusste er darüber selbst nicht Bescheid. Aber dann wurde das Ganze nur noch rätselhafter. Ich würde eine Menge Fragen an Rupe haben, sobald ich ihn aufgetrieben hatte.

»Hexenzauber auf dem Land«, sinnierte Dad und lehnte sich in seinem Stuhl zurück. »Oder ein Fluch.« Seine Augen nahmen einen abwesenden Ausdruck an, den ich von früher gut kannte. »Das hat Arthur'sche Dimensionen, findest du nicht auch?«

»Wenn du mich so fragst, nein.« (Für mich jedenfalls nicht. Das heißt, mit Arthur hatte ich nichts am Hut. Aber Dimensionen? Das ja. Ich hätte zugeben sollen, dass diese Sache jede Menge Dimensionen hatte.)

»Du wirst morgen doch nicht verschlafen, Junge?«

»Nein, Dad, bestimmt nicht.«

Und ich verschlief auch nicht.

LONDON

3

Der Zug fuhr mit halbstündiger Verspätung in Paddington ein, aber ich bin mir nicht sicher, ob das der Grund war, warum ich mich so niedergeschlagen fühlte, als ich durch den Bahnhof in einen Morgen hinausstapfte, der für den Herbst viel zu warm war, aber schon jede Menge Grautöne bot. Der frühe Aufbruch von Glastonbury hatte bestimmt nicht geholfen. Hinzu kam, dass ich noch nie ein Anhänger unserer nicht so schönen Hauptstadt gewesen bin. Der alte Spitzname der S & D-Linie von Somerset nach Dorset – schlampig und dreckig – trifft bis ins Letzte auch für London zu. Vor allem im Untergrund.

Nicht dass ich die Absicht gehabt hätte, in die Gedärme der U-Bahnlinie nach Bakerloo hinabzusteigen. Für mich kam nur der Bus in Frage: in diesem Fall die Linie 36. Das vierzigminütige Gerumpel führte mich vorbei am Hyde Park und am Buck Pal, vor dem es wie immer von Touristen wimmelte, dann über die Vauxhall Bridge zum The Oval am anderen Themseufer. Wieso Rupe, ein eingefleischter Feind jedes Mannschaftssports, ausgerechnet in die Nähe eines großen Cricketstadions gezogen war, überstieg mein Vorstellungsvermögen. Laut dem *A-to-Z*-Plan war die Hardrada Road nur einen Katzensprung von den Kassenhäuschen entfernt. Nun, vielleicht hatte es ihm einfach Spaß gemacht, diesen Ort mit Nichtbeachtung zu strafen.

Die Hardrada Road 12 gehörte zu einem Ensemble dreistöckiger viktorianischer Ziegelhäuser. Elegant und doch bescheiden, könnte man sagen. Allerdings eine Katastrophe, was Parkplätze betraf. Nummer 12 sah nicht so aus, als hätte ihr Bewohner das Weite gesucht. Die Fenster im dritten Stock standen weit offen. Ich klingelte, weil ich das für angebracht hielt, ehe ich es bei den Nachbarn versuchte. Wie erwartet, rührte sich niemand. Nun, selbst wenn Rupe noch dort lebte und sich nur weigerte, Briefe und Anrufe anzunehmen, wäre er jetzt, an einem Donnerstagvormittag um elf Uhr, natürlich in der Arbeit. Aber da ich keine Ahnung hatte, wo er nach der Kündigung bei Eurybia Shipping sein Brot verdiente, führte mich dieser Gedanke auch nicht weiter.

Eine gestresste, aber hilfsbereite Mutter von zwei Kindern (mindestens), die mir in Nummer 10 öffnete, hatte Rupe seit Monaten nicht mehr gesehen. »Nicht dass wir ihn davor allzu oft zu Gesicht bekommen hätten. Ich nehme an, dass er im Ausland arbeitet. Hat er mir nicht sogar so was gesagt? Ich bin mir wirklich nicht mehr sicher. Fragen Sie doch Echo. Sie wird schon wissen, wann er zurückkommt.«

»Wen?«

»Echo Bateman. Seine Untermieterin. Sie kommt normalerweise gegen Mittag nach Hause.«

Eine Untermieterin! Plötzlich sah es so aus, als würde es viel leichter als befürchtet sein, Rupes habhaft zu werden. Die kleine Miss Echo konnte sicher alles für mich klären. Um mein Glück zu feiern, schlenderte ich zu einem Pub, an dem ich auf dem Weg vom The Oval vorbeigekommen war. Ich musste noch eine Stunde warten und brauchte dringend etwas, um die Kopfschmerzen los zu werden, die ich zu viel Kaffee und zu wenig Essen in der Früh verdankte.

Mit seinem vielen rohen, nackten Holz war das Pole Star ein typischer Vertreter des Chics der neunziger Jahre. Vielleicht etwas nachgedunkelt und an den Kanten abgewetzt, aber die Hand voll Kunden, die hier so kurz nach der Öffnung herumsaß, liebte das Pub so, wie es eben war, und darum waren keine Klagen zu hören. Keine jedenfalls, die nicht vom Dröhnen eines Staubsaugers im Speisebereich übertönt wurden. Zum Glück war das Wegsaugen der Pizzareste von gestern Nacht eine Lappalie. Ich hatte meinen Drink erst zur Hälfte geleert, als bereits wieder Ruhe einkehrte. So beschloss ich, den Barkeeper auszufragen.

»Kennst du Rupe Alder? Er lebt hier um die Ecke.«

»Rupe Alder? Yeh.« (Das gute alte »Yes« schien bei der jüngeren Generation, zu der auch ich mich noch zählte, auszusterben.) »War aber schon eine ganze Weile nicht mehr hier. Biste'n Freund von ihm?«

»Von früher. Von sehr viel früher, um ehrlich zu sein. Und das ist mein Problem. Wir haben uns aus den Augen verloren und ich weiß nicht, wo er jetzt ist.«

»Da kann ich dir auch nicht helfen, Kumpel. Aber am Abend arbeitet hier ein Typ, der ihn gut kennt. Wenigstens hat er ihn gut gekannt. Vielleicht kann dir Carl mehr über Rupe Alder sagen.«

»Und wird Carl heute Abend hier sein?«

»Yeh – wenn er rechtzeitig aufwacht.«

Das sah ja immer besser aus. So geht es mir jedes Mal, wenn meine ziellosen Streifzüge durch das Leben die flüchtige Würde eines Plans annehmen. Ich verließ das Pole Star mit dem Vorsatz, im Zeitschriftenladen nebenan eine Schachtel extrastarke Pfefferminzbonbons zu kaufen, mir auf dem Rückweg in die Hardrada Road gleich eines in den Mund zu stecken (für den Fall, dass Echo etwas gegen Alkohol am Mittag hatte), mir anzuhören, was Echo zu sagen hatte, mich nach einem billigen Zimmer für die Nacht umzusehen, vielleicht irgendwo ins Kino zu gehen und schießlich wieder in den Sog des Pole Star zu geraten, wo dann hoffentlich besagter Carl Schicht hatte.

Was mich betrifft, steht L. G., wie wir wissen, für Lancelot Gawain. Aber manchmal denke ich, es könnte auch Lance der Glückspilz heißen. Nicht oft, aber bisweilen. Das war mal wieder so ein Anlass. Gerade sperrte eine junge Frau die Haustür auf, als ich erneut vor der Nummer 12 einlief. Sie war hoch gewachsen und kräftig gebaut, hatte kurzes schwarzes Igelhaar, große Augen und trug eine Postbotenuniform. Erst stieß sie einen unüberhörbaren Seufzer aus, ehe sie mich bemerkte – ein Hinweis darauf, dass sie heute schon viele lange Stunden über die Bürgersteige von Südlondon gelatscht war.

»Echo?«

»Himmel, hast du mich erschreckt!« (Das hatte ich allerdings. Kein Wunder – bei den weichen Sohlen meiner Clarks.) Sie drehte sich zu mir um und musterte mich mit sich verengenden Kulleraugen.

»Deine Nachbarin hat mir deinen Namen genannt. Ich bin ein Freund von Rupe. Lance Bradley.«

»Kennen wir uns?«

»Nein, aber ...«

»Trotzdem ... irgendwie kommt mir dein Gesicht vertraut vor.«

»Ich verspreche dir, dass ich es nicht werde.«

»Was?«

»Zu vertraulich.« Ich fabrizierte ein Grinsen. »Wenn du mich reinlässt.«

»Soll das ein Scherz sein?«

»Na ja, eigentlich schon. Lass es mich noch mal versuchen. Ich komme aus der hintersten Provinz. Vielleicht ist das der Grund, warum der Witz nicht zündet. Also, ich suche Rupe. Seine Familie macht sich um ihn Sorgen.«

»Seine *was*?«

»Familie. Die meisten von uns haben eine, ob es uns passt oder nicht.«

»Das ist das erste Mal, dass ich von Rupes Verwandten höre. Wie auch immer, du wirst ihn hier nicht finden. Aber…« Sie musterte mich von oben bis unten. »Na gut, komm rein. Jetzt weiß ich, woher ich dich kenne. Du bist wirklich ein Freund von Rupe.«

»Hab ich doch gesagt.«

»Die Leute sagen alles Mögliche.« Sie stieß die Tür weit auf, trat ein und bedeutete mir, ihr zu folgen.

Als Erstes stach mir ein großes Ölgemälde in grellen Farben ins Auge, das ungerahmt gleich neben der Tür an der Wand hing. Das Nächste, was mir auffiel, war ein ähnliches Bild hinter der Treppe. Keine Frage, beide stammten vom selben Maler; darauf hätte ich mein Geld verwettet. Was die Absicht des Künstlers betraf – mit all den hingeknallten Linien und grellen Farben –, hätte ich allerdings nicht mal zu raten gewagt.

»Die sind von mir«, kommentierte Echo, als sie die Tür zuschlug und bemerkte, in welche Richtung ich starrte. »Du brauchst dich nicht verpflichtet zu fühlen, einen Kommentar abzugeben.«

»Gut.«

»Komm mit in die Küche. Möchtest du Tee?«

»Warum nicht?« (Es war höchste Zeit, dass ich mir bei Einladungen zu einem Getränk einen besseren Spruch einfallen ließ.)

Vorbei an zwei Gemälden mit so etwas wie einem Vulkanausbruch und zwei geschlossenen Türen, gingen wir weiter in die Küche. »Das bist doch du, oder?«, fragte Echo und deutete auf ein (gerahmtes) Bild links neben der Tür.

Wie Les' Zusammenstellung zur Erinnerung an eine Verkleidungsparty im Weatsheaf, handelte es sich um eine Collage, nur bestand diese hier aus allen möglichen Fotos aus Rupes Leben. Teils zeigten sie Orte – die Kuppe des Glastonbury Tors, die Kathedrale von Durham, Big Ben –, teils Personen – Freunde von ihm, die ich nicht alle kannte. Echos Finger landete auf einem Schnappschuss von mir, auf dem ich, die Hand fest um eine Flasche Newcastle Brown geschlossen, vor einem Pub irgendwo in den Pennines saß. Er musste ihn um 1983 herum in unserer Zeit in Durham bei einer Wochenendspritztour gemacht haben. (Hm, was kann ich sonst dazu sagen? Wir alle müssen eben aus unseren Fehlern lernen.) »Mich wundert, dass du mich erkannt hast«, brummte ich.

»Vielleicht wäre ich nicht darauf gekommen, wenn du zwischenzeitlich eingesehen hättest, dass es mit dieser Frisur einfach nicht geht.« Sie ließ Wasser in den Kessel laufen und zündete das Gas an. »Reicht ein Beutel?«

»Klar.« (Ich konnte nur hoffen, dass ich mein Gesicht nicht allzu auffällig verzogen hatte.)

»Also, wie ist das mit Rupes Familie? Er hat nie was von Verwandten gesagt.«

»Ein Bruder und zwei Schwestern. Sie leben in Somerset unten in Street. Dort ist Rupe geboren. Ich auch. Wir sind zusammen zur Schule gegangen. Und an die Uni.«

»Durham?«

»Genau. Du bist schnell von Begriff, hm?«

»Nein. *Das* immerhin hat Rupe erwähnt. Irgendwann mal. Aber seine Familie« – sie zuckte die Schultern – »mit keinem Wort.«

»Wie lange lebst du schon mit ihm zusammen?«

»Ungefähr ein Jahr. Aber nicht unbedingt mit ihm *zusammen*. Die meiste Zeit ist er im Ausland. Das ist eigentlich der Grund, warum er mir vorgeschlagen hat, hier einzuziehen. Ich brauche größere Räume für meine Bilder, und er braucht jemanden, der das Haus hütet, wenn er auf Reisen ist.«

»Auf Reisen? Wo?«

»Tokio. Im Dienst der Reederei, für die er arbeitet. Aber daran ist wirklich nichts Geheimnisvolles. Ich verstehe nicht, warum sich seine Familie um ihn sorgt.«

»Du sorgst dich nicht?«

»Er ist in Tokio.« Der Wasserkessel begann zu pfeifen. Sie nahm ihn vom Herd und füllte unsere Tassen. »Was soll man sich da schon sorgen?«

»Na ja, schließlich wussten sie überhaupt nichts von Tokio. Kannst du ihn dort irgendwie erreichen?«

»Ich habe eine Telefonnummer. Allerdings…« Sie runzelte fast schuldbewusst die Stirn. »Ich habe letzthin ein paarmal versucht, ihn zu anzurufen. Keine Antwort. Und er hat nie zurückgerufen. Aber…«

»Er hat die Eurybia Shipping verlassen.«

»Ach?«

»Ja.«

»Oh.« Die Falten auf ihrer Stirn wurden tiefer. »Das wusste ich nicht.«

»Bitte nicht ganz so stark, wenn möglich.«

Meine Bitte schien Echo zu verwirren, doch dann begriff sie. »Aber klar.« Sie nahm den Teebeutel heraus und reichte mir die Tasse.

»Hast du Milch?«

»Im Kühlschrank.«

Ich bediente mich. »Du auch?«

»Yeh.« Ich schenkte ihr einen Spritzer Milch ein. »Danke.«

»Warum wolltest du neulich mit ihm sprechen?«

»Bestimmte Dinge.« Sie nippte an ihrem Tee. »Merkwürdige Sachen.«

»Möchtest du darüber reden?«

Sie sah mich mit schief gelegtem Kopf an. »Kann ich dir trauen, Lance?«

»Klar.«

»Rupe hat gesagt, *dir* immer.«

»Wirklich?«

»Wir sind mal darüber ins Reden gekommen. Über Leute, denen man trauen kann, blind vertrauen kann. Da hat er dich genannt. Sonst niemanden, nur dich. Hat irgendwie mit einem Unfall bei einer Höhlenwanderung zu tun. Damit, dass man zu... zu einem Freund zurückkehren muss, den man hat liegen lassen. Ist es das, was du jetzt machst?«

»Hoffentlich nicht.« Ich lächelte in dem Versuch, die Stimmung etwas zu lockern. »Wie war das mit diesen merkwürdigen Sachen?«

»Eigentlich können wir zusammen reingehen.« Sie führte mich zurück in den Flur und öffnete die Tür zum großen Wohnzimmer. »Mein Zimmer ist oben. Das hier ist das von Rupe.«

Es war spärlich, doch gemütlich eingerichtet, mit möglichst wenig Zierrat. In einer Ecke stand ein gut gefülltes Bücherregal mit einem Modellsegelschiff oben drauf. Was eine persönliche Note betraf, war das so ziemlich alles. Aber es war noch nie Rupes Sache gewesen, sich mit Gegenständen zu umgeben. Er war Minimalist gewesen, lange, bevor das in Mode gekommen war.

Unter dem Fenster befand sich ein Schreibtisch, auf dem ein Telefon und ein Anrufbeantworter neben einem säuberlich aufgeschichteten Stapel Briefe standen. Echo ging geradewegs darauf zu. »Ich habe mein eigenes Telefon. Rupe legt großen Wert darauf, dass ich mich nicht um seine Anrufe kümmere. Um seine Post genauso wenig. Darum habe ich nichts angerührt. Aber...«

»Was?«

»Ich glaube, dass jemand hier war und einen Teil der Briefe mitgenommen hat. Vielleicht hat er auch die Nachrichten auf dem Band abgehört.«

»Jemand ist eingebrochen?«

»Nicht wirklich eingebrochen. Ist nur durch ein Fenster auf der Rückseite eingestiegen und hat sich umgesehen. Ich bin mir ziemlich sicher, dass ein paar Briefe fehlen. Und die Bücher sind verschoben worden. Der Staub ist verwischt. Nichts, was ich beschwören könnte, verstehst du? Wir sprechen nicht über einen Nullachtfünfzehn-Einbruch.«

»Was ist mit dem Rest des Hauses?«

»Nichts. Nur hier unten.«

»Hast du das der Polizei gemeldet?«

»Was gibt es da zu melden? Es ist ja kaum mehr als ein Verdacht.«

Ich blätterte die Briefe durch. Zum größten Teil braune Fensterumschläge; nichts Aufregendes. Die einzigen handgeschriebenen stammten von Win. Der Füller und der Poststempel aus Street verrieten sie. Was immer sonst im Stapel gelegen hatte, war verschwunden. »Du hast was von *merkwürdigen Sachen* gesagt, Echo. Mehrzahl. Was ist außerdem geschehen?«

»Du bist aufgekreuzt.«

»Das zählt bei mir nicht als merkwürdig.«

»Wenn du meinst. Aber du bist nicht der Erste. In letzter Zeit waren noch drei andere Typen da und haben sich nach Rupe erkundigt.«

»*Drei?*«

»Yeh. Und die waren vielleicht schmierig! Es fing mit einem Typen von der Eurybia Shipping an, der, wie er das ausdrückte, einfach den ›Kontakt pflegen‹ wollte.«

»Hat er nicht erwähnt, dass Rupe die Firma verlassen hat?«

»Nein. Und er schien auch nicht zu wissen, dass Rupe eigentlich in Tokio sein sollte. Sagte, er sei selbst gerade erst aus dem Ausland zurückgekommen.«

»Hat er einen Namen genannt?«

»Charlie Hoare. Mittleres Alter. Ziemlich typischer Londoner Manager mit Anzug und Krawatte. Nach ihm war ein japanischer Geschäftsmann da. Ich habe seinen Namen aufgeschrieben.« Sie deutete auf einen am Anrufbeantworter klebenden Notizzettel mit der Aufschrift *Mr Hashimoto, Park Lane Hilton*. »Er hat gegen Ende letzter Woche vorbeigeschaut.«

»Was wollte er?«

»Mit Rupe sprechen. Ich habe ihm gesagt, dass Rupe in Tokio ist, aber ich bin nicht sicher, ob er mir geglaubt hat.«

»Und der dritte?«

»Vor drei Tagen. Irgendein alter Knacker. Der war total unfreundlich. Sagte, er würde Rupe suchen. Er hat keinen Namen hinterlassen und hat sonst auch nichts gesagt. Ein echt zwielichtiger Typ, verstehst du?«

»Und all das hat dich veranlasst, bei Rupe in Tokio anzurufen?«

»Yeh.«

»Aber keine Antwort. Weder dort... noch hier.« Ich ließ den Blick durch das Zimmer wandern, dann wandte ich mich wieder Echo zu. »Wann hast du zuletzt von ihm gehört?«

»Als ich ihn zuletzt gesehen habe. Irgendwann Anfang September. Bei einer Stippvisite in London, wie er das ausgedrückt hat. Er ist nur ein paar Nächte geblieben. Dann ging es wieder zurück nach Tokio – soviel ich weiß.«

»Meinst du, wir können mal die Nachrichten abspielen?« Ich tippte mit dem Finger auf den Anrufbeantworter.

»Warum nicht?«

Ich spulte das Band zurück und setzte mich auf das schwarze Ledersofa. Echo nahm neben mir Platz. Die erste Nachricht war von einem Autohändler, der Rupe ein Schnäppchen anbot, die zweite von einer Zahnarzthelferin, die ihn an seine überfällige Routineuntersuchung erinnerte. So mühten wir uns durch einen Nachrichtenbrei aus einer ganzen Reihe ähnlich klingender Stücke. Dann drang Wins nervöse Stimme durch den Raum: »*Wir haben nichts gekriegt, Rupert. Stimmt was nicht?*« Sie war noch zweimal zu hören, und jedes Mal nahm die Unruhe in ihrer Stimme zu. Nach ihr kam ein Cockney mit Reibeisenstimme: »*Du hast gesagt, unser Geschäft würde laufen. Was soll das große Schweigen? Klingel mich an, oder ich komm persönlich nachsehen.*«

»Das ist der alte Knacker, der vorbeigeschaut hat«, erklärte Echo.

»Wie er es angekündigt hatte.«

»*Charlie Hoare hier, Rupe. Wir müssen wirklich miteinander reden. Melde dich, sobald du das hörst. Bis bald.*«

Das war's, bis auf einen weiteren Anruf von Win. Und natürlich den von mir. »Wo steckst du?«, murmelte ich, als das Band stehen blieb. »Und anscheinend wollen alle anderen genau dasselbe wissen.« Ich ging zum Telefon und wählte eine Nummer.

»Wen rufst du an?«, fragte Echo.

»Den Londoner Manager mittleren Alters.«

Doch der Manager war nicht bei seiner Firma zu erreichen. Mir blieb nichts anderes übrig, als mich der langen Schlange von Leuten mit einer Mitteilung für ihn anzuschließen. »Ich werde ihm ausrichten, dass er Sie zurückrufen soll, Sir. Worum geht es?«

»Rupert Alder.«

»Er gehört nicht mehr dem Unternehmen an, Sir.«

»Erklären Sie das besser Mr Hoare. Sagen Sie ihm einfach, dass es dringend ist.«

»Stimmt das?«, entfuhr es Echo, als ich auflegte. »Dass es dringend ist, meine ich.«

»Weiß nicht.« Ich schlenderte mit meiner leeren Tasse in die Küche zurück, und Echo folgte mir. »Sieht aber immer mehr danach aus, findest du nicht auch?«

Ich blieb vor der Fotocollage stehen und betrachtete die Aufnahme von Rupe. Es war so ziemlich das neueste Foto in der Sammlung. Sie zeigte Rupe irgendwo auf einem Kai stehend, während im Hintergrund ein Containerschiff der Eurybia entladen wurde. Das gleißende Licht und sein Leinenanzug ließen auf ein tropisches Land schließen – die Golfregion vielleicht oder der Ferne Osten. Eine Brise zerzauste ihm das dunkle Haar, und er kniff die Augen gegen die Sonne zusammen. Seine ebenmäßigen Gesichtszüge und seine schmächtige Gestalt gaben ihm das Aussehen des ewigen Schuljungen, den ich so gut kannte. Steckte man ihn in eine Internatsuniform, konnte er immer noch für einen frühreifen Teenager gehalten werden und nicht für den Sechsunddreißigjährigen, der er in Wahrheit war.

»Anscheinend hat er schon immer gut ausgesehen«, meinte Echo und nahm mir die Tasse aus der Hand.

»Yeh. So ein Glückspilz.«

»Ihr seid beide gleich alt?«

»Ein derart ungläubiger Ton ist wirklich nicht nötig.«

»Ist dieser Typ da sein Bruder oder was?« Sie deutete auf ein Schwarzweißfoto am oberen Rand der Sammlung. »Ich habe ihn mir schon öfter angeschaut und frage mich, wie er da reinpasst. Vielleicht fällt er auch bloß deshalb so auf, weil es das einzige Schwarzweißfoto ist.«

Ich betrachtete das Bild. Es zeigte einen Mann von etwa dreißig Jahren in Jeans und Matrosenjacke, eine Tasche über der Schulter, auf einem Bahnsteig. Er hatte kurzes Haar, fast einen Stiftenkopf, und ein bleiches, knochiges Gesicht mit vorstehendem, kantigem Kinn. In einer Hand hielt er eine Zigarette in dieser flüchtigen Pose zwischen Daumen und Zeigefinger festgeklemmt. Er schaute nicht in die Kamera; und vielleicht war auch die Kamera nicht auf ihn gerichtet, weil er sich nicht in der Mitte des Bildes befand. Im Vordergrund stand vielmehr das Bahnhofsschild, ein seelenloser Betonklotz mit den Worten ASHCOTT AND MEARE darauf. »Leck mich am Arsch«, murmelte ich.

»Stimmt was nicht?«

»Ashcott and Meare war ein Halt an der S & D, zwei Meilen westlich von Glastonbury.« Ich sah, wie Echos Augen sich verständnislos weiteten, und fügte hinzu: »Die Eisenbahnlinie von Somerset nach Dorset.«

»Ach so?«

»Sie ist Sechsundsechzig stillgelegt worden, als Rupe und ich noch in den Windeln lagen. Dieses Foto muss davor gemacht worden sein.«

»Aber nicht von Rupe.«

»Wohl kaum. Ich tippe mal auf Howard. Nicht auf dem Foto. Aber er dürfte es geschossen haben. Ein richtiger Eisenbahnfreak, unser Howard.«

»Rätsel also geknackt.«

»Ja. Außer dass...« Ich blickte erneut auf das leicht verschwommene Gesicht des Mannes in der Matrosenjacke, dann auf die jüngeren und farbigen Aufnahmen. »Ich kann mich nicht erinnern, Howard je mit einer Kamera gesehen zu haben. Wie ist Rupe nur an dieses Foto rangekommen? Und warum wollte er es behalten? Ashcott and Meare war doch bloß ein Halt für die Torfgräber draußen im Moor. Es sei denn, ihn interessiert der Bursche, der da wartet. Aber den erkenne ich nicht. Hab ihn noch nie gesehen.«

»Also muss ich eben weiter darüber nachgrübeln, wo er einzuordnen ist.«

»Du und ich, wir beide.«

Ich konnte den Blick nicht von dem namenlosen Mann wenden, der da vor fünfunddreißig oder noch mehr Jahren an der kahlen Haltestelle Ashcott and Meare gestanden hatte: ein Phantompassagier, der auf einen Geisterzug wartete. Unvermittelt riss mich das Schrillen des Telefons aus meinen Gedanken.

»Wetten, dass das der Manager ist«, sagte ich und zwinkerte Echo zu.

»Ich wette nie«, erwiderte sie, ohne die Miene zu verziehen.

»Sehr vernünftig.« Ich rannte ins Wohnzimmer und nahm ab.

Es war tatsächlich der Manager. »Mr Bradley? Charlie Hoare von der Eurybia Shipping. Sie haben vor ein paar Minuten angerufen.«

»Mir wurde gesagt, Sie seien außer Haus.«

»Ach, das stimmt schon. Ich bin gerade reingekommen.« Sein Tonfall verbarg die Lüge nicht, im Gegenteil, er machte darauf aufmerksam. »Sie benutzen Rupes Nummer, wie ich sehe.«

»Ich bin ein Freund von ihm und versuche, ihn im Namen seiner Angehörigen aufzuspüren.«

»Das müsste die Familie in Street unten sein, richtig?«

»Ja. Woher...?«

»Auf gut Glück geraten. Ich habe seinen Lebenslauf hervorgekramt. Darin ist Street als sein Geburtsort angegeben. Ist das auch Ihrer?«

»Äh, ja.«

»Sie sind also ein *alter* Freund von ihm.«

»Aus der Schulzeit.«

»Hervorragend. Soll ich all dem entnehmen, dass Rupes Familie nichts von ihm gehört hat?«

»Seit zwei Monaten schon nicht mehr.«

»Sehr beunruhigend für sie. Technisch gesehen gehört Rupe nicht mehr zu unserem Stab. Aber wir betrachten Eurybia gerne als eine Art zweite Familie. Und man vergisst ein Familienmitglied nicht so leicht, nur weil es einen verlassen hat. Darum würde ich gerne helfen, wenn ich kann.«

»Haben Sie eine Ahnung, wo er sein könnte?«

»Nein. Aber die Lage ist... kompliziert. Ist sie das nicht immer?« Er stieß ein raues Lachen aus. »Vielleicht könnten wir uns treffen, solange Sie in der Stadt sind.«

»Was halten Sie von heute Nachmittag?«

»Nur nichts auf morgen verschieben, was, Mr Bradley? Ich mache Ihnen einen Vorschlag. Wir treffen uns in meinem Club. Der East India am St. James's Square. Er ist gleich neben der London Library. Können Sie um vier Uhr dasein? Um die Zeit ist es dort ruhig, und wir können ungestört plaudern.«

»Einverstanden. Ich komme um vier.«

»Sehr schön. Ach, eines noch. Sakko und Krawatte. Darauf besteht der Club.«

»Das kriege ich schon hin.«

»Dann bis vier.«

»Gut. Oh...« Aber er hatte schon aufgelegt. Ich hatte ihn noch fragen wollen, ob er einen Mr Hashimoto kannte, doch das konnte warten. Der St. James's Square war nicht weit vom Park Hilton entfernt.

»Du triffst dich heute Nachmittag mit ihm?«, fragte Echo, als ich den Hörer aufgelegt hatte.

»Yeh. In seinem Club.« Ich verdrehte die Augen.

»Er ist ja richtig scharf darauf.«

»Sieht so aus, was? Verdächtig scharf, könnte man meinen. Aber« – ich zuckte die Schultern, – »wir werden ja sehen. Bis dahin muss ich noch eine Unterkunft finden. Ich mache mich mal besser auf die Socken.«

»Du kannst hier wohnen, wenn du möchtest.«

»Wirklich?« Ich sah sie überrascht an. Das war ja noch besser, als ich gehofft hatte. Die Art von Unterkunft, die ich mir leisten konnte, gehörte nicht zu der Sorte, die ich vermissen würde.

»Ich könnte Rupes Bett frisch beziehen. Er wird es nicht brauchen.«

»Das ist nett von dir, Echo. Danke.«

»Na ja, es ist schließlich nur für ein paar Nächte, oder?«

»Natürlich.«

»Und wenn derjenige, der Rupes Habseligkeiten durchsucht hat, noch mal reingeschlichen kommt, ist es praktisch, dich als Rausschmeißer im Haus zu haben, meinst du nicht auch?«

»Stimmt«, brummte ich mit einem beklommenen Lächeln. »Das ist sicher auch ein Vorteil.«

4

Die Welt der Clubs ist nicht gerade mein natürlicher Lebensraum. Was die Mitgliedschaft in solchen Einrichtungen betrifft, halte ich es eher mit Groucho Marx. Und ich vertrat Groucho Marx' Standpunkt ziemlich deutlich, indem ich vor dem Säulenportal des East India Club in zerknittertem Jackett und ungebügeltem Hemd aufkreuzte. (Na ja, beim Einpacken war ich nicht besser als beim Bügeln.) Zumindest meine Krawatte passte in den Laden. (Eigentlich gehörte sie Rupe, aber wir wollen doch nicht kleinlich sein.)

Charlie Hoare wartete in der Lobby auf mich. Eine graue

Zottelmähne und ein Vogelnest von einem nicht minder grauen Bart verliehen ihm passenderweise das Aussehen eines Seemanns. Der makellos glatte, marineblaue Anzug dagegen, die diskret gestreifte Krawatte und die bei den Inseraten für Rohstoffe aufgeschlagene *Financial Times* unter seinem Arm wiesen ihn als einen Vertreter der City aus, als Finanzmakler, wie er im Buche steht. Er fixierte mich mit einem starren Keine-Faxen-Blick und schüttelte mir die Hand derart fest, dass jedes Gefühl aus meinem kleinen Finger wich.

»Lance?«

»Yeh. Ich...«

»Nennen Sie mich Charlie. Schließlich ist das hier ein formloses Treffen. Lassen wir es dabei.« (Mir war nicht ganz klar, was es sonst hätte sein können.) »Gehen wir nach oben.« Er führte mich, in einem fort plaudernd, die mit Plüschteppich ausgelegte Treppe hinauf. »Willkommene Zuflucht vom Büro, dieser Club. Und eine Zuflucht ist genau das, was ich dieser Tage anscheinend immer nötiger habe. Ich habe Rupe als neues Mitglied empfohlen, aber er hatte kein Interesse daran. Nicht gerade clubfähig, unser Rupe, aber wenigstens einer von der anständigen Sorte. Ehrlich durch und durch. Zumindest habe ich das immer gedacht.«

Wir erreichten einen großen Raum im zweiten Stock, in dem ein paar Mitglieder den Nachmittag unter golden eingerahmten Perückenträgern den Nachmittag verdösten. Hoare steuerte auf zwei Sessel links und rechts eines Tischs vor einem der Fenster zu. Ich konnte die sich gelb färbenden Blätter der Platanen auf dem Platz unten sehen, die in der zunehmenden Dämmerung schlaff herunterhingen.

»Möchten Sie Tee? Oder Kaffee?«

»Kaffee wäre prima.«

»Oder vielleicht etwas Stärkeres?«
»Zu früh für mich.«
»Wirklich? Oh, von mir aus. Vielleicht besser so.« Hoare winkte eine Kellnerin herbei und bestellte eine Kanne Kaffee. Dann beugte er sich über den Tisch und rieb sich die Hände, als gehe er zum Abschluss eines Geschäfts über. »Sie sind also mit Rupe zur Schule gegangen?«
»Und zur Universität.«
»Klingt, als ob Sie ihn sehr gut kennen würden.«
»Das tue ich auch.«
»In welchem Gebiet sind Sie tätig, Lance?«
»Ich stehe zurzeit zwischen den Gebieten.«
»Kann eine gefährliche Gegend sein – zwischen den Gebieten.«
»Wie lange arbeiten Sie schon im Reedereiwesen, Charlie?« Ich hatte kurzerhand beschlossen, die Andeutung einer Drohung in seiner mit einem Lächeln vorgebrachten Bemerkung zu ignorieren.
»Viel zu lange. Aber verschwenden wir keine Zeit mit meiner ruhmlosen Laufbahn. Die Eurybia benutzt mich als eine Art Krisenfeuerwehr. Was uns zu Rupe führt.«
»Steckt er in Schwierigkeiten?«
»Wer weiß? Seine Familie nimmt das wohl an. Und Sie auch.«
»Wir können ihn nur nicht erreichen.«
»Ich auch nicht. Und auch sonst niemand, soweit ich das beurteilen kann. Würden Sie das als charakteristische Verhaltensweise Ihres Freundes bezeichnen – dass er sich einfach absetzt?«
»Nein.« Das stimmte nicht ganz. Gewiss, so etwas hatte er noch nie getan, aber in dem Moment, als Hoare mich danach fragte, war ich versucht, zu gestehen, dass es mich nicht völlig überraschte. Rupe hatte eine unergründliche Seite,

doch ob er sich dessen bewusst war, stand auf einem vollkommen anderen Blatt.

Hoare setzte gerade zu einer Antwort an, als der Kaffee gebracht wurde. Er hielt inne, um den Bestellzettel zu unterschreiben, dann schenkte er uns beiden ein. Sobald die Kellnerin weg war, sagte er: »Ich kenne Rupe seit sieben Jahren, Lance, so lange, wie er bei der Eurybia war. Aber Sie kennen ihn schon Ihr ganzes Leben. Wie würden Sie ihn beschreiben?«

Ich dachte einen langen Moment nach, ehe ich es versuchte. »Gewitzt, locker, anpassungsfähig. Ein bisschen einzelgängerisch, aber für mich immer ein guter Freund. Ziemlich ernst. Ziemlich streng mit sich selbst. Aber mit einem trockenen, selbstironischen Humor.«

»Fähig, im großen Spiel mitzuspielen?«

»Ja.«

»Aber sich dessen bewusst, dass es ein *Spiel* ist?«

»Wahrscheinlich.«

»Hm.« Hoare schlürfte seinen Kaffee. »Also, das könnte ich wohl voll und ganz unterstreichen. So kam er mir auch vor. Gut darin, mehrere Bälle gleichzeitig in der Luft zu halten. Dazu ein hervorragender Stratege. Er hat gute Leistungen für die Eurybia erbracht, hat ein äußerst lukratives Geschäft aufgezogen. Auslastung ist der Schlüssel zum Profit im Frachtwesen, Lance. Es geht nicht nur darum, die Meere zu durchpflügen. Unsere Container verkehren auch zwischen Kontinenten. Und Rupe hat die russische Verbindung für uns geknackt.«

»Tatsächlich?«

»Wir haben viele Ladungen, die in Skandinavien enden, aber wenige, die dort anfangen. Im Fernen Osten verhält es sich umgekehrt. Das bedeutet leere Schiffe, was leere Laderäume zur Folge hat. Rupe hat Verhandlungen mit russi-

schen Industriellen geführt, um den Kreis zu schließen – das heißt Container über Russland in den Fernen Osten zu schicken. Darum haben wir ihn nach Japan entsandt, damit er auch dort die Unebenheiten glättet.«
»Und hat er sie geglättet?«
»O ja. Zumindest hat er damit angefangen. Aber im Sommer hat er dann plötzlich gekündigt.«
»Wieso?«
»Keine Ahnung.« Ein zerknittertes Grinsen huschte über Hoares Lippen. »Damals jedenfalls nicht.«
»Aber später?«
»Nun…« Hoare rutschte unbehaglich auf seinem Stuhl herum. »Das ist eigentlich der Anlass, warum ich bereit war, Sie zu treffen. Ein Mann geht, ohne einen Grund zu nennen? Wir leben in einem freien Land. In einer irgendwie freien Welt. Das kam uns merkwürdig vor, sogar etwas grob. Wir bekamen nichts als ein Fax aus Tokio. Aber wir hatten gar keine andere Wahl, als ihn gehen zu lassen. Vom einunddreißigsten August an stand er nicht mehr auf unserer Gehaltsliste. Dann sind auf einmal Ungereimtheiten aufgetaucht. Und die zogen immer größere Kreise.«
»Was für Kreise?«
»Wissen Sie, was ein Seefrachtbrief ist, Lance?«
»Nicht genau.«
»Die urkundliche Bestätigung eines Rechtsanspruchs. Das Frachtunternehmen stellt ihn auf den Kunden aus, der ihn als Sicherheitsgarantie für ein Darlehen verwenden kann, wenn er dies wünscht. Aber wo es ein Darlehen gibt, ist auch Betrug möglich, falls der Spediteur irgendwie überredet – oder bestochen – wird, mehr als einen Seefrachtbrief pro Ladung auszustellen. Damit sind mehrere Darlehen möglich, und alle auf dieselbe Ladung. Wie Rupe es getan hat.«
»Sie beschuldigen Rupe des Betrugs?«

»Es ist ziemlich schwer, das nicht zu tun, wenn drüben in Tilbury ein Container mit achtzehn Tonnen hochwertigem russischem Aluminium festsitzt, weil sich Anwälte im Auftrag eines halben Dutzend Banken aus dem Fernen Osten darum streiten, und sie alle beanspruchen die Eigentümerschaft wegen nicht geleisteter Begleichung einer Darlehensschuld bei einer obskuren Firma mit dem Namen Pomparles Trading Company.«

»Die *was*?«

»Pomparles. Sagt ihnen der Name etwas?«

»Allerdings. Damit kann jeder Junge aus Street etwas anfangen.« Ich erklärte ihm kurz die Bedeutung der *Pons Perilis* in der alten Arthur-Sage und den Zusammenhang mit der modernen Pomparles Bridge. Das brachte Hoare kurz zum Grinsen.

»Rupes kleiner Scherz«, kommentierte er, als ich geendet hatte. »Er ist also Vorsitzender, Direktor, Sekretär, Schatzmeister und der Scheißteeverkäufer der Pomparles Trading Company. Er kennt die Tricks des Geschäfts aus erster Hand. Und so hat er auf eine aus Yokohama kommende Aluminiumlieferung an uns mehrere Frachtbriefe der Eurybia ausgestellt. Mit ihnen als Garantie hat er sich Darlehen verschafft. Danach hat er gekündigt, das Geld genommen... und sich abgesetzt.

»Das kann ich nicht glauben.«

»Ich wünschte, ich müsste das nicht glauben. Aber es ist die Wahrheit. Und für Eurybia verdammt peinlich.«

»Rupe ist kein Schwindler.«

»Sie sehen das nicht so?«

»Natürlich nicht.« (Meiner Erfahrung nach war Rupe immer grundanständig gewesen und hatte sogar die Drogengesetze und Parkvorschriften mit geradezu lächerlicher Beflissenheit befolgt.) »Das ist einfach nicht seine Art.«

»Es ist jedermanns Art, wenn es sein muss. Aber gerade das lässt mich stutzen. Hatte Rupe so etwas denn nötig?«

»Weshalb sollte er?«

»Sagen Sie es mir, Lance.«

»Das kann ich nicht. Wie gesagt, ich glaube es nicht. Außerdem...«

»Was?« Hoare sah mich neugierig an, während ich fieberhaft versuchte, mehrere Dinge in einen Zusammenhang zu bringen. Was, zum Teufel, mochte Rupe vorhaben? Und warum, wenn er denn tatsächlich in ergaunertem Geld schwamm, hörte er plötzlich damit auf, seine Verwandten auf Penfrith zu unterstützen?

»Wie viel dürfte dieser Betrug eingebracht haben?«

»Tja, bei eigenen Verlusten sind die Banken immer gern zurückhaltend, aber achtzehn Tonnen hochwertiges Aluminium bei den heutigen Preisen« – er schlug seine *Financial Times* auf – »dürften ungefähr zwanzigtausend Pfund entsprechen. Multiplizieren Sie das mit sechs Frachtbriefen und Sie kommen auf... nun, rechnen Sie es selbst aus.«

»Wie viel hat Eurybia Rupe gezahlt?«

»Sie erwarten doch nicht...«

»Kommen Sie schon. Geben Sie mir eine ungefähre Vorstellung.«

»Etwa sechzigtausend im Jahr, plus Prämien und Spesen.«

»Und mit Aussichten auf Erhöhung – wenn man bedenkt, wie gut er war?«

»Höchstwahrscheinlich.«

»Dann hätte sich ein Betrug nie für ihn gelohnt.«

»Langfristig nicht. Aber kurzfristig muss etwas Rupe auf den Nägeln gebrannt haben. Darauf will ich hinaus. Und ich glaube, ich kann es beweisen.«

»Wie?«

»Morgen fahre ich nach Tilbury. Warum kommen Sie

nicht mit?« Er senkte geheimnisvoll die Stimme. »Ich würde Sie dort gern jemandem vorstellen.«

»Wem?«

»Jemand, der Sie meiner Meinung nach davon überzeugen kann, dass Rupe seine ehrlichen Tage tatsächlich hinter sich gelassen hat. Ein für alle Mal.«

Die Geschichte von Rupe als Betrüger kaufte ich Charlie Hoare nicht für einen Moment ab. Das wollte ich ihm freilich nicht verraten. Jawohl, ich würde mit nach Tilbury fahren, wenn er mich dazu aufforderte. Aber ich war nicht bereit, mich von ihm gegen einen Freund aufhetzen zu lassen, egal, was ich dort über ihn zu hören bekam. Frachtbriefe und Preise für Aluminium verwandelten Rupe nicht über Nacht in einen Gauner. Jedenfalls nicht in meinen Augen.

Trotzdem ließ sich nicht leugnen, dass sich jede Menge Leute an Rupes Spur geheftet hatten, vielleicht sogar alle aus demselben Grund. Ich ging vom St. James's Square zur Park Lane und trat ins Hilton. Mr Hashimoto hatte dort immer noch ein Zimmer, war aber im Moment nicht im Haus. Ich hinterließ ihm eine Nachricht mit der Bitte, mich anzurufen – »es geht um Mr Alder« – und nahm den Bus zurück nach Kennington.

Echo war ausgegangen, was es mir erlaubte, Rupes Wohn- und Schlafzimmer nach Hinweisen auf seinen Verbleib zu durchsuchen. Natürlich gab es keine. Falls Rupe untergetaucht war, war er schlau genug gewesen, um seine Spuren zu verwischen. Und wenn nicht, dann steckte er vermutlich in noch größeren Schwierigkeiten, als Hoare offenbar glaubte.

Ich gab die Durchsuchung bald auf und konzentrierte mich stattdessen darauf, ein Sardinensandwich zu belegen (in der Hoffnung, Echo hätte nichts dagegen, dass ich ihre Vorräte plünderte). Danach rief ich meine Eltern an, um ihnen zu sagen, wo ich wohnte.

Kaum hatte sie Adresse und Telefonnummer aufgeschrieben, reichte mich Mum an Dad weiter. Er wolle mich unbedingt sprechen, erklärte sie. Das musste so etwas wie eine Weltneuheit sein.

»Ich war heute in der Bibliothek, Junge.«

»Ach ja?«

»Hab mich noch mal über diese Unfälle auf den Bauernhöfen kundig gemacht, die es '63 hier gegeben hat. Du hast gesagt, du würdest gerne hören, was ich so herausgefunden habe. Also habe ich dir ein paar von den Artikeln aus der *Gazette* kopiert. Soll ich sie dir nachschicken?«

»Steht denn was Interessantes drin?«

»O ja, dass kann man wohl sagen.«

»Zum Beispiel?«

»Lies sie am besten selbst. Ich will mir nicht vorwerfen lassen, ich hätte dein Urteil beeinflusst.«

»Gib mir einen Hinweis, Dad.«

»Nun, sagen wir es mal so: Es besteht ein überraschender Zusammenhang zwischen mindestens zwei Fällen.«

»In Bezug worauf?«

»In Bezug auf Howard Alder. Er hat seinen Vater ertrunken im Brue gefunden, und zwar bei der Cow Bridge, nicht im Sedgemoor Drain, wie ich immer gedacht hatte.« (Nicht nur Dad – ich genauso. Der Brue war der Fluss, über den die Pomparles Bridge führte. Die Cow Bridge war die nächste Brücke flussaufwärts, ein bei Jungs wie Rupe und mir beliebter Anglertreff. Sie war viel näher bei uns gelegen als der Sedgemoor Drain. Doch niemand hatte je erwähnt, schon gar nicht Howard, dass Rupes Vater dort gestorben war.)

»Darüber hinaus ist er auch noch als Erster über einen Farmer namens Peter Dalton gestolpert, nachdem der arme Kerl sich erschossen hatte.«

Keine Frage, das war nun wirklich eine Überraschung. »Könntest du mir die Artikel schicken, Dad?«

»Ich dachte mir schon, dass du sie haben willst. Hat deine Mutter die Adresse?«

»Yeh.«

»Dann werfe ich sie gleich morgen Früh ein.«

»Danke. Noch was ...« Ich zögerte. Was jetzt kam, würde ihm nicht gefallen. »Könntest du mir noch einen Gefallen tun?«

»Was für einen?«

»Kannst du auf Penfrith vorbeischauen und den Alders sagen, wie sie mich erreichen?«

»Um Himmels willen!«

»Sie haben kein Telefon, Dad. Entweder du gehst hin, oder ich schreibe ihnen eine Karte. Sie warten gespannt auf eine Nachricht.«

»Vielleicht, aber ...« Schweigen trat ein, das bereits erkennen ließ, dass Dad nachgeben würde. »Von mir aus. Ich, äh ... schicke deine Mutter hin.«

Als ich um halb acht zum Pole Star aufbrach, war Echo immer noch nicht zurück. Die Lichter in der Kneipe waren gedämpft, die Musik aufgedreht. Es hatte sich Abendstimmung ausgebreitet: In einem Fernseher mit extragroßem Bildschirm lief ein Fußballspiel, und alle Anwesenden tranken direkt aus der Flasche.

Die gute Nachricht war, dass es sich bei Carl nicht um den Barkeeper mit hervorquellenden tätowierten Muskelbergen handelte, sondern um dessen schlaksigen Kollegen mit blässlichem Gesicht und pomadiertem Haar. »Ich bin Carl Madron«, erklärte er, während er für eine größere Bestellung mexikanischen Biers die Verschlüsse von den Flaschen stemmte. »Bist du der Typ, der heute schon mal da war?«

»Yeh. Lance Bradley. Ich bin ein Freund von Rupe Alder.«
»Ehrlich?«
»Ich hab gehört, dass du Rupe ganz gut kennst.«
»Ein bisschen.«
»Hast du vielleicht eine Ahnung, wo er sich rumtreiben könnte?«
»Nein.« Carl wandte sich ab, um zu kassieren, dann widmete er mir einen Bruchteil mehr von seiner Aufmerksamkeit. »Wenn du ein Freund von ihm bist, warum weißt du dann nicht, wo er steckt?«
»Ich hatte gedacht, ich wüsste es, aber anscheinend ist er...«
»Verschwunden?«
»Richtig.«
»Egal. Dicke Freunde waren wir nie. Er ist recht oft hierher gekommen. Meistens am frühen Abend. Da haben wir eben ein bisschen geplaudert. Das ist so ziemlich alles.«
»Ich hatte den Eindruck, er wäre, na ja, etwas mehr.«
»Wirklich?«
»War nur so ein Eindruck.«
»Übrigens, wegen deines Freundes krieg ich hier die Ohren vollgejammert. Er hat jemanden im Stich gelassen.«
»Ach ja?«
»War nicht sehr nett von ihm.«
»Wer ist dieser ›jemand‹?«
»Was geht dich das an?«
»Ich versuche, Rupe zu finden. Seine Familie macht sich Sorgen um ihn.«
»Sollte sie wohl auch.«
»Meinst du?«

»Wer Leute im Stich lässt, kriegt Ärger.«
»Hör mal, Carl...«
»Weißt du, was?« Er fixierte mich mit seinem Tote-Fische-Blick. »Ich könnte diesen Jemand, den ich vorhin erwähnt habe, anrufen. Mal sehen, ob er dich treffen will.«
»Das wäre toll.«
»Na schön. Wenn ich dazu komme. Bleibst du hier?«
»Klar. Danke.«
»Übertreib's nur nicht mit dem Danken.« Sein Lächeln war nicht lebhafter als sein Blick. »Du holst mich aus ner Zwickmühle.«
Und lande selbst in einer? Die Frage blieb im Lärm und Rauch um mich herum hängen und ließ mich nicht mehr los.

Doch sie wurde entschieden verschwommener. Zwei Stunden in einer Kneipe abzusitzen, das tut der Schärfe meines Intellekts nicht unbedingt gut. Zur Sperrstunde hatte ich Schwierigkeiten, wach zu bleiben, geschweige denn gerade zu stehen. Die frühe Hektik des heutigen Morgens machte mir immer noch zu schaffen. Carl dagegen drehte immer mehr auf. Er hatte den versprochenen Anruf getätigt, mit guten Aussichten.

»Bill« – dieser Jemand hatte jetzt einen halben Namen – »sagt, dass er dich gerne sehen würde.« (Komisch, dachte ich, eigentlich hatte doch *ich ihn* sehen wollen, aber was sollte es?) »Warte, bis wir zugemacht haben, dann fahre ich mit dir zu ihm raus.«
»Ist es weit weg?«
»Ziemlich. Aber ich habe einen fahrbaren Untersatz.«
»Fahrdienst also?«
»Ganz richtig, Lance.« Carl grinste mich an. Als Chauffeur war er noch respektloser. »Von einer Scheißtür zur nächsten.«

Carls Wagen gehörte nicht zu der Sorte, die man liebevoll auf Hochglanz poliert vor den Casinos in Mayfair stehen sah. Vielmehr war es eine beengte Rostlaube mit säuerlich riechenden Decken auf den Sitzen. Einem Barkeeper bot er aber wohl den Vorteil, dass er nach der Sperrstunde immer noch dort wartete, wo man ihn abgestellt hatte.

Wir fuhren in Richtung Osten auf den, wie mir Carl erklärte, Rotherhithe Tunnel zu. Bill Prettyman – sein Nachname wuchs mir irgendwann so nebenbei zu – lebte in West Ham. Laut Carl »ein Eastender, wie er im Buch steht. Der kann dir ein paar Geschichten erzählen, der gute Bill.«

»Was für Geschichten?«

»Unterweltlegenden. Mein Dad kennt ihn von früher. Galt in seiner Zeit als knallharter Bursche. Und war bei einigen wenigen für noch mehr bekannt.«

»Willst du mich in das Geheimnis einweihen?«

»Das überlasse ich Bill. Ihm hat schon nicht gepasst, dass ich weitererzählt habe, Rupe hätte ihn enttäuscht. Da verbrenne ich mir diesmal lieber nicht die Zunge.«

»Was wollte Rupe überhaupt von ihm?«

»Andere Frage, selbe Antwort. Mach dir keine Sorgen.« Carl zwinkerte mir zu, was ungemein Besorgnis erregend war. »So wie er geklungen hat, war er in Plauderstimmung.«

Bevor wir in den Tunnel unter der Themse eintauchten, war ich eingeschlafen. Scheinbar nur Sekunden später wurde ich wieder geweckt, als der Wagen mit einem Husten verstummte. Wir waren am Fuß eines heruntergekommenen Hochhauskomplexes mit dem Namen Gauntlet Point angekommen. (Das L war aus dem Schriftzug herausgefallen, aber selbst in meinem alles andere als hellwachen Zustand war mir klar, welcher Buchstabe fehlte.)

Ich gebe ohne Umschweife zu, dass die Nachtluft einen

Schock für mein System bedeutete, und der war auch dringend nötig. Carl führte mich durch eine stahlverstärkte Hintertür ins Haus, wo er kurz stehen blieb, um auf einen Namen in der Klingeltafel zu drücken. »Damit er weiß, dass wir da sind«, erklärte er, bevor er das nach Urin stinkende Treppenhaus betrat. »Es ist bloß der dritte Stock. Die Aufzüge hier würde ich nicht empfehlen.«

Bill Prettymans Residenz lag am Ende eines langen Betonkorridors. Auf halbem Weg hielt Carl inne, um mir seine Ratschläge zu erteilen. »Achte in Bills Gesellschaft auf deine Worte. Er kann bisweilen etwas empfindlich sein.«

»Aber er schlägt hoffentlich nicht gleich zu.«

»Das bringt mich auf was anderes: Humor. Er hat keinen. Keine Spur.«

»Ich werde versuchen, das zu beherzigen.«

»Es wird dir nicht allzu schwer fallen. Er war in letzter Zeit nicht in der besten Stimmung. Dank Rupe.«

»Was hat Rupe ihm angetan?«

Doch die einzige Antwort, die ich erhielt, war Carls silbriges Grinsen. Er hatte einfach nicht den Mut, dem anderen die Überraschung zu verderben.

»Das ist er, hm?«, waren Prettymans Grußworte, als die Tür auf unser Klopfen hin aufging und sein Blick an Carl vorbei zu mir glitt. Er war ein kleiner Bursche mit Hühnerbrust, einem finsteren runden Gesicht und blassblauen Augen, die inmitten seiner tiefen Falten wie Wassertropfen glänzten. Sein Kopf war so kahl geschoren wie sein Kinn glatt rasiert, was nicht gerade half, den Eindruck von Verwüstung zu mildern, den die weit hervorstehende und irgendwann übel gebrochene Nase hinterließ. Bekleidet war er mit einer schmuddeligen Weste und einer noch schmutzigeren Trainingshose. Kurz überlegte ich, ob ich ihm versichern sollte, dass überhaupt kein Anlass bestanden hätte, sich für unseren Besuch herauszuputzen.

Tatsächlich begann ich dann aber mit: »Ich bin Lance Bradley. Freut mich, Ihre Bekanntschaft zu machen.«

»Carl hat gesagt, du wärst ein Freund von Alder.«

»Rupe, ja.« (Rupe und Bill nannten sich also nicht beim Vornamen. War das ein gutes oder ein schlechtes Zeichen?) »Ich versuche, ihn zu finden.«

»Dann komm mal besser rein.«

Wir traten ein, und Carl schloss die Tür. Kaum war sie zugefallen, stach mir ein penetranter Geruch in die Nase, genauer gesagt, ein stechender Gestank, wenn ich ehrlich sein soll. Was seinen Ursprung betraf, konzentrierte sich mein Verdacht auf ein Ungetüm von Hund mit dichtem Fell, das am anderen Ende des Flurs auf der Schwelle zur Küche lag und mich musterte. Was für eine Rasse das war, hätte ich nicht sagen können, aber ich glaubte zu wissen, *wofür* er gezüchtet worden war. Gott mochte jedem ungeladenen Besucher *chez* Prettyman beistehen.

Es half meinem Seelenfrieden, dass der Hund uns nicht ins Wohnzimmer folgte. Nicht dass ihm dort viel entgangen wäre. Bill Prettyman hauste zwischen kahlen Wänden, billigen Möbeln und einem riesigen Fernseher. Der Begriff »gemütlich« drängte sich einem nicht unbedingt auf. Immerhin roch das Wohnzimmer besser als der Flur, was vorwiegend einem schweren Zigarrendunst zu verdanken war. Auf den ersten Blick hatte ich gemeint, Bill rauche nur Selbstgedrehte, aber dann entdeckte ich eine in einem gewaltigen Aschenbecher auf dem Fernseher vor sich hinschwelende Panatella. Er nahm sie und sog kräftig daran. »Wollt ihr 'nen Drink, Jungs?«

Es sah ganz nach einer Wahl zwischen Scotch und Scotch aus. Wir entschieden uns beide für Scotch. »Na, Bill, was haste in letzter Zeit Aufregendes getrieben?«, erkundigte sich Carl, als er sich gesetzt und an seinem Whiskey genippt hatte.

»Für Aufregungen bin ich zu alt. Mir geht es nur noch um ein bisschen Bequemlichkeit. Ist doch nicht zu viel verlangt, oder?«

»Nein«, mischte ich mich ein, »ganz und gar nicht.«

»Sieht so aus, als hättest *du* mehr als genug davon.« Bill funkelte mich böse an. »Die Jüngeren« – er schüttelte verzweifelt den Kopf – »was für elende Waschlappen!«

»Hey, was ist mit mir?«, rief Carl. »Hab ich dir nicht gesagt, dass ich deine beste Hoffnung bin, was Neuigkeiten über Rupe betrifft?«

Bills Miene ließ erkennen, dass der Einwand nichts taugte. »Weswegen bist du hinter Alder her?«, knurrte er mich an.

»Seine Familie macht sich um ihn Sorgen. Ich versuche, ihn aufzuspüren.«

»Aus lauter Herzensgüte, wahrscheinlich.

»So ungefähr.«

»Und wo ist diese... Familie?«

»Street, in Somerset.«

»*Street*?« Man hätte angesichts seiner Reaktion meinen können, ich hätte Bagdad gesagt. Die Furchen wurden tiefer, die Miene noch finsterer. »Er ist dort aufgewachsen?«

»Wir beide.«

»So hat er es also rausgefunden. Verdammte Scheiße. Ich hatte gedacht, er wäre zu jung. Das *war* er eigentlich auch, aber er hat es rausgefunden. Er wusste viel mehr, als er rausgelassen hat.«

»Ich bin mir nicht sicher, ob ich...«

»*Wo steckt er*?« Bills Schrei löste ein Bellen in der Küche aus. »*Schnauze!*«, brüllte er, und der Hund gehorchte. Bill wandte seine Aufmerksamkeit wieder mir zu. »Wie heißt du noch mal, verdammt?«

»Lance.«

»Hm, wo steckt er, Lance? Das will ich wissen. Wo steckt er, und was hat er vor?«

»Genau das will ich rausfinden.«

»Dann biste hier an der falschen Adresse gelandet, würde ich sagen.«

»Warum verklickerst du Lance nicht, was hinter dem Ganzen steckt, Bill?«, schaltete sich Carl ein.

»Um dir die Mühe abzunehmen, meinst du? Manchmal wünschte ich, dein Dad wäre meinem Rat gefolgt und hätte dich gleich nach deiner Geburt in einem See ersäuft.«

»Das finde ich jetzt nicht nett von dir. Ich hab dir doch bloß 'nen Gefallen tun wollen.«

»Und was für ein Gefallen das ist!«

Weil wir uns offenbar im Kreis drehten, versuchte ich es mit einem neuen Stichwort. »Hat das Ganze vielleicht mit Aluminium zu tun?«

Sie glotzten mich beide entgeistert an. Mir wurde sofort klar, dass Aluminium hier keine Rolle spielte. »Was willste damit, Mann?«, schnaubte Carl.

»War anscheinend auf dem falschen Dampfer.«

»*Gleis* wäre besser«, grinste Carl. »Wie Eisenbahngleis.«

»Jetzt kannste gleich weitermachen und ihn aufklären, Kleiner«, knurrte Bill. »Es juckt dich ja schon die ganze Zeit, und du kannst eh nicht aufhören zu kratzen.«

»Unser Onkel Bill ist ein richtig schwerer Junge, Lance.« Carl sprudelte regelrecht los – eine vom Maulkorb befreite Klatschtante. »Er hatte beim berühmtesten Coup des Jahrhunderts die Hand im Spiel. Na ja, des letzten Jahrhunderts: der Große Postraub; August '63. Du sitzt einem der Kerle gegenüber, die die drei Millionen Eier in Form von alten

Fünfern zwischen den Fingern gehabt haben, und das in einer Zeit, in der man sich mit drei Millionen noch einen ganzen arabischen Ölstaat kaufen konnte.«

»Es war näher bei zweieinhalb Millionen«, verbesserte ihn Bill unwillig. »Und es waren nicht wenige, die einen Anteil haben wollten. Mir sind am Ende nicht mehr als hundertfünfzig Riesen geblieben.«

»Die heute wahrscheinlich drei Millionen wert wären«, fuhr Carl fort. »Wenn du sie in 'ne Sparkasse gebracht und ein vernünftiges Leben geführt hättest ...«

»Yeh«, brummte Bill. »Stimmt. *Wenn.* Das Leben ist voller beschissener Wenns. Und voller Klugscheißer, die's einem unter die Nase reiben.«

Der Große Postraub? Ich hatte Mühe, das zu verstehen. Ähnlich wie die Polizei damals im August 1963. Selbst diejenigen unter uns, die zu der Zeit noch im Unterleib ihrer Mutter herumgeschwommen waren, wussten, worum es ging: Eine Diebesbande, die bald zur Legende werden sollte, hatte eines Nachts in Buckinghamshire mitten auf dem Land den Postzug von Glasgow nach London angehalten und ein Vermögen an alten Geldscheinen mittlerer Größe erbeutet, die zur Einäscherung bei der Royal Mint bestimmt waren. Die meisten Bandenmitglieder waren in der Folge geschnappt und zu dreißigjährigen Zuchthausstrafen verurteilt worden. Ein paar waren geflohen und wieder erwischt worden. Es hatte Bücher und Filme gegeben, die Gerüchte über die Beute waren nie verstummt und die ominösen Drahtzieher nie enttarnt worden. Das Ganze war Teil der Folklore der Nation geworden. Aber Bill Prettyman? Diesen Namen hatte ich nie gehört. Unter einem Schwerverbrecher hätte ich mir jedenfalls etwas anderes vorgestellt, ebenso wenig lebte er wie einer. Aber natürlich war genau das der Umstand, der ihn jetzt so ärgerte.

»Bill war so schlau, beim Aufteilen auf der Leatherslade Farm die Handschuhe anzubehalten«, plauderte Carl weiter. »Diejenigen, die sie erwischt haben, haben einfach nicht auf Fingerabdrücke geachtet. Unser Bill schon. Er hat sich mit seinem Anteil an der Beute ungeschoren davonmachen können. Bis ihm glattzüngige Beutelschneider alles abgenommen haben. Allzu bald war der ganze Reichtum futsch, nach nicht mal... sag Bill, wie lange hat es gedauert?« Bills Miene verriet, dass er keine Lust hatte, sich über die Details seiner systematischen Ausplünderung zu äußern. »Einigen wir uns auf allzu bald«, fuhr Carl mit einem dünnen Lächeln fort. »Und so ist es gekommen, dass er den Herbst seines Lebens in diesem Rattenloch verbringen muss und nicht mal einen lukrativen Vertrag mit 'nem Verleger abschließen kann, weil sonst am Ende noch die Bullen bei ihm anklopfen. Die, die sie erwischt haben, haben ihre Strafen verbüßt. Die anderen, die davongekommen sind... können es sich nicht leisten, auszupacken.«

»Vielleicht solltest *du* einen Vertrag mit 'nem Verleger schließen«, schlug Bill vor. »Bei deiner Begabung fürs Quasseln.«

»Das sollte ich vielleicht wirklich tun. Wenn ich nicht glauben würde, dass du mir ein Messer in den Bauch rammst, ehe ich dazu gekommen bin, das Geld auszugeben.«

»Klug von dir, Kleiner. Sehr klug.«

»Ich unterbreche euch nur ungern«, redete ich dazwischen, »aber was hat das alles mit Rupe zu tun?«

»Gute Frage«, meinte Carl. »Verstehst du, Rupe hat mich eines Abends im Pole Star dazu gebracht, über den Großen Postraub zu quatschen, und ich, na ja, ich hab ihm den Eindruck vermittelt, dass ich vielleicht jemanden kenne, der dabei war. Nichts Bestimmtes, selbstverständlich. Nichts, das die Spur bis zu Onkel Bills Tür gelegt hätte. Aber… der Wink war nicht zu überhören. Und Rupe war darauf angesprungen. Anscheinend wusste er selbst schon ein bisschen was. Er hat mir einen Namen genannt. Hat mich gebeten, ihn gegenüber… demjenigen, den ich eben kenne… zu erwähnen und ihn zu fragen, ob er Lust hätte, ihn zu treffen und zu erfahren, was diesem Typen passiert ist.«

»Wen hat er genannt?«

»'nen Typen namens Dalton.« (Dalton? Einer der Farmer aus Street, die Selbstmord begangen hatten? Jetzt begriff ich gar nichts mehr.) »Peter Dalton.«

»Du hast von ihm gehört, was?« Bill sah mich scharf an.

»Nein.« (Nun, das war beinahe die Wahrheit.) »Kann ich nicht behaupten.«

»Anscheinend gehörte er mit zur Bande«, sagte Carl, was ihm ein zustimmendes Nicken von Bill einbrachte. »Ist auch nie erwischt worden. Mehr noch, ist nie wieder gesehen worden. Ist nach dem Raub einfach von der Bildfläche verschwunden.« (Eigentlich sogar aus diesem Jammertal, wenn es sich bei ihm tatsächlich um den toten Farmer handelte.) »Und nicht irgendein x-beliebiges Bandenmitglied, nein, nein. Dalton machte im Auftrag des Hauptinformanten mit – des geheimnisvollen Mannes, der ihnen das mit dem Zug und der vielen Kohle an Bord verraten hat. Er hat dann einen Extraanteil für seinen Boss abgezweigt. Stimmt doch, Bill, oder?« Erneut gab es ein Nicken. »Und dann ist er verschwunden.«

»Was wusste Rupe über ihn?«

»Dass er mausetot ist«, knurrte Bill. »Dalton ist mit durchlöcherter Rübe auf einer Farm, wahrscheinlich seiner eigenen, gefunden worden. Keine zwei Wochen nach dem Überfall. Selbstmord laut dem Schmierblatt, das mir Alder gezeigt hat. Selbstmord – so ein Scheiß! Tot und keine Spur vom Geld? Klingt eher so, als ob er kalt gemacht worden wäre.«

»Ermordet?«

»Rupe glaubte das«, meinte Carl. »Und er glaubte auch zu wissen, wer es war.«

»Wer?«

»Der geheimnisvolle Unbekannte. Die Quelle der Info.«

»Wieso sollte er Dalton umbringen?«

»Um seine Spuren zu verwischen«, sagte Bill ohne jeden Funken von Ironie. »Vielleicht gehörte das von Anfang an zu seinem Plan. Die Bullen waren ja so was von schnell hinter uns her. Zu schnell, als dass nur die Fingerabdrücke sie zu uns geführt haben könnten. Jemand hat uns verpfiffen. Und wer wäre eher dazu in der Lage gewesen, als der Typ, der uns überhaupt erst darauf gebracht hat?«

»Dessen Identität ihr nie in Erfahrung gebracht habt?«

»Ich nicht. Und auch sonst keiner. Außer Dalton.«

»Und Rupe«, ließ sich Carl vernehmen.

»Alder hat anscheinend geglaubt, dass er ihn aufstöbern kann. Er hat mir aber nie verraten, wie. Und auch nicht, wie er auf ihn gekommen ist. Er hat nur gesagt, der Typ hieße Stephen Townley, und er hätte Mittel und Wege… ihn aufzuspüren. Er glaubte, er könne Townley dazu zwingen, auszupacken und uns alle durch den Verkauf seiner Geschichte reich zu machen. Er hatte auch ein Foto von Dalton. Hatte es aus dem örtlichen Käseblatt in Street unten ausgeschnitten. Und kaum hatte ich gesagt, ›stimmt, das ist derselbe Dalton, den ich zuletzt im August 63 in Leatherslade gesehen habe‹, da schien er auf einmal felsenfest davon überzeugt, dass er die Sache durchziehen kann.«

»Er hatte auch ein Foto von Townley«, sagte Carl.

»Er hat nur *gesagt*, dass das Townley ist«, korrigierte ihn Bill.

»Steht Townley auf diesem Bild in einem Bahnhof?«, fragte ich.

»Yeh.« Erneut sah Bill mich scharf an. »Woher weißt du das?«

»Es hängt in Rupes Küche an der Wand. Der Bahnhof ist nicht weit von Street entfernt. Na ja, als es ihn noch gab, war er nicht weit weg.« (Mein Verstand raste. Rupe konnte doch unmöglich über all das Bescheid wissen. Und doch blickte er durch. *Felsenfest davon überzeugt, dass er die Sache durchziehen kann.* Ich fragte mich, ob er sich seiner Sache immer noch so sicher war.) »Wann hast du Rupe getroffen, Bill?«

»Das muss... zwei Monate her sein.« (Das hieß, während Rupes letzter Stippvisite in London.) »Und das ist doppelt so lang, wie er angeblich brauchte, um Townley zu finden.«

»Vielleicht war Townley schwerer zu erreichen, als Rupe dachte.«

»Oder vielleicht hat er mit Townley ein Geschäft gemacht und mich außen vor gelassen. Vielleicht hat er von mir nur wissen wollen, was es mit Townley auf sich hat, um sein Erpressungspäckchen schön fest zuzuschnüren und allein abzukassieren.«

»Was Bill sagt, klingt einleuchtend«, meinte Carl. »Die Sache sieht wirklich ganz danach aus.«

»Rupe ist kein Erpresser!« (Doch nichts anderes war er, wenn Bill die Wahrheit sagte. Oder würde es sein, falls er Townley aufspürte. Aber warum? Um Geld konnte es ihm doch nicht gehen. Weder in dieser Sache noch im Betrug mit dem Aluminium.) »Das muss... ein Missverständnis sein.«

»Das ist kein Missverständnis«, widersprach Bill mit Nachdruck. »Er hat mir einen Anteil von dem versprochen, was er von Townley abkassieren wollte.«

»Mir auch«, meldete sich Carl, was ihm ein wütendes Funkeln von Bill einbrachte.

»Und jetzt hat er die Fliege gemacht«, fügte der alte Mann hinzu. (Demnach war er auf so ziemlich die gleiche Schlussfolgerung wie Charlie Hoare gekommen.) »Wenn du deinen Freund findest, sag ihm, dass er mir was schuldig ist. Und dass ich Kohle sehen will.«

»Klar. *Wenn* ich ihn finde.«

»Irgendwelche Hinweise?«, wollte Carl wissen.

»Ein oder zwei. Leider nichts Vielversprechendes.«

»Du wirst uns aber auf dem Laufenden halten, wenn sie zu was führen?«

»Klar.«

»Wirklich?«

»Yeh.«

»Aber ist das auch ein Versprechen?«, knurrte Bill.

»Wenn du willst.«

»Und ob ich das will.«

»Dann ist es ein Versprechen.«

»Gut. Ich nehme Versprechen sehr ernst.« Bill beäugte mich durch eine Panatellawolke. »Ich kann Leute darauf festnageln, verstehste? Und das tue ich auch. Ob sie darauf festgenagelt werden wollen… oder nicht.«

»Soll ich dir was sagen, Lance?«, begann Carl etwas später, als wir wieder in seinem Wagen saßen und den Rückweg nach Kennington antraten. »Für einen, der behauptet, Rupes bester Kumpel zu sein, kommst du mir nicht unbedingt so vor, als wärst du… übermäßig mit seinem Charakter vertraut.«

»Du kannst ihn wohl besser beurteilen, was?«, konterte ich, obwohl Carls Einwand, weiß Gott, zutraf. Der gute alte gesetzestreue Aufsteiger Rupe schien sich tatsächlich krummen Dingern verschrieben zu haben, und das mit der Inbrunst eines Spätberufenen.

»Ich sag's nur, wie's ist. Wie ich das sehe, hatte Rupe schon vorher tonnenweise Infos über Freund Townley, und Bill hat ihm nichts Neues gesagt, außer dass er ihm einen Verdacht bestätigt hat.«

»Was hat er dir und Bill denn über Townley erzählt? Ich meine, Townley, wie er heute ist.«

»Nichts. Nicht ein beschissenes Wort.«

»Habt ihr ihn nicht gefragt?«

»Bill schon. Aber Rupe hat gemauert.«

»Und ihr habt nicht versucht, ihn zum Reden zu bringen?«

»Du hast einen total falschen Eindruck von mir, Lance.« Carl warf mir durch jäh hereinflutendes Straßenlicht einen argwöhnischen Blick zu. »Ich bin kein Schlägertyp.«

»Das beruhigt mich.«

»Das soll es auch wieder nicht. Wie ich mir das vorstelle, muss dieser Townley ein knallharter Bursche sein, wenn er diese Sache '63 so durchgezogen hat. Zu hart für Rupe, egal, wie er an ihn rangeht. Ich will Bill ja nicht die Hoffnung rauben – seine Lage ist total beschissen –, aber Rupe kommt garantiert nicht mit einem fetten Anteil für ihn zurück.«

»Was ist ihm dann deiner Meinung nach passiert?«

Darüber dachte Carl einen Moment lang nach, dann sagte er. »Keine Ahnung, aber... bestimmt nichts Gutes.«

5

In den frühen Morgenstunden ins Bett zu gehen und den Kopf voller Gedanken zu haben, ist nicht gerade das beste Rezept für gesunden Schlaf. War Rupe wirklich zu jemandem geworden, der Banken in Fernost betrog und alt gediente Kriminelle erpresste? Das bezweifelte ich. Ja, ich bezweifelte so ziemlich alles, was ich bisher in Erfahrung gebracht hatte. Was noch beunruhigender war, ich bezweifelte, dass es der Weisheit letzter Schluss wäre, mich auch nur ansatzweise in diese Sache hineinziehen zu lassen. Einen hastigen Rückzug nach Glastonbury antreten? Das ergab zumindest Sinn. Und es war ein tröstlicher Gedanke, der mich schließlich in den Schlaf wiegte.

Bis mich ein Poltern aus der Küche aus den Träumen riss. Jemand lief hin und her. Ich sah auf die Uhr. Es war kurz nach vier. War die Person, die Rupes Habseligkeiten so sorgfältig durchsucht hatte, zurückgekommen, um noch mal nachzusehen? Mein Herz begann zu hämmern.

Dann klickte der Toaster, und es fiel mir wieder ein: Briefträger stehen früh auf.

»Verdammte Scheiße«, murmelte Echo, als ich in die Küche torkelte, wo sie friedlich kauend und schlürfend beim Frühstück saß. »Siehst du am Morgen immer so fürchterlich aus?«

»Morgen? Es ist mitten in der Nacht.«

»Wann bist du zurückgekommen?«

»Spät. Viel zu spät.«

»Hat sich der Tee mit dem Manager bis zum Dinner hingezogen?

»Nein, nein. Mich hat jemand aufgehalten. Ein Bekannter von Rupe, der im Pole Star arbeitet.«

»Nicht Carl Madron?«

»Du kennst ihn auch?«

»Ein Mädchen hat es schwer, ins Pole Star zu gehen, ohne Carl kennen zu lernen. Er versucht es bei jeder. Dass er auf der anderen Seite der Theke steht, stört ihn nicht. Hätte nicht gedacht, dass er und Rupe viel gemeinsam haben.«

»Ich auch nicht.« Ich betrachtete die Fotocollage und versuchte, mich auf das Bild von Stephen Townley zu konzentrieren. Ein Name, ein Gesicht und Bill Prettymans kriminelle Vergangenheit: Was war all das wirklich wert? »Aber es gibt anscheinend vieles, das ich Rupe nie zugetraut hätte und mit dem ich mich jetzt wohl abfinden muss.«

»Was, zum Beispiel?«

»Das sage ich dir später. Wenn ich mir den Pelz von der Zunge gekratzt habe.«

»Okay. Ich muss sowieso los. Was anderes: Ich kenne ein portugiesisches Restaurant. Hättest du heute Abend Lust, mich dort zum Essen einzuladen?« Sie grinste – etwas, das ich bei mir auf absehbare Zeit für unmöglich hielt. »An Stelle der Miete.«

»Abgemacht.« Ich schnappte mir eine Tasse und schenkte mir von Echos Tee ein. »Sag mal, wie kommt man von hier am besten zum Canary Wharf?«

»U-Bahn, an der London Bridge umsteigen.«

»Und wenn man nicht mit der U-Bahn fährt?« Ihre Augenbrauen wanderten nach oben. »Das ist etwas, das *ich* dir später erklären werde.«

Echos Angaben hatten einen Marsch nach Elephant and Castle zur Folge, eine Busfahrt nach Shadwell und von dort noch eine zum Nervenzentrum der Docklands. Ich brach mitten im vom Sprühregen verschmierten Ende des Stoßverkehrs auf und kam an, als die Frühaufsteher gerade ihre vormittägliche Zigarettenpause einlegten. Und staunte Bauklötze. Die Isle of Dogs war, seit ich London den Rücken gekehrt hatte, von einer Baustelle in eine richtige Stadt verwandelt worden. Eine bestimmt eine Meile lange Einkaufsstraße führte mich zu einer Phalanx von Empfangspulten am Fuße des Canada Square Tower. Von dort wurde per Telefon eine Nachricht in den Sitz der Eurybia oben im x-ten

Stockwerk gefunkt, und zehn Minuten später trat mir Charlie Hoare aus dem Aufzug entgegen.

»Schön, dass Sie's geschafft haben, Lance. Ich denke, der Ausflug wird sich für Sie lohnen. Sie sind mit der Jubilee Line gekommen, nicht wahr? Beeindruckend, was?«

Hoares Fragen erforderten keine Antwort, was mir bei meinem gegenwärtig nicht unbedingt messerscharfen Verstand sehr entgegenkam. Er lotste mich durch eine Tiefgarage, verfrachtete mich in seinen Lexus und steuerte den Wagen durch die vielen Ebenen zur A13 hinaus, um dann Essex anzupeilen. Anscheinend hatte er das Gefühl, was mir fehle, sei eine Biografie von Charlie Hoare, einem Mann aus der Welt der Reedereien. Nun, auf diese Weise kamen wir bis Dagenham, ohne dass es von meiner Seite mehr bedurfte, als in regelmäßigen Abständen zu nicken oder ein gelegentliches »hm« beizusteuern.

»Für mich ist die Geburt des Containers die Zeitenwende, Lance. Und ich bin schon davor im Geschäft gewesen, lange davor sogar. Siebenunddreißig Jahre sind eine lange Zeit. Da sammelt man eine Menge Erfahrung.«

»Bestimmt«, murmelte ich. »Das heißt, dass Sie in meinem Geburtsjahr angefangen haben zu arbeiten.«

»'63, ja, am zweiundzwanzigsten Juli. Ich habe am selben Tag angefangen, an dem der Prozess gegen Stephen Ward angefangen hat, wissen Sie. Nur dass bei mir nie Schluss war.« Er brach in Lachen aus, und ich gab mir alle Mühe, mitzuwiehern. »Damals lebte ich noch bei meiner Familie in Beckenham. Der Zug verkehrte noch bis zum Holborn Viaduct. Dort bin ich ausgestiegen und zu Fuß weiter zu meiner Arbeitsstelle gegangen. Das Holborn Viaduct war natürlich gleich neben dem Old Bailey. Der Andrang vor dem Gericht an diesem ersten Verhandlungstag war unglaublich. Den Prozess des Jahrhunderts haben sie ihn genannt. Wenn ich nicht so erpicht darauf gewesen wäre, im Büro einen guten Eindruck zu hinterlassen, hätte ich mich vielleicht davongeschlichen und versucht, eine Karte für die Galerie zu kriegen. Aber sie mussten eben ohne mich zurechtkommen.« Ein weiteres Lachen.

»Das war schon ein Jahr, '63.«

»Unbedingt. Die Profumo-Affäre. Das Attentat auf Kennedy. Und ein verdammt gutes Cricketländerspiel im Lord's.«

»Vom Großen Postraub ganz zu schweigen.«

»Der auch.« Hoare runzelte die Stirn. »Komisch, dass Sie das erwähnen.«

»Warum?«

»Rupe hat mich ziemlich oft danach gefragt: Woran ich mich erinnere, was für Klatschgeschichten damals die Runde machten. Über Profumo haben wir uns auch unterhalten. Gerade diese Zeit hatte es Rupe immer besonders angetan.«

»Wirklich?« (Das war mir völlig neu.)

»O ja. Nun ja, es *ist* schließlich auch interessant. Der Prozess des Jahrhunderts und das Verbrechen des Jahrhunderts, und nur ein paar Wochen dazwischen. Nicht dass ich weltbewegende Erkenntnisse auch nur über eines davon hätte. Politiker, die mit heruntergelassener Hose ertappt werden, und Ganoven aus dem East End, die sich mit Postsäcken voller Geld davonstehlen. Ganz schön unterhaltsam. Außer für Harold Macmillan, natürlich. Er musste nach all dem abtreten.«

»Rupes Interesse war also rein… historischer Natur?«

»Wahrscheinlich«, brummte Hoare nachdenklich und ging nun vom Gas, weil wir uns einem Kreisverkehr näherten. »Offen gestanden hatte ich den Eindruck, dass Rupe mehr weiß als ich. Vor allem über den Großen Postraub.«

»Wirklich?«

»Ja. Eigentlich merkwürdig, wenn man es bedenkt.«
Doch mir kam es nicht merkwürdig vor. Ganz und gar nicht.

Wir erreichten Tilbury und fuhren durch das Hafentor. Hoares Gesicht schien dem Torwächter vertraut zu sein, denn der Mann winkte uns einfach durch. Im Weiterfahren rief Hoare mit seinem Handy einen Mann namens Colin an und vereinbarte mit ihm ein Treffen an einer der Anlegestellen. Ich betrachtete unterdessen die Schiffe, wo das Be- und Entladen in vollem Gang war, die Krane auf ihren Portalen und die legoartigen Containertürme. Die tief hängenden Wolken wirkten ungemein düster. Es hatte wieder zu regnen begonnen. Ich fühlte mich nicht in Topform und war ganz gewiss nicht in meinem Element.

»Ich liebe Häfen!«, schwärmte Hoare mit einem lyrischen Tremolo in der Stimme. »Schon immer. Die fremden Fahnen. Die fernen Ziele, die exotischen Ladungen. ›Sandelholz, Zedernholz und süßer Weißwein‹.«

»Davon wird hier sehr viel umgeschlagen, nicht wahr?«

»Das ist ein Vers aus einem Gedicht, Lance. Masefield.« Hoare schüttelte resigniert den Kopf. »Nicht so wichtig.«

»Ist das nicht eines von Ihren Schiffen?« Ich deutete mit dem Kinn auf den in den Himmel ragenden Rumpf des Containerschiffs, an dem wir gerade vorbeifuhren. Nach und nach offenbarte sich mir in weit auseinander liegenden, riesigen Buchstaben der Name EURYBIA. »Was wird denn dort entladen?«

Hoare warf einen kurzen Blick hinüber. »Tief gefrorenes Fleisch, schätze ich.«

»Was hätte Masefield wohl darauf gereimt?«

Hoare legte die Stirn in Falten, schluckte den Köder aber nicht. »Schauen Sie, dort drüben ist Colin.«

Bei einem abseits der aufeinander getürmten Mengen von Ladungen irgendwie verloren herumstehenden Container war ein Wagen geparkt. Aus dem Fahrerfenster hatte sich ein Mann gebeugt und schaute in unsere Richtung. Er wartete eindeutig auf uns. Sein Gesicht war von der runden, geschmeidigen Sorte, das sich wie von selbst zu einem Lächeln verbreitert. Seine blonden Haare und der Kragen seines gelben Schutzmantels, den er über dem Anzug trug, flatterten in dem von der Nordsee hereinwehenden Wind. Auf die Seite des rostroten Containers hinter ihm war mit weißer Farbe der Name EURYBIA gepinselt.

Wie hielten neben ihm an und stiegen aus. »Colin Dibley, Lance Bradley«, stellte Hoare grinsend vor, und Hände wurden geschüttelt. »Schön, dich zu sehen, Colin.«

»Dich genauso, Charlie. Nicht weniger schön und um einiges wärmer und trockener wäre es aber in meinem Büro.«

»Ich habe mir gedacht, dass wir dich vielleicht zu einem Drink verlocken könnten, bevor wir zum Geschäftlichen übergehen. Deswegen wird Lance nicht bleiben wollen.«

»Von mir aus gern«, willigte Dibley ein. »Charlie sagte mir, dass Sie ein Freund von Rupe sind, Lance.«

»Das stimmt.«

»Mit diesem Baby hier hat er uns ein bisschen Kopfschmerzen bereitet.« Dibley zeigte mit dem Daumen auf den Container.

»Ist das die berühmte Aluminiumladung?«

»Allerdings.«

»Wie lange steht sie hier schon?«

»Seit über einem Monat. Ist hier zwei, drei Wochen nach einer Stippvisite von Rupe bei mir eingetroffen. Allein schon wegen seiner Andeutungen damals« – Dibley zuckte die Schultern – »hätte ich mir denken müssen, dass um die Ecke gewaltiger Ärger lauert.«

»War der Ärger denn so gewaltig?«, fragte Hoare. »Ich meine, für uns bei der Eurybia auf alle Fälle, aber für euch... Ihr leidet doch nicht unter Platzmangel.«

»Platz ist Geld, Charlie, das weißt du doch. Außerdem waren Anwälte da, mit denen man verhandeln musste. *Und* Beamte vom Zoll.«

»Hat sie der Inhalt aufgeschreckt?«

»Darauf kannst du Gift nehmen. Bei hochwertiger Fracht aus Russland denkt doch jeder sofort an organisiertes Verbrechen. Und wenn auch noch der Eigentümer verschollen ist... klar, dass sie dann einen Blick hineinwerfen wollen.«

»Was haben sie gefunden?«

»Aluminium, haben sie mir versichert.«

»Meinen Sie, ich könnte auch mal kurz reinschauen?« Ich trat näher an den vorne mit einer massiven Tür versehenen Container heran. Von oben bis unten sicherten ihn Bolzen, aber nirgends konnte ich ein Schloss erkennen.

Hoare bedachte mich mit einem müden Blick. »Nicht die geringste Aussicht.«

»Dadurch kann doch kein Schaden entstehen.«

»Ihnen nicht, aber mir dafür umso mehr«, brummte Dibley. »Der Zoll hat den Inhalt bestätigt. Aluminium. Das ist nicht das Rätsel. Das Rätsel ist, warum Rupe es nötig hatte, sich auf die Fracht so viel Geld zu leihen.«

»Und ein einziges Rätsel ist auch die Frage, was er überhaupt vorhatte, als er zuletzt hier war«, meinte Dibley.

»Zeit fürs Pub«, fiel ihm Hoare ins Wort und rieb sich die Hände. »Wenn ich mir das noch mal anhören soll, brauche ich einen Drink.«

Der Regen machte langsam richtig ernst, als wir den Hafen verließen und den tristen Straßen von Tilbury folgten. Dibley stellte mir einige belanglose Fragen über meine Freundschaft mit Rupe und ließ mich dann zappeln. Er wollte wohl erst auspacken, wenn er ein Glas Bier in den Händen hielt. So beschloss ich, ihm etwas auf die Sprünge zu helfen, indem ich meinerseits gezielte Fragen einstreute. »Hat einer von Ihnen beiden je von einem Typen namens Hashimoto gehört?«

»Das glaube ich nicht«, brummte Dibley.

»Ich auch nicht«, meinte Hoare. »Jemand aus unserer Branche?«

»Das weiß ich nicht. Letzte Woche hat er offensichtlich mehrmals bei Rupe angerufen.«

»Hat er eine Nachricht hinterlassen?«

»Nur dass er Rupe sprechen will.«

»Und Rupe hatte dieses Jahr ein ständiges Büro in Tokio«, sinnierte Hoare. »Dieser Hashimoto muss ihn dort kennen gelernt haben. Könnte demnach auch im Frachtgeschäft sein. Ich werde mich mal umhören. Hat er eine Telefonnummer hinterlassen?«

»Nein«, hörte ich mich sagen. »Nichts dergleichen.« So etwas wie ein siebter Sinn riet mir, ein paar Trümpfe im Ärmel zu behalten. Ich war mir ziemlich sicher, dass Hoare auch nicht ganz ehrlich zu mir war. Da war es nur sinnvoll, das Kompliment zu erwidern.

Das World's End Inn trug seinen Namen durchaus zu Recht, so wie es sich zwischen dem Sumpfland von Essex und der Themse in den Windschatten des Deichs kauerte, wo es jetzt derart heftig regnete, dass man kaum noch bestimmen konnte, wo das eine aufhörte und das andere begann. Die Schankstube war jedoch die Zufluchtsstätte, die jedes vernünftige Pub darstellt. Nachdem wir uns Drinks geholt und das Mittagessen bestellt hatten, setzten wir uns an einen Ecktisch, und nun begann Dibley zu erzählen – zumindest das, von dem Hoare zu glauben schien, dass ich es wissen müsse.

»Ich möchte nicht behaupten, Rupe so gut zu kennen, wie das offenbar bei Ihnen der Fall ist, Lance. Er ist mir von Anfang an ziemlich zugeknöpft vorgekommen. Hatte fast etwas von einem kalten Fisch an sich. Aber hinterhältig war er nie. Er kam alle paar Wochen zu uns raus, und wir haben hier oft einen Bissen gegessen, wenn die Zeit gereicht hat. Was seine Leistungen betrifft, war Rupe, wie gesagt, ein richtiges As für die Eurybia.«

»Das würde ich auch so sehen«, pflichtete ihm Hoare bei.

»Effizient. Das war er. Verdammt effizient. Und so was bekommt man seltener, als Sie glauben.«

»Rarer als Edelsteine«, deklamierte Hoare.

»Wieder Masefield?«, fragte ich. Doch statt einer Antwort bekam ich einen bösen Blick.

»Wie auch immer«, fuhr Dibley fort, »als Rupe hier Ende August aufgekreuzt ist, hatte ich ihn wegen seiner Versetzung nach Tokio schon länger nicht mehr gesehen. Es war der Tag nach dem staatlichen Feiertag. Ging recht ruhig zu. Die Leute waren alle weggefahren. Er hatte Glück, dass er mich im Büro antraf.«

»Oder Pech«, brummte Hoare.

»Charlie meint, dass er gehofft hatte, ich wäre nicht da. Dann hätte er mit dem Vorwand, er suche mich, herumschnüffeln können.«

»Wonach hätte er denn geschnüffelt?«

»Na ja, das ist die Frage, nicht? Was hatte er vor? Ich wusste noch nicht, dass er bei der Eurybia gekündigt hatte. Ja, ich nahm sogar an, die Eurybia hätte ihn geschickt. In diesem Glauben hat er mich jedenfalls gelassen. Er hat behauptet, die Firma würde sich um einen Kunden sorgen: Pomparles Trading. Ob ich denn nie darüber hätte munkeln hören? Die Antwort war nein. Natürlich ist nach einer Weile durchgesickert, dass *Rupe* die Pomparles Trading war. Egal, wir sind später hier zum Mittagessen gelandet. Erst da sind mir einige… Veränderungen aufgefallen.«

»Bei Rupe?«

»Ja. Zum einen trank er mehr. Ich hatte Schwierigkeiten, mitzuhalten. Normalerweise war es eher umgekehrt. Und dann war er… na ja, wilder, möchte ich sagen. Er sprach lauter als sonst, fuchtelte mit den Händen, als ob er… von irgendwas high wäre. Ich habe mich nach Tokio erkundigt, aber er schien nicht darüber reden zu wollen.«

»Worüber *wollte* er denn reden?«

»Das ist das Eigenartige. Er wollte über die Vergangenheit reden.«

»1963«, murmelte Hoare.

Dibley nickte. »Genau, '63. Er wollte wissen, was ich davon noch in Erinnerung hätte. Na ja, ich ging damals in die Grundschule. Ein paar Dinge haben sich mir natürlich eingeprägt. Wie mein Bruder und ich gerodelt sind, zum Beispiel. Es war ein strenger Winter. Und wir hatten wunderschöne Sommerferien in Cornwall gemacht. Und dann auch die großen Schlagzeilen: Profumo, Kennedy, der Große Postraub. Ich habe mich dann darüber ausgelassen, oder vielmehr über das, was ich als Dreikäsehoch eben mitbekommen hatte. Rupe hing mir förmlich an den Lippen. Als ich fertig war, hat er gefragt: ›Schon mal was von einem Stephen Townley gehört, Col?‹«

Stephen Townley, da tauchte er wieder auf. Das Gesicht auf dem Foto. Die Gestalt aus der Vergangenheit. »Und, haben Sie?«, fragte ich, um meine Überraschung zu überspielen.

»Nein. Der Name sagte mir absolut nichts. Ich habe Rupe dann gefragt, ob ich ihn mir hätte merken sollen, ob dieser

Townley '63 vielleicht irgendwas Aufsehenerregendes getan hat. Darauf hat Rupe geantwortet: ›Nein, du dürftest nie von ihm gehört haben. Andererseits ist ihm in diesem Jahr '63 durchaus etwas Besonderes gelungen. Du wirst schon noch davon hören, dafür werde ich sorgen.‹«

»Was meinte er damit?«

»Das weiß Gott allein. Er sprach in Rätseln. Spielte für sich allein irgendein unheimliches Spiel. Es gibt wenig, worüber ich mich noch mehr ärgere, als über dieses alte ›Ich weiß was, was du nicht weißt, und werd's dir nicht verraten‹. Einmal habe ich ihn gefragt, worauf er hinauswollte, und als er mir ausweichende Antworten gab, habe ich das Thema fallen lassen.«

»Und Rupe hat es auch fallen lassen?«

»Für eine Weile, aber als wir aufbrachen, hat er es wieder angeschnitten. Zumindest glaube ich, dass es ihm darum ging. Er hat sich ziemlich zweideutig ausgedrückt. ›Wäre es nicht eine tolle Sache, wenigstens einmal was zu bewirken?‹ So hat er mich wörtlich gefragt. ›Was zu bewirken? Was denn?‹, wollte ich wissen. Aber er hat mich bloß angelächelt und irgendwas vor sich hingebrummelt – ›ihr werdet schon sehen‹ oder so ähnlich –, ist in seinen Wagen gestiegen und davongefahren. Als ich wieder im Büro war, habe ich Charlie angerufen und ihn gefragt, ob bei Rupe ... na ja, vielleicht was nicht stimmt.«

»Etwas hat bei ihm nicht gestimmt, das können wir jetzt wohl sagen, finden Sie nicht?« Hoare sah mich stirnrunzelnd an. »Ich habe Colin darüber aufgeklärt, dass wir zwei Tage zuvor Rupes Kündigung erhalten hatten, dass er nicht im Auftrag der Eurybia nach Tilbury gefahren war, dass er unseres Wissens noch in Tokio war und dass ich zum ersten Mal von der Pomparles Trading Company hörte. Ich bin der Sache dann nachgegangen und habe entdeckt, dass Pomparles im Computer als neue Kundin gespeichert war, in deren Auftrag ein Container mit Aluminium von Yokohama zu uns unterwegs war. Ich war damals zu sehr mit anderen Dingen beschäftigt, um mich näher damit zu befassen. Ist doch Rupes Sache, wenn er meint, rumalbern zu müssen, habe ich mir gedacht.« Er schnitt eine Grimasse. »Sieht so aus, als hätte ich das damals ernster nehmen sollen.« Sein Blick wurde eindringlich. »Jetzt muss ich das wohl, hm?«

Charlie Hoare war nicht der Einzige, der sich gezwungen sah, Rupes obskure Machenschaften ernst zu nehmen. Die ganze Angelegenheit wurde immer komplizierter. Und Komplikationen haben mir noch nie gelegen. Hoare und Dibley fuhren für ihre Besprechung zum Hafen zurück und setzten mich unterwegs am Bahnhof ab. Während der Fahrt im Bummelzug nach London, durch die unschönen Innereien von Dagenham und Barking, versuchte ich, meinen grauen Zellen mit einem Kickstart auf die Sprünge zu helfen. Rupe wusste etwas – etwas Wichtiges – über Townley. Er brauchte Geld – in großen Mengen –, wenn es Sinn machen sollte. »Ihr werdet schon sehen«, hatte er Dibley versichert. Aber wir hatten nichts gesehen. Nichts war geschehen. Rupe war verschwunden. Das war alles. Townley war so anonym wie eh und je. Rupe hatte nichts bewirkt. Noch nicht, jedenfalls. Aber das hätte ihm bestimmt längst gelingen sollen. Was immer er sich darunter auch vorgestellt hatte.

Es hatte in Tokio angefangen. Das immerhin war eine realistische Annahme. Und sie verwies auf den bislang anonymen Mr Hashimoto. In der Fenchurch Street nahm ich einen Bus zum Trafalgar Square, und von dort ging ich im dünner werdenden Regen durch den Green Park zu seinem Hotel.

Mr Hashimoto war nicht anwesend. Ich war schon drauf und dran, zu fragen, was für einen Sinn es denn hätte, in einem so protzigen Hotel abzusteigen, wenn man sich dort nie aufhielt, als der Portier mich fröhlich fragte: »Sind Sie Mr Bradley?«

»Ja.«

»Mr Hashimoto hat für den Fall Ihres Besuchs eine Nachricht für Sie hinterlegt.«

»Wie lautet sie?«

»Er kann Sie hier morgen Vormittag um zehn Uhr treffen.«

»Großartig. Sagen Sie ihm, dass ich komme.«

Das Wartespiel ließ sich gar nicht mal so übel an, wenn man bedenkt, wie übermüdet ich war. Wie um Letzteres zu beweisen, schlief ich im Bus nach Kennington ein und wachte mit einem Genick, das sich wie gebrochen anfühlte, bei der Haltestelle New Cross Gate wieder auf.

Bei meiner Rückkehr in die Hardrada Road war ich noch auf dem Weg der Besserung. Ich sperrte gerade die Wohnungstür auf, als Rupes Telefon klingelte. Ursprünglich hatte ich die Absicht, den Anrufbeantworter einfach laufen zu lassen, doch dann hörte ich, wie Win anfing, eine Nachricht für mich zu stottern, und nahm den Hörer ab.

»Hi, Win. Lance am Apparat.«

»Oh.« Schwer zu erklären, warum sie sich so überrascht anhörte.

»Gib mir deine Nummer, und ich rufe gleich zurück.«

Mein einfacher Vorschlag schien sie vollends zu verwirren, aber schließlich gelang es mir, ihr die Nummer ihrer Telefonzelle zu entlocken, und bald konnten wir miteinander sprechen, ohne befürchten zu müssen, dass uns das grässliche Tuten des Amts trennte.

»Wirkliche Neuigkeiten habe ich eigentlich nicht für dich,

Win. Ich habe hier oben ein paar Leute getroffen, die Rupe kennen, aber offenbar weiß keiner von ihnen, wo er steckt.«

»Oh.«

»Es tut mir Leid, aber so steht es momentan. Morgen dürfte ich aber mehr herausfinden.« Nicht zuletzt – vorausgesetzt, die Royal Mail gestattete es –, welche Rolle ihr Bruder Howard '63 bei der Entdeckung zweier Leichen in der Gegend um Street, darunter die seines Vaters, gespielt hatte. (Ich war versucht, Win darüber auszuquetschen, doch ihr Gebaren am Telefon war bei heiklen Gesprächen nicht unbedingt förderlich.)

»Oh.«

»Ruf mich doch morgen um die gleiche Zeit noch mal an. Vielleicht habe ich dir dann was zu melden.«

»Na gut. Dann mache ich das so.« Sie zögerte. »Lancelot?«

»Ja, Win?«

»Es war nett von deiner Mutter, dass sie ... vorbeigekommen ist.«

»Na ja, sie lebt nicht weit von euch weg, oder?«

»Nein, aber...« Neuerliches Zögern. »Und es ist nett von dir, dass du das alles für uns tust.«

»So viel ist es auch wieder nicht.«

»Wir verlassen uns auf dich, weißt du.« (Wer das tat, war entweder verrückt oder verzweifelt. Ich nehme an, dass für die Alders beides zutraf.)

»Mal sehen, worauf ich stoße, Win. Sprechen wir morgen weiter. Jetzt muss ich Schluss machen. Tschüs.«

»Rupes Verwandte sind schon ein verrückter Haufen, was?«, fragte mich Echo, als wir ein paar Stunden später in Kenningtons führendem portugiesischem Speiseetablissement mit ein paar Appetithappen experimentierten.

»O ja, ziemlich dysfunktional.«

»Sie hören sich an, als ob Stella Gibbons sie erfunden hätte.«

»Wer?«

»Die Autorin von *Cold Comfort Farm*.«

»Ach so. Klar. Soweit ich das beurteilen kann, werden sie aber von mir nichts anderes als einen feuchten Händedruck kriegen.«

»Also bitte! So schlecht hast du dich doch gar nicht geschlagen.« Echo schenkte mir ein strahlendes Lächeln, das allerdings nicht die funkelnden Pailletten auf ihrem oszillierenden orangefarbenen Oberteil zu übertrumpfen vermochte. »Du hast mich mit dem, was du bisher rausgefunden hast, total verblüfft.«

»Wirklich?«

»Aluminiumschmuggel. Große Posträuber. Ich hatte keine Ahnung, dass ich bei einem derart geheimnisumwitterten Mann wohne.«

»Genau genommen ist es ja kein Schmuggel.« (Ich fragte mich allmählich, ob es eine so gute Idee gewesen war, Echo in all das einzuweihen. Aber nach zwei Drinks musste ich es zwangsläufig jemandem anvertrauen, und meines Wissens hatte Echo kein persönliches Interesse an der Sache. »Was nun Prettyman und diesen komischen Townley betrifft...« Ich zuckte die Schultern. »Ich werde einfach nicht schlau daraus.«

»Vielleicht schafft Mr Hashimoto einen Zusammenhang.«

»Vielleicht. Aber wenn nicht...«

»Was?«

»Stecke ich fest. Dann gibt es nichts mehr, was ich noch tun könnte.«

»Dann gibst du einfach auf?«

»Mir wird nichts anderes übrig bleiben.«

»Verdammte Scheiße.« Sie zog ein aufrichtig enttäuschtes Gesicht. »Ich hatte gedacht, du würdest dich reinknien, bis du die ganze Wahrheit ausgegraben hast.«

»Du hast ein falsches Bild von mir, Echo. Ich bin der geborene Aussteiger.«

»Ach ja?« Ihre Augen verengten sich. »Da bin ich mir nicht so sicher.«

»Warum nicht?«

»Wart's einfach ab, dann siehst du es schon. Bis dahin...« Ich trank einen großen Schluck *vinho verde*. »Möchtest du mir erzählen, wie du zu einem Namen wie Echo gekommen bist?«

Sie schüttelte den Kopf. »Das kann ich leider nicht.«

»Warum nicht?«

»Ein Mädchen muss das eine oder andere Geheimnis haben.« Sie grinste mich an. »Aber ich kann dich beruhigen. Ich habe keines, das auch nur halb so exotisch ist wie das von Rupe.«

»Jetzt bin *ich* mir nicht so sicher.«

»Dann denk eben an was anderes.« Ihr Grinsen erstarb. »Was soll ich tun, wenn du eine Niete ziehst?«

»Wie meinst du das?«

»Na ja, soll ich aus der Hardrada Road ausziehen? Bei einem internationalen Betrüger zur Untermiete zu wohnen, könnte meiner Gesundheit schaden.«

»Ich glaube nicht, dass dir Gefahr droht, Echo.« (Konnte ich das wirklich guten Gewissens sagen? Rupe war in ziemlich trübe Gewässer hinausgewatet – Gewässer, die eines Tages vielleicht auch an *unseren* Füßen hochschwappten.)

»Trotzdem wäre ich gut beraten, wenn ich umziehen würde, findest du nicht auch?«

»Kann schon sein.«

»Dann suche ich mir wohl am besten was, wenn du den

Krempel hinschmeißt und zurück nach Somerset gehst. Das müsste der sicherste Weg sein.« Ihr Gesicht nahm einen besorgten Ausdruck an. »Und dann...«

»Was?«

»Hm...« Sie starrte traurig in ihren Wein. »Rupe wird dann für immer verschwunden sein, nicht wahr?«

6

Als ich am nächsten Morgen aufstand, hatte sich Echo bereits auf den Weg zur Sortierstelle gemacht. Bei einem zusammengesuchten Frühstück rechnete ich aus, dass ich um spätestens halb zehn im Bus sitzen musste, wenn ich um zehn im Hilton sein wollte. Laut Echo war bis dahin die Post garantiert gekommen, doch ihre Zuversicht schien in diesem Fall unbegründet. Der Uhrzeiger rückte auf die Neun zu und darüber hinweg; gleichwohl offenbarten mir ständige Blicke zum Fenster hinaus keinen Briefträger. Schließlich, ich wollte gerade das Haus in Richtung Bushaltestelle verlassen, nahte Echos verspäteter Kollege. Die Folge war, dass ich Dads Brief mitnehmen musste und den Inhalt im oberen Deck eines zum Hyde Park Corner rumpelnden Busses der Linie 36 sichtete.

Wie ich mir hätte denken können, hatte Dad mit seinen Zeitungsausschnitten gründliche Arbeit geleistet und einen ganzen Packen zusammengestellt: Artikel über Todesfälle auf Bauernhöfen und die dadurch ausgelösten Untersuchungen sowie darüber hinaus zwei Dokumentationen, die über die Bedeutung einer solchen Häufung von Unglücksfällen im Sommer und Herbst 1963 spekulierten.

Kontrovers wurde über die genaue Zahl debattiert. Vier

oder fünf, je nachdem, ob man Reginald Gorton, den Inhaber einer Torfstichfirma in der Nähe von Shapwick, der Anfang September nach einem Herzinfarkt gestorben war, dazuzählte. Wer auf Hexen aus war, bezog ihn wohl mit ein. Die Serie war Ende Juli mit Albert Cricks Sturz von einem Scheunendach losgegangen. Dann war Peter Dalton – kein anderer – mit Schussverletzungen tot auf der Wilderness Farm bei Ashcott gefunden worden. Das Datum: Montag, der neunzehnte August. Keine zwei Wochen nach dem Großen Postraub vom achten August, genau wie Bill Prettyman gesagt hatte.

Die *Central Somerset Gazette* wollte von einem Zusammenhang mit den Schwerverbrechen – sofern überhaupt einer bestand – natürlich nichts wissen. Ihr zufolge hatte Dalton ein Jahr zuvor die Wilderness Farm von seinem Vater geerbt und seitdem laut seinen Nachbarn darum gekämpft, sie in Schwung zu bringen. Selbstmord mit einer Schrotflinte, war zwischen den Zeilen zu lesen. Mit demselben Ergebnis endeten einen Monat später die polizeilichen Ermittlungen, trotz den vom Untersuchungsrichter festgestellten »kleineren Unstimmigkeiten in der Lage des Toten und der Waffe«. Was hatte das zu bedeuten? Fragen zu stellen, war nicht Sache der *Gazette*.

Was die Entdeckung von Daltons Leiche betraf, so prangte Howards Name schwarz auf weiß vor mir. *Howard Alder, 15, vom Gehöft Penfrith, Street, wollte mit dem Fahrrad den Innenhof der Wilderness Farm durchqueren, als er vor der Tür zum Kuhstall eine Gestalt liegen sah.* Kein Wort darüber, wie entsetzlich diese Entdeckung gewesen sein musste. Ebenso wenig fiel Howards Name im Bericht über die Ermittlungen, so wie auch in all den Jahren, in denen ich Howard nun schon durch Rupe kannte, nie etwas über diesen Vorfall zu hören gewesen war. Äußerst seltsam.

Und es wurde noch seltsamer. Wenn man Gorton als Teil einer Serie mit einbezog, ergab das drei Todesfälle innerhalb von sechs Wochen. Ernsthaft wurde diese Möglichkeit aber erst nach dem Fund eines vierten Todesopfers in Betracht gezogen. Andrew Moore, Sohn des Inhabers der Mereleaze Farm in der Nähe von Othery, war am Montag, den achtundzwanzigsten Oktober an der Kreuzung A39 und A361 bei einem Unfall mit einem Lastwagen von seinem Motorrad gerissen worden und gestorben. Das war am Tag nach der Umstellung von Sommer- auf Winterzeit gewesen, und deshalb führte man das Unglück teilweise auf die frühe Dämmerung zurück. Aber weil Halloween bevorstand, machten auch blutrünstige Gerüchte die Runde. Dad hatte mir ein paar Leserbriefe fotokopiert: *Möglicherweise fehlt dem verwegenen Gerede von einem Fluch auf unserer Gemeinschaft jede Grundlage, aber es ist schwer, so viele Todesfälle als Zufall zu werten* – Äußerungen dieser Art.

Das fünfte und offenbar letzte Opfer wurde George Alder selbst und zwar am Sonntag, den siebzehnten November. *Mr Alder*, meldete die Gazette zur Wochenmitte, *verließ das Haus früh am Morgen. Als er am Nachmittag immer noch nicht zurückgekehrt war, wurde seine Familie unruhig. Sein 15-jähriger Sohn Howard fuhr mit dem Rad zur Cow Bridge und begann seine Suche am Ufer des Brue, wo Mr Alder neuerdings gern wandern gegangen war. Howard fand die Leiche seines Vaters schließlich ein kurzes Stück westlich der Brücke im Schilf. Es wird angenommen, dass Mr Alder ertrunken ist.*

Das war wirklich befremdlich. In der *Gazette* fehlte der Hinweis darauf, dass Howard gleich zweimal im Zusammenhang mit dem Tod auftauchte. Nun, vielleicht hatte sie aus Rücksicht darauf verzichtet. Aber andere hätten das kommentieren müssen. Und warum war George erst neuerdings gern am Brue wandern gegangen? Keine Mutmaßung. Nicht einmal ein Hinweis. Und was war mit der Schwangerschaft seiner Frau? Anscheinend gab es schon genug Tragisches, ohne auch noch bei dieser Tatsache zu verweilen. Sie wurde mit keinem Wort erwähnt. Die Ermittlungen wurden einen Tag vor Weihnachten mit dem Befund auf Tod durch Unfall abgeschlossen. Dabei betonte der Untersuchungsrichter, Mutmaßungen über einen Zusammenhang mit den anderen Todesfällen in der Gegend seien »*so absurd wie gefühllos*«. Jede Wette, dass sie damit verstummt waren.

Die Cow Bridge an einem Novembernachmittag wie auch die Kuppe des Wearyall Hill und des Tors im Norden, die allmählich in der Dunkelheit verschwanden, während die Pappeln am Street Drove im Süden Wache standen, gaben eine gespenstische Szenerie für die albtraumhafte Entdeckung ab. Damals waren bestimmt sehr viel weniger Autos auf der Straße von Glastonbury nach Butleigh unterwegs gewesen. So könnte es durchaus totenstill gewesen sein, als Howard sich am Ufer vorantastete und immer wieder in das kalte, graue Wasser spähte, bis er schließlich...

Ich kam fünf Tage danach im Butleigh Cottage Hospital auf die Welt. Und Rupe wurde im folgenden Frühling geboren. Unser Leben begann just in der Zeit, als es mit all den anderen vorbei war. Aber was genau hatte ihnen ein Ende gesetzt? Das mit einem Fluch auf das Land war Unsinn. Bei Howard war der Zusammenhang zu suchen, den herzustellen der Untersuchungsrichter für absurd und gefühllos hielt. Dalton *und* sein eigener Vater! Dazu auch noch Townley. Zwei Tote und ein Foto. Was konnte das bedeuten? Worauf lief es hinaus – damals *und* heute? Ich hatte keinen blassen Schimmer. Aber immerhin hatte ich mehrere Anhaltspunkte. Nur waren sie mir ein völliges Rätsel.

Am rätselhaftesten war Howard selbst. Eigentlich war er

mir nie verschlossen vorgekommen, ja, ich hätte ihn nie für fähig gehalten, etwas für sich zu behalten. Jetzt allerdings wusste ich es besser. Er verbarg jede Menge Geheimnisse. Na gut, das konnte daran liegen, dass es für ihn einfach zu traumatisch war, sich an all das zu erinnern. Andererseits war nie davon die Rede gewesen, dass er traumatisiert war. Rupe hatte mir immer gesagt, Howard sei von Geburt an schwachsinnig gewesen. Doch woher wollte Rupe das wissen? Für die ersten zwanzig Jahre von Howards Leben waren Win und Mil die einzigen noch lebenden Informationsquellen, die ihn aus erster Hand kannten. Ihnen war sehr wohl bewusst, wann und wie der Verfall eingesetzt hatte. Seinen Vater zu finden, wie er tot im Brue lag, musste das Abgleiten ins Nichts beschleunigt haben. Aber sie hatten nie ein Wort erwähnt. Und wieso hatte sich die Stelle dieses Todes fünf Meilen südwärts in den Sedgemoor Drain verlagert?

Diese Frage ließ auch meinen Dad nicht in Ruhe, wie er in einer beigefügten Notiz zugab.

Ich hätte schwören können, dass wir die Geschichte über den Sedgemoor Drain von den Alders selbst gehört haben. Hast du eine Ahnung, warum sie so etwas erfinden sollten? Howard muss das damals im Sommer und im Herbst jedenfalls furchtbar mitgenommen haben. Ich habe noch mal mit deiner Mutter darüber gesprochen, und sie ist sich ziemlich sicher, dass Mavis Alder diese Erlebnisse nie im Zusammenhang mit Howards Schwachsinn erwähnt hat. Ich kann mich auch nicht erinnern, dass bei Clarks jemals davon die Rede war. Wenn niemand sie daran erinnert hat, ist es wohl unwahrscheinlich, dass die Leute sich noch damit befassten. Der geheimnisvolle Fluch spukte allenfalls noch neun Tage in den Köpfen rum. Ich hatte ihn schon vollständig vergessen. Dal-

tons Tod kommt mir merkwürdig vor. Dir auch? »Unstimmigkeiten in der Lage des Toten und der Waffe.« *Was meinte der Untersuchungsrichter damit? Etwas anderes als Selbstmord? Der Polizeibeamte, der in zwei Berichten genannt wird – Inspector Forrester –, ist übrigens derselbe Don Forrester, der nach seiner Pensionierung noch ein paar Jahre lang bei Clarks gearbeitet hat.* (Zu diesem Zeitpunkt war Howard schon weg gewesen.) *Ich sehe Don noch recht oft einen Einkaufswagen durch den Tesco schieben. Er muss jetzt über achtzig sein, macht aber einen ziemlich fitten Eindruck. Soll ich ihn mal nach diesen Todesfällen – vor allem dem von Dalton – fragen? Das kann natürlich auch im Sande verlaufen. Wer weiß das schon? Gib mir Bescheid. Ich habe ja nichts Besseres zu tun. Und ich muss zugeben: Es interessiert mich.*

Meine Gedanken kreisten immer noch um all diese Nachrichten, während ich von der Haltestelle Hyde Park Corner durch die Unterführung zur Park Lane und ins Hilton hastete. Ich wollte unbedingt, dass Dad Don Forrester ein paar Fragen stellte. Ob *er* Dalton für das Opfer eines Mordes hielt und wenn ja, warum? Der Name Stephen Townley war kein einziges Mal in den Berichten der *Central Somerset Gazette* aufgetaucht. Aber vielleicht hätte er das sollen. Und vielleicht geschah es noch.

Kurz vor zehn betrat ich das Hotel und ging durch das mit Marmor gefliese Ödland der Lobby auf das Empfangspult zu. Technisch gesehen war ich zu früh dran. Aber nicht zu früh für Mr Hashimoto. Ein Mann kreuzte meinen Weg – klein, schlank, in grauem Anzug. Vor mir stand ein Japaner mit traurigen Augen und unbewegtem Gesicht unter einem jungenhaften, wenn auch silbern gesprenkelten, schwarzen Haarwust und einer im Lampenlicht funkelnden Brille mit Goldrand. »Mr Bradley?«, fragte er mit der für den Fernen Osten charakteristischen leichten, aber deutlich hörbaren Unbestimmtheit beim R. »Ich bin Kiyofumi Hashimoto.«

»Äh... sehr erfreut.« Wir gaben einander die Hand. Hashimoto deutete eine Verbeugung an. »Woher wussten Sie, wer ich bin?«

»Das war augenscheinlich, Mr Bradley. Glauben Sie mir.«

»Na gut. Aber ist das eine gute oder eine schlechte Nachricht? Dass man augenscheinlich ist, meine ich.«

»Es ist eine Tatsache. Das ist alles.«

»Tatsache? Hm, davon könnte ich ein paar brauchen.«

»Ich auch.« (Meinte er das ironisch? Ich war mir nicht sicher. Mehr noch, bei Kiyofumi Hashimoto war es ziemlich augenscheinlich, dass man sich *nie* sicher sein konnte.)

»Ich bin ein Freund von Rupe Alder, Mr Hashimoto. Wenn Sie mir helfen könnten, ihn zu finden...«

»Das versuchen Sie wirklich?«

»Yeh. Seine Familie sorgt sich um ihn. Er ist, äh...«

»Verschwunden.« Hashimoto nickte. »Ich suche ihn auch. Es wird... angenehmer sein, draußen zu sprechen.«

Selbst wenn ich die Gewohnheit gehabt hätte, durch Parks zu schlendern, was bei mir nicht zutraf, war dieser Morgen für meine Begriffe zu kühl und zu feucht. Auch Hashimoto sah nicht unbedingt wie ein Bewegungsfanatiker aus, so wie er seinen gewaltigen Hilton-Regenschirm in den Nieselregen stemmte und in seinen glänzenden Lackschuhen vorsichtig auf feuchtes Laub trat.

»Sind Sie im Reedereiwesen tätig, Mr Hashimoto?«, fragte ich, während wir durch den Green Park bummelten.

»Nein. Mikroprozessoren. Der Grund, warum ich Rupe finden will, hat nichts mit Geschäften zu tun.«

»Nein?«

»Nicht das Geringste. Das Aluminium... ist das Problem anderer.«

»Sie wissen über das Aluminium Bescheid?«

»Ich habe davon nach meiner Ankunft in London erfahren. Aber es ist im Vergleich zu meinen Schwierigkeiten... zweitrangig.«

»Zweitrangig?«

»Marginal. Beinahe unwesentlich. Verstehen Sie...« Er warf mir einen Blick zu und kniff die Augen hinter der Brille leicht zusammen. »Sie sind ein guter Freund von Rupe, Mr Bradley?«

»Zeit meines Lebens.«

»Dann sollten wir nicht so förmlich sein. Ich nenne Sie Lance, einverstanden?«

»Von mir aus, gern.«

»Und Sie sollten mich Kiyofumi nennen.«

»Schön. Kiyofumi. Sie, äh, haben Rupe in Tokio kennen gelernt?«

»Ja.«

»Wie?«

»Meine Nichte war seine Freundin geworden. Ich bin Rupe letzten Sommer im Haus meiner Schwester, zwei-, dreimal begegnet.«

»Ihre Nichte...«

»Haruko. Ein gutes Mädchen.«

»Das glaube ich Ihnen gern. Sie und Rupe sind also...«

»Eine Taifun-Romanze.« Hashimoto lächelte. »Ihre Mutter war entzückt.«

»Sie auch?«

»Natürlich. Rupe wirkte« – er zuckte die Schultern – »freundlich, charmant. War schnell beliebt.« (Diese Beschreibung traf auf Rupe durchaus zu. Dass er auf Taifun-Romanzen aus sein sollte, war dagegen etwas gewöhnungsbedürftig. Trotzdem, wenn er sich in jemanden verliebte, dann wahrscheinlich gleich über beide Ohren.)

»Was hielt Harukos Vater davon?«

»Ihr Vater weilt nicht unter uns, Lance.« (Bedeutete das: Er war tot? Ich hatte nicht den Mut, ihn zu fragen.) »Aus diesem Grund muss ich... mehr für sie sein als ein Onkel.«

»Wie ernst war diese Romanze?«

»Für Haruko – sehr ernst. Ich glaube, sie machte sich Hoffnungen auf eine Ehe. Darum hat ihre Mutter es mir ja erzählt.«

»Und bei Rupe?«

Hashimoto seufzte. »Es tut mir Leid, Ihnen das zu sagen, Lance. Sie sind sein Freund. Er muss Ihnen viel bedeuten. Die Wahrheit ist aber... er hat sie hingehalten. Er wollte sie nicht heiraten, er war auf etwas anderes aus. Und sobald er es hatte... ist er verschwunden.«

»Und worauf war er aus?« (Irgendwie wusste ich bereits, dass das nicht offensichtlich war.)

»Etwas, das Harukos Mutter gehört – meiner Schwester Mayumi.« Hashimoto blieb stehen und sah mich eindringlich an. »Rupe hat es gestohlen.«

»Gestohlen? Das glaube ich nicht. Rupe ist kein...« Ich verstummte. Kein Dieb? Kein Hochstapler? Kein Betrüger? Was auch immer ich bisher zu Rupes Verteidigung ins Feld geführt hatte, seine Taten schienen mich zu widerlegen.

»Rupe hat Haruko benutzt, um an Mayumi heranzukommen. Er wusste, dass sie dieses bestimmte Ding hatte, hinter dem er her war. Schließlich hat er Haruko dazu überredet, ihm zu zeigen, wo sie es versteckt hatte. Dann hat er es gestohlen und ist damit weggelaufen. Wie ein, wie Sie sagen, Dieb in der Nacht.«

»Was hat er gestohlen?«

»Einen Brief. Nennen wir ihn den ... Townley-Brief.«

»Townley? Woher wissen Sie über ihn Bescheid?«

»Ich weiß Bescheid. Und doch weiß ich nicht Bescheid. Mayumi verrät mir nicht mehr als das, was ihrer Meinung nach meine Sicherheit nicht gefährdet. Sie ist fünfzehn Jahre älter als ich und hat schon immer geglaubt, sie könne besser beurteilen als ich, was gut für mich ist. Aber ihr Urteil ist nicht so klug, wie sie meint. Sie hätte den Brief nie behalten dürfen. Sie hätte ihn zerstören müssen.«

»Was steht darin?«

»Das weiß ich nicht.« (Log Hashimoto? Die Chancen waren fifty-fifty. Seine Miene gab nichts preis.) »Das gehört zu den Dingen, von denen Mayumi glaubt, sie würden mich gefährden, wenn ich sie kennen würde.«

»Aber es ist ein Brief von Townley?«

»Nein. *Über* Townley.«

»An Mayumi?«

»Ja.«

»Von …?«

»Das weiß ich nicht.«

»Wann geschrieben?«

»Vor langer Zeit. Viele Jahre.«

»Siebenunddreißig, vielleicht?«

»Vielleicht.«

»Kannte Mayumi Townley damals? (Ich schätzte Hashimoto auf Mitte bis Ende vierzig, womit seine Schwester Anfang sechzig wäre. Eine Berechnung, die durchaus aufgehen konnte.)

»Ja, als sie blutjung war.«

»In Tokio?«

»Ja.«

»Was machte er dort?«

»Er war Soldat. Ein amerikanischer Soldat. In Japan stationiert.«

»Und Mayumi war seine Freundin?«

»Nein... streng genommen nicht.«

»Und was war sie... streng genommen?«

»Das ist nicht wichtig.« (Natürlich war es das! Dennoch sickerte etwas durch Hashimotos Maske der Unergründlichkeit und erlaubte den Schluss, dass er selbst sich einer ganzen Reihe von Dingen nicht sicher war. Seine Schwester verheimlichte ihm etwas. Das war allerdings kein Vergleich zu dem, was Rupe vor uns allen verborgen hatte.) »Wichtig ist, dass der Brief für Townley gefährlich ist. Er schadet ihm. Er kann gegen ihn benutzt werden. Darum wollte Rupe ihn haben. Können Sie mir sagen, welches Interesse Rupe daran hat, Townley zu schaden?«

»Eigentlich nicht. Ich könnte mir vielleicht vorstellen, dass es mit seinem Bruder zu tun hat.«

»Rache?«

»So ungefähr.« (Aber was konkret? Selbst wenn Townley Dalton wirklich ermordet und sich mit dem erbeuteten Geld abgesetzt hatte, was hatte das mit Rupe zu tun? Warum kümmerte er sich darum?)

»Der Brief ist nicht nur für Townley gefährlich, Lance, er bringt auch Mayumi in Gefahr. Ich muss ihn zurückholen. Es geht um mehr als Ehre. Es geht um Leben und Tod.«

»So schlimm kann es doch bestimmt nicht sein.«

»Und ob. Rupe irrt durch eine sehr dunkle Gegend.«

»Fangen Sie nicht mit so was an.« (Aber das mit der Dunkelheit ließ mich schon nicht mehr los.)

»Wir müssen ihn finden.«

»Das könnte problematisch werden... Kiyofumi. Ich habe keinen blassen Schimmer, wo er steckt. So, wie es aussieht, heißt das...« Ich sah ihm in die Augen. »Townley finden heißt Rupe finden.«

»Ich weiß nicht, wo Townley ist.«

»Und Ihre Schwester? Weiß sie etwas?«

»Nein. Sie hat ihn seit vierzig Jahren weder gesehen, noch von ihm gehört.«

»Ich dachte, wir hätten uns auf siebenunddreißig Jahre festgelegt.«

»Sie haben sich auf siebenunddreißig Jahre festgelegt.«

»Von mir aus. Können wir uns auf eine verdammt lange Zeit einigen?«

»Ja.«

»In denen Mayumi keinerlei Kontakt mit Townley hatte?«

»Richtig.«

»Können Sie mir dann erklären, wie Rupe in Erfahrung gebracht hat, dass sie sich kannten?«

»Üble Laune des Schicksals.«

Ich wartete darauf, dass er fortfuhr, doch diesen Gefallen tat er mir nicht, sondern starrte mich nur durch den Schatten des Schirms hindurch feierlich an. »Soll das vielleicht eine Erklärung sein?«, fuhr ich ihn an. »Ich habe keine...«

»Verzeihung, die Herren.«

Ich weiß nicht, ob die Störung Hashimoto ebenso überraschte wie mich. *Noch* verblüffter als ich kann er jedenfalls nicht gewesen sein. Wie vom Himmel gefallen stand ein Mann neben uns, aber vielleicht hatten wir ihn hinter dem Schirm nur nicht kommen sehen. Es war ein großer, leicht gebückter Bursche in einem dunklen, elegant geschnittenen Regenmantel. Er hatte kurzes graues Haar und ein schmales, kummervolles Gesicht. Seine Stimme war weich und präzise und passte zu seinem Blick, der langsam und mit Bedacht zwischen Hashimoto und mir hin und her wanderte.

»Mein Name ist Jarvis. Sie kennen mich nicht, aber ich kenne Sie. Mr Hashimoto. Mr Bradley.« Er nickte uns höflich zu. »Außerdem kenne ich Rupert Alder. Er stellt, sagen wir, ein Interesse dar, das wir gemeinsam haben.«

»Sind Sie uns hierher gefolgt?« Hashimotos Stimme hatte einen schneidenden Unterton, und ich kann nicht behaupten, dass ich ihm das verübelte.

»Nicht nur hierher. Das heißt, als Einzelperson.«

»*Was*?« Die verquere Sprechweise dieses Typen machte mich wütend.

»Verzeihung. Überraschung ist unvermeidlich. Feindseligkeit ist unnötig. Meine Karte.«

Er zupfte zwei Visitenkarten aus seiner Jackentasche und reichte uns je eine. Demnach vertrat Philip Jarvis eine Firma mit dem Namen Myerscough and Udal, die sich eines Sitzes in der schicken Adresse High Holborn und eines ganzen Bündels von Telefon- und Faxnummern sowie E-Mail-Adressen rühmte. Die Natur ihrer Geschäfte ging daraus nicht hervor.

»Wir übernehmen vertrauliche Anfragen«, fuhr Jarvis fort, bevor er danach gefragt wurde. »Wir sind weltweit eine der größten Organisationen auf diesem Gebiet. Dass das Prestige in einem solchen Fach nicht vom Kirchturm herabposaunt wird, liegt in der Natur der Sache. Wir sind in einem hohen Maße auf persönliche Empfehlung angewiesen.«

»Und Sie haben über uns Nachforschungen angestellt?«, fragte Hashimoto.

»Das, genau genommen, nicht.«

»Was dann... genau genommen?« (Der Kerl ging mir eindeutig auf die Nerven.)

»Mr Alder ist einer unserer Kunden. Wie Sie sind wir um ihn besorgt.«

»Er schuldet Ihnen Geld, was?«

»Allerdings. Aber ich denke, er würde es zurückzahlen, wenn er könnte. Sogar unsere Gebühren würden den Erlös aus seinem Betrug mit dem Aluminium nicht auffressen.« (Darüber wusste offenbar jeder Bescheid.)

»Womit hat er Sie beauftragt?«

»Können Sie sich das nicht denken?«

»Townley zu finden«, sagte Hashimoto.

»Genau.«

»Und haben Sie ihn?«, setzte ich nach.

»Nein.« Jarvis gönnte sich ein halbes Lächeln. »Man könnte allerdings sagen, dass er uns gefunden hat. Das ist der eigentliche Grund, warum ich hier bin.«

»Und das bedeutet?«

»Lassen Sie uns zum Serpentine hinuntergehen. Kräuselndes Wasser beruhigt den Verstand. Ich erkläre es Ihnen unterwegs.«

Wir bogen auf den kürzesten Weg zum See ein. Wie versprochen, begann Jarvis mit der Erklärung. Weil er so leise sprach, waren wir gezwungen, dicht neben ihm zu gehen, wenn wir jedes Wort mitbekommen wollten, und dazu war ich fest entschlossen. Gleichzeitig fragte ich mich, ob das bei ihm eine bewusste Taktik gegen etwaige Lauscher war. Dann wiederum überlegte ich, ob solche Gedanken bereits ein Symptom von Paranoia waren.

»Streng genommen dürfte ich Ihnen nichts davon verraten, Gentlemen. Der Ruf von Myerscough and Udal begründet sich nicht darauf, dass wir Geheimnisse mit Drittparteien teilen. Aber hier liegen außergewöhnliche Umstände vor. Meiner Erfahrung nach – und die ist alles andere als unerheblich – extrem außergewöhnliche. Dazu werde ich mich gleich ausführlicher äußern. Aber fangen wir von vorne an: Mr Alder hat unsere Dienste vor vier Monaten über unser Tokioter Büro in Anspruch genommen. Wir erhielten den Auftrag, einen gewissen Stephen Townley aufzuspüren, wobei uns aber nur die begrenzte Information zur Verfügung stand, die uns Mr Alder mitteilen konnte.«

»Wie begrenzt war sie?«, fragte ich.

»Sehr, was unsere Ziele betraf. Mr Alder wusste lediglich,

dass Townley aus Amerika stammt, wahrscheinlich in den Sechzigern ist, bei der US-Armee gedient hat und irgendwann in Japan stationiert war. Ferner hat er uns zwei frühere Bekannte Townleys genannt, von denen einer verstorben ist.«

»Peter Dalton.«

»Sehr richtig. Die andere war…«

»Meine Schwester«, schaltete sich Hashimoto ein.

»Genau. Ich weiß nicht, wie viel Ihnen Mr Hashimoto über seine Schwester erzählt hat, Mr Bradley; verzeihen Sie mir also, wenn ich Sie mit Einzelheiten langweile, mit denen Sie bereits vertraut sind. Bei dem Unterfangen, Stephen Townley aufzuspüren, sind wir bis zu seinen Wurzeln zurückgegangen und haben uns von dort aus nach vorne gearbeitet. In unserer Branche ist das das übliche Vorgehen. Unterlagen der US-Army und andere öffentliche Datenbanken haben einfache Fakten ergeben: Stephen Anderson Townley wurde am siebzehnten Mai '32 in Tulsa, Oklahoma, geboren. Einziges Kind einer allein stehenden Mutter. Sie ist übrigens schon lange tot. Im Alter von siebzehn Jahren hat er sich sofort nach dem Abschluss an der Highschool im Sommer '49 bei der Armee gemeldet, die er nach dreizehn Jahren im Rang eines Sergeant verlassen hat. Am Beginn seiner militärischen Karriere hat er ziemlich viel vom Krieg in Korea mitbekommen. Danach wurde er wie tausende anderer Soldaten auf der ganzen Welt eingesetzt. Von besonderer Bedeutung für unsere Zwecke ist dabei die Zeit Mitte der fünfziger Jahre, als er ein gutes Jahr in Westberlin verbrachte.«

»Warum gerade dort?«, fragte ich, als Jarvis innehielt, entweder um Luft zu holen oder um die Spannung zu steigern.

»Weil in derselben Zeit Peter Dalton, ein Bauernsohn aus Somerset, bei der britischen Armee in Berlin diente. Wir müssen davon ausgehen, dass die zwei sich dort kennen gelernt haben. Ein weiterer Grund ist, dass Townley in seiner Zeit dort ein deutsches Mädchen geheiratet hat. Rosa Kleinfurst. Rosa ist mit ihm in die Vereinigten Staaten gegangen, als er Anfang '55 zurückbeordert wurde. Im selben Jahr noch wurde ihr erstes Kind, Eric, geboren. Achtzehn Monate später folgte eine Tochter. Aber mittlerweile war die Ehe offenbar schon zerrüttet. Das Paar trennte sich; die Kinder blieben bei Rosa. Townley wurde zum militärischen Geheimdienst versetzt, was zur Folge hat, dass von da an die Informationen über seine weiteren Tätigkeiten sehr begrenzt sind. Wir glauben, dass er in den nächsten zwei, drei Jahren in Japan eingesetzt wurde. In dieser Zeit war er Stammgast einer Tokioter Bar mit dem Namen *The Golden Rickshaw*, deren Inhaberin...«

»Meine Mutter war«, sagte Hashimoto.

»Jawohl.« Jarvis nickte. »Wer weiß, Mr Hashimoto, vielleicht haben sie damals Townley hin und wieder am Tresen an seinem Bier nippen sehen, wenn sie von der Schule heimkamen.«

»Möglich ist es.« Das Eingeständnis klang gequält.

»Ihre Schwester bediente die Gäste?«

»Sie war jung und hübsch. Die Leute mochten sie.«

»Allerdings. Und unschuldig, kann man wohl sagen. Und ihre Tochter ist in ihre Fußstapfen getreten?«

»Ja.«

»Soviel ich verstanden habe, sind die Wände der *Golden Rickshaw* mit Fotos früherer Stammkunden behängt, die im Laufe der Jahre aufgenommen worden waren.«

»Richtig.«

»Ferner wurde mir gesagt, dass Stephen Townley auf einem dieser Bilder zu sehen ist.«

»Richtig.«

»Womit erklärt wäre, wie Mr Alder, der ja ebenfalls im Besitz eines Jahre später gemachten Fotos von Townley war, in Erfahrung gebracht hat, dass Ihre Schwester mit ihm bekannt war.

»Ja.«

(Damit war eine meiner ersten Fragen beantwortet. Rupe hatte gewusst, dass Townley ein Stammgast der *Golden Rickshaw* und folglich wahrscheinlich auch mit Mayumi Hashimoto bekannt gewesen war. Das warf allerdings haufenweise neue Fragen auf. War Rupe rein zufällig in dieser Bar gelandet? Oder hatte er bereits vorher einen Zusammenhang mit Townley vermutet? Und wusste Jarvis, was Rupe Mayumi gestohlen hatte? Wusste er überhaupt von dem Diebstahl?

»Wir nehmen an, dass Townley Japan im Frühling 1960 verlassen hat«, fuhr Jarvis fort. »Offen gestanden haben wir keine Ahnung, welche Aufgaben ihm während des Rests seiner Dienstzeit zugewiesen wurden. Zwei Jahre später hat er die Armee verlassen, und von da an verlieren sich seine offiziell belegten Spuren.« (Wir hatten inzwischen den Serpentine erreicht und trotteten nun auf das Bootshaus zu. Der Wind trieb sanfte Wellen über die Wasseroberfläche, doch gegen deren angeblich beruhigende Wirkung schien ich immun zu sein.) »Mr Alder hat uns ein Foto vorgelegt, das offenbar im August '63 von seinem Bruder an einem Bahnhof in der Nähe von Glastonbury aufgenommen worden ist. Das Datum hat Mr Alder selbst errechnet. Er sagte, Townley sei ein Freund von Peter Dalton gewesen, und nach unseren Ermittlungen ist das durchaus möglich. Dalton beging im August '63 Selbstmord. Mr Alder hatte jedoch den Verdacht, dass Dalton in Wahrheit von Townley ermordet wurde, der so die Spuren seiner Beteiligung am… äh…«

»Großen Postraub«, half ich.

»Sehr richtig.« Jarvis zog nur kurz ein überraschtes Gesicht. »Da Mr Alder es abgelehnt hat, seine Gründe für einen auf den ersten Blick derart verwegenen Verdacht mitzuteilen, fiel es uns schwer, zu beurteilen, wie ernst das zu nehmen war. Er hat uns insbesondere ausdrücklich verboten, uns an seinen Bruder zu wenden.«

»Ich bezweifle, dass Sie von Howard viel erfahren hätten.«

»Vielleicht nicht, vielleicht doch. Wie auch immer, das Einzige, was mit Sicherheit feststeht, ist, dass diese Frage weiter offen bleibt. Ich weiß, dass Mr Alder Kontakt mit einem Gauner aus den sechziger Jahren namens Prettyman aufgenommen hatte, aber ich muss Ihnen sagen, dass dieser Prettyman in jeder Hinsicht unzuverlässig ist. Ob er sich tatsächlich am Raub beteiligt hat, ist keineswegs klar. Worin nun diejenigen, die wirklich dabei waren, übereinzustimmen scheinen, ist, dass die Anstiftung zu dem Verbrechen von einer anonymen Quelle kam, die sie mit der nötigen Information versorgte.«

»Hätte das Townley gewesen sein können?«

»Offen gesagt ist Ihre Annahme genauso stichhaltig wie meine, Mr Bradley. Solche Mutmaßungen führen uns nirgendwohin, solange keine harten Tatsachen über Townleys Leben nach seinem Ausscheiden aus der Armee vorliegen. Das Material über das Jahr '63 ist fragmentarisch und durch nichts belegt. Was Townley betrifft, führt es nicht weiter. Wenn ich sage, dass wir nichts über das weitere Leben dieses Mannes wissen, dann meine ich das auch so: nichts. Townley ist eine Leiche ohne Totenschein, vom Erdboden verschluckt. Wenn er noch lebt, dann in der Haut eines anderen. Und wir haben nicht den Hauch einer Ahnung, wer dieser Mann sein könnte.«

»Was ist mit seiner Frau? Seinen Kindern?«

»Selbstverständlich haben wir diese Fährte verfolgt, aber auch sie hat nichts ergeben. Auch wenn sich die Townleys nie haben scheiden lassen, sieht es so aus, als hätte Mrs Townley keine Möglichkeit gehabt, ihren Mann nach seiner Ausmusterung zu erreichen. Von diesem Tag an hat er seine Unterhaltszahlungen an sie eingestellt. Sie versichert all ihren Freunden und Bekannten beharrlich, dass sie ihn für tot hält. Ihre Kinder sehen das genauso. Vielleicht stimmt es, vielleicht nicht.«

»Vielleicht lügen sie.«

»Das ist natürlich auch möglich.« Ein mattes Lächeln spielte um Jarvis' Mundwinkel. »Bei allen dreien finden sich in den Kontoauszügen... Ungereimtheiten.«

»Ungereimtheiten welcher Art?«

»Von der Art, die auf finanzielle Unterstützung seitens einer unidentifizierten Quelle hinweist.«

»Townley«, brummte Hashimoto.

»Möglich ist es. Mr Alder vertrat sogar den Standpunkt, dass es höchstwahrscheinlich ist.«

»Was hat er in dieser Hinsicht unternommen?«, wollte ich wissen, als Jarvis verstummte und sich auf die Rückenlehne einer Holzbank setzte.

»Ich bin mir nicht sicher. An dieser Stelle wird die ganze Angelegenheit verflucht heikel.«

»Sie werden uns erklären müssen, was Sie damit meinen.«

»Muss ich? Das glaube ich eigentlich nicht. Aber ich sage es Ihnen trotzdem. Ich habe Mr Alder am dreißigsten August getroffen, um mit ihm die Fortschritte in diesem Fall zu erörtern.« (Während des Frühstücks hatte ich den Kalender an Echos Küchenwand studiert und mir daraus zusammengereimt, dass Rupe am neunundzwanzigsten August den Hafen von Tilbury aufgesucht hatte. Demnach hatte er am darauf folgenden Tag mit Jarvis gesprochen.) »In Anbetracht des Wenigen, was ich ihm zu melden hatte, war er überraschend gut aufgelegt. Er ging davon aus, dass Mrs Townley und/oder ihre Kinder wissen, wo Townley ist, und gab mir zu verstehen, dass er bei Ihrer Schwester, Mr Hashimoto, das Mittel sichergestellt hätte, mit dessen Hilfe er sie zwingen wollte, ihm Townleys Verbleib zu offenbaren.«

»Er hat es nicht sichergestellt«, erklärte Hashimoto, »er hat es gestohlen.«

»Wirklich? Ich gestehe, dass mich das nicht sonderlich überrascht. Er sprach von einem Brief, über dessen Inhalt er sich nicht äußern wollte.«

»Das ist richtig«, sagte Hashimoto. »Ich weiß selbst nicht, was darin steht.«

Jarvis' rechte Augenbraue wanderte einen Millimeter nach oben. Im nächsten Moment redete er weiter, als wäre nichts gewesen. »Mr Alder hat nicht den geringsten Zweifel darüber gelassen, dass er beabsichtigt, Townley mit Hilfe dieses Briefs aus seinem Versteck zu locken. Aber seitdem habe ich Mr Alder weder gehört noch gesehen.«

Einen langen Moment herrschte Schweigen. Schließlich stellte ich die nahe liegende Frage: »Was ist Ihrer Meinung nach geschehen?«

»Ich glaube, es ist ihm gelungen, direkt oder indirekt mit Townley in Verbindung zu treten. Ja, ich bin mir dessen sogar sicher.«

»Warum?«

»Weil binnen Wochen nach diesem Treffen in unserem Büro eingebrochen wurde und sämtliche schriftlichen Unterlagen und Disketten zur Sache Townley gestohlen wurden. In unsere Sicherheitsmaßnahmen investieren wir sehr viel Zeit und Geld, Gentlemen. Der Einbruch war äußerst professionell. Anders wäre es nicht gegangen. Er war auch extrem präzise und zielgenau. Mehr oder weniger gleichzeitig wurde uns von einer Anwaltskanzlei, die uns oft vertritt, auf höchster Ebene eine anonyme Botschaft übermittelt.«

»Wie lautete die Botschaft?«

»Stellen Sie die Ermittlungen ein.«

»So einfach?«

»Nicht ganz. Gewisse... Strafen... wurden für den Fall einer Weigerung erwähnt. Geldstrafen. Es klang sehr nach... Samthandschuhen. Aber es war klar, dass der Absender genügend Einfluss hat, um uns zu ruinieren, wenn er müsste.«

»Die Firma ruinieren?«

»Genau.«

»Wie könnte er das erreichen?«

»Myerscough and Udal ist groß und erfolgreich. Aber es gibt immer jemanden, der noch größer und erfolgreicher ist. Ich glaube, unsere Direktoren waren fest davon überzeugt, dass uns unsere wertvollsten Mandanten abgeworben würden, wenn wir nicht nachgäben. Wir haben nachgegeben.«

»Sie sind eingeknickt.«

»Wir hatten keine Wahl.«

»Und Sie glauben, dahinter steckt... Townley?«

»Wer sonst?«

»Aber er ist doch nur ein Mann, Menschenskind!«

»Über den wir nichts wissen. Ein Zustand, den beizubehalten er offensichtlich fest entschlossen ist.«

»Wenn Sie... eingeknickt sind«, sagte Hashimoto langsam, »warum sprechen Sie dann mit uns?«

»Eine scharfsinnige Frage, Mr Hashimoto. Ja, warum?« Jarvis spähte misstrauisch in alle Richtungen, ehe er mit noch leiserer Stimme fortfuhr: »Offiziell findet dieses Treffen nicht statt. Wenn Sie mich in unserem Büro anrufen oder besuchen, werde ich Sie nicht empfangen und außerdem abstreiten, Sie jemals gesehen zu haben. Myerscough and Udal lässt sich nicht gern erpressen, auch wenn natürlich offenkundig ist, dass wir erpresst werden können. Das betrübt uns zutiefst, Gentlemen, doch wir sind nicht in der Lage, zurückzuschlagen. Wir sorgen uns um das Wohlergehen eines Mandanten, aber es ist uns nicht möglich, ihm zu helfen. Uns sind die Hände gebunden.« Er lächelte. »Ihnen nicht.«

»Worauf wollen Sie hinaus?«, fragte ich.

»Ich verrate Ihnen Interna, Mr Bradley. Ich gebe Ihnen Informationen preis. Was Sie damit anstellen, ist Ihre Sache. Und was ich von Ihnen erhoffe, ist vermutlich irrelevant. Außer dass ich von ganzem Herzen hoffe, dass Sie ... etwas unternehmen.«

»Wie, zum Beispiel?«

»Das muss wirklich Ihnen überlassen bleiben. Ich kann nur eines sagen: Die Townleys hatten zwei Kinder – Eric, 1955 geboren; und Barbara, 1957 geboren. Barbara lebt in Houston, Texas. Sie ist dort mit einem Ölmanager namens Gordon Ledgister verheiratet. Sie haben ein Kind – einen Sohn, Clyde, 1980 geboren, der gegenwärtig an der Stanford University studiert. Eric lebt mittlerweile bei seiner Mutter in Berlin. Nach dem Fall der Mauer ist sie dorthin zurückgekehrt. Eric lässt sich jetzt Erich nennen. Er ist übrigens schwul. Rosa Townley ist fünfundsechzig Jahre alt. Sie und Erich leben in einer Wohnung in der Yorckstraße. Hausnummer fünfundachtzig. Es wird Sie interessieren, dass gemäß den Unterlagen der Fluggesellschaft am dritten September ein gewisser Mr R. Alder von Heathrow nach Berlin geflogen ist. Ein Rückflug ist nicht gebucht worden. Und jetzt« – unvermittelt stemmte Jarvis sich hoch – »muss ich weiter. Ihnen beiden noch einen schönen Tag.«

Damit eilte er mit federnden Schritten in die Richtung zurück, aus der wir gekommen waren. Ich wollte ihm hinterherrufen. Aber was? Was er uns mitzuteilen hatte, hatte er gesagt. Und es war klar, dass er nicht mehr sagen würde. Myerscough and Udal hatte die Ermittlungen eingestellt. Jarvis hatte die Bürde uns aufgehalst und wusch seine Hände in Unschuld. Er machte sich aus dem Staub, Hashimoto und ich dagegen blieben irritiert zurück.

Es war elf Uhr, als wir wieder das Hilton erreichten – eine gute Nachricht für jemanden, der einen Drink so nötig hatte wie ich. Seit Jarvis uns hatte stehen lassen, hatte Hashimoto kaum etwas gesagt. Allerdings konnte ich mir vorstellen, dass hinter seiner friedfertigen Miene eine Menge nicht sehr produktiver Gedanken durcheinander purzelten, sodass ich auch in seinem Fall einen Drink verschrieb und ihn um die Ecke in eine gemütliche kleine Kneipe am Shepherd Market lotste.

Ich war mit meinem zweiten Carlsberg Special halb fertig, Hashimoto mit seinem ersten Glenfiddich, als mein Begleiter zu so etwas wie einem Entschluss zu gelangen schien. Er zündete feierlich eine Marlboro an, und während er in die erste Rauchwolke starrte, verkündete er: »Wir müssen nach Berlin fliegen.«

»Darf ich nicht mitbestimmen, Kiyo?«

Er bedachte mich mit einem eigenartigen Blick. Vielleicht hatte ihm meine vom Carlsberg inspirierte Schöpfung einer Abkürzung für seinen Namen nicht gefallen. Aber wenn das stimmte, so hielt er sich nicht damit auf. »Ich muss den Townley-Brief finden. Und Sie müssen Ihren Freund finden.«

»Ich bin mir da nicht mehr so sicher. Sie haben ja selbst gesagt, dass er durch eine dunkle Gegend irrt. Die könnte gefährlich sein, wenn Townley so mächtig ist, wie Jarvis offenbar glaubt.«

»Es stimmt. Mr Jarvis lädt uns dazu ein, den Kopf in das Maul des Tigers zu stecken, um zu sehen, ob der Tiger beißt.«

»Meine Mutter hat mir bestimmt mal gesagt, dass ich den Kopf nie in das Maul eines Tigers stecken darf.«

Hashimoto nickte feierlich. »Von einer Mutter ist das zu erwarten.«

»Außerdem muss ich nächste Woche heimfahren. Eine Reise nach Berlin ist nicht möglich.«

»Warum müssen Sie nach Hause?«

»Ach, wegen diesem und jenem.« (Ein Stelldichein alle zwei Wochen im Sozialamt wegen der Stütze war Anfang und Ende meiner Verpflichtungen, aber ich hatte nicht vor, das zuzugeben.)

»Wir brauchen vielleicht gar nicht lang dort zu bleiben. Und ich zahle Ihnen Ihre Unkosten.«

»Wäre da auch eine Beerdigung inbegriffen?«

»Beruhigen Sie sich, Lance. In solchen Angelegenheiten ist Fingerspitzengefühl das A und O. Was geht Ihnen verloren, wenn Sie mich nach Berlin begleiten?«

»Das kommt darauf an, was nach unserer Ankunft dort geschieht.«

»Nichts wird ohne Ihre Einwilligung geschehen. Darauf gebe ich Ihnen mein Wort. Wir werden jeden Schritt prüfen und nur dann durchführen, wenn wir uns darauf geeinigt haben.«

»Was, wenn ich *keinem* Schritt meine Zustimmung erteile?«

»Führen wir auch keinen durch.«

»Trotzdem kann ich nicht mit.«

»Warum nicht?«

»Ich habe meinen Pass zu Hause liegen lassen.«

»Wie weit ist Ihr Zuhause entfernt?«

»Etwa hundertfünfzig Meilen.«

»Dann fahren wir eben hin und holen ihn. Ich bin ein geübter Fahrer. Mein Wagen steht in der Tiefgarage des Hilton.«

»Wann haben Sie vor, aufzubrechen?«

»Um Ihren Pass zu holen? Jetzt. Nach Berlin?« Er dachte einen Moment lang darüber nach, dann zuckte er die Schultern. »Morgen.«

»So bald?«

»Es hat genügend Verspätungen gegeben. Warum für neue sorgen?

»Na ja…«

Eine richtige Antwort brachte ich nicht zu Stande. So kam es, dass ich mich – mit durch mehrere Carlsberg Special getrübter Denkfähigkeit – in einem BMW wiederfand, der mich mit einem Höllentempo die M5 hinunter und weiter über die M4 durch den mittäglichen Nebel beförderte. An Hashimotos erklärter Absicht hatte ich nicht den geringsten Zweifel: Er nahm an, dass der beste Schutz für seine Schwester und seine Nichte darin bestehe, das, was Rupe ihnen gestohlen hatte, zurückzuholen. Auch schien er meinen Wunsch, einem Freund in Not zu helfen, nicht einen Moment in Frage zu stellen. Er ließ sogar durchblicken, er halte mich aufgrund eines Ehrenkodex' dazu verpflichtet, den Schaden, den mein Freund angerichtet hatte, wieder gutzumachen. Damit konnte ich natürlich überhaupt nichts anfangen. Dennoch war ich jetzt – allem Anschein nach – auf dem Weg nach Berlin. Eines stimmte allerdings: Ich war von diesem Krimi, in den mich Rupe, ohne es zu wissen, hineingezogen hatte, fasziniert. In meinem Leben herrschte schon seit langem ein deutlich spürbarer Mangel an Aufregung. Kurz, mich hatte das Jagdfieber gepackt.

Die Strecke nach Glastonbury schafften wir in etwas mehr als zwei Stunden. Hashimoto war bestimmt kein Sonntagsfahrer. Kurz erwog ich, einen Umweg zu dem Haus meiner Eltern vorzuschlagen, damit ich meinen Vater bitten konnte, auch Don Forrester wegen weiterer Informationen anzuzapfen. Doch dann entschied ich mich dagegen. Stattdessen wollte ich Dad später anrufen, womit ich mich vor der lästigen Pflicht drückte, ihm zu erklären, was ich jetzt schon wieder vorhatte. Sogar an einen Besuch auf Penfrith dachte ich. Aber das verwarf ich genauso. Zu viel zu erzählen; zu viel zu fragen. Mit etwas Glück würden Rosa und Erich Townley jede Frage beantworten. Vielleicht gab es eine harmlose Erklärung für das alles.

(Wem, glaubte ich, etwas vormachen zu können?)

Auf dem Rückweg fuhren wir über Heathrow, wo Hashimoto für Sonntagmittag einen Flug nach Berlin für uns buchte. (Business Class, darunter tat er es nicht.) Danach brachte er mich nach Kennington. Wir vereinbarten, dass er mich am nächsten Morgen um zehn Uhr abholen sollte. Es konnte losgehen.

Laut Echo waren wir total verrückt. »Ihr habt ja überhaupt keine Ahnung, in was ihr da reinschlittert!« (Ein berechtigter Einwand.) »Hast du nicht gesagt, du seist der geborene Aussteiger?«

»Das bin ich auch.«

»Warum steigst du dann nicht aus?«

»Weil das mit dem Aussteigen so eine Sache ist, Echo, man muss den richtigen Moment abpassen.«

»Und jetzt ist nicht der Richtige?«

Darüber musste ich eine Weile nachdenken. Schließlich konnte ich nicht mehr sagen als: »Anscheinend nicht.«

BERLIN

7

Es war wohl ein bisschen Ironie des Schicksals, dass ich mich auf Rupes Spuren nach Berlin begab, denn im langen, heißen und schweißtreibenden Sommer 1984, als wir mit Interrail durch Europa gereist waren, war ich ihm schon einmal dorthin gefolgt. Berlin war zu hundert Prozent Rupes Idee gewesen. Er hatte schon immer einen ausgeprägten Sinn für Geschichte gehabt, weit mehr als ich. Seine Neugier auf das Leben hinter dem eisernen Vorhang hatte ich nicht geteilt, und die fürchterliche Zugfahrt durch Ostdeutschland hatte mich in der Ansicht nur bestärkt, dass wir an so gut wie jedem anderen Ort mehr von unserem Urlaub gehabt hätten. Wir hatten auch den Standardausflug nach Ostberlin gemacht, aber dafür war ich nicht gerade in der richtigen Verfassung gewesen. Geschmackloser Kommerz auf der einen Seite der Mauer und triste Einförmigkeit auf der anderen waren so ziemlich die einzigen Erinnerungen, die ich aus Berlin mitgenommen hatte.

Mit dem Flugzeug in einer aufgemöbelten wiedervereinigten Hauptstadt mit zu vielen Drinks im Bauch anzukommen, war natürlich eine von Grund auf andere Erfahrung. So anders, dass mich Zweifel beschlichen, ob es wirklich dieselbe Stadt war. Das Taxi vom Flughafen Tegel zu unserem Hotel fuhr durch ein herbstlich goldenes Tiergarten, über dem sich keine Mauer auftürmte, überquerte die verschwundene Grenze und rauschte durch das Brandenburger Tor in die Straße Unter den Linden. Hashimoto hatte für uns ein Zimmer im Adlon gebucht, dem, wie man ihm versichert hatte, führenden Hotel in Berlin. Als wir durch die riesige, glitzernde Lobby geleitet wurden, hatte ich den Eindruck, dass er richtig informiert worden war. Nach dem Flug in der Business Class und in den *Chambres de luxe*, begann ich mich allmählich für den Gedanken zu erwärmen, dass man als Reisebegleiter eines Kiyofumi Hashimoto durchaus einen Job hätte, für den ich mich zu einem langfristigen Vertrag überreden ließe.

Nach den vielen Drinks hoch über den Wolken hatte ich das Bedürfnis nach einem richtigen Schluck. Ich schlug vor, wir könnten uns um sieben Uhr in der Bar treffen, was Hashimoto sehr recht zu sein schien. So verschob ich das Auspacken (es wären ja höchstens fünf Minuten) auf später, streckte mich in dem gewaltigen Doppelbett in meinem üppig ausgestatteten Zimmer aus und ließ mich vom entfernten Rauschen des Verkehrs der Allee Unter den Linden in den Schlaf lullen.

Es war dunkel draußen, als ich aufwachte. Benommen versuchte ich, das Klingeln in meinem Ohr zu identifizieren, bis ich kapierte, dass es das Telefon auf dem Nachttisch war. Wie spät es war, konnte ich auf meiner Uhr nicht erkennen, aber ich nahm an, dass das Hashimoto sein musste.

Er war es auch. »Lance. Sie müssen schnell kommen.«

»Fangen Sie schon mal ohne mich an. Ich bin in einer Minute unten.«

»Ich bin nicht im Hotel, ich rufe von einer Zelle am Mehringdamm aus an.«

»Ach ja?«

»In der Nähe der Wohnung der Townleys.«

»Lieber Himmel, hätte das nicht warten können?«

»Sie müssen sofort kommen. Ich habe eine Idee.«

»Was für eine Idee?« (Eine verrückte, hätte ich wetten können.)

»Mir sind die Münzen ausgegangen. Ich warte an der U-Bahn-Haltestelle Mehringdamm auf Sie. Kommen Sie, so schnell Sie können.«

»Schon, aber...« Die Verbindung wurde unterbrochen. Ich gönnte mir einen Seufzer aus tiefstem Herzen. »Na toll!«

Sobald ich es in eine vertikale Position geschafft hatte, meldeten sich die nach Flüssigkeitsentzug üblichen Kopfschmerzen wie Eselstritte im Inneren meines Schädels. Und dieser Esel war ein besonders kräftiges Exemplar, das sich auch nicht durch mehrere Gläser Berliner Leitungswasser besänftigen ließ. Ich verließ das Hotel in einem Zustand irgendwo unter Topform.

Das Taxi brachte mich in einer kurzen, schnellen Fahrt durch breite, leere Straßen in südlicher Richtung, vorbei an dem alten Checkpoint Charlie, in das ehemalige Westberlin. Ich schielte auf die Straßenkarte, die ich vom Portier erhalten hatte. Demnach lag die U-Bahn-Haltestelle Mehringdamm gleich an der Ecke Yorckstraße. Unwillkürlich fragte ich mich, ob Rosa Townleys Familie schon immer in dieser Gegend gelebt hatte. Der Checkpoint Charlie war schließlich das Tor zum amerikanischen Sektor gewesen.

Freilich hatte ich nicht viel Zeit für tief schürfende Gedanken. Wir hatten die Haltestelle bereits erreicht, und als ich aus dem Taxi stieg, kam mir Hashimoto vom Eingang her entgegen. Er blinzelte mich im Laternenlicht an. »Alles in Ordnung mit Ihnen, Lance?«

»Wie sehe ich aus?«

»Nicht besonders gut.«

»Sie verblüffen mich.«

»An der Ecke ist ein Café. Dort können wir sprechen.«
»Wir hätten auch in der Bar des Adlon sprechen können.«
»Es gibt eben mehr zu tun, als zu besprechen.«
Er führte mich über die Fahrbahn und weiter zur nächsten Kreuzung. Von dort zweigte die Yorckstraße rechts ab. Hashimoto fing meinen Blick auf, als ich den Namen las, begann mit seiner Erklärung aber erst, als wir im Café an einem Tisch hockten und Tee und Bier bestellt waren. (Der Tee war nicht für mich.)

»Ich wollte mal sehen, wo die Townleys wohnen. Man muss die Yorckstraße ein Stück hinuntergehen.« Hashimoto deutete mit dem Kinn in die ungefähre Richtung. »Ein Wohnblock. Teuer, würde ich sagen. Die Eingangstür ließ sich ohne weiteres öffnen, als ich probeweise die Klinke drückte. Also bin ich…«

»Sie sind reingegangen? Sie sind ja ein verrückter Teufelskerl.«

»Die Townleys leben in der Wohnung Nummer vier. Ich habe mir gedacht, ich könnte…« Er zuckte die Schultern. »Ich weiß auch nicht.«

»Es wäre vielleicht sinnvoller gewesen, wenn wir das zusammen geplant hätten, Kiyo.« (Warum ich dabei so ruhig blieb, war mir selbst nicht klar. Wahrscheinlich war ich immer noch halb betrunken.)

»Sie haben Recht, Lance. Es tut mir Leid. Ich habe mir gedacht, ich könnte keinen Schaden anrichten.«

»Haben Sie einen angerichtet?«

»Nein. Nichts Schlimmes. Vielleicht was Gutes. Als ich die Treppe zu Nummer vier hinaufstieg, ging dort die Tür auf, und ein Mann kam heraus.«

»Erich Townley?«

»Ich glaube, ja. Passendes Alter. Passendes… Äußeres.«

»Was heißt das, passendes Äußeres?«

»Sie werden selbst sehen.«

»Wie meinen Sie das?«

»Wir sind im Treppenhaus aneinander vorbeigegangen, aber dann bin ich umgekehrt und ihm gefolgt. Bleiben Sie ruhig. Er hat nicht auf mich geachtet.«

»Hoffentlich haben Sie sich nicht getäuscht.«

»Nein, nein. Vertrauen Sie mir, Lance.«

»Es wäre schön, wenn Sie mir das leichter machen würden.«

»Hören Sie.« Hashimoto senkte die Stimme und beugte sich zu mir vor. »Ich bin Townley in eine Bar ein kurzes Stück weiter unten am Mehringdamm gefolgt. Dort dürfte er immer noch sitzen. Es wäre eine Gelegenheit, ihn anzusprechen. Ihm Fragen zu stellen, wenn er meint, Sie hätten nichts anderes im Sinn als...«

»*Sie*?«

»Es wird besser klappen, wenn Sie ihn ansprechen, Lance. Ich bin zu... auffällig.«

»Soeben haben Sie mir noch gesagt, er hätte Sie nicht beachtet.«

»Aber er *soll* aufmerksam werden! Auf Sie, nicht auf mich. Ihnen wird es leichter fallen.«

»Was wird mir leichter fallen?«

»Einfach mit ihm zu reden.«

Hashimoto bedachte mich mit einem aufmunternd gemeinten Lächeln, das bei mir jedoch eher als eine besorgte Grimasse ankam. Was Besorgnis betraf, würde ich allerdings bald einen uneinholbaren Vorsprung gewinnen. »In Ihrem ›Plan‹ ist also vorgesehen, dass ich ihn anmache, richtig?«

»Anmachen?«

»Sie wissen schon, was ich meine.«

»Ah ja. Gut...« Hashimoto hob unschuldig beide Arme. »Die Sache ist nun mal die, Lance...«

»Ja?«

»Ich glaube, Sie könnten genau sein Typ sein.«

Die Bar war wirklich so nahe, wie Hashimoto versprochen hatte. Ihre großen, leeren Fenster gaben weniger preis, als wir auf den ersten Blick gedacht hatten. Das Innere wirkte dunkel, halb leer und eine Spur deprimierend. (In gewisser Hinsicht war es tröstlich, zu sehen, dass die Sonntagabende in Deutschland auch nicht fröhlicher waren als in England.) Hashimoto ließ mich stehen und verzog sich zu einer Bushaltestelle auf der anderen Straßenseite. Und mir blieb es – nach einigem Zögern – überlassen, einzutreten.

Ein Typ, der Hashimotos Beschreibung von dem Mann im Treppenhaus entsprach, saß auf einem Barhocker am Tresen vor irgendeinem farblosen Getränk und rauchte eine dicke französische Zigarette. Bekleidet war er mit Jeans und einem knielangen schwarzen Mantel, den er trotz der schwülen Wärme in der Bar nicht abgelegt hatte. Er war groß und dünn und hatte den Kopf wie bei einer Gelenkleuchte vorgebeugt. (Die Bar war offensichtlich für gedrungene Kunden gebaut.) Sein Gesicht war länglich und bereits faltig, sein Haar vorzeitig ergraut und nicht nur zu dünn, sondern auch viel zu lang. Ob ich wirklich sein Typ war, war mir nicht klar, aber dass er nicht meiner war, das stand schon mal fest.

Der Rest der Kundschaft war um die im Halbdunkel liegenden Tische verteilt. Einige sahen ziemlich betrunken aus. Da war es lohnenswerter, die meiner Auffassung nach auf Gruftistil getrimmte Einrichtung zu bewundern, ganz zu schweigen von der New-Age-Trauermarschmusik, die aus den mit Spinnweben verhangenen Lautsprechern quoll. Vielleicht wurde sie später ja noch lebhafter. Und vielleicht wollte ich dann nicht mehr hier sein.

Ich ließ mich auf den Hocker neben dem von Townley plumpsen. (Er war der einzige Gast, der am Tresen saß.) Nachdem ich ein Budweiser bestellt hatte, ließ ich mir ein paar mögliche Anmachstrategien durch den Kopf gehen. Ich glaubte nicht, dass ich auch nur eine davon umsetzen würde, es sei denn, ich wäre zu betrunken, um mich an Townleys Antwort zu erinnern – wenn ich denn so viel Glück hätte und eine bekäme. Kurz, die Situation hatte alle Voraussetzungen für ein grandioses Fiasko. (Und wer war daran schuld?)

Doch dann geschah etwas Merkwürdiges. Townley sprach mich an.

»Biste Amerikaner?« (Er war offenbar ein Amerikaner, auch wenn sich Spuren eines abgehackten teutonischen Akzents in sein Kaugummienglisch mischten.)

»Nein«, versuchte ich zu antworten, doch meine Kehle verweigerte die Mitarbeit, bis ich das Wort zweimal wiederholt hatte. »Nein, nein.«

»Kann nich' verstehen, dass außer Amerikanern noch jemand ein Bud bestellt. Richtige Pferdepisse.«

»Ich wusste nicht, dass überhaupt was Echtes daran ist.«

Darüber lachte er. »Du bist Engländer, richtig?«

»Yeh.« Das Budweiser kam bei mir an, ohne Glas und matt schimmernd. Ich trank einen Schluck. »Und du? Amerikaner?«

»Das muss ich wohl zugeben, yah. Zur Hälfte jedenfalls.«

»Und die andere Hälfte?«

»Aus der Gegend.«

»Du lebst hier?«

»Yah. Aber du bist bloß auf Besuch hier, richtig? Urlaub?«

»Geschäftlich.«

»Was genau?«

Das war eine knifflige Frage. »Ist das so wichtig?« (Ich musste hoffen, dass es das nicht war.) »Schließlich ist das Wochenende noch nicht vorbei.«

»Nicht, dass man hier was davon mitkriegt.« Er sah sich um. »Toter als das Dritte Reich.«

»Wie lange lebst du schon in Berlin?«

»Eine ganze Weile.«

»Ich heiße übrigens Lance.«

»Freut mich. Ich bin Erich.« Und schulterzuckend fügte er hinzu: »Geburtsname Eric. Es mit zwei Nationen zu halten, macht einen irgendwie schizophren.«

»Muss wohl so sein.«

»Willste eine?« Er bot mir eine Zigarette an.

»Nein, danke, ich, äh…«

»Glaubste an die Warnung der Gesundheitsminister?«

»Ja, aber…« Ich bemerkte seinen Blick und versuchte, ihm standzuhalten. »Sehe ich so aus, als würde ich ein reines und keusches Leben führen?«

»Nicht unbedingt. In dieser Kneipe könnte das sowieso keiner.«

»Ich habe nichts gegen Laster, Erich.« Ich ließ ein nicht unbedingt aufrichtig gemeintes Lächeln aufblitzen. »Absolut nichts.«

»Dann biste in der richtigen Stadt gelandet. Berlin bietet Laster in allen Variationen, wenn du bereit bist, in seine dunklen Winkel einzutauchen.«

»Kommt darauf an, was ich dort zu erwarten habe.«

»Was immer du suchst.«

»Manchmal bin ich mir da nicht sicher.«

»Vielleicht brauchst du nur eine helfende Hand.«

»Vielleicht, ja.« (Für meinen Geschmack ging das viel zu schnell. Was hatte mir Hashimoto nur zugemutet?) »Es gibt vieles, was einem ein Reiseführer nicht verrät.«

»Nicht zu verraten *wagt*.«

»Man fürchtet wohl, die Leute abzuschrecken.«

»Hartes Zeug für die, die sich gern abschrecken lassen.« Erich machte eine Kunstpause, und ihre Wirkung war nicht ohne. »Aber nur ein bisschen.«

»Yeh.«

»Du willst also einen draufmachen, Lance? Fern von Frau und Kindern mal ein bisschen an der verbotenen Frucht knabbern?«

»Ich habe keine Familie.«

»Klug von dir. Ich auch nicht. Außer meiner Mutter. So was muss schließlich jeder haben.«

»Und einen Vater.«

»Technisch gesehen, stimmt das wohl.«

»Ist deine Mutter Deutsche?«

»Yah. Sie lebt hier in Berlin.«

»Und dein Vater?«

»Er lebt nicht in Berlin.« Townley lächelte immer noch, doch sein Mund verhärtete sich. So langsam tastete ich mich auf gefährliches Terrain vor.

»Aber hier haben sie sich kennen gelernt?«

»Wo man sich kennen lernt, ist nicht wichtig. Wichtig ist, was man danach tut.«

»Wie wahr.« (Zu wahr, was mich betraf.)

»Was sollen wir jetzt machen? Wo wir nun schon ins Gespräch gekommen sind.«

»Was empfiehlst du?«

»Ich kenne deinen Geschmack nicht.«

»Er geht mehr ins Exotische.«

»Tja…« Townley nahm nachdenklich einen langen Zug an seiner Zigarette. Dann sagte er: »Ich kenne da so eine Kneipe. Mehrere Kneipen. Könnte mir vorstellen, dass es dir dort gefällt. Interessiert?«

»Klar.« (Entsetzt hätte es eher getroffen.)
»Dann lass uns gehen.«
»Okay.«
»Unterwegs schauen wir kurz bei meiner Mutter vorbei. Sie wohnt gleich um die Ecke.« (Eigentlich alle beide, aber das wusste ich ja offiziell nicht. Vielleicht meinte Townley, er würde mich nicht beeindrucken, wenn er zugab, dass er bei seiner Mutter lebte. Aber offenbar würden wir sie tatsächlich besuchen. Mir war es ein Rätsel, was er sich dann einfallen lassen würde, ein Rätsel, das mich nun doch reizte.)
»Sie wartet auf mich.« (Aber nicht auf mich. Mit mir rechnete sie ganz gewiss nicht.) »Aber keine Sorge, es wird nicht lang dauern.«

Nach dem Verlassen der Bar bogen wir nach links in Richtung Süden ab – fort von der Yorckstraße. Allerdings konnte ich Townley meine Sorge diesbezüglich nicht mitteilen. Genauso wenig durfte ich einen Blick zurück riskieren, um zu sehen, ob Hashimoto uns folgte. Mit einem Schlag fühlte ich mich stocknüchtern und mehr als nur ein bisschen beunruhigt. Und da ich aber weit vom Zustand der Nüchternheit entfernt war, hieß das, dass ich in Wahrheit schreckliche Angst ausstand.

»Mit den Staaten bin ich schon lange fertig«, ließ sich Townley vernehmen. »Früher oder später muss ein Mensch sich eben entscheiden, wohin seine Seele gehört.«
»Und deine gehört hierher?«
»Unbedingt. Und du?«
»Ich bin wohl noch am Suchen.«
»Na ja, du bist jünger als ich, nicht wahr? Wie viel jünger eigentlich?«
»Äh, das kommt darauf an, wie alt du bist, Erich.«
»Stimmt«, schmunzelte Townley. »Genau das gefällt mir

so an den Ausländern. Bei ihnen wartet... eine ellenlange Hintergrundgeschichte nur darauf, erzählt zu werden.«

An der nächsten Kreuzung bogen wir rechts ab, sehr zu meiner Erleichterung. Vielleicht, so sagte ich mir, war das der schnellste Weg zu dem Teil der Yorckstraße, in dem die Townleys lebten. Vielleicht auch nicht, denn unmittelbar danach überquerte Townley die Straße und betrat einen Weg, der in einen schlecht beleuchteten Park führte.

»Wir nehmen eine Abkürzung«, sagte mein Begleiter, als ob das eine Erklärung wäre. Ich hatte den Eindruck, vor uns liege eine mit Bäumen bewachsene Anhöhe. Das matte Licht von in großen Abständen aufgestellten Laternen fiel auf Teiche und Steingärten, durch die sich der immer dunkler werdende Weg schlängelte. Bald ging es bergauf. Ich ließ mich zurückfallen – mit wenig Erfolg. Was ich eigentlich tun wollte, war das Einzige, was ich nicht tun konnte: zurückgehen. »Komm schon, Lance. Man kann sich hier leicht verlaufen.«

»Bist du sicher, dass das nicht schon geschehen ist?«
»Ach, ich kenn mich hier aus.«
»Freut mich, das zu hören.«
»In welcher Branche, hast du gesagt, arbeitest du?«
»Ich... habe ich dir nicht...?«
»Vielleicht nicht. Lass mich also raten. Könnte es eine Reederei sein?«
»Reederei? Nein. Was...?«

Ich bin mir nicht sicher, was ich zuerst wahrnahm: Eine in der Dunkelheit verschwommene Bewegung oder das Knirschen einer Schuhsohle auf Asphalt. Eines davon auf alle Fälle. Und fast im gleichen Moment begriff ich, was es bedeutete. Ein brutaler Schmerz raste durch meinen Körper, als mein rechter Arm hinter meinem Rücken nach oben gerissen wurde. Ich wurde nach hinten gezogen und kämpfte um mein Gleichgewicht. Eine Hand legte sich um meine Kehle – mit festem Würgegriff. So verzweifelt ich auch daran zerrte, ich kam nicht frei. Townley war stark – viel stärker als ich. Ich spürte seinen heißen Atem an meinem Ohr. Der stahlharte Griff um meine Kehle wurde noch fester. Noch einmal bäumte ich mich auf, versuchte, mich loszureißen, doch er drückte mit einer offenbar eingeübten Leichtigkeit zu, die mir verriet, dass ich mich noch so wütend wehren konnte, es würde nichts nützen.

Ich versuchte, um Hilfe zu schreien. Außer einem heiseren Röcheln brachte ich nichts hervor. Ich gab auf. Auch er hörte auf, sich zu bewegen.

»Du bist dumm wie Scheiße, Lance. Weißt du das? Du schmeißt dich an mich ran mit deinen dämlichen Unschuldsaugen und so einem gezierten Getue und meinst, ich falle auf deinen hohlen englischen Charme rein. Tu mir einen Gefallen. Tu dir einen. Du suchst deinen Freund Rupe, richtig?«

Sein Griff lockerte sich so weit, dass es mir möglich war, zu krächzen: »Okay, ja.«

»Tja, da hast du Pech gehabt. Rupe ist nämlich nicht hier. Und du wirst ihn auch nie finden.« Hinter mir hörte ich ein Geräusch – eine Messerklinge, die aus einem Griff sprang – dünn und metallisch. »Deine Suche ist vorbei, Süßer.« Im selben Moment ließ er meinen rechten Arm los, packte mich an der linken Schulter und wirbelte mich zu sich herum.

Ich hatte nur noch die Zeit, meine Arme hochzureißen, um meinen Kopf zu schützen. Es war reiner Selbsterhaltungstrieb. Ich erwartete, dass Townley mit dem Messer auf mich losgehen würde. Durch mein Bewusstsein zuckte die klare, doch wenig hilfreiche Erkenntnis, dass ich jetzt erstochen werden würde. Doch dazu kam es nicht.

Etwas traf Townley unter dem rechten Arm – etwas Massives, das sich waagrecht bewegte. Mit einem Grunzen kippte er zur Seite und krachte zu Boden. Er lag noch nicht, als ich mich aufrichtete und mitbekam, wie Hashimoto sein linkes Bein sinken ließ. Er hatte Townley so etwas wie einen Judotritt verpasst – einen von der Sorte, der sich wie ein Rammbock anfühlt. Townley wälzte sich zur Seite, schüttelte benommen den Kopf und stemmte sich auf einen Ellbogen.

»Bleiben Sie, wo Sie sind!«, bellte Hashimoto. Weil mir in diesem Moment nicht so recht klar war, wen von uns er meinte, ging ich auf Nummer Sicher und rührte mich nicht von der Stelle. »Alles in Ordnung mit Ihnen, mein Freund?«

»Ja, ich…«

»Wer, zum Henker, bist du?«, ächzte Townley.

»Jemand, der in der Lage ist, Ihnen den Arm zu brechen oder die Schulter auszukugeln – oder beides –, falls Sie mich dazu zwingen.« (Auf mich wirkte Hashimoto höllisch überzeugend und, wie es aussah, auch auf Townley.) »Sie bekommen die Gelegenheit, wegzugehen. Ich würde Ihnen vorschlagen, sie zu ergreifen.«

Misstrauisch und unsicher rappelte sich Townley schwer keuchend auf. »Was mischst du Scheißkerl dich ein«, brummelte er.

»Gehen Sie auf diesem Weg weiter. Verlassen Sie den Park auf der anderen Seite. Versuchen Sie nicht, uns zu folgen.«

»Du bist'n Japse«, knurrte Townley. »Ein Scheißjapse.«

»Und Sie sind ein gewalttätiger Mann voller unflätiger Worte. Es würde mir keine Mühe bereiten, Ihnen ein paar Zähne auszuschlagen. Warum legen Sie es darauf an, mir einen Grund dafür zu geben?«

Townley starrte erst mich an, dann Hashimoto und zum Schluss wieder mich. »Kennt ihr euch?«

»Gehen Sie jetzt«, sagte Hashimoto mit leiser, fester Stimme.

Townley wartete. Er wog ab, wie groß seine Chancen und die seines Gegners waren. Auf beiden Seiten wurde geblufft. Die Frage war nur, wer besser darin war. Ich hätte nicht darauf wetten wollen, und Townley anscheinend auch nicht. »Arschlöcher«, brummte er, um wenigstens zu protestieren. Dann steckte er sein Messer ein, machte auf dem Absatz kehrt und stolzierte, den Kopf hoch erhoben, davon.

Erst nach unserer Rückkehr ins Café an der Ecke Mehringdamm und Yorckstraße hörte ich auf, wie ein Grippekranker mit Schüttelfrost zu zittern, und brachte wieder – dank zweier großer Brandys – so etwas wie kohärente Sätze zustande.

»Er wollte mich umbringen, Kiyo. Ist Ihnen das klar?«
»Es sah jedenfalls ganz danach aus.«
»Wie können Sie dabei nur so verdammt ruhig bleiben?«
»Das ist meine Natur.«
»Gott sei Dank, haben Sie anscheinend den schwarzen Gürtel im Judo oder so was gemacht.«
»Um die Wahrheit zu sagen, bin ich nie über die Anfängerklasse hinausgekommen. Ich war für meinen Lehrer eine große Enttäuschung. Aber wie man tritt, habe ich nicht vergessen. Ansonsten ist es ganz gut, dass Townley mein Können nicht auf die Probe gestellt hat.«
»*Jetzt* verraten Sie mir das!«
»Wäre es Ihnen lieber gewesen, ich hätte das in Townleys Gegenwart erwähnt?«
Ich stieß einen langen, von Herzen kommenden Seufzer aus. »Es wäre mir lieber gewesen, ich wäre *überhaupt* nicht in seiner Gesellschaft gewesen.«
»Aber, Lance, bedenken Sie doch, was wir erreicht haben!«
Ich bedachte es – einen Augenblick lang. »Einen Scheiß

haben wir erreicht. Wir haben nichts erfahren. Und jetzt ist er gewarnt. Und obendrein wird meine Schulter nie wieder richtig funktionieren.« Ich bewegte das Gelenk mit schmerzverzerrtem Gesicht.

»Sie vergessen das hier.« Hashimoto zog etwas aus seiner Tasche und streckte es mir entgegen. Es war ein silbernes Feuerzeug. »Sehen Sie die Gravur?« Er hielt es ins Licht, und ich entdeckte drei ineinander verschlungene, verschnörkelte Initialen: *E.S.T.* »Eric Stephen Townley, denke ich.«

»Wo haben Sie das her?«

»Es muss ihm bei seinem Sturz aus der Manteltasche gefallen sein. Er hat es nicht gemerkt. Aber ich.«

»Ich kann mich nicht erinnern, dass Sie was aufgehoben hätten.«

»Sie waren nicht sehr aufmerksam. Verständlicherweise. Zum Glück…«

»Ist Ihre Nachtsicht Ihren Fähigkeiten als Sumokämpfer ebenbürtig?«

»Es ist Townleys Feuerzeug. Das zählt. Es ist ein Beweismittel gegen ihn. Und ich kann beschwören, dass ich ihn daran gehindert habe, Sie zu erstechen.«

»Schwören? Wovon reden Sie da?«

»Ich rede davon, wie es für Townley aussehen würde, wenn wir diesen Vorfall der Polizei meldeten.«

»Sind Sie verrückt? Wie würde es dann für *mich* aussehen? Und wie, zum Teufel, würde es uns dem näher bringen, was wir eigentlich wollen: den Aufenthalt von Townley senior erfahren?«

»Sie hören mir nicht zu, Lance. *Wenn* wir das der Polizei melde*ten*. Selbstverständlich ist das nicht unsere Absicht. Aber es geht darum… Druck auszuüben.«

»Hm, für einen Abend habe ich genug Druck zu spüren gekriegt.«

»Townley nicht minder, könnte ich mir vorstellen. Wo, glauben Sie, ist er jetzt?«

Ich zuckte die Schultern. »Pflegt in der einen oder anderen Bar seinen verletzten Stolz und versucht, sich nicht wegen uns und unseren weiteren Plänen – oder dem Schicksal seines Feuerzeugs – zu grämen.«

»Nicht zu Hause bei seiner Mutter?«

»Das bezweifle ich. Er hat mich mit dieser Geschichte, dass er kurz bei ihr vorbeischauen will, nur hinters Licht geführt.«

»Das sehe ich auch so. Das heißt, wir haben eine Gelegenheit, Mrs Townley etwas unter Druck zu setzen, bevor ihr Sohn sie vor uns warnen kann.«

»Sie wollen doch nicht…«

»Doch, Lance.« Er war tatsächlich so unverfroren und lächelte mich an. »Wir müssen noch einen Besuch machen.«

Wie Hashimoto mir unterwegs erklärte, war seine Strategie aus unserer geänderten Lage geboren. Rupe war vor uns hier gewesen, was es Erich ermöglicht hatte, uns auf Anhieb zu durchschauen. Wie viel Erich wusste, war nicht klar, aber wenn er Hashimoto als »Japse« beschimpft hatte, war das kein bloßer Rassismus. Er dachte sich etwas ganz Bestimmtes dabei. Es hatte etwas zu bedeuten. Und auch deswegen waren wir so schnell aufgeflogen. Mit Geduld und Spucke würden wir unsere Mücke also nicht mehr fangen. Somit blieb nur noch das, was Hashimoto den »frontalen Angriff« nannte.

Die Yorckstraße 85 war ein neogotisches Miethaus mit gusseisernen Balkonen, einem Säulengang und in die Fassade eingemauerten, liegenden Steinstatuen. Die Eingangstür – ein aufwändig geschnitztes Monstrum – war fest verschlossen. (Vielleicht hatte Hashimoto vorhin nur Glück gehabt, oder aber sie wurde später am Abend zugesperrt – immerhin war es jetzt nach neun Uhr.) Hashimoto klingelte bei den Townleys. Da niemand reagierte, drückte er so lange, wie es eben nötig war – eine gute halbe Minute –, bis die Sprechanlage zu rascheln begann.

»Ja?«

»Frau Townley?«

»Ja.« (Die Antwort erfolgte zögernd und vorsichtig.)

»Ist Erich da?«

»Er ist nicht zu Hause.« (Ihr Tonfall ließ sich nur schwer interpretieren, weil sie Deutsch mit amerikanischem Akzent sprach.)

»Wir müssen mit Ihnen über Eric sprechen.«

»Wer sind Sie?«

»Er steckt in großen Schwierigkeiten, Frau Townley. Und die werden umso größer, wenn Sie nicht mit uns sprechen.«

»Ich verstehe nicht.«

»Dann lassen Sie uns rein. Wir erklären es Ihnen.«

»Gehen Sie.«

»Wenn wir das tun, gehen wir zur Polizei.«

»Polizei?« (Jetzt klang sie eindeutig beunruhigt.)

»Die werden Erich verhaften.«

»Weswegen?«

»Machen Sie auf.«

»Warum sollte ich?«

»Weil Sie müssen. Um Erichs willen.«

Längeres Schweigen trat ein.

»Frau Townley?«

Dann summte der Türöffner.

Vorbei an Milchglasfenstern in den Zwischenstockwerken stiegen wir das mit Marmorstufen ausgestattete Treppenhaus in die zweite Etage hinauf. Dort stand eine der massiven

Flügeltüren bereits halb offen, und durch den Spalt spähte Rosa Townley zu uns heraus.

Eines stand schon mal fest: Ein zittriges, streitsüchtiges altes Weiblein war sie nicht. So groß wie ihr Sohn war sie nicht, doch ich wäre jede Wette eingegangen, dass sie die meisten deutschen Frauen ihrer Generation überragte. Sie machte einen sehr vitalen Eindruck. Ihre Haltung war aufrecht, die Schultern locker, das Kinn vorgereckt, die Augen über den hohen Wangenknochen und der breiten Nase blitzten uns an. Ihr Gesicht gehörte zu denen, die mit zunehmendem Alter gewannen. Ihr dichtes graues Haar, das einmal pechschwarz gewesen sein musste, war immer noch von Schwarz durchzogen. Auch ihre Kleider waren schwarz – ein Polosweater mit Rundkragen und eine Hose (Kaschmir-Seidemischung, schätzte ich), die schlicht, aber alles andere als leger wirkte.

»Wer sind Sie?«, blaffte Rosa Townley, während sie die Klinke mit festem Griff umfasst hielt.

»Mein Name ist Miyamoto«, sagte Hashimoto. (Ich riss mich gerade noch zusammen und vermied es, vor Überraschung irgendwie zu reagieren. War mir seine Ankündigung entgangen, dass wir unter anderen Namen auftreten würden?) »Das ist Mr Bradley.« (Aha, ich sollte also offenbar meinen echten Namen behalten.)

»Sie sind keine Freunde meines Sohnes.«

»Kennen Sie denn alle seine Freunde, Mrs Townley?«

»Ich kenne die Art von Männern.« (Ich dankte ihr stillschweigend für das indirekte Kompliment.)

»Dürfen wir eintreten?«

»Sie haben noch nicht gesagt, was Sie wollen.«

»Ein Feuerzeug.« Hashimoto hielt es ihr zur Begutachtung entgegen. »Ihr Sohn hat es bei der Flucht verloren, nachdem ich ihn daran gehindert hatte, Mr Bradley zu erstechen.«

»Sie lügen.«
»Nein.«
»Was wollen Sie?«
»Wir möchten Ihnen eine Möglichkeit bieten, diese Angelegenheit zu regeln, und zwar ohne die Polizei einzuschalten.«
»Geld?«
»Nein.«
»Was dann?«
»Es ist kompliziert.« Hashimoto lächelte sie an. »Lassen Sie uns eintreten, dann erklären wir es Ihnen.«

Das Wohnzimmer war so elegant und ordentlich, wie ich es von Rosa Townley erwartet hatte. Poliertes Holz, weiches Leder und zwei Lüster. Man hätte schon die Spurensicherung der Polizei holen müssen, um ein Staubkorn zu entdecken. Selbst der King-Charles-Spaniel, der uns von seinem Liegeplatz auf dem Sofa aus beäugte, sah aus, als wäre er vor kurzem mit Shampoo gepflegt worden. Ich zweifelte nicht einen Moment daran, dass dieser Bereich exklusiv Rosa gehörte (und natürlich dem Hund, mit dem sie ihn teilte). Erich hielt sich vermutlich in seinen eigenen und gegensätzlich gestalteten Räumen auf. (Ich hatte mich gefragt, was wohl geschehen würde, wenn er noch während unserer Anwesenheit heimkäme, aber, so komisch es klingen mag, jetzt, da ich seine Mutter gesehen hatte, beunruhigte mich das überhaupt nicht mehr.)

Eine Einladung, Platz zu nehmen, wurde nicht ausgesprochen. Der Gerechtigkeit halber muss ich hinzufügen, dass Rosa ebenfalls keine Anstalten machte, sich zu setzen. Sie baute sich vor dem Kamin auf und wartete auf unsere Erklärung. Ich suchte am Kaminsims hinter ihr nach Familienfotos. Nichts. Aber der Spiegel darüber sah teuer aus, wie so ziemlich alles in diesem Raum. Was immer bei den Townleys knapp sein mochte, Geld war es nicht.

»Frau Townley«, begann Hashimoto, »Erich hat heute am frühen Abend Mr Bradley im Viktoriapark angegriffen.« (Mein Gott, der Mann wusste sogar den Namen des Parks! Mangelnde Gründlichkeit konnte man ihm bestimmt nicht vorwerfen.) »Er hatte seine Gründe, die der Polizei zu erklären ihm allerdings schwer fallen dürfte. Wahrscheinlich würde sie ihm ein… sexuelles Motiv unterstellen. Wir könnten sie darin bestärken, wenn das unser Wunsch wäre. Aber wir wünschen es nicht. Es sei denn, Sie zwingen uns dazu.«

»Sagen Sie, was Sie wollen.« Ihre Stimme war emotionslos und hart, Gefühle verriet sie nicht.

»Wir wollen, dass Sie uns sagen, wo Ihr Mann ist.«

Eigentlich hätte es Rosa Townley den Atem verschlagen müssen, aber sie verriet keine Reaktion. Vielleicht hatte sie es kommen sehen. »Mein Mann ist tot.«

»Das glauben wir nicht.«

»Er ist tot.«

»Wie finanzieren Sie Ihr Leben, Mrs Townley?«, schaltete ich mich ein. »Ganz zu schweigen von Erich.«

»Was geht das Sie an?«

»Sie arbeiten nicht, wie ich annehme. Und Erich scheint nicht unbedingt zu den Ehrgeizigsten im Lande zu gehören. Woher kommt also das Geld? Schwiegersohn aus dem Ölgeschäft? Vielleicht. Oder vielleicht ein nicht so toter Ehemann.«

»Rupert Alder war auf der Suche nach Ihrem Mann hier«, ergänzte Hashimoto. »Das wissen wir. Was haben Sie ihm gesagt?«

»Ich habe nie von Rupert Alder gehört.«

»Aber Ihr Sohn.«

»Bei diesem Thema war er sehr gesprächig«, sprang ich Hashimoto bei.

»Es ist ganz einfach, Frau Townley«, fuhr der Japaner fort. »Wenn Ihr Mann tot ist oder wenn Sie weiter darauf beharren, dass er es ist, gehen wir zur Polizei. Aber wenn er, wie wir annehmen, am Leben ist und Sie gewillt sind, uns zu sagen, wo wir ihn finden können…«

Ohne die Augen von uns zu wenden, griff Mrs Townley nach einer silbernen Dose auf dem Kaminsims in ihrem Rücken und klappte den Deckel auf. Sie entnahm ihm eine der darin ordentlich aneinander gereihten Zigaretten und schob sie sich zwischen die Lippen. Dann sah sie Hashimoto mit gewölbten Augenbrauen an. Nach kurzem Zögern trat er auf sie zu, entzündete Erichs Feuerzeug, was ihm beim zweiten Versuch gelang, und gab ihr Feuer.

Wir warteten. Rosa inhalierte den Rauch tief und stieß ihn betont langsam wieder aus. Es folgte ein weiterer, flacherer Zug, ehe sie sagte: »Sie verstehen das nicht.«

»Machen Sie es uns begreiflich«, forderte ich.

»Mr Alder war hier, wie Sie gesagt haben, und wollte wissen, wie er Stephen finden könne.«

»Ich dachte, Sie hätten nie von Rupe gehört.«

»Das war nicht wahr. Ich bitte um Entschuldigung. Aber Ihre Drohungen… haben mich verwirrt.« (Sie hatte eine merkwürdige Art, Verwirrung zu zeigen.) »Er war hier. Ohne Drohungen.«

»Wirklich?«

»Ohne Drohungen gegenüber Erich oder mir. Was Stephen betrifft, wie können Sie einen Toten bedrohen? Ich habe Mr Alder gesagt, was ich Ihnen erklärt habe: Stephen ist tot.«

»Hat er Ihnen geglaubt?«

»Nein. Genauso wenig wie Sie.«

»Kann nicht behaupten, dass das mich überrascht.«

»Er wollte, dass ich Stephen eine Nachricht von ihm übermittle.«

»Was für eine Nachricht?«

»Er sagte, er hätte einen Brief mit vernichtenden Einzelheiten über Stephens Aktivitäten im Sommer und Herbst 1963. Worum es sich dabei handelte, weigerte er sich, mir zu verraten. Wenn Stephen die Veröffentlichung des Inhalts verhindern wolle, müsse er sich an Mr Alder wenden.« Sie zuckte die Schultern. »Ich habe ihm gesagt, dass ich nichts tun kann. Ich habe ihm gesagt, dass Stephen tot ist. Er verlangte Beweise und verriet dieselben Zweifel wie Sie.«

»Und Sie konnten es beweisen?«

»Nein. Ich habe seit achtunddreißig Jahren keinerlei Kontakt mit meinem Mann.«

»Dann können Sie gar nicht wissen, ob er tot ist, oder?«

»*Ich* weiß es, Mr Bradley.« Sie tat ihr Bestes, mich mit den Augen zu durchbohren. »Zu *meiner* Zufriedenheit.«

»Auf welcher Grundlage?«

Sie widmete sich eine ganze Weile ihrer Zigarette. Schließlich bedachte sie uns mit einem schweren Seufzer. »Na gut. Ich habe es Mr Alder gesagt, dann sage ich es eben auch Ihnen. Ich habe eine Freundin aus meiner Kindheit – Hilde Voss. Sie kam auch zu meiner Hochzeit. Sie kannte Stephen gut. Sie hatte ihn schon gekannt, bevor er … sich verlor.« (Mir lag die Frage auf der Zunge, was sie damit meinte, aber dann hielt ich es für das Beste, sie weiterreden zu lassen.) »Hilde lebt noch in Berlin. Ich treffe sie oft. Sie ist eine gute Freundin. Aber sie hat etwas an sich, das man erst mal begreifen muss. Sie hat … das zweite Gesicht.«

»Ach, um Gottes …«

»Es ist die Wahrheit. Es ist oft bewiesen worden. Ob Sie

daran glauben oder nicht, tut nichts zur Sache. Es *ist* wahr. Hilde hat mir einmal, vor langer Zeit, als ich noch in den Vereinigten Staaten lebte, geschrieben, dass sie... Stephens Tod gesehen hat.«

»Wo?«, fragte Hashimoto. »Wann?«

Rosa bedachte ihn mit einem vernichtenden Blick. »Ich meinte das nicht im wörtlichen Sinn. Hilde... sieht das Übersinnliche.«

»Also«, half ich nach, »welche... übersinnlichen Dinge hat sie... gesehen?«

»Stephen ist gestorben. Durch Gewalt. Vor beinahe dreißig Jahren.«

»Möchten Sie sich präziser ausdrücken?«

»Das kann ich nicht. Hilde hat das irgendwann 1972 geschrieben. Das ist alles.«

»Und das ist alles, was Sie Rupe gesagt haben?«

»Es gab nicht mehr, was ich ihm hätte sagen können. Geglaubt hat er mir natürlich trotzdem nicht.«

»Natürlich nicht.«

»Darum hat er Hilde aufgesucht. Sie hat mir später davon erzählt. Danach habe ich nie wieder von ihm gehört.«

»Kommen Sie mir nicht damit.«

»Ich habe nie wieder von ihm gehört, Mr Bradley.«

»Was hat Ihnen Hilde über seinen Besuch erzählt?«

»Sie sagte, sie glaube, ihn überzeugt zu haben.«

»Ihn überzeugt? Also wirklich! Sie erwarten doch nicht, dass ich Ihnen das abkaufe?«

»So oder so, ich erwarte nichts.«

»*Wir* werden zu Frau Voss gehen«, erklärte Hashimoto.

»Bitte. Ich kann Ihnen ihre Adresse und Telefonnummer geben. Wie ich sie auch Mr Alder gegeben habe.«

»Moment mal.« Das klang viel zu glatt. Und in einem wichtigen Punkt passte es einfach nicht zusammen. »Warum war Erich so feindselig, wenn Rupes Besuch sich als Sturm im Wasserglas erwies, wie Sie sagen?«

»Vielleicht haben Sie ihn gereizt. Erich ist… leicht reizbar.«

»Er hat versucht, mich umzubringen.«

»Nein, nein. Er wollte Ihnen bestimmt nur einen Schrecken einjagen. Sonst nichts.«

»Sie waren nicht dabei.«

»Das nicht. Aber Sie sind ja hier, gesund und wohlbehalten.«

»Aber nur, weil…«

»Verzeihung«, unterbrach mich Hashimoto, »das führt zu nichts. Wir werden mit Frau Voss sprechen. Danach… ich weiß noch nicht. Wir haben immer noch Erichs Feuerzeug. Vergessen Sie das nicht, Frau Townley. Wenn Sie uns keine Wahl lassen, gehen wir damit zur Polizei.«

»Ich verstehe.«

»Ich bezweifle, dass es Frau Voss gelingen wird, *uns* zu überzeugen.«

»Und *ich* bezweifle, dass sie Rupe überzeugt hat«, ergänzte ich.

»Sie zweifeln.« Rosa starrte mich durch eine Rauchwolke hindurch voller Verachtung an. »Ja, das steht gewiss außer Frage.«

8

Trotz allem schaffte ich es noch zur Bar im Adlon. Hashimoto ebenfalls. Im Nachhinein gesehen, wäre es für ihn vielleicht besser gewesen, er hätte mich dort allein sitzen lassen, denn ich steigerte mich in eine üble Laune hinein und hielt ihm vor, wie amateurhaft er sich den ganzen Abend über verhalten hatte. Und anständig, wie er war, fühlte er sich verpflichtet, mir zuzustimmen.

»Rosa Townley ist eine raffinierte Frau, Lance. Ich wollte vor allem vermeiden, ihr Zeit zum Nachdenken zu geben. Aber genau das hat sie erreicht, indem sie uns an ihre Freundin, die Hellseherin, verwiesen hat. Dass es sich in eine solche Richtung entwickeln würde, hatte ich nicht erwartet.«

»Seit unserer Ankunft hat sich nichts so entwickelt, wie *ich* es erwartet hatte«, beklagte ich mich. »Ich hätte heute Abend sterben können!«

»Ich hätte nie zugelassen, dass Erich Townley Ihnen etwas antut.«

»Und wenn Sie uns in der Dunkelheit verloren hätten?«

»Ich habe Sie ja nicht verloren.«

»Sie hatten vor unserer Abreise aus London versprochen, dass wir nichts unternehmen würden, ohne es vorher abzusprechen.«

»Es gibt so etwas wie... die Initiative ergreifen.«

»In diesem Fall schlage ich vor, wir gehen zur Polizei, ohne abzuwarten, was diese Madame Blavatsky zu sagen hat. Was würden Sie von einer solchen Initiative halten?«

»Das wäre nicht klug.«

»Er hat mir ein Messer gegen die Kehle gedrückt, Kiyo! So etwas gehört angezeigt!«

»Er hat doch nicht tatsächlich...«

»Aber er hätte es getan, verlassen Sie sich drauf.«

»Aber wird die Polizei Ihnen glauben?«

»Natürlich. Mit Ihrer Aussage...« Ich verstummte und starrte ihn an. »Sie würden mich doch unterstützen, Kiyo, oder?«

Hashimoto sah mich hilflos an, woraufhin *ich* mich hilflos fühlte. »Morgen sprechen wir mit Frau Voss. Danach entscheiden wir über alles Weitere.«

»Ich verstehe.«

»Es tut mir Leid, Lance.«

»Natürlich.«

»Was Frau Townley uns da erzählt hat, glaube ich nicht.«

»Das will ich auch hoffen.«

»Dennoch...«

»Ja?«

»Es ist eben nicht ganz auszuschließen...«

»Was?«

»Dass sie« – Hashimoto verzog das Gesicht – »vielleicht doch die Wahrheit sagt.«

Bei Tageslicht sieht alles besser aus – heißt es. Als ich am folgenden Morgen spät aus den Federn kroch, gab es jedenfalls jede Menge Tageslicht. Der Himmel über Berlin war wolkenlos, die Luft frisch und klar. Während ich zum Frühstück ins Restaurant hinuntertaumelte, überlegte ich mir, dass die buchstäbliche Sackgasse, die uns Rosa Townley geboten hatte, am Ende vielleicht doch die Wahrheit – und es womöglich besser so war. Was aus Rupe geworden war, blieb dabei freilich offen. Doch Messer schwingende Spinner waren gewiss nicht die Gesellschaft meiner Wahl. Nachdem ich Echo erklärt hatte, dass es fürs Aussteigen noch zu früh sei, war die Vorstellung, der richtige Augenblick stehe jetzt doch unmittelbar bevor, ungemein verführerisch.

Zu meiner Überraschung traf ich Hashimoto Tee schlürfend und in der europäischen Ausgabe des Wall Street Journal blätternd im Restaurant an. Bisher hatte ich ihn als chronischen Frühaufsteher eingeschätzt. Um ehrlich zu sein, eigentlich hatte ich mich darauf gefreut, allein mit mir und meinen Gedanken – was mir so durch den Kopf ging – eine Portion Rührei mit Speck zu bewältigen. Ich gab mein Bestes, um mir die Enttäuschung nicht anmerken zu lassen.

»Wie fühlen Sie sich, Lance?«, erkundigte sich Hashimoto.

»Weiß ich selbst nicht so genau. Wie sehe ich aus?«

»Angesichts der Umstände gar nicht so schlecht.« Er schenkte mir ein mattes Lächeln. »Ich war schon fleißig.«

»Sie erstaunen mich.«

»Ich habe mit Frau Voss telefoniert.«

»So früh schon?«

»Frau Townley war mir natürlich zuvorgekommen.«

»Und hatte sie bestimmt vorgewarnt.«

»Bestimmt. Aber... wir werden ja sehen. Wir besuchen Frau Voss heute Nachmittag zum Tee.«

»Es wird sicher ganz reizend.«

»Sind Sie jetzt sarkastisch, Lance?«

»Ich kann gar nicht verstehen, wie Sie auf so was kommen.«

»Hm.« Er musterte mich nachdenklich. »Ich kenne das perfekte Gegenmittel gegen Sarkasmus.«

»Tatsächlich?«

»Ja. Und ich denke, zwischen jetzt und dem Tee bei Frau Voss, werde ich... es Ihnen verabreichen.«

Eineinhalb Stunden später stiegen wir vor den zwei Steinelefanten, die den Eingang zum Berliner Zoo flankieren, aus unserem Taxi. »Tiere, Lance«, verkündete Hashimoto, als wir vor dem Kassenhäuschen standen, »machen den Verstand von all dem Unsinn frei, mit dem wir ihn füllen.«

»Wenn Sie es sagen, Kiyo.«

»Hatten Sie eigentlich als Kind ein Tier?«

»Nein.«

»Warum nicht?«

»Das war in unserer Familie eben kein Thema.« (Allerdings erinnerte ich mich vage an eine Diskussion über die Anschaffung eines Hundes. Mein Vater hatte sie schließlich mit einem Machtwort beendet. Ich allein sorgte schon für genug Ärger; da hätte ihm ein Hündchen, das gefüttert und Gassi geführt werden muss, gerade noch gefehlt.) »Und Sie?«

»Nein.« Hashimoto schüttelte betrübt den Kopf. »Wir hatten keinen Platz.«

»Die Wirtswohnung in der *Golden Rickshaw* war wohl ein bisschen eng?«

»O ja. Aber« – er stieß hörbar die Luft aus – »trotzdem vermisse ich diese Zeit.«

Die Stimmung war vorgegeben. Hashimoto pendelte zwischen nostalgischer Sehnsucht nach einer verlorenen Kindheit und verzücktem Starren auf die Tiere, an denen wir vorbeikamen. Meinen Geistesblitz – dass, wer einen manisch depressiven Tiger gesehen hat, den es nur danach gelüstet, irgendwem die Kehle zu zerfetzen, bereits alles gesehen hat – behielt ich für mich. Um die Zeit totzuschlagen, sagte ich mir, war so ein Zoobesuch wohl gar nicht so schlecht, auch wenn ich selbst etwas Besseres gewusst hätte. Aber eine magische Bewusstseinsreinigung von der Art, wie Hashimoto sie versprochen hatte, fand bei mir nicht statt. Gegen so etwas war ich immun.

Hashimoto freilich nicht. Und genau darum, das begriff ich mit einiger Verspätung, ging es ihm. Wenn wir hier waren, dann mehr seinet- als meinetwegen. Insbesondere die Orang-Utans hatten es ihm angetan. Während er sie anstarrte, wie sie durchs Gehege turnten, sich bisweilen unter Sackleinen verbargen und uns hin und wieder schmachtende

Blicke zuwarfen, sagte er unvermittelt: »Worauf kommt es im Leben wirklich an, Lance?«

»Auf Glück, denke ich.«

»Und was macht uns glücklich?«

»Ach, das übliche Zeug.«

»Was wäre denn für einen Orang-Utan das... Übliche?«

»Hm, keine Ahnung. Geld fällt weg. Reisen auch – bei denen hier. Alkohol und Rauschgift stehen auch nicht zur Debatte. Wohl eher Sex – in der richtigen Jahreszeit. Und die Fütterung. Die in jeder Jahreszeit.«

Hashimoto sah mich stirnrunzelnd an. »Sie verwechseln Glück mit Vergnügen, Lance.«

»Finden Sie?«

»Glauben Sie, sie trauen einander?«

»Orang-Utan-mäßig – klar.«

»Sie lügen nicht.«

»Dazu sind sie ja auch nicht in der Lage, oder?«

»Aber wir sind dazu in der Lage.«

»Yeh.«

»Es hängt von uns ab.«

»Yeh.«

»Wir können uns entscheiden.«

»Yeh.«

»Darum entscheide ich mich gegen Lügen.«

»Hm, das ist doch prima...«

»Ich weiß, was in dem Townley-Brief steht.«

Einen Moment lang glaubte ich, mich verhört zu haben. »Was?«

»Ich weiß, was im Townley-Brief steht«, wiederholte er.

»Aber... Sie haben gesagt...«

»Ich habe gelogen.«

»Verdammte Scheiße.« Ich starrte ihn tief betroffen an.

»Es tut mir Leid.«

Ich wartete darauf, dass er weiterredete, doch er zeigte keinerlei Anzeichen dafür. Stattdessen kehrte sein friedfertiger Blick zu den Orang Utans zurück. »Kiyo«, half ich nach.

»Ja, Lance?«

»Entschuldigung angenommen, okay?«

»Danke.«

»Was steht drin?«

»Ah.« Er nickte bedächtig. »Natürlich. Das ist das Schlimme, wenn man die Wahrheit sagt.« Er lächelte. »Sie macht einen nicht immer glücklich.«

Wir gingen zur Snackbar, kauften uns etwas Heißes zu trinken und setzten uns an einen Zierweiher. Den anderen Gästen war es im milchigen Sonnenlicht zu kalt, sodass wir die Stühle am Ufer für uns allein hatten. Hashimoto zündete sich eine Zigarette an und hüllte sich in seinen Mantel. Ich wartete, so geduldig ich konnte, dass er endlich damit begann, mir zu erzählen, worauf ich so offensichtlich scharf war.

Schließlich erklärte er: »Das ist die Wahrheit, Lance.«

»Schön.« Lange Pause. »Und?«

»Ich kann es Ihnen nicht sagen.«

»*Was?*«

»Meine Schwester hat es mir gesagt. Weil sie musste. Sie hätte es nie getan, wenn Rupe ihr nicht den Brief gestohlen hätte. Sie hätte ihn geheim gehalten. Für alle Zeiten.«

»Aber da Rupe ihn nun mal gestohlen hat, finden Sie nicht, dass *ich* es erfahren sollte?«

»Nein. Denn mit jedem Menschen, der Bescheid weiß, wächst die Gefahr, dass alles verraten wird. Ich habe Mayumi versprochen, ihr Geheimnis zu hüten. Und mir wurde beigebracht, Geheimnisse zu hüten. Doch deswegen muss ich Sie nicht belügen.«

»Ich bin wirklich froh, dass Sie aus dem Schneider sind, Kiyo. Keine Lügen, kein Verrat. Einfach toll.«
»Jetzt sind Sie wieder sarkastisch.«
»Das wundert Sie, was?«
»Nein. Es enttäuscht mich.«
»So, dann sind wir beide enttäuscht.«
»Das sollten Sie nicht sein. Als Mayumi mir den Inhalt des Briefs anvertraute, wurde ich wütend. Das Wissen war mir plötzlich gar nicht recht. Es ist eine Bürde, die ich lieber nicht tragen würde. Ich will Sie nicht damit belasten. Sie sind besser dran – sicherer –, wenn Sie nicht Bescheid wissen.«
»Ihr bloßes Wort soll genügen?«
»Sie müssen mir vertrauen, Lance. Wir müssen einander vertrauen. Wenn wir Stephen Townley finden« – er seufzte – »dann werde ich Ihnen alles sagen, was im Brief steht.«
»Und Ihr Wort brechen?«
»Ja. Denn dann...« Er sah an mir vorbei in eine Zukunft, die er deutlicher zu sehen schien als ich. »Dann werde ich das tun müssen.«

Kiyofumi Hashimoto zu bedrängen, mir zu offenbaren, was für sich zu behalten er sich fest vorgenommen hatte, versprach ungefähr so viel Erfolg wie Versuche, bei einem gefangenen Tiger durch gutes Zureden zu erreichen, dass er zufrieden dreinschaute. Wir ließen die Sache auf sich beruhen und statteten vor dem Verlassen des Zoos dem Aquarium einen Besuch ab.

Schließlich tauchten wir in das frühnachmittägliche Treiben der Einkaufsmeile von Westberlin ein. Ich erkannte den zerbombten Turm der Kaiser-Wilhelm-Gedächtniskirche von meinem Urlaub 1984 mit Rupe wieder und zeigte Hashimoto die neue achteckige Kirche mit ihren beeindruckenden blauen Glaswänden rechts daneben. Schweigend blieben wir dort, jeder in seine Gedanken versunken, sitzen, bis unsere Verabredung mit Hilde Voss kein längeres Verweilen mehr duldete.

Als wir den Kurfürstendamm in Richtung des Cafés Kranzler hinuntergingen, blickte Hashimoto noch einmal zurück zu dem von Bomben zerstörten Relikt und dessen ultramoderner Nachfolgerin. »Meine Schwester erinnert sich an die Bombardierung von Tokio am Ende des Kriegs«, murmelte er. »Sie meint, dass ich Glück hatte, dass ich nicht früher geboren wurde.«

»Wahrscheinlich hat sie Recht.«

»Aber nur wahrscheinlich. Ich halte ihr immer vor: Ob es ein Glück war oder nicht, dass ich nicht früher oder später geboren wurde, wird die Zukunft erweisen.«

»Da kann ich Ihnen nicht widersprechen.«

»Niemand kann der Zukunft widersprechen, Lance.«

»Dann ist es wohl ein Segen, dass wir nicht wissen, was sie für uns bereit hält.«

»O ja.« Hashimoto nickte versonnen. »Das ist wahrhaftig… ein Segen.«

Unsere unmittelbare Zukunft ruhte in den Händen von Hilde Voss. Als wir im Kranzler eintrafen, wartete sie bereits auf uns – eine kleine Frau mit wachen Augen, langem rotem Mantel, locker um den Hals geworfenem Schal, violetter Baskenmütze und viel zu vielen Ringen und Reifen. Physisch stand ihr das Alter nicht so gut wie ihrer Freundin Rosa Townley. Ja, obschon sie sich das Haar, das unter der Baskenmütze zum Vorschein kam, hatte färben lassen, sah sie gut zehn Jahre älter aus. Dafür mitverantwortlich waren wohl die Zigaretten, die sie in einem mörderischen Tempo qualmte. Geistig dagegen war sie voll auf der Höhe.

»Ich habe Rosa gesagt, dass Sie mir nicht glauben wür-

den«, verkündete sie, sobald unser Tee serviert worden war.
»Wieso sollten Sie auch. Ich bin Rosas Freundin, nicht Ihre.«

»Erzählen Sie mir von Stephen Townley«, bat sie Hashimoto freundlich. »Wir... sind aufgeschlossen.«

»Aufgeschlossen?« Sie brach in unbändiges Gelächter aus, bis es in einem Hustenanfall erstickte.

»Wie würden Sie ihn beschreiben?«, fragte ich.

»Stephen? Er war ein gut aussehender Junge. Und damals, in den Fünfzigern, na ja, da waren die Amerikaner die Jungs der Wahl. Aber Stephen... dem habe ich nie getraut.«

»Warum nicht?«

»Weil in seinem Herzen Finsternis herrschte. Diese Dinge sehe ich. Ich spüre sie. Das konnte ich schon immer. Rosa hat nur... das markante Gesicht, die breiten Schultern gesehen... und den Pass aus dem Land der Kekse und Cadillacs.«

»Soll das heißen, dass er ein böser Mensch war?«

»Er hatte Böses in sich, und es zeigte sich. Er hat sie... nicht gut behandelt. Aber... er hat sie nach Amerika mitgenommen, und das hatte sie gewollt.«

»Außer dass sie jetzt wieder hier ist.«

»Das, was wir wollen, ändert sich eben, wenn wir älter werden.«

»Wann haben Sie ihn zuletzt gesehen?«, fragte Hashimoto.

»Stephen? Als er und Rosa 1955 nach Amerika gegangen sind.«

»Und seitdem nie wieder?«

»Nie wieder.«

»Ganz schön lange«, murmelte ich mit unverhohlenem Misstrauen.

»Lange Zeit, kurze Zeit – für mich bedeutet das keinen Unterschied.«

»Also bitte. Sie können doch nicht im Ernst behaupten, dass Sie ihn gut kannten.«

»Das nicht. Aber wer Stephen einmal begegnet war, konnte ihn nicht vergessen. Er blieb immer gegenwärtig.«

»Zumindest bis zum Jahr '72.«

»Ich sehe Menschen in Träumen. Ich sehe Ereignisse. Das ist nicht meine Schuld. Glauben Sie mir, junger Mann, das bedeutet eher einen Fluch als einen Segen.«

»Was haben Sie von Townley geträumt?«

»Seinen Tod. Am zweiten Mai '72.«

»Sie wissen das exakte Datum?«

»Ich habe es nachgesehen. Ich schreibe alle meine Träume auf. Wollen Sie sehen?« Sie zog ein abgegriffenes Tagebuch aus ihrer Handtasche. Ich konnte die in den Deckel gravierte Jahreszahl lesen. Eine Seite war gekennzeichnet. Sie schlug sie auf und hielt uns das Buch entgegen. Wir beugten uns weit vor, um zu sehen, worauf sie mit dem Zeigefinger deutete. Dienstag, den zweiten Mai. Darunter stand in winziger Handschrift; Todestraum: S. T. »Stephen Townley gestorben«, sagte sie langsam.«

»Hm, das beweist natürlich alles.«

»Sie müssen mir nicht glauben.« Hilde klappte das Buch zu. »Mir ist das egal.«

»Wie haben Sie ihn sterben sehen?«, fragte Hashimoto.

»Wieso wollen Sie das wissen, wenn Sie mir ohnehin nicht glauben?«

»Vielleicht können Sie uns ja noch überzeugen.«

»Das bezweifle ich.« Sie steckte das Tagebuch wieder in die Handtasche und stieß ein weiteres rasselndes Husten aus. Merkwürdigerweise schien es sie zu beruhigen. Ihr Blick verschleierte sich. »In einer heißen Gegend. Florida. Mexico. Ich weiß nicht. Es waren Palmen zu sehen. Und Schweißperlen auf den Gesichtern der Männer, die ihn töteten. Dort war es auch Nacht. Sie hatten ... lange Messer. Sie haben tief zugestochen. Es hat viel Blut gegeben. Er ist eines schlimmen Todes gestorben. Unter großen Schmerzen. Das Blut ist an seinem Körper getrocknet. Das habe ich gesehen.« Sie erschauerte. »Ich habe es gespürt.«

Hashimoto warf mir einen Blick zu, um zu beobachten, wie ich spontan darauf reagierte. Ich bin mir nicht sicher, ob ich überhaupt eine Regung zeigte. Das Ganze klang durchaus plausibel, ob man das mit dem zweiten Gesicht glaubte oder nicht. Aber Hilde war nicht dumm. Und Rosa mit Sicherheit auch nicht. Keine Frage, sie waren in der Lage, sich eine solche Geschichte auszudenken und sich abzusprechen.

»Haben Sie das Mr Alder auch so erzählt?«, fragte Hashimoto.

»Ja. Genau so.«

»Wie hat er reagiert?«

»Er hat nicht viel gesagt. Er hat nur zugehört. Danach ist er gegangen.«

»Hat er Ihnen geglaubt?«

»Ich denke, dass… er mir nicht glauben wollte. Aber später vielleicht doch.«

»Hat er noch einmal Kontakt aufgenommen?«

»Es hat nur ein Treffen gegeben.«

»Wann war das?«, schaltete ich mich ein.

»Anfang September.«

»Können Sie sich nicht präziser ausdrücken? Eine Dame, die so sorgfältig Tagebuch führt wie Sie…«

Mit einem theatralischen Seufzen kramte sie ihr aktuelles Tagebuch aus der Handtasche, dann setzte sie sich eine Brille mit halbmondförmigen Gläsern auf die Nase und beugte sich über die Einträge. »Am sechsten«, verkündete sie nach kurzem Suchen.

»Und wo haben Sie sich getroffen?«

Ein weiterer Seufzer. »Hier.«

»In diesem Café?« Ich sah mich um, als versuchte ich, mir die Szene auszumalen.

»Ja!«, fauchte Hilde mit leiser Stimme, was sogleich einen neuerlichen Hustenanfall auslöste.

»Wo ist er jetzt?«, setzte ich nach, als sie sich erholt hatte.

»Wovon reden Sie?«, fragte sie auf Deutsch und starrte mich verständnislos an.

»Ich frage Sie, wo Rupe Alder jetzt steckt, Frau Voss. Aufgrund Ihrer Gabe der Hellsicht dürfte das doch gewiss kein Problem für Sie darstellen.«

»Sie halten sich wohl für witzig, junger Mann?«

»Vergessen Sie's.«

»Die Dinge, die ich sehe, ordne ich nicht. Ich kontrolliere sie nicht. Ihr Freund, Herr Alder…« Sie schlug nach einer unsichtbaren Fliege – oder nach mir. »Er ist nicht zu mir gekommen. Weder lebend noch tot.«

»Schade. Ich hatte gehofft, Sie wären vielleicht in der Lage, für uns Licht in das Dunkel zu bringen. Aber da hatte ich offensichtlich zu viel erwartet.«

»Ja.« Mich über den mit Stummeln überfüllten Aschenbecher beobachtend, drückte Hilde ihre Zigarette aus. »Viel zu viel.«

»Was halten Sie davon?«, fragte ich Hashimoto, sobald wir aus dem Café traten und Hilde wieder ihren Kuchen, Zigaretten und Visionen überlassen hatten.

»Ich weiß nicht, Lance«, antwortete mein Begleiter. »Die wichtige Frage ist doch: Was hätte Rupe gedacht?«

»Dasselbe wie ich: Dass sie eine alte Betrügerin ist.«

»Sie glauben nicht, dass sie die… Gabe der Hellsicht hat?«

»Nein.«

»Der Tagebucheintrag von 1972 war aber beeindruckend.«

»Hm, mich hat er nicht beeindruckt.«
»Hm.«
»Kiyo?«

Hashimoto blieb stehen und sah mich unverwandt an. »Es ist nicht so einfach, wie Sie glauben, Lance.«

»Wie meinen Sie das?«

»Frau Voss mag diese Vision gehabt haben und davon überzeugt gewesen sein, dass sie Stephen Townleys Tod beweist. Frau Townley könnte das auch geglaubt haben. Ob das wahr ist oder nicht – ob er tatsächlich so, wie sie es beschrieben hat, gestorben ist, ob er überhaupt tot ist –, tut nichts zur Sache. Wenn sie ernsthaft daran glaubt, dann hat Frau Townley keine Ahnung, wo wir ihren Mann finden könnten. In diesem Fall…«

Er schüttelte den Kopf, redete aber nicht weiter. Das war auch gar nicht nötig. Die Schlussfolgerung war so offenkundig wie deprimierend. In diesem Fall… vergeudeten wir nur unsere Zeit. Und zwar schon seit wir an Bord der Maschine nach Berlin gegangen waren.

Ich sah das allerdings anders. Während der Taxifahrt zurück zum Adlon erinnerte ich Hashimoto daran, dass Erich Townleys Verhalten im Viktoriapark in jeder Hinsicht die feste Absicht, mich zu töten, verraten hatte. Warum, wenn nicht die Fragen über seinen Vater tatsächlich eine Bedrohung für ihn darstellten? Und welcher Art konnte diese Bedrohung sein, wenn Erich vom Tod seines Vaters überzeugt war? Hashimoto wusste es ebenso wenig wie ich.

Somit herrschte bei uns Fehlanzeige, was glänzende Ideen bezüglich unseres nächsten Schritts betraf. Wahrscheinlich gaben wir ein ziemlich untröstliches Paar ab, als wir ins Adlon schlurften und uns unsere Schlüssel geben ließen. Das wiederum kann nur ein tröstlicher Anblick für die Besucherin gewesen sein, die in der Lobby auf uns wartete.

Rosa Townley saß ruhig und aufrecht in einem der Plüschsessel. Diesmal war sie mit einer anderen schwarzen Kombination bekleidet. Sie blätterte in einer *Vogue*. Eine Tragetasche von Galéries Lafayette stand an ihren Sessel gelehnt auf dem Boden. Sie heuchelte nicht mal Erstaunen über das Wiedersehen.

»Hat Ihre Teeparty so kurz gedauert?«, erkundigte sie sich spitz, als wir uns auf dem Sofa ihr gegenüber niederließen.

»Woher wussten Sie, dass wir hier abgestiegen sind?«, fragte Hashimoto.

»Moderne Telefone«, lächelte sie. »Hilde hat die Nummer überprüft, von der aus Sie angerufen haben. Und da ich heute Nachmittag in dieser Gegend unterwegs war…« Sie deutete mit dem Kinn auf die Tragetasche, als wolle sie uns darauf hinweisen, dass wir lediglich eine Dreingabe zu ihrer Einkaufstour waren. »Hoffentlich hat Hilde Ihnen sagen können, was Sie wissen wollten.«

»Sie hat uns gesagt, was wir *Ihrer* Meinung nach wissen sollten. Zweiter Mai '72. Männer mit Messern in Mexiko oder so. Wir haben kapiert.«

»Stephen ist tot, Mr Bradley. Seit langem tot. Das ist die einzige Nachricht.«

»Es ist jedenfalls die einzige, die ausgesandt wird.«

»Glauben Sie es immer noch nicht?«

»Nein.«

»Warum nicht?«

»Weil Ihr Sohn bestimmt nicht versucht hat, mich wegen eines Toten umzubringen.«

»Erich hat mir ganz genau erzählt, was gestern Nacht zwischen ihm und Ihnen gewesen ist.«

»Ganz bestimmt hat er das.«

»Wenn jemand zur Polizei gehen sollte, dann er, nicht Sie. Und das macht er vielleicht auch noch, wenn Sie uns weiterhin belästigen.«

»Ich höre das Echo.«

»Was?«

»Im Innern der hohlen Drohung.«

»Frau Townley«, sagte Hashimoto mit plötzlicher Entschiedenheit, »Sie haben noch vierundzwanzig Stunden, um Ihre Haltung zu überdenken. Wenn Sie sich danach immer noch weigern, uns zu verraten, wo wir Ihren Mann finden können« – er zuckte, sie fast um Verständnis bittend, die Schultern –, »lassen Sie uns keine Wahl.«

»Vierundzwanzig Stunden werden nichts ändern.«

»Hoffentlich ändern Sie Ihre Haltung.« (Ich persönlich bezweifelte, dass vierundzwanzig *Jahre* ein solches Wunder bewirken würden, nahm aber an, dass Hashimotos Taktik gut durchdacht war.) »Doch ich bin sicher, dass keiner von uns den Wunsch hat, die Polizei einzuschalten.«

»Dann schalten Sie sie einfach nicht ein.« Rosa machte eine kleine ruckartige Bewegung mit dem Kinn, dann erhob sie sich, womit sie uns veranlasste, ebenfalls aufzustehen wie gehorsame Neffen, die ihre gefürchtete Tante zur Tür begleiten. »Wie ich Ihnen zu erklären versucht habe« – sie hob die Einkaufstüte auf, die eindeutig nichts enthielt, das schwerer wog als ein Paar Handschuhe, und ließ die *Vogue* hineingleiten – »liegt die Entscheidung bei Ihnen.«

»Ein Ultimatum, Kiyo«, murmelte ich, während Hashimoto und ich wenige Augenblicke später zusahen, wie Rosa das Hotel verließ, nachdem sie in der Garderobe ihren perfekt geschnittenen, cremefarbenen Mantel abgeholt hatte. »Geschickter Zug.«

»Der einzige Zug«, sagte er, ohne eine Regung zu verraten.
»Meinen Sie, er wird gelingen?«
»Kann sein.«
»Und wenn nicht?«

Er sah mir in die Augen und breitete hilflos die Hände aus. »Zumindest haben wir vierundzwanzig Stunden Zeit, um darüber nachzudenken.«

Wenn schon nachgedacht werden musste, hatte ich nicht die geringste Absicht, bereits an diesem Abend damit anzufangen. Hashimoto hatte herausgefunden, dass in der Komischen Oper die *Zauberflöte* aufgeführt wurde, und schlug vor, über den Portier Eintrittskarten zu ergattern. Ich musste ihm erklären, dass mir eine mehrere Stunden lange deutsche Oper gerade noch gefehlt hatte. So überließ ich es Hashimoto, seine Seele mit Mozart zu erfreuen und begab mich schnurstracks ins nächste Kino, das englische Filme in der Originalfassung zeigte. *American Psycho* erwies sich nicht gerade als die Art von Unterhaltung, die einem Mann in meiner aufgewühlten Verfassung wirklich gut tat. Danach brauchte ich mehrere Drinks in einer entsetzlichen pseudo-irischen Bar, um mein seelisches Gleichgewicht wieder herzustellen. Gegen Mitternacht waren Körper und Geist wieder in Harmonie, und voller Zuversicht, dass ich bis am nächsten Morgen über nichts mehr würde nachdenken müssen, trat ich den Rückweg ins Adlon an.

Ich sollte mich getäuscht haben.

Ein Brief war unter der Tür zu meinem Zimmer durchgeschoben worden. In der Annahme, es handle sich wahrscheinlich nur um die Bekanntgabe eines simulierten Feueralarms, einer Aufzugreparatur oder um irgendeine andere Aufmerksamkeit des Managements, hob ich ihn auf (wobei ich fast gestürzt wäre) und warf ihn auf den Schreibtisch. Dann bemerkte ich, dass am Telefon neben dem Bett ein rotes Licht blinkte. *Nachricht für mich.*

Ich ließ mich auf den Schreibtischstuhl plumpsen und sah mir den Brief an. Auf dem Umschlag prangte in handgeschriebenen Großbuchstaben mein Name – Mr BRADLEY – und links oben stand die Zimmernummer. Die Schrift erkannte ich nicht. Ich riss den Umschlag auf. Er enthielt ein Flugblatt mit Werbung für Stadtrundfahrten in einem der Busse mit offener Plattform. Ich hatte bereits zwei dieser ebenfalls auf dem Flugblatt abgebildeten grün-und-cremefarbenen Gefährte durch die Straßen schaukeln sehen. Auf einem Beiblatt, das beim Entfalten des Bogens herausfiel, stand ein Fahrplan mit den Preisen und Abfahrtszeiten vom Europa-Center und vom Brandenburger Tor. Mit roter Tinte hatte jemand in der Spalte unter dem Brandenburger Tor die Zeitangabe 12:15 Uhr markiert. Ich erinnere mich noch, wie ich dachte: sehr eigenartig.

Ich ging zum Telefon hinüber, nahm den Hörer in die Hand und drückte auf den Knopf für NACHRICHTEN. Eine Computerstimme verkündete irgendetwas – natürlich auf Deutsch. Es folgte eine kurze Pause, dann ging die eigentliche Nachricht los. *»Was sie dir gesagt haben, stimmt. Ich habe den Brief. Ich bin in Berlin. Wir müssen uns treffen. Du und ich. Und Hashimoto. Morgen. Du erfährst von mir noch, wie. Verlass dich drauf.«*

Ich ließ mich langsam aufs Bett sinken, drückte die Gabel, bis der Ton erstarb, dann wiederholte ich die Prozedur und hörte mir die Nachricht ein zweites Mal an.

Kein Zweifel. Eigentlich hatte es für mich sofort, kaum hatte ich das erste Wort gehört, festgestanden: Die Stimme war die von Rupe.

9

In Berlin herrschte perfektes Wetter. Der Himmel strahlte in einem makellosen Blau, die Luft war frisch und die Sonne so warm wie die Schatten kühl. Pünktlich um viertel nach zwölf verließ der Stadtrundfahrtsbus seinen Stand am Pariser Platz und kroch zwischen den von Gerüsten umrahmten Säulen des Brandenburger Tors hindurch. Vorne auf dem oberen Deck turnte ein vielsprachiger hyperaktiver Fremdenführer mit einem Mikrofon in der Hand herum, dicht vor ihm hatte sich ein gutes Dutzend Touristen aus verschiedenen Ländern gruppiert und lauschte aufmerksam. Ich saß zusammen mit Hashimoto weit hinten und achtete kaum auf die Aussicht auf all die erhabenen historischen Sehenswürdigkeiten, die wir für unsere fünfundzwanzig Mark geboten bekamen.

Wo war Rupe? Im Bus jedenfalls nicht. Wir hatten uns an seine Anweisungen gehalten. Er offenbar nicht. »*Wir müssen uns treffen.*« Das stimmte. »*Morgen.*« Hm, *morgen* war gekommen. Und wir auch. Aber er nicht. »*Verlass dich drauf.*« Und ob ich mich darauf verlassen hatte. Hashimoto genauso, wenn auch vielleicht nicht blind.

Mit einem skeptischen »Wie können wir sicher sein, dass das Rupes Stimme auf dem Band war?« hatte er am Morgen seinen ersten Warnschuss abgegeben.

»Ich habe seine Stimme erkannt, Kiyo.«

»Stimmen kann man imitieren.«

»Ihre könnte ich nicht imitieren.«

»Weil Sie kein ausgebildeter Schauspieler sind.«

»Himmel noch mal, das *war* er. Das weiß ich einfach.«

»Einigen wir uns darauf, dass es wahrscheinlich er war. Wie können wir uns aber sicher sein, dass er nicht gezwungen wurde, all das zu sagen?«

»Warum sollte ihn jemand dazu zwingen, an einer Stadtrundfahrt durch Berlin teilzunehmen?«

»Das weiß ich nicht. Es ergibt einfach keinen Sinn.«

»Es sei denn, es war wirklich Rupe.«

»Aber er könnte uns überall treffen, Lance. Warum ausgerechnet in so einem Bus?«

Gute Frage. Und die einzige Antwort, die mir bisher dazu eingefallen war, konnte mich nicht beruhigen. Der Bus war ein neutraler, sicherer Treffpunkt, wo auch Zeugen zugegen waren. Bevor er selbst einstieg, konnte Rupe also sehen, wer auf ihn wartete. Mit anderen Worten: Er traute uns nicht. Oder vielleicht konnte er sich das nicht leisten. Aber wenn all das, was uns die Townleys und ihre überdrehte Kaffeesatzleserin erzählt hatten, tatsächlich der Wahrheit entsprach – und Rupe hatte es bestätigt! –, warum war er dann so nervös? Wozu diese komplizierten Vorsichtsmaßnahmen?

Die Nachricht war um 21:27 Uhr aufgezeichnet worden, hatte Hashimoto herausgefunden, nachdem er mit dem Hausmeister geredet und die Anlage in Augenschein genommen hatte. (Der Mann musste uns beide für verrückt gehalten haben, doch er ließ sich überreden, das Band für uns herauszunehmen.) Irgendwann nach 21:27 Uhr war dann an der Rezeption der Brief für mich abgegeben worden. Meinen Namen und die Zimmernummer hatte die Empfangsdame auf den Umschlag geschrieben. (Sie konnte sich zunächst nicht erinnern, das getan zu haben, erkannte aber ihre Handschrift.) Ein Page (vermutlich) hatte ihn dann nach oben gebracht. All das zusammen half uns... sehr wenig.

Aber wenig war nicht dasselbe wie nichts. Rupe wusste, dass wir in Berlin waren. Woher? Und er wusste, in welchem Hotel wir abgestiegen waren. Erneut: Woher? Bewachte er etwa die Townleys? Oder versorgte ihn Hilde Voss mit Informationen? Sie war schlau genug, um ein doppeltes Spiel zu treiben. Nach diesem Gedanken häuften sich natürlich die Fragen. Fragen nach dem Warum und zu viele nach dem Wofür. Wenn Rupe uns gefolgt war, hätte er wissen müssen, dass ich nicht im Adlon war und seinen Anruf nicht persönlich entgegennehmen konnte. Was zu dem Schluss führte, dass er gar nicht mit mir sprechen wollte. Ihm war es einzig auf die Nachricht angekommen.

Aber bald würde er mit mir sprechen müssen. Und die Busfahrt gab ihm genügend Gelegenheiten dazu. *Buchungen nicht nötig,* hatte es im Fahrplan geheißen. *Einfach einsteigen.* Nun, der Streckenplan zeigte zwölf oder mehr Haltestellen für unsere eineinhalbstündige Tour an. An jeder davon konnte Rupe warten. Und mir blieb nichts als die Hoffnung, dass das der Fall sein würde. Wenn er uns enttäuschte… Wenn er die Nerven verlor… »*Was sie dir gesagt haben, stimmt.*« Das hatte ich aus seinem Mund gehört. Danach ging es für mich nicht mehr weiter. Meine Suche nach Rupe endete hier. Für Hashimoto dagegen… »*Ich habe den Brief.*«

»Was steht in dem Brief, Kiyo?«, hatte ich Hashimoto zuvor gefragt, während wir auf den Bus gewartet hatten. »Jetzt können Sie es mir doch genauso gut sagen. Bald erfahre ich es ja sowieso von Rupe.«

»Sie sagen es: bald.«

»Hören Sie mal. Was für einen Sinn hat denn diese Verzögerungstaktik?«

»Was für einen Sinn hat ein Versprechen?«, entgegnete er.

»Dass man es hält, wollen Sie wohl sagen.«

»Nein. Sein Sinn ist, dass es freiwillig gegeben wird.«

»Sie kommen mir jetzt nicht mit Zen, oder?«

Daraufhin zog er die Augenbrauen hoch, als wäre er aufrichtig verblüfft. »Mein Freund«, sagte er mit Nachdruck, »ich bin nie etwas anderes gewesen.«

Nun, vermutlich lag es an irgendeiner Zen-Technik, dass Hashimoto während der gesamten Rundfahrt so viel ruhiger blieb als ich.

Inzwischen schaukelte der Bus auf den Reichstag zu, wo eine riesige Touristenhorde vor der Kuppel Schlange stand, während nicht eine Menschenseele auf den Bus wartete. Es wurde allmählich kalt, als wir auf Tiergarten zuhielten, doch unser Fremdenführer hatte sich jetzt erst richtig warm geredet und unterhielt uns mit immer mehr müden Anekdoten über die auf dem Weg liegenden Sehenswürdigkeiten. Ich hatte nicht das geringste Interesse daran, wohingegen Hashimoto anscheinend gebannt lauschte.

»Wir sitzen hier doch nicht, um uns Sehenswürdigkeiten anzuschauen«, murmelte ich, als der Bus irgendeine Triumphsäule umkurvte. »Halten Sie lieber die Augen nach Rupe offen.«

»Er wird zu uns kommen oder eben nicht, Lance«, erwiderte Hashimoto. »Durch Schauen zwingen wir ihn nicht herbei.«

Das war richtig, aber verdammt – wenn nicht zen-mäßig nutzlos. Ich hielt weiterhin die Augen offen. (Wenn ich nicht gerade Tränen wegwinkerte, die sich wegen der Kälte ständig bildeten. Hashimoto schaffte es natürlich, im Vergleich zu mir warm und entspannt zu wirken.) Rupe sah ich nicht.

Sobald wir Tiergarten hinter uns gelassen und wieder die Straßen des Zentrums erreicht hatten, legte sich der Wind, und der Fahrer musste das Tempo dem Mittagsverkehr anpassen. Beim Zoo hielten wir an, um ein paar Leute mitzunehmen, doch Rupe war nicht dabei. Der Fremdenführer laberte weiter über das neue Kirchengebäude und den Campanile bei der Kaiser-Wilhelm-Gedächtniskirche, um dann die revolutionäre Architektur der Berliner Börse zu analysieren. Wir wendeten und fuhren auf der Südseite des Kurfürstendamms langsam zurück. Als wir am Café Kranzler vorbeikamen, wo wir Hilde Voss getroffen hatten, blitzte uns ein von den großen Goldbuchstaben seines Namens reflektierter Lichtstrahl entgegen. Allmählich ging es auf ein Uhr zu, und die Berliner tummelten sich in Massen draußen auf den Straßen; die einen gingen einkaufen, andere zum Essen und wieder andere waren beruflich unterwegs. Ein einzelner Mann hätte es leicht, in dieser Menschenmenge unterzutauchen und zuzusehen, wie wir, gegen die Sonne blinzelnd, im Bus an ihm vorüberzogen. So, nahm ich an, hatte Rupe es geplant: Wir sollten uns zeigen, bevor er sich überlegte, ob er sich uns zeigen wollte.

Schon wieder kamen wir an der Gedächtniskirche vorbei, diesmal an der Südseite, und bogen in die Tauentzienstraße ab. Dort blieben wir an einer Haltestelle vor dem Europa-Center stehen, dem großen Einkaufskomplex, der laut dem Fahrplan der zweite Ausgangspunkt der Tour war. »Wir machen hier eine Pause von zwanzig Minuten«, verkündete der Fremdenführer. »Wenn Sie den Bus verlassen und sich die Beine vertreten möchten, achten Sie bitte darauf, dass Sie bis viertel nach eins wieder hier sind, sonst müssen Sie warten, bis um halb drei der nächste Bus geht.«

Alle auf dem oberen Deck außer Hashimoto und mir stiegen aus. Der Führer ging auf einen Plausch zu dem Fahrer nach unten. Die Touristen schlenderten zu einem Schaufensterbummel die Straße entlang. »Hier könnte es sein«, sagte ich, allerdings nicht so überzeugt, wie ich zu klingen hoffte. »Rupe hat jetzt noch zwanzig Minuten Zeit, um uns zu sehen und an Bord zu kommen.«

»Und jede Menge Leute, unter denen er nicht auffällt«, brummte Hashimoto mit einem prüfenden Blick auf den dicht bevölkerten Bürgersteig gegenüber. »Sie haben Recht. Diese Haltestelle kommt am ehesten in Frage. Im Moment... haben wir den Bus für uns.«

Über eine von Blumenbeeten gesäumte Rasenfläche waren mehrere Parkbänke verteilt, die meisten davon besetzt mit Arbeitern, die einen Imbiss aßen. Über die Brüstung gebeugt, musterte ich die Bänke eine nach der anderen. Von Rupe war nichts zu sehen.

»Es wäre außerdem eine merkwürdig passende Wahl«, fuhr Hashimoto fort. »Sehen Sie die Skulptur dort vorne?«

»Meinen Sie die Rohre?« Etwa in der Mitte der Rasenfläche ragte ein, wie ich annahm, künstlerisches Monument aus vier ineinander verschlungenen Metallröhren empor. (Ich konnte mich nicht erinnern, es 1984 gesehen zu haben, und hatte keine Ahnung, was es bedeutete.)

»Die Röhren. Ja. Spitzname: ›Tanzende Spaghetti‹. Laut meinem Führer Symbol für die Teilung der Stadt.«

»Wie kommen die darauf?«

»Die Rohre stehen für die durchschnittenen Glieder einer Kette, die nun in der Erde eingepflanzt wurden.«

»Ach ja?«

»Ich finde, eine Familie ist wie eine Kette. Etwas, an dem man sich in Zeiten der Not festhalten kann. Aber zu anderen Zeiten scheuert sie einen wund. Bei Freundschaft ist es ähnlich, sehen Sie das nicht auch so?«

»Wahrscheinlich, ja.«

»Ich werde Nachsicht mit Rupe üben, Lance. Ich habe nicht vor, ihn für das, was er getan hat, zu bestrafen.«

»Mir zuliebe brauchen Sie nicht so großzügig zu sein.«

»Aber er ist Ihr Freund. Und Sie sind *mein* Freund. Darum werde ich ihm helfen. Ich hoffe, Sie würden aus demselben Grund... auch Mayumi und Haruko helfen.«

Ich wandte mich Hashimoto zu. Er lächelte mich an. Wie

ich das sah, war das so ziemlich das Überschwänglichste, was dieser Bursche je zuwege brachte. »Ich würde mein Bestes für sie geben, Kiyo. Klar.«

»Das ist alles, worum ich Sie bitte. Ach« – sein Lächeln wurde breiter – »fast hätte ich vergessen, warum die ›Tanzenden Spaghetti‹ noch zu Rupe passen. Die Röhren sind aus Aluminium.«

»Aluminium?«

»Laut…«

»Laut Ihrem Führer. Schon klar.« Ich drehte mich wieder zu der Skulptur um. »Na ja, Sie können mit meinem Busenfreund Rupe Alder so nachsichtig sein, wie Sie wollen, Kiyo, aber es darf Sie nicht stören, wenn *ich* ihm meine Meinung sage. Wo, zum Teufel, steckt er?«

»In der Nähe, nehme ich an. Ganz in…«

Dicht vor mir zischte etwas durch die Luft, und Hashimoto stieß einen erstickten Schrei aus. Ich wirbelte zu ihm herum. Sein rechtes Brillenglas war zertrümmert. In der ersten Schrecksekunde dachte ich, das wäre bloß ein irgendwo abgeprallter Kieselstein. Dann sah ich dort, wo das Auge hätte sein sollen, das klaffende rote Loch. Bevor ich nach ihm greifen konnte, kippte er seitwärts in den Gang zwischen den Sitzreihen und schlug kopfüber mit einem dumpfen Knall, in den sich ein metallisches Scheppern mischte, auf dem Boden auf. Eine Kugel – daran hatte ich jetzt keinen Zweifel mehr – schlug in der Brüstung neben meinem Ellbogen ein und pfiff als Querschläger noch einmal an mir vorbei. Ich warf mich zu Boden.

Sofort kroch ich weiter zum Gang. Unmittelbar vor mir tauchte Hashimotos Gesicht auf. Sein Brillengestell hing schief herunter. Das linke Auge war weit geöffnet und starrte mich an, das rechte war hinter hervorgequollener Hirnmasse und Knochensplittern verschwunden. Blut sickerte zu Boden. Die Lippen waren halb geöffnet, als versuche er noch, mir zu erklären, wie nahe Rupe sein mochte. Aber er würde es mir – oder sonst jemandem – nicht mehr sagen können. Nichts mehr. Nie wieder. Kiyofumi Hashimoto war tot, und die Tatsache, dass er vor ein, zwei Sekunden noch gesund und munter gewesen war und mit mir gesprochen hatte, konnte nichts daran ändern.

Eine dritte Kugel schlug in die Rückenlehne eines der Sitze über mir ein. Ich sah Schaumstoffkrümel durch das Loch im Lederbezug spritzen. Jemand war darauf aus, uns beide zu ermorden, und wollte sich nicht mit halben Sachen zufrieden geben. Ich musste raus aus dem Bus. Ich musste weg. Ich zwängte mich an Hashimoto vorbei und robbte auf die Treppe zu. Dabei stieß ich gegen irgendeinen Gegenstand, den ich ungewollt mitschleifte. Ich griff danach und zog ihn unter meinem Bauch hervor. Es war das Band mit Rupes Nachricht. Es musste beim Sturz aus Hashimotos Tasche gefallen sein. Erst jetzt fiel mir ein, dass Rupe derjenige war, der uns in diese Falle gelockt hatte. »*Verlass dich drauf*«, hatte er gesagt. Und das hatte ich getan. Plötzlich hatte ich einen schier übermächtigen Drang, Rupe zu finden. Ich schloss die Faust um die Kassette und kämpfte mich, die Zähne zusammengebissen, weiter zur Treppe.

Erneut jaulte über mir eine Kugel. Dann hatte ich die relative Sicherheit der Treppe erreicht. Ich rappelte mich auf, sprang, zwei Stufen auf einmal nehmend, hinunter und hechtete zur offenen Bustür.

Auf dem Bürgersteig war Panik ausgebrochen. Die Leute stoben in alle Richtungen davon, einige kreischten. Der Fremdenführer und der Fahrer kauerten hinter dem vorderen Radkasten. Schon wieder ein Schuss; sie zuckten zurück. Dann bemerkte der Fremdenführer mich. »Gehen Sie in Deckung!«, rief er. »Hinter dem Bus ist es sicherer! Ich habe die

Polizei gerufen.« Er hielt sein Handy hoch. »Sie ist schon unterwegs.«

Vielleicht kam sie tatsächlich gleich. Und vielleicht war er dort vorne in Sicherheit. Doch er war nicht das Ziel. Und ich hatte gewiss nicht die Absicht, den nächsten Schritt des Todesschützen abzuwarten. Hashimoto war tot. Und ich hatte nur einen Gedanken: Wie konnte ich überleben? Der Bus parkte unmittelbar hinter einer Kurve, und bis zur Ecke würde mich die Karosserie schützen. Zumindest hoffte ich das. Ich rannte los.

Vielleicht folgte noch ein Schuss, als ich um die Ecke jagte und nahe an den Schaufenstern weiterlief. Ich war mir nicht sicher. Inzwischen unterdrückten meine Sinne jede Wahrnehmung, die nicht unmittelbar mit meiner Rettung zu tun hatte. Ich rannte in südlicher Richtung, fort von der Tauentzienstraße. Das war alles, was zählte. Aber nicht lange. Noch während ich lief, versuchte mein Verstand fieberhaft, das Geschehene zu verarbeiten und eine Antwort auf all das zu finden. Was sollte ich jetzt tun? Wohin wollte ich? »Es geht um Leben und Tod«, hatte Hashimoto in London erklärt. Damals hatte ich ihm nicht geglaubt, jetzt sehr wohl.

Die Straße endete an einer T-Kreuzung. Nach Luft japsend und mit zitternden Beinen, bog ich nach rechts ab. Ich hatte überhaupt keine Kondition. Schnell oder weit laufen war bei mir einfach nicht drin. Dennoch musste ich rennen. Wohin? Das war die Frage. Wohin, zum Teufel? Jemand hatte von Anfang an ein abgekartetes Spiel mit uns gespielt. Das war jetzt klar. Rosa Townley hatte Zeit geschunden, und wir waren ihr auf den Leim gegangen. In dieser Zeit hatten sie, Erich und anscheinend auch Rupe, unsere Hinrichtung geplant. Sie steckten unter einer Decke. Alle drei waren meine Feinde. Mein einziger Verbündeter lag tot auf dem oberen Deck des Stadtrundfahrtbusses.

Ich musste aus Berlin raus. Diese Erkenntnis traf mich just in dem Moment, in dem ein Taxi mit leuchtendem Signal auf mich zukam. Sie kannten die Stadt; ich nicht. Wenn ich blieb, war ich verloren. Die Polizei würde mir nicht glauben. Ich konnte das alles ja selbst kaum glauben. Wenn ich blieb, würden sie mich kriegen. Aufgeregt winkte ich das Taxi herbei, rannte über die Straße und sprang hinein. »Flughafen Tegel!«, schrie ich.

»Flughafen Tegel. Ja.« Der Mann fuhr wieder los.

Dann fiel es mir siedend heiß ein. Mein Pass war noch im Adlon. Ohne ihn käme ich nirgendwohin. »Nein. Nicht zum Flughafen. Hotel…« Ich verstummte. Sie wussten, dass ich mit Sicherheit dorthin zurückkehren würde. Vielleicht warteten sie schon. Aber ich musste meinen Pass holen. Ich musste ins Adlon zurück. Nur eben nicht unbedingt auf kürzestem Weg. Ich zog meinen Stadtplan aus der Tasche. »Komische Oper«, verbesserte ich mich, als ich sah, wie nahe sie beim Adlon lag. Von dort konnte ich zum Hintereingang des Hotels schleichen. Das war dasselbe Haus, in dem Hashimoto die Zauberflöte gesehen hatte. Erst gestern Abend hatte er zu Mozarts Melodien mitgesummt. Und jetzt…

»Komische Oper. Gern.« Der Fahrer gab Gas, und wir rauschten davon.

Viel habe ich von der Fahrt mit dem Taxi nicht in Erinnerung, nur dass sie nicht so schnell war, wie ich es gern gehabt hätte. In anderer Hinsicht dagegen war sie zu schnell, denn bei unserer Ankunft waren mir meine weiteren Schritte genauso unklar wie beim Losfahren. Hau ab, Mann!, war alles gewesen, was mein noch völlig benebelter Verstand als Schlachtplan hervorgebracht hatte. Hashimoto war tot, und ich hatte es nur dem Glück zu verdanken, dass ich noch mal davongekommen war. Rupe oder Stephen Townley suchte ich nicht mehr und schon gar nicht einen alten Brief, der ein noch älteres Geheimnis barg. Ich wollte nichts wie weg.

Es sah nicht so aus, als würde jemand beim Hintereingang des Adlon herumlungern. Ohne an der Ampel auf grünes Licht zu warten, rannte ich über die Wilhelmstraße, womit ich mindestens einen Wagen zu scharfem Bremsen zwang. Ich jagte gleich weiter ins Hotel, und während ich an den großen Sälen vorbeieilte, unterdrückte ich den Impuls loszurennen. Mir war klar, dass ich so unauffällig wie möglich wirken musste, doch ich fühlte mich alles andere als das. Die Schulter tat mir vom Sturz aus dem Bus weh, und am Ärmel hatte ich einen Fleck, vermutlich Hashimotos Blut. Ich erreichte die Rezeption, ohne Blicke auf mich zu lenken, und gab mir alle Mühe, den Zimmerschlüssel möglichst beiläufig mit leiser Stimme zu verlangen. Die Lobby und die Bar waren gut besucht, aber nicht überfüllt. Wenn jemand den Vordereingang bewachte, hatte ich einigermaßen gute Chancen, unbemerkt an den Schlüssel und zu den Aufzügen zu kommen. Zutritt zu den Gästekorridoren hatten nur diejenigen, die einen Zimmerschlüssel hatten, mit dem sie vor einem Sensor im Aufzug herumwackelten. Als die Tür aufging, vergewisserte ich mich zunächst, dass die Luft in meinem Korridor rein war. Dann hastete ich zu meiner Tür, sperrte auf, stürzte ins Zimmer und knallte, bereits im Weiterlaufen, die Tür hinter mir zu. In Gedanken war ich schon beim Safe, in dem ich meinen Pass und ein Bündel deutsche Geldscheine, die mir Hashimoto gegeben hatte, aufbewahrte.

Ich beugte mich über das Stahlfach und gab die Kombination ein, als ich in meinem Rücken ein Klappern hörte. Hatte ich die Zimmertür nicht richtig zugeschlagen? Ich warf einen Blick über die Schulter – und da stand Erich Townley. Sanft schloss er die Tür und lehnte sich dagegen.

»In Eile, Lance?«, fragte er mit einem säuerlichen Lächeln. Ich richtete mich langsam auf und drehte mich zu ihm um.

»Ach, du kannst ruhig weitermachen und den Safe öffnen. Ich möchte doch sehen, was du drin hast. Nur für den Fall, dass der Brief dabei ist.«

»Was für ein Brief?«

»Wer so dämlich ist wie du und trotzdem versucht, schlau zu sein, macht sich nur lächerlich, Lance. Weißt du das? Wieso bist du zurückgekommen?«

»Bin wahrscheinlich zu dämlich, um weg zu bleiben.«

»Ich habe gehört, dass es beim Europa-Center Schüsse gegeben haben soll. Irgendein japanischer Tourist ist jetzt auf dem Weg in die Leichenhalle.«

»Wer hat geschossen, Erich?«

»Möchtest du das wissen? Nicht Rupe. Er ist kein Heckenschütze. Aber ein höllisch guter Köder, findest du nicht auch?«

»Warum hast du Hashimoto umgebracht?

»Ich habe niemanden umgebracht.« Er trat auf mich zu. »Noch nicht.«

»Was steht in dem Brief?«

»Vielleicht weißt du das besser als ich. Mach den Safe auf.«

»Das kann ich leider nicht.«

»Wieso nicht?«

»Hab die Kombination vergessen.«

»Dein Witz hat einen Bart, Lance.« Er blieb eine Armlänge von mir entfernt stehen. »Einen ganz langen Bart.« Ein Griff in die Manteltasche, und er zog etwas heraus. Ein Messer, nahm ich an, aber das war es nicht. Es war eine Pistole. Mit merkwürdig distanzierter Faszination starrte ich den auf mich gerichteten Lauf an. »Aufmachen.«

»Ach, jetzt ist mir die Kombination doch glatt wieder eingefallen.«

»Na, so was.«

Ich drehte mich um und kauerte mich vor den Safe. Vor allem brauchte ich den Pass. Hatte ich ihn erst mal... Doch ich konnte nicht mehr als ein paar Sekunden vorausschauen. Ich stellte die Zahlen ein, und die Tür öffnete sich.

»Nimm alles, was drin ist, heraus.«

Das war doch verrückt. Wie, um alles auf der Welt, kam er darauf, dass ich den Brief hatte? Es ergab keinen Sinn. Ich nahm den Pass und die von einem Gummi zusammengehaltenen Geldscheine und zeigte ihm beides. »Das ist alles, was drin ist, Erich.«

»Bleib, wo du bist.« Er wich zurück und ging ebenfalls in die Hocke, um an mir vorbei in den Safe zu spähen. Er war wirklich leer. »Die Chance stand wohl ohnehin nicht besonders gut«, brummte er im Aufstehen. »Pech für dich.«

»Wieso?«

»Finde es selbst raus.« (Gerade das wollte ich lieber nicht.) »Jetzt aufstehen. Langsam.«

Ich gehorchte und wandte mich wieder zu ihm um.

»Taschen leeren.«

Das dauerte nicht lang. Mein Geldbeutel; die Schlüssel für meine Wohnung in Glastonbury; ein schmutziges Taschentuch; ein paar Münzen und das Band.

»Wo ist mein Feuerzeug?«

»Hashimoto hat es. Hatte es, sollte ich sagen. Wahrscheinlich ist es in seinem Zimmer im Safe.«

Auf der Lippe kauend, dachte Erich mehrere unbehagliche Sekunden lang darüber nach. Es sah so aus, als glaubte er mir, auch wenn ihm das nicht gefiel. »Lade das Zeug auf dem Schreibtisch ab«, knurrte er.

»Okay.« Der Schreibtisch war links von mir. Es war nur

ein Schritt. Ich stellte mich vorsichtig davor und legte alles auf einen Haufen.

Erich starrte das Durcheinander einen Augenblick lang an, dann richtete er den Blick wieder auf mich. »Was ist auf der Kassette da?«

»Kassette?«

»Ja, die Scheißkassette.«

»Ach, ich hab mir selbst schon überlegt ...«

»Was ist drauf?«

»Abbas größte Hits.«

Er funkelte mich an. (Damit waren die letzten Zweifel ausgeräumt: Ich war nicht sein Typ.) Langsam näherte er sich dem Schreibtisch und beugte sich vor, um die Kassette an sich zu nehmen.

»Sag bloß nicht, dass du auch ein Abba-Fan bist, Erich.«

»Halt's Maul.«

Den Bruchteil einer Sekunde, den es dauerte, bis er die Kassette in der Hand hatte, sah er weg. Und das, so viel war mir klar, war der einzige Sekundenbruchteil, den ich vom Schicksal erwarten konnte. Ich stürzte mich in der besten Rugbymanier, die ich zuwege brachte, auf ihn, und wir krachten zusammen zu Boden. Innerlich stellte ich mich darauf ein, dass die Pistole losging, doch sie blieb stumm. Erich stieß nur ein Grunzen aus, als beim Aufprall die Luft aus seiner Lunge gepresst wurde. Irgendwo hinter uns hörte ich ein Scheppern und wälzte mich sofort in diese Richtung. Einen Meter von mir entfernt lag die Pistole unter dem Schreibtisch. Über mir wackelte eine Tischlampe. Ich war gegen das Nachtkästchen, auf dem sie stand, gestoßen. Erich begann, sich aufzurappeln, den Blick fest auf die Pistole gerichtet. Ich wirbelte herum und trat nach ihm. Irgendwie traf ich ihn an der Schläfe. Sich vor Schmerz ans Ohr greifend, stürzte er gegen das Fußteil des Betts. Blitzschnell hatte ich mich aufgerichtet und packte die schwere Messinglampe. Schon wieder auf den Knien, sah Erich, was ich vorhatte. Doch es war zu spät, um den Hieb abzuwehren oder auszuweichen. Ich schlug zu. Der massive Fuß der Lampe traf ihn irgendwo über dem linken Auge. Es dröhnte gewaltig: Messing auf Knochen.

Und dann lag Erich Townley da, zusammengesackt und regungslos. Aus einer dreieckigen Wunde über seiner linken Braue sickerte Blut. Langsam stellte ich die Lampe auf das Nachtkästchen zurück. Mir zitterten die Hände. Mir zitterten die Knie. Ich versuchte zu überlegen, schnell und scharf. Hatte ich ihn getötet? Ich drückte zwei Finger unter sein Ohr und fühlte den Puls: sein Herz schlug noch. Er war bewusstlos, aber nicht tot. Gott sei Dank. Ich wollte Berlin nicht als flüchtiger Mordverdächtiger verlassen. Aber verlassen musste ich es, und zwar schnell. Jemand, der viel tödlicher war als Erich, hatte Hashimoto auf dem Gewissen. Vielleicht war er jetzt schon auf dem Weg zum Adlon, während ich immer noch dastand und nichts zu Stande brachte.

Ich stürzte zum Kleiderschrank, riss meine Tasche heraus und warf wahllos die wenigen Kleider, die ich mitgenommen hatte, hinein. Dann holte ich meine Zahnbürste und die Rasierutensilien aus dem Bad, stopfte die auf dem Schreibtisch liegenden Sachen in die Manteltasche (einschließlich der Kassette und vor allem den dringend benötigten Pass und das Geld) und eilte zur Tür.

Auf halbem Weg kehrte ich um. Ich brauchte einen Vorteil gegenüber meinem Feind, egal, in welcher Form. Was hatte Erich, das ich benutzen konnte? Ich beugte mich über ihn und durchwühlte seine Manteltaschen. Schlüssel, die er von mir aus gern behalten konnte, und eine Brieftasche. Auf die würde er, wie ich das sah, in Zukunft verzichten müssen.

Ich steckte sie in die Reisetasche, zog den Reißverschluss zu und steuerte erneut die Tür an. Diesmal kehrte ich nicht um.

Ich verließ das Adlon so, wie ich hineingekommen war: durch die Hintertür. Als ich an der übernächsten Querstraße in ein Taxi stieg, war ich mir mehr oder weniger sicher, dass ich nicht verfolgt wurde. (Was meine Gewissheit diesbezüglich wert war, fragte ich mich nicht.) Zu meiner Erleichterung führte der Weg zum Flughafen Tegel weit am Europa-Center vorbei. Ich stellte mir vor, dass die Polizei die Tauentzienstraße längst großräumig abgeriegelt hatte, weil sie vermutlich von einem Terroranschlag gegen Touristen ausging. Als das Taxi durch Tiergarten brauste, überlegte ich ernsthaft, ob ich nicht einen Umweg zum Polizeipräsidium machen und den Beamten berichten sollte, was geschehen war. Aber das hieße Fragen, Fragen, Fragen *und* ein langer Aufenthalt in Berlin. Ich bezweifelte, dass ich sie davon würde überzeugen können, dass ich die Wahrheit sagte. Wie ich das sah, gab es nichts, was die Townleys mit den Schüssen in Verbindung bringen würde. Und am Ende würde man vermutlich mich wegen Totschlags vor Gericht stellen. Nein, ich musste verschwinden.

Doch die Konfrontation mit Erich hatte etwas an meinem Denken verändert. Vorher hatten mich meine Angst und der Selbsterhaltungstrieb regelrecht aufgeputscht. Jetzt stieg allmählich Zorn in mir hoch. Hashimoto war mein Freund. Das hatte er mir selbst gesagt. Vielleicht war er sogar trotz der kurzen Dauer unserer Bekanntschaft ein besserer Freund, als Rupe das je gewesen war. Er hatte es verdient, dass man ihn rächte. Und seine Mörder verdienten es, bestraft zu werden.

Aber war ich dazu überhaupt in der Lage? Nicht einmal

ich hätte diese Frage mit einem eindeutigen Ja beantwortet. Genau genommen war es eigentlich ganz gut, dass ich keine richtige Wahl hatte, mich freiwillig für diese Rolle zu entscheiden. Der namenlose Heckenschütze, der Hashimotos Leben ausgelöscht hatte, würde jetzt mich aufs Korn nehmen, dessen war ich mir sicher. Ich war ein offener Posten. Natürlich konnte ich nach England zurückkehren und versuchen, ein normales Leben zu führen, doch Townley würde das nicht zulassen. Früher oder später würden sie mich aufspüren.

Ich fischte die Kassette aus der Manteltasche und starrte das kleine Ding in meiner Handfläche an. Machte Rupe wirklich gemeinsame Sache mit Mördern? Oder war diese Nachricht eine Fälschung? *Ich habe den Brief. Ich bin in Berlin. Wir müssen uns treffen.* Kurze, einfache Sätze, in einem Moment auf Band gesprochen, in dem ich garantiert nicht zu erreichen gewesen war. Eine zusammengestückelte Kassette vielleicht, die aus Versatzstücken früherer Gespräche bestand. Denkbar war das. Für jemanden, der sich damit auskannte, wahrscheinlich ein Kinderspiel. Ein Experte hätte das beurteilen können. Aber es sah nicht so aus, als würde mir bald jemand vom Fach über den Weg laufen. Mir blieb nichts anderes übrig, als zu raten. Und zu warten, bis ich beweisen konnte, dass ich ins Schwarze getroffen hatte.

Wenn die Aufnahme eine Fälschung war, dann war sie auch ein Hinweis auf das, was Rupe in Berlin getrieben hatte. *Ich habe den Brief. Wir müssen uns treffen.* Er hatte nicht mit mir gesprochen, sondern mit den Townleys. Natürlich! Sie hatten Rupes Erpresseranruf wiederverwertet. *Verlass dich drauf* bedeutete *glaub mir, ich meine es ernst*. Was sie getan hatten, um die Gefahr, die von ihm ausging, zu neutralisieren, wusste ich nicht. Aber es hatte nicht gereicht. Den Brief hatten sie immer noch nicht, wie mir Erichs Verhalten bewies. Sie hatten ihn nicht und waren bereit, jeden zu töten, der sich zwischen sie und das Geheimnis, das er barg, stellte.

Aber was für ein Geheimnis konnte das sein? Hashimoto hätte es mir sagen können. Vielleicht wäre er auch dazu bereit gewesen, wenn ich ihn unter Druck gesetzt hätte. »Sie sind besser dran – sicherer –, wenn Sie nicht Bescheid wissen«, hatte er gesagt. Nun, besonders sicher fühlte ich mich nicht. Und daran würde sich auch nichts ändern, es sei denn, ich fand eine Möglichkeit, die Townleys als das zu enttarnen, was sie in Wahrheit waren – was immer das sein mochte. Hashimoto hatte außerdem gesagt, es bestehe die Gefahr, dass das Geheimnis verraten würde. Wie wahr! Wenn ich es je herausfand, würde ich es jedem verraten, der mir zuhören wollte.

Aber wie konnte ich es herausfinden? Es gab nur eine Möglichkeit. Während das Taxi westwärts durch den Tiergarten rauschte, begriff ich allmählich, worin sie bestand. Ich öffnete meine Reisetasche und nahm Erichs Geldbeutel heraus. Was hatten wir denn da so alles? Kreditkarten, die mir nichts nutzten, so verlockend sie auch sein mochten. Erichs Kreditrahmen war bestimmt zehnmal größer als meiner, aber Plastikgeld hinterlässt nun mal Spuren, und das konnte ich mir nicht leisten. Was ich brauchte, war Bares. Zum Glück schien Erich ein richtiger Fan von zusammenfaltbaren Scheinen zu sein. Er hatte etwa dreitausend D-Mark an seinem Körper getragen, dazu mehrere hundert US-Dollar. »Besten Dank«, flüsterte ich und verstaute die Scheine in meinem Geldbeutel. Was gab es noch? Nicht viel, soweit ich das beurteilen konnte. Außer einem Bündel Mitgliedskarten aller möglichen Clubs.

Aber Moment mal! Eine davon war eine Visitenkarte. Gordon A. Ledgister, Caribtex Oil, mit einer Büroanschrift in Houston, Texas. Das musste Erichs Schwager sein – der Ölmanager, den, laut Jarvis, Barbara Townley geheiratet hatte. Man konnte nie wissen, wann ich vielleicht den Wunsch hatte, mit *ihm* Kontakt aufzunehmen. Auch diese Karte verschwand in meinem Geldbeutel. Der Rest war für den Mülleimer am Flughafen bestimmt. Das, was ich von Erich behielt, reichte vollauf.

Dank Erichs Vorliebe für Zerknittertes und außerdem Hashimotos Großzügigkeit in Geldfragen konnte ich mein Flugticket am Schalter der Lufthansa bar bezahlen. Natürlich wollte ich in der Economy Class reisen. Erst zwei Tage zuvor hatte ich in der Business Class Champagner gekippt. Doch Champagner – ob gratis oder sonstwie – war das Letzte, was ich jetzt brauchte.

So ziemlich das Erste war Tempo. Aber das war nicht so leicht zu haben. Bei meinem Ziel war Umsteigen in Frankfurt nötig, und die Ankunft war irgendwann morgen Nachmittag. Würde die Polizei mich suchen, bevor wir abhoben? Das schloss ich eigentlich aus. Wahrscheinlich versuchte sie noch immer, Hashimotos Hotel zu ermitteln. Aber das hieß nicht, dass das Warten auf die Abfertigung nicht an meinen Nerven zerrte.

Während ich in der Abflughalle im Flughafen Tegel saß und mein Bestes tat, um meine sich überstürzenden Gedanken zu vertreiben, wurde mir auf einmal klar, dass es außer mir auch noch andere Menschen gab, die es zu berücksichtigen galt. Zweien davon schuldete ich seit langem einen Anruf.

Der Erste war mein Vater, der angesichts meiner dringenden Bitte, mich sofort an einem Münzapparat mit eigener Nummer zurückzurufen, erstaunlich gelassen wirkte.

»Ich habe gestern mit Miss Bateman gesprochen«, erklärte

er, als wir wieder miteinander verbunden waren. (Einen Augenblick lang musste ich überlegen, wen er meinte.) »Sie hat mir gesagt, dass du in Deutschland bist. Was soll das alles, Junge?«

»Zu kompliziert, um jetzt damit anzufangen. Du willst doch sicher keine astronomische Telefonrechnung bekommen.«

»Das stimmt.« (Ich hatte gewusst, dass dieses Argument ziehen würde.)

»Warum hast du dich mit Echo in Verbindung gesetzt?«

»Miss Bateman, meinst du?« (Dieser steife alte Dickkopf beharrte also weiter auf der Etikette.) »Weil du mich gebeten hattest, mal mit Don Forrester zu reden und dich wissen zu lassen, was dabei herausgekommen ist.«

»Und was ist dabei herausgekommen?«

»Nun...«

»Mach schon, Dad. Vergiss nicht: Du zahlst.«

»Na gut. Aber Don hatte am Anfang überhaupt keine Lust, das alles hervorzukramen. Ich musste meine ganze Überredungskunst aufbieten.«

»Aber du hast ihn rumgekriegt.«

»Allerdings.«

»Dafür bin ich dir dankbar. Also...?«

»Nun, offensichtlich zog die Polizei die Möglichkeit in Betracht, dass Peter Dalton von einem Freund ermordet worden war, der zu der Zeit sein Gast auf der Wilderness Farm war. Wenn der Gast vor der Tat abgereist war, schied er natürlich als Verdächtiger aus. Doch der tatsächliche Zeitpunkt seiner Abreise wurde nie ermittelt, weil niemand seine Spur verfolgte. Und da der Pathologe trotz einiger Bedenken Selbstmord für das Wahrscheinlichste hielt...«

»Hieß dieser Freund zufällig Stephen Townley?«

»Townley? Kann schon sein. Don konnte sich nicht mehr

an den Namen erinnern. An eines hat er sich aber erinnert, und zwar, dass Howard Alder, nachdem er die Leiche entdeckt hatte – was eigentlich schon schlimm genug war, sollte man meinen –, diesen Freund des Mordes an Dalton buchstäblich beschuldigt hat. Die Polizei hätte sonst nie etwas von seiner Existenz geahnt, auch wenn die Nachbarn später bestätigten, jemanden gesehen zu haben. Mehr noch, Howard hat Don ein Foto von dem Burschen gezeigt, das am…«

»Bahnhof von Ashcott and Meare gemacht wurde.«

»Woher weißt du das?«

»Ich habe das Foto gesehen. An Rupes Küchenwand. Aber das ist jetzt nicht wichtig. Was hat Don damals unternommen, um Townley aufzuspüren?«

»Nichts. Offiziell handelte es sich ja nicht um Mordermittlungen. Und Howard war nicht unbedingt ein zuverlässiger Zeuge. Andererseits…«

»Was?«

»Merkwürdigerweise hat er dann *doch* ein Mordmotiv nachgewiesen.«

»Wirklich? Was für eines?«

»Howard hatte sich in diesem Sommer anscheinend angewöhnt, auf dem Gelände der Wilderness Farm rumzuschnüffeln. Ein paar Tage vor den Schüssen war er dort im Hof, und als er durchs Küchenfenster spähte, sah er – das *behauptete* er jedenfalls – auf dem Tisch eine Reisetasche voller Fünfpfundscheine. Na ja, bei ihrer Durchsuchung der Farm fand die Polizei keine Reisetasche voller Geld. Howard meinte, das sei die Beute eines Verbrechens gewesen, und Townley, wie du ihn nennst, hätte… hätte es nach dem Mord an Dalton gestohlen.«

»Was hielt Don davon?«

»Er meinte, dass Howard sich das alles ausgedacht hatte.

Vergiss nicht, das war unmittelbar nach dem Großen Postraub. Die Zeitungen spekulierten wild darüber, wo die Räuber das Geld versteckt haben könnten. Don hatte die Theorie, dass eine dieser Geschichten Howard auf die Idee mit der Reisetasche gebracht haben könnte und er sie dann benutzte, um Daltons Ruf anzukratzen.«

»Wozu hätte er das tun sollen?«

»Ach, na ja, das führt uns zu dem Grund, warum sich Howard auf der Wilderness Farm herumtrieb. In mancherlei Hinsicht ist das dass Interessanteste an der ganzen Sache.« Dad senkte die Stimme, als fürchtete er, belauscht zu werden. »Anscheinend machte Peter Dalton Mildred Alder schöne Augen. Das glaubte Howard jedenfalls. Und er war nicht damit einverstanden, dass Dalton mit seiner Schwester flirtete.« (Nicht damit einverstanden war gut! Mil und verliebt? Allein schon die Vorstellung fiel mir schwer!) »Das ist der Grund, warum er bei Dalton spionierte. Und warum er darauf aus war, ihn in Misskredit zu bringen.«

»Hat Don Mil zu dieser ... Beziehung befragt?«

»Er hat es wohl versucht. Aber George hat ihm gesagt, das hätte sich Howard nur eingebildet, und dann hat Don es auf sich beruhen lassen. Trotzdem hat er gemeint, dass Mildred bei seinem Besuch auf Penfrith wegen irgendetwas aufgeregt schien. Fürchterlich aufgeregt. Wenn Dalton ihr aber tatsächlich den Hof machte, ist die Selbstmordtheorie nicht mehr so glaubwürdig.«

»Und Mord umso plausibler.«

»Richtig. Aber das alles ist schon so lange her. Und das wiederum ist der einzige Grund, warum er überhaupt bereit war, mit mir darüber zu reden. An Hexerei glaubt er selbstverständlich nicht. Seiner Einschätzung nach war die Häufung der Todesfälle purer Zufall.«

»Und dass George Alder ertrunken ist, war auch Zufall?«

»Er ist sich nicht sicher. Anscheinend hält er Selbstmord für durchaus möglich. Damit ließe sich erklären, warum die Alders später das Gerücht verbreitet haben, George wäre im Sedgemoor Drain ertrunken – wo die Gefahr, nach einem Sturz nicht mehr aus dem Wasser zu kommen, viel größer ist als im Brue.«

»Aus welchem Grund hätte George sich umbringen sollen?«

»Es fällt schwer, sich vorzustellen, dass er das *wollte*, hm? Wo doch ein Kind unterwegs war. Don war fassungslos. Und ist es eigentlich immer noch.«

»Das kann ich mir vorstellen.« (Ich war es nämlich auch.)

»Das ist so ungefähr alles, was ich dir sagen kann, Junge. Man könnte natürlich versuchen, Mildred nach Peter Dalton zu befragen. Aber bitte verlang das nicht von mir.«

»Keine Sorge. Vielleicht tue ich das selbst, wenn ich wieder da bin.«

»Wann wäre das denn?«

»Weiß ich noch nicht so genau.«

»Soll deine Mutter den Alders was ausrichten?«

»Nein. Ich möchte nicht, dass einer von euch mit ihnen Kontakt aufnimmt. Vergiss es einfach.«

»*Vergessen* soll ich es?«

»Das Ganze. Tu nichts, sag nichts. Das ist das Beste, glaub's mir.«

»So allmählich hat mir die Sache Spaß gemacht.«

»Dann hör damit auf, solange du dich noch gut fühlst. Ich wünschte, ich könnte das auch.«

»Was soll das nun wieder heißen?«

»Nichts. Ich muss jetzt Schluss machen, Dad. Mach dir keine Sorgen, okay? Ich melde mich wieder.«

»Schon, aber...«

»Tschüs.« Es behagte mir nicht, ihn derart abzuwürgen

und einfach aufzulegen, doch ihn aus der Geschichte herauszuhalten, in die ich mich hatte verwickeln lassen, war wirklich die beste Methode, ihn zu schützen.

Und dasselbe galt für Echo. Ich erreichte sie zu Hause. Sie hatte sich gerade nach der langen Vormittagstour hingelegt und hörte sich nicht gerade erfreut an, war aber erleichtert.

»Stimmt was nicht, Echo?«

»Dieser Schleimer von Carl war gestern Abend hier; wollte wissen, wo du bist und was du so treibst.«

»Was hast du ihm geantwortet?«

»Dass du weggegangen bist, ohne zu sagen, wohin oder warum.«

»Das ist eine gute Antwort, bei der du bleiben solltest.«

»Aber leichter war es deswegen nicht, ihn loszuwerden.«

»Doch letztlich ist es dir gelungen?«

»Gerade so eben.«

»Gut. Was anderes: Du weißt noch, was du am Freitag übers Umziehen gesagt hast?«

»Yeh.«

»Ich denke, das solltest du jetzt tun. So bald wie möglich.«

»Warum? Was ist geschehen?«

»Es ist besser, du weißt nichts darüber.«

»Ich hasse es, wenn Leute so mit mir reden.«

»Ich auch. Aber es ist wirklich besser. Such woanders ein Zimmer, Echo. Vergiss Rupe. Vergiss auch mich.«

»Das kann ich nicht.«

»Versuch es.«

»Bist du am Flughafen, Lance?«

»Yeh. Woher weißt du das?«

»Ich höre im Hintergrund die Flugdurchsagen.«

»Stimmt.«

»Verlässt du Berlin?«

»Äh, ja.«
»Aber du fliegst nicht nach Hause?«
»Nein.«
»Wohin willst du jetzt?«
»Da muss ich passen.«
»Du steigst nicht aus, hm?«
»Nein.«
»Findest du nicht, dass du das tun solltest?«
»Unbedingt.«
»Warum tust du's dann nicht?«

Darüber musste ich einen Augenblick lang nachdenken. Als ich antwortete, vermochte dies weder Echo zu befriedigen noch mich zu trösten. Doch diese Antwort war die *Wahrheit*. »Weil die Zeit fürs Aussteigen bereits vorbei ist.«

TOKIO

10

Ich erreichte das Land der aufgehenden Sonne, als die Sonne gerade versank. Meine Zuversicht war auch nicht gerade im Aufsteigen begriffen. Während die meisten meiner Mitreisenden in der Nacht über Russland durchgeschlafen hatten, hatte ich die Stunden im Halbdunkel damit verbracht, ohne Unterlass über die Zwickmühle, in der ich steckte, nachzudenken, sodass beim Anbruch des neuen Tages mein Gehirn ein einziger Brei schien. Dann endlich schlief auch ich, tief und traumlos – vierzig Minuten lang, bis wir landeten.

Mit leichtem Gepäck zu reisen bot den Vorteil, dass ich am Narita Airport nicht an der Kofferausgabe zu warten brauchte. So ging ich unverzüglich zum *bureau de change*, wo ich meine D-Mark in Yen umtauschte, und dann weiter zum Informationsschalter. Die legendäre Höflichkeit der Japaner ist die einzige mögliche Erklärung dafür, dass ich die Information mit einem Stadtplan von Tokio verließ, in dem nicht nur alle *Golden Rickshaw* rot markiert waren, sondern auch die Fernostniederlassung der Eurybia Shipping Company mitsamt den Adressen in japanischer Schrift. (Wie ich erfuhr, standen im Tokioter Telefonbuch insgesamt drei *Golden Rickshaw*, aber eine davon befand sich in einem derart abgelegenen Vorort, dass ich sie als Stammkneipe amerikanischer GIs ausschließen konnte, und bei einer anderen handelte es sich – eigentlich logisch – um einen Riksha-Verleih.)

Während der Fahrt mit dem Flughafenexpress in die Stadt studierte ich eingehend die Karte. Die *Golden Rickshaw* befand sich nicht allzu weit vom Hauptbahnhof entfernt in einer Nebenstraße. Bis dahin hatte ich Glück. (Und das, obwohl mir der Klugscheißer, neben dem ich im Flugzeug gesessen hatte, versichert hatte, dass man genauso gut eine Nadel im Heuhaufen suchen konnte wie eine Adresse in Tokio.) Der Sitz der Eurybia Shipping dagegen lag ein gutes Stück draußen im Südwesten, sodass Rupe kaum bei einem Kneipenbummel zufällig in der *Golden Rickshaw* gelandet sein konnte. Da sie mitten im Stadtzentrum lag, hatte er wohl auch nicht gleich um die Ecke gewohnt. Nein, er hatte sie gezielt angesteuert. Er hatte gewusst, was er suchte. Aber was das nun genau war…

Als ich aus dem Zug stieg, war der Tokioter Stoßverkehr in vollem Gange. Es war das übliche Gewirr der Großstädte mit grellen Lichtern und verschwommen zu erkennenden Menschen – nur eben alles hinter einem fernöstlichen Schleier, der mich restlos überforderte. Außerdem goss es in Strömen. Kaum hatte ich mich durch einen Schwarm ihre Regenschirme ausschüttelnder Pendler zum Ausgang des Bahnhofs durchgekämpft, als auch schon mein Stadtplan nass war. Ich ging unverzüglich in die falsche Richtung, musste mich dann gegen den Strom zurückkämpfen und verzählte mich bald bei den vielen Seitenstraßen, die es zu überqueren galt. Der Türsteher eines Kaufhauses klärte mich schließlich auf, und dank seiner Hilfe landete ich in der gesuchten Querstraße. Dort gab es mehrere Bars, und in allen war viel los, doch ein Schild mit der Aufschrift *Golden Rickshaw* entdeckte ich nirgendwo. So versuchte ich mein Glück in einem der freundlicher aussehenden Etablissements. Ein Barkeeper mit Sonnenbrille bedeutete meiner Erfahrung nach eine Premiere für mich, doch die dunklen

Gläser hinderten ihn nicht daran, das Stück Papier mit der Adresse der *Golden Rickshaw* darauf zu studieren, während er mir mit der freien Hand eine Flasche Bier entkorkte.

»Sieben Türen in dieser Richtung, andere Straßenseite«, verkündete er. »Aber geschlossen.«

»Geschlossen?«

»Sechs Wochen. Mindestens.«

»Die Hashimotos?«

»Ja. Sie führen die Bar. Die Familie, verstehen Sie. Seit Jahren. Jetzt aber geschlossen. Sie gehen weg.«

»Sie sind weggegangen? Wohin?«

»Hey, sie sagen mir nicht.« Er rümpfte die Nase, sodass die Brille ein bisschen nach oben rutschte. »Sie gehen einfach weg.«

»Die Mutter und die Tochter?«

»Ja. Das ist richtig. Weg wie Rauch.«

Wie Rauch. Sie hatten sich tatsächlich in Luft aufgelöst. Über der Tür der *Golden Rickshaw* hing noch immer ihr vergoldetes Schild, doch die Bar war nicht beleuchtet, die Bambusvorhänge waren zugezogen. Dank den Scheinwerfern der vorbeifahrenden Autos und der nächsten Straßenlampe konnte ich durch den Spalt zwischen den Vorhängen einen Blick auf das Innere ergattern: ein leerer Tresen hinter aufeinander gestapelten Tischen, Stühlen und Barhockern sowie ein Haufen ungeöffneter Briefe. Keine Frage, sie waren verschwunden. Und die Fotos von früheren Stammgästen an den Wänden? Ebenfalls weg. Ich konnte die Nägel sehen, an denen sie gehangen hatten. Aber dort hingen sie nicht mehr. Ich war um die halbe Welt gereist, nur um ein Nest zu finden, dessen Bewohner davongeflogen waren, ohne auch nur eine Feder zu hinterlassen.

Überraschend war das wirklich nicht, hielt ich mir vor, als ich zurück zum Bahnhof trottete. Sie wussten ja, dass sie in Gefahr schwebten. Das war ihnen klar, seit Rupe sich mit dem Townley-Brief abgesetzt hatte. Und ich wusste es jetzt ebenfalls. Wenn ich sie aufspüren konnte, gelang das auch anderen. Angesichts solcher Umstände hätte *Business as usual* an Selbstmord gegrenzt.

Aber wie machte ich nun weiter? Das war die Frage. *Wohin* ging ich jetzt? Darauf gab es natürlich nur eine Antwort. Zur zweiten Adresse auf meinem Blatt Papier.

Nach zehnminütigem Schlangestehen am Ausgang auf der anderen Seite das Bahnhofs nahm ich ein Taxi und hielt dem Fahrer den Zettel mit der Adresse von Eurybia unter die Nase, bis er den Daumen in die Höhe reckte, dann lehnte ich mich zurück und schlief zu meiner eigenen Überraschung auf der Stelle ein.

Als der Fahrer mich wach rüttelte, war angesichts des mich anblinkenden Fahrpreises mein erster Gedanke, dass es bereits der nächste Morgen sein müsse. Aber nein, es hatte allenfalls zwanzig Minuten gedauert, und wir standen am Fuß eines turmhohen Wolkenkratzers. Der Fahrer rasselte etwas herunter, das wohl so etwas wie »Wir sind da« bedeutete, und wies auf die Stufen zum hell erleuchteten Eingang. Ich füllte ihm die Hand mit Yen und kletterte ins Freie.

Das Chayama-Gebäude befriedigte das Bedürfnis mehrerer Dutzend Gesellschaften nach Büroräumen, wie ich einem gigantischen goldenen Monolithen entnahm, der eine Art Zwischenstation zwischen dem Eingang und dem Empfangstresen weit hinten am Ende der Vorhalle darstellte. Die Eurybia befand sich im neunten Stockwerk. Doch mich zu dem mit einer Edelstahltür bewehrten Aufzug durchschlagen, hieß, einen Wachmann überreden, der massiv und grimmig genug wirkte, um auch als Sumokämpfer eine gute Figur abzugeben. Ich hatte so meine Zweifel, ob mein Aussehen für Besuche in vornehmen Büros genügte. Darüber hinaus war es – laut der riesigen Wanduhr hinter ihm, mit Zeigern so lang wie Speere und einem Pendel so wuchtig wie der Motorkolben eines Supertankers – verdächtig spät. Ich musste einfach hoffen, dass die Mitarbeiter der Eurybia ein ergebener Haufen waren.

»Hi. Eurybia Shipping?«

Der Sumoringer schenkte mir ein überraschend warmes Lächeln. »Wen Sie möchten aufsuchen?«

»Ich bin mir nicht sicher. Es betrifft...« Ich zuckte die Schultern. »Na ja, Charles Hoare vom Londoner Büro hat gemeint, ich solle einfach vorbeikommen. Könnten Sie oben nachfragen, ob ich raufkommen darf?«

»Wie Sie heißen?«

»Bradley. Lance Bradley.«

»Wenn sie fragen... weswegen?«

»Sagen Sie« – ein Gedankenblitz streifte mich – »sagen Sie, es gehe um die Pomparles Trading Company.«

»Pomplees?«

»Pom-par-les.«

»Pomparlees. Okay.«

Er nahm den Telefonhörer in die Hand, drückte auf eine Taste und führte ein kurzes Gespräch auf Japanisch. Ich hörte meinen Namen, den von Charlie Hoare und das quälend falsch betonte *Pompar-lees*. Mein Name wurde wiederholt – zweimal. Dann wartete er, den Hörer unter sein massives Kinn geklemmt, und grinste mich an, als sei das Ganze ein einziges großes Spiel, was es ja wohl auch war. Nach etwa einer Minute wurde das Gespräch fortgesetzt. Aber nicht lange.

»Okay.« Er legte auf. »Sie sagen, Sie gehen rauf.« Er wies mit seiner Hand, so groß wie ein Baseballhandschuh, in die Richtung des Aufzugs. »Neunter Stock.«

Als ich aus dem Aufzug trat, wartete ein Typ auf mich. Mittleres Alter, in Anzug und schlichter Krawatte, stämmig mit Tendenz zum Übergewicht, dazu mit Pomade nach hinten gekämmtes ergrauendes Haar über einem traurigen Gesicht mit platter Nase, beinahe wie bei einer Bulldogge, und einer derart auffälligen langen, diagonalen Falte auf der Stirn, dass man sie für eine Narbe halten konnte. »Mr Bradley?«, fragte er mit einer knappen Verneigung.

»Yeh. Danke für...«

»Ich bin Toshishige Yamazawa.« Wir gaben einander die Hand. »Sehr erfreut.«

»Ganz meinerseits, Mr Yamazawa.« Ich warf einen Blick den Korridor hinunter und erspähte über einer Flügeltür am anderen Ende ein Schild mit dem Logo der Eurybia Shipping Company. Es hatte den Anschein, als befände ich mich noch außerhalb des Firmengeländes, und Yamazawa schien es nicht allzu eilig zu haben, das zu ändern. »Sollen wir, äh...?«

»Darf ich bitte Ihre Identifikation sehen?«

»Reicht der Pass?«

»Gewiss.«

Ich gab ihn ihm, und er musterte ausgiebig das Foto, ehe er ihn mir wieder reichte.

»Rupe hat von Ihnen erzählt.«

»Wirklich?« (Das überraschte mich.) »Sie, äh, haben also mit ihm zusammengearbeitet?«

»Ja. Und jetzt arbeite ich für Mister« – er deutete mit dem Kinn auf die Tür zu den Räumen der Eurybia – »Penberthy.«

»Gut.«

»Mr Penberthy ist kein glücklicher Mann. Er wollte, dass ich Sie wegschicke.«

»Wie haben Sie ihn rumgekriegt?«

»Das war nicht nötig. Er kriegt sich selbst rum, wenn man ihn lässt. Aber er geht bald nach Hause, und dann…« Yamazawa zwinkerte mir derart lebhaft zu, dass ich das einen Moment lang für ein Muskelzucken hielt. Aber nein, er versuchte, mir etwas zu mitzuteilen. »Dann können wir reden.« (Aha. Das also hatte er mir sagen wollen.)

»Mr Penberthy ist Rupes Nachfolger?«

»Nachfolger, ja. Aber genau genommen kein Ersatz.« (Ich wusste nicht so recht, ob seine Offenheit von Vorteil für mich war oder nicht. Wie auch immer, bei einem Bürohengst, der, wie ich das sah, mit seiner Firma mehr oder weniger verheiratet war, hätte ich nie mit so etwas gerechnet.) »Ich bringe Sie zu ihm.«

Yamazawa ging voraus zu der Flügeltür und gab in ein elektronisches Nummernfeld einen Code ein, woraufhin sie sich öffnete. Dann gingen wir einen kurzen Korridor hinunter und traten in ein kahles, grau möbliertes Großraumbüro. In der Mitte stand eine ganze Kolonne von Schreibtischen, die, obwohl es bereits nach sieben Uhr war, immer noch zur Hälfte mit Telefone bedienenden und unablässig auf ihre Monitore starrenden Eurybianern besetzt waren. Für mich hatte keiner auch nur einen Blick übrig.

Wir marschierten weiter zu einem vom großen Büro abgetrennten Trio aus Arbeitstischen, wo ein einzelner, europäisch aussehender, magerer Mann in blauem Anzug saß. In seinen Stuhl zurückgelehnt, führte er ein Telefongespräch, das, seiner verkniffenen Miene und seinen Grimassen nach zu schließen, nicht allzu erfreulich für ihn war. Er hatte schütteres blondes Haar und dunkle Schatten unter den

Augen. Seine Haut wies eine ungesunde gelbliche Färbung auf. Alles in allem hätte ich geschätzt, dass seine Angehörigen gute Gründe hatten, sich um ihn zu sorgen.

»Penberthy-san, das ist unser Besucher«, kündigte mich Yamazawa im Näherkommen an. »Mr Bradley.«

Penberthy knallte den Hörer auf die Gabel und starrte eher das Telefon als mich finster an. »Dieser verfluchte Charlie Hoare!«, fauchte er. »Immer noch nicht zu erreichen! Können Sie sich das vorstellen?«

»In London ist es ja erst viertel nach zehn«, erwiderte Yamazawa, was mir wie eine bewusste Provokation vorkam.

Penberthy funkelte ihn wütend an, dann erst widmete er mir seine Aufmerksamkeit. »Mr Bradley, richtig?«

»Ja, ich…«

»Wir haben von Charlie Hoare nie gehört, dass jemand vorbeischauen will. Und jetzt ist eine verdammt ungünstige Zeit für einen Besuch.«

»Mr Bradley hat Charlie Hoare neue Informationen über die Pomparles Trading Company vermittelt«, half Yamazawa.

»Nur über den Ursprung des Namens«, erklärte ich mit einem breiten Grinsen, um meine Überraschung zu überspielen. Woher wusste der Kerl darüber Bescheid?

»Sehr freundlich von Ihnen«, knurrte Penberthy. »Mein Gott, wenn ich jemals das Ende dieser verfluchten Pomparles-Geschichte erlebe, werde ich das bestimmt für einen Traum halten.«

»Es *ist* eine komplizierte Sache«, bestätigte Yamazawa.

»Als ob ich das nicht selbst wüsste! Immerhin so kompliziert, dass ich in dieser angeblich verbrechensfreien Stadt zur Zielscheibe von Einbrechern werde!«

»Bei Ihnen ist eingebrochen worden?«, fragte ich.

»O ja. Und nicht nur ein Mal. Aber…« Er hielt inne und

beäugte mich argwöhnisch. »Ohne grünes Licht von Hoare, dem man gehorchen muss, bin ich mir nicht so sicher, ob wir mit Ihnen über Angelegenheiten der Pomparles sprechen sollten, Mr Bradley.«

»Ich bin ein alter Freund von Rupe Alder. Auf Bitte seiner Familie versuche ich herauszufinden, was mit ihm los ist.«

»Trotzdem geht da nichts, soweit das mich betrifft.«

»Ich wäre bereit, Bradley-san nach Möglichkeit zu helfen«, bot Yamazawa an.

»Warum?«, wollte Penberthy wissen.

»Warum nicht?«

»Weil Charlie Sie vielleicht nicht mag, alter Junge.«

»In diesem Fall wäre das mein Problem, nicht Ihres, Penberthy-san.«

»Dafür würde ich auch sorgen, darauf können Sie Gift nehmen.«

»Natürlich.« Yamazawa lächelte. »Ich genauso.« (Penberthy schaute so verdattert drein, wie ich mich fühlte. Worauf wollte Yamazawa hinaus? »Bradley-san und ich können im Nezumi ein kleines Gespräch führen. Inoffiziell.«

»Es wird offiziell, wenn das schief geht. Ein offizieller Rausschmiss!«

»Aber wenn ich etwas Bedeutsames erfahre…«

»Haben Sie bei Charlie Hoare einen Stein im Brett. Von mir aus. Mir ist es egal. Tun Sie, was Sie wollen. Meiner Meinung nach ist es das Risiko – nur wegen ein paar Pluspunkten bei Hoare – einfach nicht wert. Aber« – Penberthy ließ seine Hand theatralisch auf die Tischplatte sinken – »wann hat hier meine Meinung je etwas gegolten?«

Das Nezumi war eine kleine Bar wenige Blocks vom Chayama-Haus entfernt. Yamazawa schien hier bekannt zu sein. Als Erstes begrüßte er den Barkeeper und mehrere Gäste, dem Aussehen nach größtenteils Lohnsklaven seines Alters, mit einer japanischen Version des *high-fives*, bei der sie sich gegenseitig die Hände abklatschten. Seine Kumpel tranken und rauchten allesamt in einem rasanten Tempo. Ein Vollrausch schien unvermeidlich, es sei denn, sie erstickten vorher.

Yamazawa zündete sich eine Zigarette an und bestellte zwei Bier. »*Kampai*«, verkündete er und trank sein Glas in drei Zügen halb leer. »Wir trinken auf Penberthys Gesundheit und Glück.«

»Ach so?«

»Ein edler Wunsch, natürlich.«

»Meinen Sie nicht eher fromm?«

»Bin mir nicht so sicher.« Er warf seine Krawatte nach hinten über die Schulter, wo sie sicher war, trank sein Bier aus und bestellte das Nächste. »Aber ich habe meine Pflicht erfüllt.«

»Ich habe nicht den Eindruck, dass Sie mit Macht in den Vorstand des Penberthy-Fanclubs drängen.«

»Ich könnte es mir nicht leisten, das abzulehnen. Aber es gibt verschiedene Arten von Pflicht. Die Art des Büros. Und unsere Art.«

»Sie meinen Freundschaft?«

»Rupe ist mein Freund *und* Ihrer, Bradley-san. Er hat mir einmal einen... großen Gefallen erwiesen.«

»Ach ja?«

»Man könnte sogar sagen: Er hat mir das Leben gerettet.«

»Wie?«

»Eine persönliche Angelegenheit. Lassen wir es darauf beruhen. Okay?«

»Okay. Andererseits hat er zufällig auch mir mal das Leben gerettet.«

»Komisch.« Yamazawa betrachtete mich durch Rauchkringel hindurch. »Rupe achtet besser auf das Leben seiner Freunde als auf sein eigenes.«

»Sie glauben, dass sein Leben in Gefahr ist?«

»Gewiss. Wenn es... nicht schon zu Ende ist.«

»Sie sind ein ganz schöner Schwarzmaler, was?«

»Das liegt in meiner Natur. Aber nicht in der von Rupe. Er sieht überall einen hellen Schimmer, was etwas Gutes ist... wenn einen die Helligkeit nicht blendet.«

»Wissen Sie etwas über die Bar *Golden Rickshaw*?«

»Sie waren dort?«

»Sie ist geschlossen.«

»Ich weiß. Durch meine Schuld, könnte man sagen.«

»Wie kommt das?«

»Ich habe Rupe dort eingeführt. Er hat mich immer über das Tokio von früher ausgefragt, das der fünfziger und sechziger Jahre. Er interessierte sich für die Garnisonen der Amerikaner. Einmal hat er mich an einem Wochenende dazu überredet, ihn dort überallhin zu fahren: nach Yokosuka, Zama, Atsugi, Yokota und wo sonst noch Garnisonen sind. Ein langer Tag war das, voller Tore, Gitter, Jeeps und Helikopter. Und Rupe suchte irgendetwas... Bestimmtes.«

»Was suchte er?«

»Das hat er nicht gesagt. Aber als ich eine Bar mit einem eigenartigen Ruf erwähnte...«

»Die *Golden Rickshaw*?«

»Ja, die *Rickshaw*.«

»Und der Ruf?«

»Mein Onkel redete oft davon. Er war Fischhändler. Ein ziemlich erfolgreicher. Die amerikanischen Garnisonen waren gute Kunden von ihm, und er lernte eine Reihe von Soldaten kennen. Sie kamen ins Gespräch, und auf diese Weise erfuhr er von der *Rickshaw*.«

»Und was erfuhr er?«

»Normalerweise gingen die Offiziere in bestimmte Bars und Clubs und die unteren Ränge in andere. Sie verkehrten nie miteinander, außer in der *Rickshaw*. Das machte sie zu etwas Besonderem. Sie war sogar einzigartig, würde ich sagen. Natürlich war sie weit entfernt von den Kasernen. Und ohne Grund ging man da nicht hin. Oder ohne Einladung.«

»Wer hat die Einladungen ausgesprochen?«

»Wer weiß das schon? Onkel Sato jedenfalls nicht. Aber er belieferte sowohl die amerikanische Botschaft als auch die Kasernen mit Fisch. Und dort hörte er immer wieder den Namen *Rickshaw*. Oder, um es genau zu sagen, er wurde danach gefragt.«

»*Gefragt*?«

»Ja. Ob die *Rickshaw* auch zu seiner Kundschaft gehörte. Das schien ihnen sehr wichtig zu sein, hat er mir erzählt. Als ob es von seiner Antwort abhinge, ob sie weiterhin seine Kunden blieben. Er sagte nein, er wisse nichts darüber, und das war die Wahrheit. Nun, sie blieben seine Kunden. Aber es war merkwürdig, hat er gemeint, dass er überhaupt danach gefragt wurde und dass es ausgerechnet zu diesem Zeitpunkt geschah. Erinnern Sie sich an Gary Powers?«

»Der amerikanische Pilot, der in einem Spionageflugzeug über Russland abgeschossen wurde?«

»Mai 1960, richtig. Powers war zu seiner Mission vom Luftwaffenstützpunkt der Marine in Atsugi losgeflogen. Onkel Sato wurde nur wenige Tage nach Bekanntwerden der Nachricht nach der *Golden Rickshaw* gefragt.«

»Wo ist der Zusammenhang?«

»Wer sagt, dass es einen gibt?«

»Sie, zumindest andeutungsweise.«

»Nein, nein, Bradley-san. Ich wärme nur Onkel Satos abgedroschene alte Geschichten wieder auf, wie das ein guter Neffe eben tun sollte.«

»Kannte Onkel Sato die Hashimotos?«

»Nein. Aber er kannte Leute, die sie kannten. Tokio war damals noch kleiner. Gegen sie wurde nie etwas gesagt. Sie waren eine angesehene Familie, und sind es immer noch.«

»Sie haben Rupe also in der *Golden Rickshaw* eingeführt?«

»Ja. Wir sind dorthin gegangen.«

»Wie war es dort?«

Yamazawa zuckte die Schultern. »So, wie in vielen anderen Bars auch. Vielleicht ruhiger als in den meisten. Mayumi Hashimoto war die *mama*. Sie hatte den Laden gut im Griff. Ihre Tochter half ihr. Amerikaner verkehrten dort nicht mehr. Diese Zeiten sind vorbei.«

»Aber an den Wänden hingen viele Fotos, nicht wahr?«

Yamazawa machte ein überraschtes Gesicht. »Wie haben Sie davon erfahren, Bradley-san?«

»Ich habe Kiyofumi Hashimoto kennen gelernt. Mayumis Bruder.«

»Ah. Er ist auch auf der Suche nach Rupe.« Yamazawa nickte. »Natürlich.« (Ich überlegte, ob ich ihm sagen sollte, dass der gute alte Kiyo jetzt nichts mehr suchen konnte, aber ein unbestimmtes Gefühl hielt mich zurück.) »Er kam zu mir, kurz nachdem Rupe Tokio verlassen hatte.«

»Und hat ihn des Diebstahls bezichtigt?«

»Ja. Und der Täuschung von Hashimotos Nichte Haruko. Ich fiel aus allen Wolken.«

»Wussten Sie nichts von ihrer Verlobung?«

»Nein. Ich wusste nicht einmal, dass Rupe nach dem einen Besuch zusammen mit mir weiterhin in die *Rickshaw* gegangen war. Davon hatte er mir nie etwas gesagt. Seine Kündigung hielt er ebenfalls geheim. Ich erfuhr es erst, als wir aus London ein Fax mit der Ankündigung seines Nachfolgers bekamen.«

»Das war nicht sehr freundlich von ihm.«

»Er hat sich bei mir entschuldigt. Er hat gesagt, es gebe… Gründe… für seine Geheimniskrämerei.«

»Aber was für Gründe das waren, hat er nicht erklärt?«

»Nein«, murmelte Yamazawa mit einem dünnen Lächeln.

»Trinken wir noch ein Bier?«, schlug ich mit einem Blick auf unsere leeren Gläser vor.

»Gute Idee.« Yamazawa erledigte die Bestellung mit kaum mehr als einem Wimpernzucken. »Schmeckt Ihnen das Bier aus Sapporo?«

»Ein edles Getränk.«

»Klar. Für Rupe allerdings nicht.«

»Er war immer darauf bedacht, nicht zu viel zu trinken. Ich dachte, das liege nur an seiner… Selbstbeherrschung. Jetzt frage ich mich aber, ob er sich das Risiko einfach nicht leisten konnte. Verstehen Sie? Falls er mal betrunken wurde und dann… etwas ausplauderte.

»Ein paar von diesen Geheimnissen?«

»Ein paar, oder alle. Ich weiß es nicht.«

»Er hat Mayumi Hashimoto einen Brief gestohlen.«

»Das hat mir ihr Bruder auch gesagt.«

»Ich muss diesen Brief finden.«

»Ich denke, dass Sie nicht der Einzige sind, der ihn sucht. Hashimoto hat gesagt, dass seine Schwester und seine Nichte deswegen in großer Gefahr sind. Das ist der Grund, warum sie weggegangen sind. Sie verstecken sich. Und seitdem hat es hier diese Einbrüche gegeben.«

»Die, über die sich Penberthy beschwert hat?«

»Er lebt in der Wohnung, die vor ihm Rupe bewohnt hatte. Die Eurybia hat sie geleast. Zweimal ist dort eingebrochen worden. Aber gestohlen wurde nie etwas. Sie ist nur gründlich durchsucht worden. Gründlich. Natürlich hat Rupe nichts zurückgelassen.«

»Er hat alle seine Habseligkeiten mitgenommen?«

»Das war nicht schwierig, Bradley-san. Ich habe gesehen, wie er lebt. Ein Koffer hätte genügt. Aber Sie sind sein Freund, und darum muss ich ehrlich zu Ihnen sein. Er hat nicht alles mitgenommen.«

Ich glaubte, seine Andeutung verstanden zu haben. »Haben Sie etwas an sich genommen?«

Yamazawa nickte feierlich. »Eine Aktentasche. Er hatte mich gebeten, sie an einem sicheren Ort aufzubewahren. Davon habe ich Hashimoto nichts erzählt. Aber das war noch vor den Einbrüchen und dem Pomparles-Skandal. Ich glaube, dass hier etwas faul ist. Es stinkt zum Himmel. Ich denke mir, dass jetzt vielleicht die Zeit reif ist, diese Aktentasche zu öffnen und nachzusehen, was sie enthält.«

»Da könnten Sie Recht haben.«

»Ja.« Er trank einen Schluck Bier. »Das machen wir noch heute Abend.«

»Wo ist sie?«

»In meiner Wohnung.«

»Wie weit?«

»Eine Stunde mit der U-Bahn.«

»Das könnte problematisch für mich werden.«

»Warum?«

»Klaustrophobie.«

»In der Tokioter U-Bahn sind wir alle klaustrophobisch.«

»Nein, nein, ich meine es ernst.«

»Wenn das so ist, habe ich eine schlechte Nachricht für Sie, Bradley-san.« Erneut bedachte er mich mit seinem kurzen, schmallippigen Lächeln. »Sie werden das Taxi bezahlen müssen.«

»Das ist wahrer Luxus!«, schwärmte Yamazawa zwanzig Minuten später, als das Taxi mit auf den regennassen Fahrbahnen zischenden Reifen westwärts durch die Tokioter Nacht brauste und die Regentropfen auf den Scheiben die an uns vorbeifliegenden Neonzeichen verzerrten. »Um Ihnen die Wahrheit zu sagen, Bradley-san, ich mag die U-Bahn auch nicht.«

»Leiden Sie auch an Klaustrophobie?«

»Das zwar nicht, aber haben Sie von dem Giftgasanschlag hier in Tokio gehört?«

»Yeh. Vor ein paar Jahren. Hat nicht irgend so eine Weltuntergangssekte Nervengas in der U-Bahn ausströmen lassen? Sagen Sie bloß, Sie waren auch betroffen.«

»Ja.« Er lächelte, was mir angesichts eines solchen Erlebnisses eine merkwürdige Reaktion schien. »Ich habe keine schwer wiegende Dosis abbekommen. Vom Sarin, meine ich. Aber bis zu diesem Tag hatte ich dem Leben getraut. Dann habe ich auf einmal erlebt, wie schnell alles auseinander brechen kann. Seitdem habe ich nie wieder zu meinem inneren Gleichgewicht gefunden. Vielleicht ist das der Grund, warum meine Frau mich verlassen hat. Ich habe viele Dinge getan, die ich hätte bleiben lassen sollen. Letztlich war das alles Zufall. Meine Frau wollte, dass ich mir freinehme. Es war ein Montag, der einundzwanzigste März, und der Dienstag war ein öffentlicher Feiertag: Frühlingsanfang. Wir hätten ein verlängertes Wochenende genießen können. Damals arbeitete ich für eine größere Reederei. Ich arbeitete wirklich hart und ich engagierte mich voller Hingabe. Ich sagte, nein, ich müsse ins Büro. Und das war der Tag, an dem ich damit aufhörte« – sein Lächeln wurde breiter – »mich voller Hingabe zu engagieren.«

Ich versuchte, Yamazawa noch mehr Einzelheiten über seine Begegnung mit dem Tod in der U-Bahn zu entlocken, doch er lenkte das Gespräch geschickt auf meine eigene Geschichte: wie Rupe mich in Gefahr gebracht – und daraus gerettet – hatte, als ich mich zum allerletzten Mal in meinem Leben unter die Erde gewagt hatte. Ich hatte den Eindruck, dass Yamazawa mehr von sich offenbart hatte, als er für klug hielt. Andererseits beschlich mich zugleich das Gefühl, dass er sich eigentlich nicht wirklich zurückhalten konnte.

Seine Wohnung lag im dritten Stock eines tristen mittelhohen Wolkenkratzers in einem Vorort: ein kleines Wohnzimmer und drei fensterlose Kammern, die der Einrichtung nach zu schließen Schlafzimmer, Küche und Bad sein mussten. (Die Bescheidenheit der Unterkunft war kein Grund, beim Eintreten auf die Bitte zu verzichten, meine Straßenschuhe gegen ein Paar Pantoffeln zu tauschen, in die ich kaum meine Zehen zwängen konnte.) Zwei Sitzsäcke und ein niedriger Tisch waren so ziemlich alles, was es an Möbeln gab. Die dekorative Innenausstattung beschränkte sich auf einen eingerahmten Holzschnitt von Lagerhausdächern, auf die in einer mondbeschienen Nacht Schnee rieselte. Es war ein in herrlichen Farben gehaltenes Werk und viel zu schön für seine Umgebung.

»Mein größter Stolz«, meinte Yamazawa, der bemerkt hatte, wie mein Blick darauf verweilte. »Kennen Sie den Künstler? Kawase Hasui.«

»Ich kenne keine Künstler. Vor allem keine japanischen.«

»Ah, aber Hasui war ein Genie. Das kann man sehen, oder?«

»Wahrscheinlich.«

»Nicht nur mein größter Stolz, sondern auch meine beste Investition. Das Bild würde mir wahrscheinlich einen höheren Preis einbringen als diese Wohnung.«

»Haben Sie schon daran gedacht, es zu verkaufen?«

»Oft. Aber bisher war ich noch nie verzweifelt genug. Zur Sache. Nehmen Sie bitte Platz. Ich hole die Aktentasche.«

Während Yamazawa in den Schlafraum eilte, ließ ich mich auf einen der Sitzsäcke sinken. Ich hörte eine Schranktür auf- und zugehen. Dann stand er mit der Tasche, die ihm Rupe anvertraut hatte, wieder vor mir. Es war ein schmaler schwarzer Aktenkoffer aus Leder mit Kombinationsschloss, wie ihn jeder hatte, der ein Sandwich in die Arbeit mitnahm.

»Ich glaube nicht, dass wir den gestohlenen Brief darin finden werden.« Yamazawa legte den Koffer flach auf den Tisch und kniete sich mir gegenüber davor.

»Nein, den wird er mitgenommen haben.«

»Aber ganz bestimmt etwas Wichtiges. Etwas, das sie nicht finden durften, wenn sie danach suchten.«

»Wohl eher: *als* sie danach suchten.«

»Es wird nicht leicht sein, ihn aufzubrechen.«

»Vielleicht brauchen wir ihn gar nicht aufzubrechen.«

»Kennen Sie die Kombination?«

»Nein. Aber ich kenne Rupe. Er hat den Namen aus einem ganz bestimmten Grund gewählt. Genauso wird es bei der Kombination sein. Eine vierstellige Zahl … mit einer geheimen Bedeutung.« Ich versuchte es mit 1963. Ohne Erfolg. »Vielleicht zu offensichtlich. Ein Zusammenhang mit der Wilderness Farm? Peter Dalton ist am neunzehnten August gestorben.« Aber auch mit 1908 klappte es nicht. Ebenso wenig mit 0863.

»Vielleicht sein Geburtstag?«

Ich drehte diese Zahlen. »Nein.«

»Der Geburtstag seines Vaters?«

»Ich habe keine Ahnung, wann der ist. Aber warten Sie …« (Ich hatte plötzlich einen Geistesblitz.) »Den Todestag seines Vaters weiß ich. Der siebzehnte November.« Und mit 1711 klappte es tatsächlich. Das Schloss ging auf.

Zum Vorschein kamen ein Bündel Papierbögen und ein Fotoheft. Yamazawa beugte sich darüber. »Was bedeutet das?«

»Ich bin mir nicht sicher. Schauen Sie sich mal die Bilder an.« Ich reichte ihm das Fotoheft, während ich die Papiere herausnahm und damit begann, sie durchzublättern. Es waren ausnahmslos Fotokopien. Viele von denselben Artikeln in der *Central Somerset Gazette*, die Dad für mich ausgegraben hatte. Es war aber auch etwas anderes dabei, das meinem Vater entgangen war, obwohl es sich um dasselbe Thema drehte – die Häufung von Todesfällen in und um Street im Sommer und Herbst 1963. Dazu gab es Artikel aus der überregionalen Presse über den Großen Postraub und die Fahndung nach der Bande und ihrer Beute. VERSTECK DER POSTRÄUBER GEFUNDEN, plärrte eine Schlagzeile vom August 1963. Weiter waren Kopien von topographischen Karten der Gegend um Street dabei, die aussahen, als stammten sie aus derselben Zeit. Die Wilderness Farm war mit einem gelben Markierstift gekennzeichnet. Desgleichen die Cow Bridge. Ich entdeckte eine Kopie der Seite mit der Somerset-Dorset-Verbindung aus dem damaligen Kursbuch der British Railways Western Region, auf der die Ankunftszeiten in Ashcott and Meare ebenfalls hervorgehoben waren. Rupe hatte die Vergangenheit benutzt, um die Zukunft zu planen. Aber welche Zukunft konnte er gemeint haben?

»Sagt Ihnen das irgendwas?«, wollte Yamazawa wissen.

»Nichts, was ich nicht schon wusste.« Ich sah zu ihm auf. »Und die Fotos?«

»Sehen Sie selbst.« Er breitete sie auf dem Tisch aus.

Es waren offenbar harmlose Schnappschüsse, die meisten

von einer attraktiven jungen Japanerin, die bisweilen als Priesterin mit ernstem Gesicht und bisweilen mit einem strahlenden Lächeln posierte. Egal, welche Miene sie machte, stets verriet ihr Blick ein tiefes Vertrauen, das mich auf Anhieb davon überzeugte, dass sie die Person hinter der Kamera liebte, wenn nicht anbetete. »Haruko Hashimoto?«

»Ja«, bestätigte Yamazawa, »eine höchst entzückende Verlobte.«

»Und das muss Mayumi sein.« Ich deutete auf ein Foto, auf dem Haruko neben einer älteren Frau stand. Sie waren vor einer Art Tempel abgelichtet worden; im Hintergrund waren Leute zu sehen, die daran vorbeigingen. Beide Frauen waren leicht und leger gekleidet. Es sah ganz nach Hochsommer aus. Zwischen den zwei Frauen bestand eine starke Ähnlichkeit, und es war deutlich zu erkennen, wem Haruko ihr gutes Aussehen verdankte.

»Mutter und Tochter bei einem Spaziergang im Ueno Park«, sagte Yamazawa. »Auch sehr entzückend.«

»Bis man erfährt, dass Rupe sie nur benutzt hat.«

»Er ist auf keinem Bild zu sehen.«

»Stimmt.« Rupe suchte ich auf diesen Fotos vergeblich, dafür fiel mir ein anderes Bild auf, das keine Farben zeigte und unmöglich von demselben Film stammen konnte wie die Übrigen. »Was ist das hier?«

Ich hielt es hoch, damit Yamazawa es auch begutachten konnte. Es war tatsächlich eine Schwarzweißaufnahme. Drei Männer in US-Uniform saßen in einer Bar an einem Tisch zusammen. Rauchkringel stiegen empor, und an anderen Tischen im Hintergrund waren verschwommene Gestalten zu erkennen. Einer der drei saß mit dem Rücken zur Kamera im Halbschatten. Er war jung, schlank und hatte kurz geschnittenes dunkles Haar, fast einen Bürstenkopf. Er hatte sich zu seinem Nachbarn nach links gewandt, sodass das Licht auf sein Kinn und die Wange fiel. Der Mann, den er ansah, schaute in die Kamera, auch wenn er sie offenbar nicht wahrnahm. Er war kräftiger und etwas älter und hatte am Kinn und um die Hüften den Ansatz von Pölsterchen. Auf seinem breiten Gesicht spielte ein Lächeln, während er eine Bierflasche hochhielt. »Das ist ein Foto von einem Foto«, erklärte Yamazawa. »Eines von den Bildern an der Wand in der *Golden Rickshaw*.« Es stimmte. Der Abzug wies merkwürdige schimmernde Flecken auf, wie sie nur bei der Reflektion eines Glasrahmens entstanden sein konnten.

»Yeh«, bestätigte ich. »Und ich weiß, warum er ausgerechnet dieses Bild gewählt hat.« Ich betrachtete den dritten Mann, der ebenfalls in die Kamera schaute. Er war dünner und sah grimmiger drein als sein strahlender Gefährte. Hier war er etwas jünger als auf dem einzigen anderen Foto, das ich von ihm gesehen hatte. Oder lag das nur an der gebügelten Uniform? Wie auch immer, die Art und Weise, wie er die Zigarette von der Handfläche verdeckt zwischen Daumen und Zeigefinger hielt, war unverkennbar und entsprach seiner Pose, als er an der Haltestelle Ashcott and Meare auf einen Zug gewartet hatte. »Das ist Stephen Townley«, fügte ich hinzu.

»Wer ist Stephen Townley?«

»Der Gegenstand des Briefs, den Rupe gestohlen hat.«

»Ein wichtiger Mann?«

»Vielleicht. Für bestimmte Leute sehr gefährlich.«

»Wer sind die anderen zwei?«

»Ich habe keinen blassen Schimmer.«

»Wir haben einen, denke ich.«

»Ich sehe nichts.«

»Das Lächeln.« Yamazawa deutete auf den grinsenden Burschen mit der Bierflasche. Dann nahm er ein anderes Foto in die Hand und reichte es mir. »Das Lächeln ist dasselbe.«

Das stimmte. Ein Mann, der mittlerweile etwa vierzig Jahre älter war, zeigte es. Sein Haar war immer noch kurz, aber mit den Jahren weiß geworden. Das Fettpölsterchen unter dem Kinn hatte sich zu einem regelrechten Sack ausgewachsen, das Bäuchlein zu einem Wanst. Doch das Lächeln hatte sich nicht verändert. Er stand neben Haruko Hashimoto, die angesichts seiner wuchtigen, massiven Erscheinung schier zur Zwergin verkümmerte, und grinste die Kamera – und somit Rupe – an. »Mich laust der Affe«, murmelte ich. »Das ist derselbe.«

»Aber natürlich!«

»Und er ist noch hier.«

»Hier nicht.«

»Sie sehen doch, dass er hier ist.«

»Das schon, Bradley-san. Aber das ist nicht Tokio.«

Ich sah genauer hin. Der Lächelnde und Haruko standen allem Anschein nach auf einem Balkon, dessen Brüstung hinter ihnen zu sehen war. Auf der anderen Straßenseite war eine sorgfältig beschnittene Hecke zu erkennen und dahinter ein Wassergraben, der eine Burg oder ein Schloss mit hohem Dach umgab, aus dem kunstvoll geschnitzte Sparren ragten.

»Das ist Nijo-jo«, erklärte Yamazawa, »in Kyoto.«

»Kyoto?«

»Richtig. Die ehemalige Hauptstadt.«

»Sind Sie sicher, dass das Foto dort gemacht wurde?«

»Ich habe es meinem Sohn vor zwei Jahren gezeigt. Wir haben uns viele Tempel angeschaut. Aber der Palast von Nijo-jo hat Koichi besser gefallen, weil es dort die so genannten Nachtigall-Dielen gibt. Sie quietschen, sobald man darauf tritt, egal, wie vorsichtig man ist. Ein alter Trick der Shogun, um vor Eindringlingen gewarnt zu werden. Koichi war ganz begeistert davon. Ich musste mehrere Male mit ihm hingehen. Darum erinnere ich mich so gut an Nijo-jo. Wie ich das sehe, wurde dieses Foto in irgendeiner Wohnung mit Blick auf den Palast aufgenommen. Rupe dürfte wegen des Gegenlichts rechts im Schatten stehen. Folglich ist er im Zimmer geblieben. Die anderen sind auf dem Balkon.«

»Wessen Wohnung?«

»Wohl kaum die von Rupe oder Haruko.«

»Aber die des Lächlers.«

»Vermutlich.«

»Ein Amerikaner in den Sechzigern, der hier als Soldat stationiert war und geblieben – oder zurückgekehrt – ist.«

»Möglicherweise.«

»Und er *könnte* Haruko und ihrer Mutter Unterschlupf gewähren. Heute.«

»Das ist ebenso wahrscheinlich wie vieles andere.«

»Eine Wohnung in der Nähe von ... Wie hieß der Palast?«

»Nijo-jo. Ein schönes Wahrzeichen.«

»Und der Lächler ist dort wohl auch so was wie ein Wahrzeichen. Das bedeutet, dass er sich durchaus aufspüren ließe.«

»Ich denke, Sie hätten gute Aussichten.«

»Viele Alternativen habe ich nicht, oder? Wie weit ist Kyoto von hier?«

»Mit unserem berühmten Superexpress – weniger als drei Stunden.«

Ich lehnte mich zurück und starrte die Fotos vor uns auf dem Tisch mit leerem Blick an. Aussichten und Alternativen? So wie es aussah, hatte ich bisher weder das eine noch das andere gehabt. »Dann nehme ich also den Superexpress.«

Da nun mein nächster Schritt feststand, entspannten wir uns beide. Yamazawa (Toshi, wie ich ihn inzwischen nannte, auch wenn er sich nicht von diesem Bardley-san abbringen ließ) lud mich ein, in seiner Wohnung zu übernachten, was freilich angesichts der späten Stunde mehr oder weniger unvermeidlich war. Dann holte er eine Flasche irgendeines starken Schnapses mit dem Namen *shochu*, in die wir mit der fortschreitenden Nacht unter verheerenden Verlusten an Hirnsubstanz immer weiter vordrangen.

Yamazawa hatte noch ein weiteres von Rupes Fotos als Aufnahme aus Kyoto identifiziert, auf dem Haruko ein malerisches, von Alleebäumen gesäumtes Kanalufer entlangschlenderte, die Philosophenpromenade, wie er es nannte. Diese und all die anderen Aufnahmen von der schönen Haruko, die Rupe so kaltblütig umgarnt hatte, löste bei uns trübsinniges Sinnieren über die Fähigkeit des Menschen zur Täuschung aus, dem Yamazawa ein schwarzseherisches Lamentieren über das Scheitern seiner Ehe folgen ließ, worüber er sich, wie er zugab, so sehr schämte, dass er nur mit einem Ausländer darüber reden konnte.

Doch das war nur eine Abschweifung. Alle Wege in unserem Gespräch – sofern man unser Lallen und Schwafeln noch ein Gespräch nennen konnte – führten unweigerlich zurück zu Rupe, unserem treuen Freund, der eindeutig zu massiver Untreue, ja, Rücksichtslosigkeit in der Lage war. Dieser Gedanke verfestigte sich in mir zur Überzeugung, und schließlich entschied ich, dass Yamazawa es verdient hatte, die ganze Wahrheit zu erfahren. Gegen Mitternacht brachte ich ihm also die Nachricht von Hashimotos Tod bei.

»Das sind gefährliche Leute, mit denen Sie es aufnehmen, Bradley-san«, meinte er nach einer langen Pause.

»Glauben Sie mir, Toshi, wenn ich gewusst hätte, wie gefährlich...«

»Hätten Sie sich nie darauf eingelassen.«

»Allerdings.«

»Dann seien Sie froh, dass Sie es nicht wussten.«

»*Froh?*«

»Ja. Denn sonst hätten Sie nichts getan. Sie hätten Ihrem Freund einfach den Rücken gekehrt. Und diese Schande, dieser Gesichtsverlust, wäre bis zum Ende Ihres Lebens an Ihnen haften geblieben.«

»Damit wäre ich schon zurechtgekommen.«

»Sicher. Aber so zu leben« – er nickte versonnen vor sich hin – »ist eine Art Tod.«

»Die andere Art macht mir größere Sorgen.«

»Nicht nötig«, grinste Yamazawa. »Unsere Züge sind äußerst sicher.«

Am nächsten Morgen fand ich mich auf Yamazawas klumpigem Gästefuton wieder. Geweckt hatten mich das durchs Fenster hereinströmende Sonnenlicht und Kopfschmerzen, bei denen der Begriff »Schmerzen« auf geradezu klägliche Weise untertrieb. Ich fühlte mich wie nach einer Schädeloperation, bei der man versehentlich das Skalpell in meinem Kleinhirn vergessen hatte. Yamazawa hätte mir wahrscheinlich gesagt, dass man von *shochu* immer einen solchen Kater bekam. Nun, eine Erforschung der Wohnung – auf wackeligen Beinen – ergab, dass Yamazawa zu einem solchen Kommentar gar nicht in der Lage war, da er bereits in der Arbeit war – und zwar offenbar schon seit einiger Zeit, soweit ich das anhand einer an die Innenseite der Wohnungstür geklebten Nachricht beurteilen konnte.

Bradley-san,

ich kann Penberthy nicht noch mehr Gründe geben, sich über meine Unpünktlichkeit zu beschweren, und habe Sie darum wie ein Baby weiterschlummern lassen. (Selbstverständlich würde ich einem Baby nie shochu zu trinken geben.) Am leichtesten kommt man natürlich mit der U-Bahn zum Bahnhof, von dem die Züge nach Kyoto gehen, aber ich nehme an, dass Sie ein anderes Verkehrsmittel bevorzugen. Gehen Sie also den Hügel zum örtlichen Bahnhof hinunter und nehmen Sie sich dort ein Taxi. Um ein paar Yen zu sparen, lassen Sie sich zum Shin-Kawasaki-Bahnhof fahren. Der liegt an der Hauptstrecke. Von dort können Sie oberirdisch nach Tokio weiterreisen. Rufen Sie mich auf meinem Handy an (nicht bei Eurybia!) und lassen Sie mich wissen, was in Kyoto los ist. Die Nummer ist 90-5378-2447. Viel Glück und bleiben Sie gesund.

Toshishige

PS: Es ist nichts zum Frühstücken da.

KANSAI

11

Der *Shinkansen* Super-Express erfüllte Yamazawas Voraussage und brachte mich kurz nach eins auf die Sekunde pünktlich nach Kyoto. Allerdings war der frühmorgendliche Sonnenschein in Tokio so schmeichelhaft wie trügerisch gewesen. In der ehemaligen Hauptstadt war es ein kalter, grauer Herbsttag.

Der futuristische Bahnhof hatte nichts Erhabenes an sich, doch die Taxifahrt zum Nijo-jo-Palast führte mich immerhin an zwei alten Tempeln vorbei. Allerdings war mir schon klar, dass in Kyoto der Rhythmus bei weitem nicht so frenetisch geschlagen wurde wie in dem forschen jungen Tokio.

Vor dem Palast parkten zwei Touristenbusse, von denen sich ein stetiger Besucherstrom vorbei an der Schranke, über die Brücke beim Graben und durch das überdachte Tor ins Innere ergoss. Diese Nachtigall-Dielen zogen nach wie vor die Touristen an. Mich dagegen hatten nicht die Relikte aus der Shogun-Zeit hierher gelockt. Ich befolgte Yamazawas Anweisungen und begann, die Finger um Rupes Foto geklammert, meine Tour rund um den Verteidigungswall.

Es dauerte nicht lange, bis ich fand, was ich suchte. Ein Gebäude mit doppeltem Dach – eine Art Wächterhaus, wie ich annahm – ragte an der südöstlichen Ecke über die Mauer. Ich musste lediglich die Straße überqueren und es mit dem Foto vergleichen. Danach brauchte ich mich nur noch umzudrehen, und schon sah ich eine Reihe moderner Wohnblocks mit Balkonen, alle mit bestem Blick auf den Palast. Ich war am Ziel.

Zumindest war ich nahe dran. Aber in welchem Block *genau* lebte der Lächler? Ich schritt auf dem Bürgersteig dreimal eine Strecke von fünfzig Metern ab, bis ich das Gefühl hatte, das Wächterhaus im richtigen Winkel zu sehen. Auf diese Weise landete ich vor einem sechsstöckigen ockerfarbenen Gebäude mit Balkonen. Zwischen den vor dem Eingang abgestellten Fahrrädern stand auch eine große alte Harley-Davidson. Als das bevorzugte Verkehrsmittel Einheimischer wirkte sie nicht überzeugend, schon eher als die Erinnerung eines Amerikaners im Exil an seine Jugend auf dem Feuerstuhl. Ich beugte mich über die Namen auf der Klingeltafel neben der nur mit einem Code ab- und aufschließbaren Eingangstür. Und markant wie ein nackter Hintern ragte aus einer Wüste von japanischen Schriftzeichen der Name LOUDON, M. hervor. Ich drückte auf die Klingel.

Keine Antwort. Daran änderte auch wiederholtes Klingeln nichts. Ohne Motorrad, aber trotzdem unterwegs. Ich versuchte es mit der Klingel darunter, bekam aber nur eine Japanerin dran, die kein Englisch sprach. Sie war so klug und schaltete die Sprechanlage einfach aus. Ich nahm woanders einen neuen Anlauf – mit so ziemlich demselben Ergebnis. Es sah ganz so aus, als müsste ich warten, bis Loudon zurückkehrte, was früher oder später zwangsläufig der Fall wäre. Zumindest würde ich ihn dann auf Anhieb erkennen.

Langsam (sehr langsam) verging eine halbe Stunde. Der Verkehr zockelte vorbei. Niemand kam oder ging. Allmählich bekam ich Hunger und zog immer ernsthafter in Erwägung, für eine Weile meinen Posten zu verlassen und mich auf die Suche nach etwas zu essen (und trinken) zu begeben, als am

Straßenrand eine Radfahrerin anhielt und ihr Velo auf mich zuschob.

»Entschuldigen Sie«, sprach ich sie an, »können Sie Englisch?«

»Ein bisschen«, sagte sie strahlend und verneigte sich.

»Leben Sie hier?«

»Ja, ich lebe hier.«

»Kennen Sie Mr Loudon?« Ich zückte das Foto. »Amerikaner. Dieser Bursche hier. Loudon?«

»Ah, Miller!« Anscheinend redeten sie einander mit den Vornamen an. Ein gutes Zeichen, auch wenn sie *Miller* nicht so aussprach wie in Arkansas üblich. »Sie Freund von Miller?«

»Eher der Freund eines Freundes.« Sie starrte mich verständnislos an. »Wissen Sie, wo ich ihn finden könnte?«

Sie runzelte die Stirn. »Er hier leben.«

»Aber er ist ausgeflogen.«

»Ausgeflogen?«

»Nicht zu Hause.«

»Ah! *Sumisen.* Verzeihung.«

»Haben Sie eine Ahnung, wo er sein könnte?«

Sie dachte einen Moment darüber nach. »Wahrscheinlich er... geben Unterricht.«

»Er gibt Unterricht?«

»Ja. Wie sagen Sie? Nicht ganze Zeit. Teil von Zeit.«

»Teilzeit.«

»*Hai.* Teilzeit, ja.«

»Wo?«

»Meistens Doshisha, ich glaube.«

»Doshisha?«

»Universität. Doshisha-Universität.«

»Wo ist sie?«

»Ah, zwei Kilometer.« Sie deutete irgendwohin hinter

sich. »Diese Richtung. Aber Sie können nehmen U-Bahn. Ist nahe Haltestelle Imadegawa.«

»Gut. Vielen Dank.«

Die U-Bahn kam für mich natürlich nicht in Frage. Ich stieg in ein Taxi, das soeben noch eine Hand voll Nijo-jo-Besucher ausgeladen hatte, und nahm den Weg über Land.

Unseren Weg verfolgte ich anhand einer Karte, die ich am Bahnhof gekauft hatte. Erst ging es in Richtung Osten, dann auf einer breiten Prachtstraße vorbei am alten Kaiserpark nach Norden. Der Campus der Doshisha-Universität war auf meiner Karte deutlich ausgewiesen und lag am nördlichen Ende des Parks.

Das Taxi setzte mich in einer Laubbaumallee ab, die zu einem Labyrinth aus roten Ziegelgebäuden und Innenhöfen führte, durch die in einem fort Studenten zu Fuß oder mit dem Fahrrad zur nächsten Vorlesung eilten. Zwei davon hielt ich gerade so lange an, um den Namen Miller fallen zu lassen und zu sehen, ob bei ihnen was klingelte. Sie beratschlagten darüber und stellten schließlich fest, dass es einen Loudon im Dozentenstab gab.

»Fachbereich Literatur«, mutmaßte einer und deutete auf einen Eingang mit drei Bögen. »Fragen Sie im Gebäude.«

Das tat ich dann auch. Zum Glück sprach die Sekretärin vorzüglich Englisch. »Mr Loudon ist einer unserer Teilzeitdozenten«, bestätigte sie. »Amerikanische Literatur.« Sie studierte den Stundenplan und dann die Uhr. »Im Moment unterrichtet er. Bis vier Uhr.«

»Ich muss ihn sehen. Es ist dringend.«

»Das können Sie, um vier Uhr. Ich gebe Ihnen seine Raumnummer.« Sie lächelte. »Sie können zu ihm, wenn er geht.«

Natürlich hatte sie Recht. Mitten in den Unterricht hineinzuplatzen war keine gute Idee. Ich musste mich eben bis vier Uhr gedulden.

Schließlich wurde es vier Uhr, oder ein paar Minuten danach. Im Korridor kündigten erste Schatten die Abenddämmerung an, als die Tür zum Seminarraum aufging und ein Dutzend Studenten mit leuchtenden Augen heraus- und an mir vorbeistürmten.

Sobald der Letzte draußen war, trat ich in die Tür. Miller, mit weißem Haar und Schmerbauch seinem Konterfei wirklich ähnlich, schob gerade seine Unterlagen in einen alten Stoffrucksack. Bekleidet war er mit Jeans und Tweedjacke über einem Holzfällerhemd – halb Akademiker, halb Cowboy.

»Miller Loudon?«

»Yah.« Er sah zu mir her. »Was kann ich für Sie tun?«

»Ich bin mir nicht sicher. Aber ich glaube, Sie kennen die Hashimotos. Mayumi und Haruko.«

»Sie *glauben*?« Er hinkte mit steifen Hüften auf mich zu. »Wer sind Sie?«

»Lance Bradley. Ein Freund von...«

»Rupe Alder.« Er nickte mit grimmiger Miene. »Das ist doch Ihr Freund, oder?«

»Ja. Woher...?«

»Nicht so wichtig. Was, in Gottes Namen, suchen Sie in Kyoto?«

»Wir müssen miteinander sprechen, Mr Loudon.«

»Ich hatte gehofft, das würde nie nötig werden. Aber Sie haben Recht, jetzt müssen wir. Allerdings nicht hier.«

»Wo dann?«

»Folgen Sie mir.«

Wir nahmen den Aufzug. »Meine Hüfte hält nichts von Stufen«, brummte Loudon, als es abwärts ging. »Ich bitte zwar ständig um Unterrichtsräume im Erdgeschoss, aber in meinem Alter hat man nicht mehr so viel Energie fürs Verhandeln. Eigentlich hätte ich längst in Rente gehen sollen, aber wo würden die denn schon einen finden, der in Hemingways Seele schauen kann?«

Das Geplauder klang recht freundlich, doch ich hatte den Eindruck, dass es nur dazu diente, mich hinzuhalten, und dass unter der Oberfläche etwas weit weniger Freundliches schwelte. Er lotste mich zum Ausgang, über den Hof und weiter die Allee zur Straße hinunter, die nördlich am Kaiserpark vorbeiführte.

»Möchten Sie mir verraten, wie Sie mich gefunden haben, Lance?«, fragte er mich im Gehen.

Zur Antwort zeigte ich ihm das Foto.

»Verdammte Scheiße. Wo kommt das her?«

»Es war unter den Gegenständen, die Rupe einem Kollegen bei der Eurybia in Tokio zur Aufbewahrung gegeben hat.«

»Was für ein Kollege könnte das sein?«

»Sein Name ist Yamazawa.«

»Ist mir kein Begriff. Und lassen Sie uns hoffen, dass auch sonst niemand von ihm gehört hat.«

»Wie meinen Sie das?«

»Wenn Sie die Spur verfolgen können, dann können das auch andere.«

»Und das könnte diese anderen zu Mayumi und Haruko führen?«

»Können Sie nicht den Mund halten, bis wir das Gelände hier hinter uns gelassen haben, oder wenigstens versuchen, auf Ihre Worte zu achten?«

»Na gut.«

Derart zum Schweigen verdonnert, sagte ich nichts mehr, bis wir die Straße überquert und den Park betreten hatten. Den Kaiserpalast umgaben eine äußere und eine innere Mauer, zwischen denen ein riesiges Kiesfeld lag. Hier und da waren Hundehalter mit ihren Tieren zu sehen, die dort spazieren gingen – undeutliche Gestalten in der anbrechenden Dämmerung. Loudon zog einen Schal aus seinem Rucksack und wickelte ihn sich um den Hals – sein Zugeständnis an die zunehmende Kälte, in der sein Atem bereits Kondenswolken bildete.

»Da ist etwas, das ich Ihnen sagen muss… Miller«, begann ich. »Über Mayumis Bruder.«

»Ach, es gibt Unmengen zu sagen, Lance. Aber für den Fall, dass Sie gerade an Ihrer Technik fürs Überbringen von Hiobsbotschaften feilen, sollte ich Ihnen mitteilen, dass wir in dieser Stadt Fernsehen und Zeitungen haben.«

»Sie haben es gehört?«

»Sehen Sie sich das an.« Er zog eine englische Zeitung aus seinem Rucksack. Wenigstens sah sie wie ein englisches Blatt aus, doch dann fiel mein Blick auf ihren Namen: *The Japan Times*. Nur einen Wimpernschlag später sah ich unten auf der Titelseite Kiyofumi Hashimotos Foto. *Japanischer Geschäftsmann in Berlin ermordet!*, lautete die Schlagzeile. »Die *Yomiuri Shimbun* hat es noch reißerischer rausgebracht«, fuhr Loudon fort, dem meine verdatterte Miene nicht entgangen war. »Wenn Sie auf der Flucht sind, sollten Sie wirklich besser auf die Zeitungskioske achten.«

»Auf der Flucht?«

»Na ja, wie würden Sie es denn nennen?«

»So, dass es nicht nach Schuld klingt, nehme ich an.«

»Aber Sie sind doch schuldig, Lance, oder? Die deutsche Polizei geht offensichtlich davon aus, selbst wenn sie es nicht direkt gesagt hat.«

»Schuldig, weswegen denn?«

»Was glauben Sie?«

»Hören Sie, streng genommen hätte ich natürlich bleiben und der Polizei bei den Ermittlungen helfen sollen, aber ich dachte, dass Berlin kein sicheres Pflaster mehr für mich ist. Hätten Sie wirklich gewollt, dass ich bleibe? Ich hätte nichts mehr tun können, um Kiyo zu helfen.«

»Ich spreche ja nicht über Kiyofumi.« Miller blieb abrupt stehen und starrte mich eindringlich an. »Moment mal. Wollen Sie etwa sagen, dass ... Sie es nicht waren?«

»Was war ich nicht?«

»Eric Townleys Mörder.«

»Er ist tot?«

»O ja, mausetot. Wurde mit eingeschlagenem Kopf ...«

»In meinem Hotelzimmer gefunden. O mein Gott!«

»Sie wissen es also?«

»Nein. Er war nicht tot. Nicht, als ich ging. Ich meine, ich habe ihn getroffen, das ja, mit einer Lampe. Aber ...«

»Das ist das Schlimme an den deutschen Möbeln. So schwer.«

»Er war nicht tot, das schwöre ich Ihnen. Bewusstlos, ja, aber er atmete. Es war Notwehr, um Himmels willen. Er hatte eine Pistole.«

»Darüber steht in den Zeitungen kein Wort.«

»Was *steht* denn drin?«

»Lesen Sie selbst.« Er reichte mir die *Japan Times*, und ich hielt den Artikel in das schwindende Licht.

Japanischer Geschäftsmann in Berlin ermordet

Kiyofumi Hashimoto, 47, Topmanager bei der Fujisaka Microprocessor Corporation, *wurde am Dienstag in Berlin während einer Stadtrundfahrt in einem Bus mit offener*

Plattform erschossen. Die deutsche Polizei geht davon aus, dass er Opfer eines professionellen Mörders wurde.

Ferner wird angenommen, dass diese Tat in Zusammenhang mit der mutmaßlichen Ermordung des Deutsch-Amerikaners Erich Townley, 45, steht, der am selben Tag in einem Hotelzimmer in der Innenstadt aufgefunden wurde, nachdem er seinen schweren Kopfverletzungen erlegen war. Die Polizei fahndet nach dem Bewohner dieses Zimmers, dem 37-jährigen Briten Lancelot Bradley, der zum Zeitpunkt der Schüsse vermutlich Hashimoto begleitete.

Für beide Verbrechen werden dringend Zeugen gesucht, insbesondere Personen, denen im oder in der Nähe des Hotels Botschafter gegenüber der Bushaltestelle Tauentzienstraße, wo die tödlichen Schüsse auf Hashimoto fielen, etwas Verdächtiges aufgefallen ist. Das Hotel wird zurzeit renoviert, sodass sämtliche Zimmer mit Blick auf die Tauentzienstraße bis zum Abschluss der Arbeiten nicht benutzt werden können. Die Polizei vermutet, dass der Mörder sich in der Mittagspause in eines dieser Zimmer geschlichen und von dort aus geschossen hat.

In Tokio würdigte gestern der Vorstandsvorsitzende der Fujisake Corporation, Ryozo Moriguchi, Hashimoto mit den Worten…

»Verdammte Scheiße«, murmelte ich und gab Loudon die Zeitung zurück. »Auf der Flucht stimmt also wirklich.«

»Leider ja, Lance.«

»Aber ich bin in beiden Fällen unschuldig!«

»Wahrscheinlich.«

»Genauso gut hätte es auf diesem Bus mich treffen können und nicht Kiyo.«

»Kiyofumi war ein guter Mann. Für Mayumi war er immer ein treuer Bruder und Haruko ein liebender Onkel.

Ich kannte ihn. Sie kenne ich nicht. Sie werden also verstehen, wenn ich es bedaure, dass es nicht Sie getroffen hat.«

»Ich habe doch helfen wollen.«

»Das hat Kiyofumi auch gesagt.«

»Sie haben mit ihm gesprochen?«

»Er hat es Mayumi gesagt.«

»Wo ist sie?«

»Ich weiß nicht, ob Sie das wirklich wissen müssen.«

»Aber Sie schützen Sie doch – und Haruko?«

»Ich tue mein Bestes, um sie zu schützen, stimmt. Die Frage ist nur: Muss ich sie nicht auch vor Ihnen schützen?«

»Ich bedrohe doch niemanden.«

»Nein? Was Kiyofumi geschehen ist, bestätigt das nicht unbedingt, oder wie sehen Sie das?«

»Es war nicht meine Schuld, dass Kiyo den Kopf hingehalten hat.«

»Unglückliche Wahl der Metapher, Lance.«

»Hören Sie, ich will doch nur...«

»Warum sind Sie hier?«

»*Warum*? Weil die Townleys gestoppt werden müssen. Verstehen Sie das nicht? Sich verstecken hilft da nichts.«

»Tapfere Worte.«

»Eher verzweifelte.«

»Tja, ich kann verstehen, dass Sie verzweifelt sind. Aber Sie sind kein Hinterbliebener. Und kein Verratener. Insofern steht es zwei zu null für Mayumi und Haruko.«

»Ich kann an dem, was Rupe getan hat, nichts ändern. Und ich kann Kiyo nicht wieder lebendig machen.«

»Wie wahr.«

»Aber ich kann etwas tun, um die Townleys zu stoppen.« (Was, das wusste allerdings Gott allein.) »Und Sie können mir helfen.«

»Wie... genau?«

»Indem Sie mir sagen, worum es in Wahrheit geht – und damit anfangen, was in diesem Townley-Brief steht.«

»Hat Kiyofumi Sie nicht darüber aufgeklärt?«

»Nein.«

»Weil er Mayumi schwören musste, dass er ihn geheim hält.«

»So viel habe ich mir zusammengereimt.«

»Tja, in meinem Fall ist es genauso, Lance.«

»Um Himmels willen! Wir stecken zusammen in der Sache, ob es uns passt oder nicht! Ich glaube, ich habe ein Recht, zu erfahren, was in diesem Brief steht.«

»Das stimmt.«

»Und?«

»Die Entscheidung liegt nicht bei mir.«

»Dann bringen Sie mich zu Mayumi.«

»Geht nicht.«

»Warum nicht?«

»Weil die Kerle vielleicht erwarten, dass ich genau das tue.« Loudon spähte seufzend hinter sich und dann nach vorne. »Ist Ihnen niemals der Gedanke gekommen, dass der ›professionelle Mörder‹, der Kiyofumi erschossen hat, mit ziemlicher Sicherheit so professionell war, dass es ihm ein Leichtes gewesen wäre, auch Sie zu erledigen?«

»Worauf wollen Sie hinaus?«

»Auf die beunruhigende Möglichkeit, dass es Ihnen *gestattet* wurde, zu entkommen. Und zwar mit der Absicht, Sie genau das tun zu lassen, was Sie seitdem getan haben.«

»Sie glauben, dass ich beschattet werde?«

»Vielleicht.«

»Das ist verrückt. Im Flugzeug? Überall dort, wo ich war? Unmöglich!«

»Ein Profikiller ist gleichermaßen Pirschgänger wie

Schütze. Der Witz an der ganzen Operation ist, dass Sie nicht ahnen, was gespielt wird.«

»Ich würde etwas bemerken.« (Doch das war müßiges Gerede. Hätte ich wirklich etwas bemerkt?) »Außerdem: Wenn Sie tatsächlich Recht haben, warum hat Erich dann versucht, *mich* zu stoppen?«

»Vielleicht war das Gehorsamsverweigerung. Schließlich haben Sie und Kiyofumi ihn gehörig unter Druck gesetzt.«

»Na gut.« Ich zuckte theatralisch die Schultern. Der Gedanke, dass man mir womöglich doch gefolgt war, ärgerte mich mehr, als ich bereit war zuzugeben. »Wenn das so ist, was können wir dann tun?«

»Wir gehen in eine kleine Bar in der Nähe, die ich recht gut kenne, und reden bei einem Drink darüber.« Loudon sah mich mit einem entwaffnenden Lächeln an. »Es gibt nämlich auch Dinge, die ich Ihnen sagen *darf*.«

Die Bar war ein höhlenartiger Kellerraum unterhalb einer Wäschereinigung. Um diese Zeit, kurz nach fünf, waren nur wenige Gäste hier und, abgesehen von uns, ausschließlich Japaner. »Sie sprechen hier nicht viel Englisch«, erklärte mir Loudon im Eintreten, ehe er mit der *mama* und einigen Stammgästen Grüße in deren Sprache austauschte. »Und jeder Fremde, der uns hierher folgt, dürfte auffallen wie der Fudschiyama an einem sonnenhellen Tag. Diskreter als hier geht es nicht.«

Tatsächlich war uns niemand gefolgt. Wir setzten uns neben einem Pappmachédach auf zwei Barhocker am Ende der Theke und bestellten uns Drinks. Für mich einen *sapporo* und einen *shochu* hinterher, für Loudon ein Coca-Cola. Letzteres überraschte mich, denn ich hatte ihn als einen Freund harter Drinks eingeschätzt.

»Ich werde heute noch einen klaren Kopf brauchen«,

brummte er, ohne sich näher dazu zu äußern. »So, Sie sind also Rupes Kindheitsfreund, der gekommen ist, um ihn zu finden *und* für seine Missetaten zu büßen, richtig?«

»Etwas in dieser Richtung.«

»Schwere Aufgabe.«

Ich lächelte – weniger gequält, als vielleicht angebracht gewesen wäre. »Sieht ganz so aus.«

»Kiyofumi hat Ihnen doch bis ins Detail verraten, wie Ihr Kindheitsfreund Haruko betrogen hat – und warum?«

»Er hat es mir sehr deutlich gemacht. So deutlich, dass ich fast versucht war, einfach aufzugeben – wenn es dafür nicht schon zu spät gewesen wäre.«

»Yah. Zu spät. Ein mieser winziger Punkt in der Zeit. Man sieht ihn nie kommen. Bei mir war das jedenfalls so.«

»Wann war das?«

»Als Rupe und ich zu dicken Kumpeln wurden und ich mich von ihm mit Bourbon abfüllen ließ, bis ich alles über diesen Townley-Brief ausplauderte. Gebranntes Kind scheut das Feuer, Lance. Diesmal kann sich Mayumi wirklich auf mich verlassen, komme, was da wolle.«

»Wie lange kennen Sie sie schon?«

»Seit über vierzig Jahren. Seit meinem ersten Besuch in der *Golden Rickshaw*, auch wenn ich mich nicht mehr erinnern kann, was das für ein Tag war. Genauso wenig kann ich mich erinnern, dass sie je dieses Foto von mir geschossen hat, das dort an der Wand hängt. Aber sie hat es gemacht. Und auf diese Weise hat Rupe mich aufgespürt.«

»Dieses Foto?« Ich nahm das Fotoheft aus meiner Jackentasche und zeigte ihm die Aufnahme von ihm mit Townley und dem anderen Burschen aus ihrer Zeit als junge Soldaten.

»Yah, das ist es.«

»Was *war* die *Golden Rickshaw* eigentlich?«

»Nur eine Bar. Eine sehr beliebte, dank Mayumi. Sie hatte

eine… irrsinnige Ausstrahlung… damals. Wir schwirrten um sie wie die Motten ums Licht. Und wie Motten haben sich einer oder zwei von uns verbrannt.« Einen Augenblick lang hing er der Vergangenheit nach, ehe er seinen Bericht wieder aufnahm: »Dann wiederum war es natürlich mehr als nur eine Bar. Dafür sorgten schon Townley und seine Truppe.«

»Was für eine Truppe war das?«

»Sie nannte sich DetMIG – Detached Military Intelligence Group – eine selbstständig operierende Spionageeinheit, die zur CIA gehörte. Ihre Aufgabe war es, Soldaten, Flieger und Seeleute zu identifizieren, die die Fähigkeit und das Geschick hatten, bestimmte Aufträge auszuführen – und zwar während *und* nach ihrer Dienstzeit bei der Armee. Die *Rickshaw* benutzten sie dabei als den Ort, wo sie die Leute testeten. Sie beurteilten sie dort, wo sie am entspanntesten waren, und verloren dabei nie deren mögliche Anwerbung aus den Augen.«

»Haben sie auch Sie angeworben?«

»Nur als Scout. Dafür, dass ich mich als Talentesucher betätigte, wurden mir ein paar Gefälligkeiten erwiesen und der eine oder andere Greenback in die Hand gedrückt. Auf ihrer Gehaltsliste stand ich nie. Zumindest nicht offiziell. Aber wenn man nicht unbedingt darauf aus ist, meine Gefühle zu schonen, kann man wohl sagen, dass ich zu Townleys engerem Kreis gehörte.«

»Was für eine Sorte von Talenten haben Sie ausgespäht?«

»Ach, natürlich Kerle von der grimmigen, entschlossenen, bis ins Letzte antikommunistischen und leicht besessenen Sorte. Was sonst?«

»Um was…«

»Drecksarbeit, Lance. Äußerst widerliche Drecksarbeit. Nach Details habe ich nie gefragt, aber das war auch nicht nötig. Mir war auch so klar, was das Ziel dieser Übung war.«

»Ich weiß nicht, ob es mir klar ist. *Wirklich* klar.«

»Nun, Sie können davon ausgehen – ich habe das ganz gewiss getan –, dass Töten mit dazu gehörte. Das war Teil jeder Undercover-Tätigkeit, für die diese Rekruten gebraucht wurden. Und das alles im Rahmen der edlen Aufgabe, die Vereinigten Staaten von Amerika gegen ihre Feinde zu verteidigen.«

»Ist der hier einer von diesen Rekruten?« Ich deutete auf den dritten Mann auf dem Foto.

»Yah.« Loudon schnitt eine Grimasse. »Der dürfte wohl auch dazu zählen.«

»Haben Sie ihn entdeckt?«

»Ah, das eigentlich nicht. Er stieß auf anderen Wegen dazu. Aber Townley hatte in jedem Fall ein Auge auf ihn geworfen. Kein Zweifel.« Loudon rutschte auf seinem Hocker herum, als fühle er sich bei dieser Frage besonders unwohl. »Wenigstens sehe ich das so. Aber weil ich nur den Hinterkopf als Anhaltspunkt habe, kann es sein, dass ich den Falschen identifiziere.« Er wurde wieder ruhiger. »Schauen Sie, Lance, das lief so ab: Ich lasse mich anwerben, weil ich fürchterlich scharf darauf bin, schon als Student ins Offizierscorps aufgenommen zu werden. Bald wird mir klar, was für ein hirnverbrannter Idiot ich war, aber da ist es bereits zu spät. Wie wir vorhin festgestellt haben. Wie auch immer, ich lande hier in Japan, und Townley und seine zwielichtige Bruderschaft geben mir das Gefühl, irgendwie… wichtig zu sein. Also erledige ich ein paar Jobs für sie. Ich markiere Karten, öle das eine oder andere Rad. Dann ziehe ich weiter, fort von der Armee und zurück in mein privilegiertes Dasein als Erbe des Möbelgeschäfts meines Onkels, das ich nie hätte verlassen sollen. Ich vergesse Townley und die DetMIG. Ich *versuche* sogar, Mayumi zu vergessen. Ich verdränge alles und spaziere davon. Ende der Geschichte. Das sollte es wenigstens sein. Aber...«

»Nicht *das* Ende.«

»Nein, nicht im Entferntesten. Dank Rupe.«

»Er hat Sie aber nicht gezwungen, hierher zurückzukehren.«

»Das kann ich nicht leugnen.«

»Warum haben Sie es dann getan?«

»Weil dieses Land mich nicht losließ. Genauer gesagt, die Leute. Es ist ein betörendes Volk. So sanft, so... persönlich. Ich glaube, die amerikanische Lebensart war einfach nichts für mich. Für den Handel mit Möbeln war ich jedenfalls nicht geeignet. Als mein Onkel starb, habe ich meinen Anteil am Geschäft versilbert und mich hier niedergelassen. Wissen Sie, es ist mehr als nur eine Ironie des Schicksals, dass ich in der ehemaligen Hauptstadt des Kaiserreichs lebe und die japanische Kultur anbete, nachdem dieses sanfte Volk schuld daran war, dass ich im Alter von nur sechs Jahren meinen Vater verlor. Er wurde beim Überfall auf Pearl Harbour getötet; am siebten Dezember 1940 war das. Aber... na ja... ich habe gewissermaßen in seinem Namen meinen Frieden mit ihnen geschlossen. Das hier ist nicht mein Zuhause, aber hierher gehöre ich.«

»Townley teilte Ihre Gefühle offenbar nicht.«

»Nein. Er ist, so bald er konnte, weggegangen und nie wieder zurückgekehrt.«

»Und hat nur sein Gesicht auf diesem Foto zurückgelassen, das Rupe in der *Golden Rickshaw* an der Wand entdeckt hat«, überlegte ich laut. »Er erkannte Townley, an dem er wegen des Zusammenhangs mit seiner eigenen Familie interessiert war, und dann...«

»Davon weiß ich nichts.«

»Darauf kommt es nicht an. Wichtig ist, dass Rupe seine

Chance sah, Townley aufzuspüren, indem er eine Romanze mit Haruko anfing. Und sie plauderte ohne Zweifel ziemlich bald aus, dass einer von den Männern auf diesem Foto hier in Kyoto lebt.«

»Ich habe nach der Rückkehr aus den Staaten wieder Verbindung mit Mayumi aufgenommen und halte sie seitdem aufrecht. Mayumi hat mich also... hm... erwähnt, als Rupe ein scheinbar harmloses Interesse an dem Foto und der Geschichte der Bar zeigte. Später hat Rupe vorgeschlagen, man könne mich doch mal besuchen. Na ja, Kyoto an sich ist immer eine Reise wert. Und ein Besuch bei mir schien ein ganz natürlicher Abschluss nach der Tour durch die Tempel zu sein. Und so kam mir das auch vor. Ich habe mich wirklich gefreut.«

»Das sieht man Ihnen auch an.« Ich zeigte ihm ein anderes Foto, den Schnappschuss von ihm und Haruko auf dem Balkon seiner Wohnung.

»Yah. Da stehe ich und grinse wie ein Honigkuchenpferd. Dabei hat er mich die ganze Zeit zum Narren gehalten.«

»Und irgendwann haben Sie ihm das mit dem Townley-Brief erzählt.«

»Ich gab bloß fürchterlich an. Traurig, aber wahr. Ich wollte mich nur wichtig machen und für Harukos zukünftigen Mann – dafür hielt ich ihn ja – interessant sein, indem ich ihn mit Erinnerungen an die Zeit damals vollquatschte. Mehr kann ich Ihnen allerdings nicht sagen, ohne mein Mayumi gegebenes Versprechen ein zweites Mal zu brechen. Und das wird nicht passieren. Aber dank mir – und Harukos Liebe und blindem Vertrauen zu ihm – konnte Rupe den Brief stehlen und seinen Rachefeldzug gegen Townley beginnen. Wodurch Mayumi und Haruko – und übrigens auch meine Wenigkeit – in größere Gefahr gerieten, als Sie sich vorstellen können.«

»Und jetzt wohl auch ich.«

»Yah, stimmt, Lance, Sie auch. Seine Freunde und seine Geliebten und die Freunde seiner Geliebten. Rupe hat ganze Arbeit geleistet und jeden, der ihm vertraut hat, nach Strich und Faden verarscht.«

»Aber doch bestimmt nicht absichtlich.« (War ich mir dessen wirklich sicher? Ich war inzwischen nicht mehr überzeugt davon.)

»Okay, dann eben versehentlich. Ich weiß nicht, ob es das nicht noch schlimmer macht. Ihm war schlichtweg egal, was das alles für Folgen haben würde. Oh, damit hat er auch sich selbst in Gefahr gebracht, das gestehe ich Ihnen zu, aber das war seine Wahl. *Wir* hatten keine Wahl.«

»Was für ein Mensch ist dieser Townley?«

»Hart. Berechnend. Skrupellos.«

»Warum muss er so sein?«

»Weil er nichts mehr unter Kontrolle hat. Es ist ihm entglitten. Uns allen ist es entglitten.«

»Und trotzdem wollen Sie mir nicht sagen, worum es geht.«

Loudon stieß einen müden Seufzer aus. »Das ist Mayumis Entscheidung, nicht meine.«

»Wann kann ich sie treffen?«

»Keine Ahnung. Ich muss die Risiken abwägen, Lance. Wenn Sie beschattet werden, wäre es das Dümmste, was ich je gemacht habe, Sie zu ihr zu bringen. Und ich habe wirklich schon genug Dummheiten begangen. Und welche Hilfe könnten Sie schon bieten, die es wert wäre, ein solches Risiko einzugehen?«

»Townley hatte bei einem Mord die Hände im Spiel, der im August '63 in England begangen worden ist. Wie oder warum das geschehen ist, weiß ich nicht genau. Aber wenn ich wüsste, was in diesem Brief stand, käme vielleicht Licht ins Dunkel. Dann hätten wir womöglich etwas gegen ihn in der Hand. Dasselbe Etwas, das Rupe entdeckt hat.«

»Und was würden Sie damit anfangen?«

»Zur Polizei gehen. Ihn anzeigen. Zurückschlagen und ihn treffen, wo immer es geht.«

»Das würde nie funktionieren.«

»Warum nicht?«

»Weil…« Loudon deutete einen Hieb an, dann nippte er an seinem Cola. »Gott, ich wünschte, da wäre Wodka drin.«

»Wird hier kein Wodka verkauft?«

»O doch. Klar verkaufen sie welchen. Manchmal auch mir. Aber nicht heute Abend. Alles, was wir von jetzt an tun, ist lebensgefährlich. Sogar nichts zu tun, ist gefährlich. Und verdammt viel schwerer zu ertragen als… zurückzuschlagen, wie Sie das nennen. Grundsätzlich bin ich einer, der sich nichts gefallen lässt. Mich davonzustehlen ist nicht meine Sache. Ich rede mit Mayumi, und sie trifft die Entscheidung.«

»Wann?«

»Heute Abend. Das ist der Grund, warum ich keinen Tropfen trinke. Es ist eine lange Fahrt.«

»Sie fahren zu ihr?«

»Yah. Und wenn ich verfolgt werde… na ja… auf dieser Straße merke ich das garantiert.«

»Und wenn nicht?«

»Komme ich am Morgen zu Ihnen zurück. Sie können in meiner Wohnung übernachten. Ich rufe Mayumi von zu Hause aus an und richte dann das Bett für Sie her.«

»Wann haben Sie das alles beschlossen?« (Es kam mir irgendwie zu plötzlich vor.)

»Ach, etwa in dem Moment, als Sie in meinen Seminarraum gekommen sind und sich vorgestellt haben.«

»Warum haben Sie mir dann bei der Risikenabwägung so schwer zugesetzt?«

»Weil die Sache hoch gefährlich ist, und weil ich sehen wollte, was Sie hinsichtlich eines Schlachtplans zu bieten haben, bevor ich mich aus der Deckung wage.«

»Das heißt also, ich habe Sie überzeugt?«

»Nein, Lance, das haben Sie nicht. Nicht im Geringsten.« Er bedachte mich mit demselben Grinsen wie auf Mayumis – und auf Rupes – Foto. »Aber ich tue es trotzdem.«

12

Miller Loudons Wohnung spiegelte die zweigeteilte Loyalität ihres Eigentümers wider. Das eine Zimmer war eine Oase der Stille und Ordnung mit Tatami-Matten, das andere ein Chaos aus mexikanischen Teppichläufern, durchhängenden Sesseln, überquellenden Bücherregalen und überall herumstehenden Kaffeetassen. Vielleicht bedeutete jedes Zimmer auf seine Weise eine Zuflucht für eine Hälfte seiner Seele.

Der größte und am stärksten abgenutzte Sessel ließ sich zu einem Bett ausklappen. (Wie mich ein Schild am Rahmen belehrte, war er in der Fabrik der Loudon Furniture Works in Williamsport, Pennsylvania, gefertigt worden – so um 1950, schätzte ich.) Nachdem Loudon mir erklärt hatte, wie man den Sessel auf- und zuklappte, rief er Mayumi an. Er sprach mit ihr in perfektem Japanisch, was ihm erlaubte (war das Absicht oder Zufall?), über mich zu reden, als wäre ich gar nicht da; nun, fest stand jedenfalls, dass mein Name mehrmals fiel. Das Einzige, was ich tatsächlich mitbekam, war sein liebevoller Ton. Es erschien mir sehr wahrscheinlich, dass er Mayumi liebte, wenn auch vielleicht auf eine Weise, die er ihr nie offen zugegeben hatte.

Es *mir* zu erklären, hatte er gewiss nicht vor. Nachdem er das Telefonat beendet hatte, zeigte er mir nur noch kurz, wo ich den Kaffee und den Bourbon fand, dann zwängte er sich in seine Harley-Davidson-Lederkluft und schickte sich zum Gehen an. »Wenn ich morgen Früh nicht um acht Uhr anrufe, dann deshalb, weil ich schon auf dem Rückweg bin. In diesem Fall dürfte ich bis neun Uhr zurück sein. Alles klar?«

»Alles klar.«

»Dass ich es bin, werden Sie daran erkennen, dass ich es dreimal klingeln lassen, auflegen und binnen einer Minute noch mal anrufen werde. Ansonsten gehen Sie nicht ans Telefon. Okay?«

»Okay.«

»Lassen Sie meine Unterlagen in Ruhe. Ich weiß genau, wo jede noch so zerknitterte Notiz liegt.«

»Niemand wird bei Ihnen rumwühlen.«

»Gut. Wenn Sie eine Bettlektüre brauchen, werden Sie hier ungefähr ein halbes Dutzend verschiedener Ausgaben von *Wem die Stunde schlägt* finden. Da mal reinzuschauen, könnte durchaus passend sein.«

»Ich lasse es mir durch den Kopf gehen.«

»Tun Sie das. Brauchen Sie sonst noch was?«

»Die Telefonnummer von Mayumi und Harukos Versteck – falls etwas passieren sollte.«

»Guter Versuch, aber Pech gehabt. Sie sollen keine Informationen über ihren Aufenthaltsort bekommen, sonst können Sie sie womöglich an Dritte weitergeben.«

»Ist zu befürchten, dass ich das tue?«

»Nicht freiwillig. Aber wir müssen in Betracht ziehen, dass Umstände eintreten könnten, in denen Ihr Wissen mit Gewalt aus Ihnen herausgepresst wird.«

»Ein tröstlicher Gedanke.«

»Mir geht es nicht darum, Trost zu spenden, Lance. Das ist eine pragmatische Einschätzung. So einfach ist das.«
»Risikoabwägung?«
»Genau. Aber jetzt muss ich los. Während ich weg bin...«
»Yeh?«
»Versuchen Sie, sich zu entspannen.«

Durch die Ritzen in der Jalousie sah ich zu, wie Loudon in die Nacht davonbrauste. Er fuhr in westlicher Richtung, was als Anhaltspunkt nicht viel hergab. Und für seine Zwecke war das wohl auch ganz gut so.

Ich blieb noch einige Minuten stehen und sah hinaus. Von einem Wagen, der die Verfolgung aufnahm, fehlte jedes Zeichen. Andererseits – wie mir Loudon mit Sicherheit erklärt hätte – wäre die Verfolgung, die er befürchtete, wohl eher von der unsichtbaren Art gewesen.

Wem die Stunde schlägt ließ ich liegen. Dass das der Grund war, warum ich nicht gleich ins Reich der Träume abglitt, glaube ich allerdings nicht. Ich war hundemüde und nicht weit vom Koma entfernt, doch der Schlaf wollte sich trotz Zuhilfenahme des Jack Daniel's meines abwesenden Gastgebers einfach nicht einstellen.

Nächtliches Alleinsein im Haus eines Fremden ist keine erholsame Erfahrung. In meinem Fall brachte diese Situation das wirklich total verrückte Hirngespinst hervor, ich sei wieder daheim in Glastonbury, frisch und gesund wie ein Fisch im Wasser, und nichts – aber auch gar nichts – von all dem sei geschehen. Win hatte sich nicht im Wheatsheaf blicken lassen und mich auch nicht dazu überredet, Rupe zu suchen. Hashimoto hatte mich nicht dazu überredet, ihn nach Berlin zu begleiten. Es hatte keinen Heckenschützen gegeben, der in einem halb renovierten Gästezimmer im Hotel Botschafter auf der Lauer gelegen hatte, und keinen tödlichen Kampf mit Erich Townley. Die Kugel hatte Hashimotos Gehirn nicht zerstört. Der Fuß der Lampe war nicht auf Erichs Schädel gekracht.

Wahrhaftig ein Hirngespinst! Dass es eines war, merkte ich schnell, als ich wieder zu mir kam und das Tageslicht zwischen den Sprossen der Jalousien hereinsickern sah. Nur ein Traum – wenn auch einer, der die normalen Regeln des Träumens auf grausame Weise außer Kraft gesetzt hatte. Kurz, ich erwachte nicht mit der tröstlichen Gewissheit, dass diese Schrecken nur in meiner Einbildung existierten. Vielmehr empfing mich die düstere Bestätigung der Tatsache, dass all das bis ins letzte Detail wahr war.

Bis zu Loudons angekündigtem Anruf hatte ich noch eine gute Stunde Zeit. Ich duschte und zwang mich, Toastbrot zu essen, das ich in schwarzen Kaffee tunkte. (Das leichte Gefühl von Übelkeit, das mich in den letzten zwei Tagen fast ununterbrochen begleitet hatte, wirkte nicht gerade appetitanregend.)

Erneut nahm ich mir den Artikel in der *Japan Times* vor, die Loudon hatte liegen lassen. *Die deutsche Polizei… fahndet nach dem Briten Lancelot Bradley, 37, in dessen Gesellschaft Hashimoto sich vermutlich befand, als die tödlichen Schüsse abgegeben wurden.* Wie hatten sie das nur herausgefunden? Wie hatten sie erfahren, wer ich war? Und auch das noch – *Lancelot*! Das mussten sie den Unterlagen der Fluglinie entnommen haben, die meinen Pass verlangt hatte. Aber sie hatten schnell gehandelt, keine Frage, und hatten sich bei meinem Alter geirrt. Bis zu meinem siebenunddreißigsten Geburtstag waren es noch ein paar Wochen. Nicht dass ein paar Wochen in meiner Lage unwichtig waren, denn mir kamen sie eher vor wie eine ganze Lebenszeit. Und vielleicht dauerten sie länger als die Frist, die mir noch blieb.

Dieser Gedanke führte zum endgültigen Verzicht auf das

Toastbrot. Wenn sie wussten, wer ich war, dann war ihnen auch meine Herkunft bekannt. Die deutsche Polizei hatte wahrscheinlich längst ihre britischen Kollegen gebeten, meine Heimatadresse zu überprüfen. Es war nur noch eine Frage der Zeit, bis sie vor der Tür meiner Eltern standen. Vielleicht sollte ich Mum und Dad warnen. Aber ohne nähere Auskunft über das, was ich gegenwärtig trieb und warum, wäre das schwierig. In England war es jetzt ungefähr halb elf am Abend, gestern Abend. Mum würde – dank dem Umstand, dass im Martin's in der High Street keine *The Japan Times* auslag – nichts von den Schwierigkeiten ihres Sohnes ahnen und fröhlich den üblichen Kakao kochen. Wenn ich jetzt nicht anrief, würde ich so bald nicht mehr die Gelegenheit dazu bekommen.

Doch diese Gelegenheit glitt mir rascher als erwartet durch die Finger. Plötzlich klingelte es. Ich stürzte zum Fenster und sah hinaus – ein nutzloses Unterfangen, denn die Haustür war nicht zu sehen, doch vom Balkon aus konnte es möglich sein. Ich entriegelte die Schiebetür, trat hinaus und beugte mich weit übers Geländer. Ohne Erfolg; der Eingangsbereich zwei Stockwerke unter mir war vom Verandadach verdeckt. Ich hörte es wieder klingeln; anhaltend. Wer, zum Teufel, konnte das sein? Von Besuchern hatte Loudon nichts gesagt.

Ich hatte gerade beschlossen, wieder reinzugehen und zu warten, bis der Spuk von selbst aufhörte, als eine Gestalt unter dem Verandadach hervortrat und direkt zu mir nach oben sah. Es war ein großer Mann mittleren Alters mit langen Armen und Beinen, schütterem blondem Haar und einem etwas dunkleren Schnurrbart. Bekleidet war er mit kurzer Lederjacke, schwarzem T-Shirt und Bluejeans. Mit einem breiten Lächeln, das blendend weiße Zähne freigab, hob er die Hand zur Begrüßung. »Hi.« Sein amerikanischer

Akzent war noch gedehnter als der von Loudon. »Sie müssen Lance sein.«

»Wer sind Sie?«, fragte ich, mühsam darauf bedacht, mir den Schreck darüber, dass er von mir wusste, nicht anmerken zu lassen.

»Steve Bryce. Ein Kollege von Miller an der Doshisha-Uni. Er hat mich gebeten, Sie abzuholen.«

»Ach, wirklich?«

»Yah. Ärger mit dem Motorrad. Aber was kann man da schon erwarten? Mehr Rost als Benzin im Tank. Kurz, ich hab mich rumkriegen lassen. Ihr Taxi wartet schon.«

»Miller hat mich nicht angerufen.«

»Er dürfte alle Hände voll damit zu tun haben, das Ungetüm von Maschine zurück zum Bauernhaus zu schieben.«

»Bauernhaus?«

»Yah. Das, zu dem wir jetzt fahren. Keine Sorge, ich weiß, wo es ist. Miller hat mich von einer Telefonzelle aus angerufen. Auf dem Land draußen. Die nehmen nur Münzen. Er hat gesagt, er hätte nicht genug Kleingeld, um auch Sie zu erreichen. Weil er irgendein vorsintflutliches Vorurteil gegen Handys hegt, können wir von Glück reden, dass er überhaupt jemanden erreicht hat.«

»Äh... wahrscheinlich. Aber...«

»Ich will Sie ja nicht drängen, Lance, aber ich muss um zehn wieder an der Uni sein. Und bis zum Bauernhaus fährt man eine Stunde. Könnten Sie also ein bisschen schneller machen? Ich meine, Menschenskind, ich tue das schließlich bloß euch zuliebe.«

Diesen Eindruck erweckte er tatsächlich. Doch ein Eindruck kann täuschen. Während ich weiterhin zu diesem freundlich lächelnden Gesicht hinabsah, stellte ich mir die unvermeidliche Frage: Konnte ich ihm trauen? Von Freunden an der Universität hatte Loudon mir gegenüber nichts erwähnt, und was dieser Mann von mir wollte, wich so weit von seinem ursprünglichen Plan ab, dass er es bestimmt als zu riskant verworfen hätte, wenn ich es vorgeschlagen hätte. Falls ihn andererseits sein Motorrad im Stich gelassen hatte und die Zeit drängte, war ihm vielleicht wirklich nichts anderes übrig geblieben. In diesem Fall wäre niemandem geholfen, wenn ich mich nicht von der Stelle rührte. Bei dem Bauernhaus handelte es sich vermutlich um Mayumis und Harukos Versteck. Und ich musste mit ihnen sprechen – dringendst.

»Gibt es ein Problem, Lance?«

»Nein.« Ich hatte mich entschieden. »Ich komme runter.«

Bryce' kleine weiße Limousine hatte nichts von dem Glanz von Loudons Harley-Davidson. Doch, wie Bryce mir zu verstehen gab, hatte sie hinsichtlich Zuverlässigkeit einen klaren Sieg nach Punkten errungen. Wir verließen Kyoto in nordwestlicher Richtung. Das Sonnenlicht fiel schräg auf den bewaldeten Berg vor uns und warf helle Flecken auf die Ebene davor. Bryce überhäufte mich mit einer Flut von Fragen über meine Bekanntschaft mit Loudon und den Grund für die dringende Bitte, mich so eilig zu ihm ins tiefste Hinterland zu kutschieren. Dem Anschein nach tappte er im Dunkeln und war verständlicherweise neugierig. Aber bei mir biss er auf Granit, und als wir die Stadtgrenze erreichten, gab er es schließlich auf, mich zu auszufragen.

Von da an begnügte er sich damit, von sich zu erzählen – eines seiner Lieblingsthemen, wie ich annahm. Die Höhen und Tiefen seiner akademischen Laufbahn interessierten mich natürlich nicht die Bohne, aber ich ließ ihn gern vor sich hinplaudern, während wir im Zickzack auf der immer steiler werdenden Straße zwischen eng stehenden Nadelbäumen den Berg hinauffuhren. Häuser gab es nur wenige und in großen Abständen. Wir hatten die Welt der Stadt mit ihrem regen Treiben erstaunlich schnell hinter uns gelassen und fuhren immer tiefer ins Niemandsland.

Kurz nachdem wir den zweiten von zwei langen Tunnels hinter uns gelassen hatten, bog Bryce auf eine unbefestigte Schotterstraße ab, die bald mehr oder weniger zu einem Waldweg wurde. Er versicherte mir, dass das eine durchaus befahrbare Abkürzung zu einer anderen Landstraße sei, die zu dem Bauernhaus führen würde, aber als wir in ein Schlagloch rumpelten, das, seiner Größe nach zu urteilen, wohl von einem Raketentransporter stammte, und beinahe die Achse gebrochen wäre, schien er doch die Zuversicht zu verlieren.

»Ich schätze, ich sehe mal besser auf der Karte nach«, brummte er und hielt im Schatten der Bäume an. »Ich hole sie aus dem Kofferraum. Sie können sitzen bleiben.«

Er kletterte aus dem Wegen, ging nach hinten und klappte den Kofferraum auf. Erst hörte ich ihn noch herumwühlen, dann wurde es auf einmal leise, doch er knallte die Klappe nicht zu und kehrte auch nicht zurück. Ich kurbelte das Fenster herunter und lehnte mich hinaus. »Alles in Ordnung mit Ihnen?«

»Nicht wirklich. Kommen Sie am besten und sehen Sie sich das selbst an.«

»Was ist denn los?«

»Schauen Sie es sich einfach an.«

»Na gut«, seufzte ich und stieg aus. Ich sagte mir, dass unsere Begegnung mit dem Riesenschlagloch wohl doch einen größeren Schaden am Boden seines Autos angerichtet hatte, wobei mir allerdings ein Rätsel war, wie Bryce darauf kam, dass ich etwas tun konnte. »Was ist denn…?«

Die Worte blieben mir im Hals stecken, als ich um die Ecke bog und einen Blick in den Kofferraum warf. Miller

Loudon lag dort auf dem Rücken, an Händen und Füßen mit Seilen verschnürt, das Gesicht weiß und die Augen ins Leere starrend, mit einem von geronnenem Blut verschmierten Einschussloch mitten auf der Stirn.

»Ich hatte mir schon gedacht, dass die Kiste bergauf nicht richtig zieht«, sagte Bryce. »Und das ist also der Grund: zweieinhalb Zentner totes Gewicht.«

Ich starrte ihn, vor Entsetzen gelähmt, stumm an. Erst dann sah ich die auf mich gerichtete Pistole in seiner rechten Hand und das über seine Schulter geschlungene Seil.

»Ende der Fahrt, Lance. Umdrehen und langsam auf den Wald zugehen. Ich sage Ihnen, wann Sie stehen bleiben können.«

Ich rührte mich nicht, sondern starrte weiter auf Loudons Leiche hinab. Dann hob ich den Blick langsam zu Bryce. Noch immer konnte ich nicht sprechen. Ich spürte einen starken Brechreiz und ein Gefühl von Hilflosigkeit und tiefster Scham über meine Dummheit.

»Los schon, Lance, einen Fuß vor den anderen. Sie wissen doch, wie das geht. Bewegung.«

»Wer sind Sie?«

»Gehen Sie einfach.« Er knallte den Kofferraum zu, hob den rechten Arm und richtete die Pistole auf meinen Kopf. Unwillkürlich glotzte ich den Lauf an, eine metallene Verlängerung seiner Hand. »Okay?«

Was hätte ich schon tun können? Mir blieb nichts anderes übrig, als seine Anweisungen zu befolgen. Langsam drehte ich mich um und setzte mich in Bewegung.

Ich war etwa zwanzig Meter gegangen, als Bryce mich aufforderte, anzuhalten. Ich stand am Fuß eines massiven Ahorns mit roten Blättern, der dort zwischen lauter Kiefern emporragte. Während ich wartete, flatterte ein einzelnes Blatt langsam herunter und blieb zwischen den Kiefernnadeln zu meinen Füßen liegen. Würde Bryce mich umbringen? Ging es hier mit mir zu Ende? (Wenn ja, schoss es mir durch den Kopf, wäre in einem zukünftigen Weatsheaf-Quizz auf die Preisfrage: »*Wo hat es Lance Bradley erwischt?*«, die zutreffende Antwort »*In einem Wald in Japan*«.)

Plötzlich traf mich etwas Hartes und Schweres am Hinterkopf. Ich kann mich nicht daran erinnern, dass ich auf dem Boden aufschlug.

Einige Zeit später schlossen Schmerzen und Bewusstsein miteinander Bekanntschaft. Sprache und zusammenhängende Gedanken trafen allerdings mit Verspätung bei der Party ein. Ich saß am Fuß des Ahorns, den Rücken gegen den Stamm gelehnt, zu keiner Bewegung fähig. Bryce stand wenige Meter vor mir und durchwühlte den Inhalt einer Brieftasche. Sie sah... nach meiner Brieftasche aus. Dann erst wurde mir klar, dass ich mit Seilen am Baum festgebunden war. Bryce bekam mit, wie ich einen hoffnungslosen Versuch unternahm, mich loszureißen.

»Hi, Lance«, sagte er lächelnd. »Sie sind wieder da? Willkommen.«

»Was... was zum...« Meine Worte hörten sich wie ein gedämpftes Nuscheln an.

»Vor ein paar Minuten haben Sie mich gefragt, wer ich bin. Aber jetzt sieht es ganz so aus, als wüssten Sie es bereits.« Er warf die Brieftasche zu Boden und hielt mir eine weiße Visitenkarte entgegen, die er daraus entnommen hatte. »Gordon A. Ledgister, Caribtex Oil. Freut mich, Ihre Bekanntschaft zu machen.«

»L-Ledgister?«

»Richtig. Sollten Sie aber die Firma fragen, bei der ich den Wagen geliehen habe, würden sie Ihnen sagen – so merkwürdig das klingt – mein Name sei... Lance Bradley.« Sein

Grinsen wurde breiter. »Und da der gute arme Miller im Kofferraum liegt, werden dort wohl über kurz oder lang noch andere Leute Fragen stellen. Aber, hey, lassen wir uns deswegen keine grauen Haare wachsen. Leben wir einfach im Hier und Jetzt etcetera. Kehren wir zu dem zurück, was gerade ansteht.«

»Sie ... sind mir von Berlin hierher gefolgt?«

»Sie haben's erfasst. Ich habe mir die Trauer über den nicht vorgesehenen Tod meines Schwagers verkniffen und mich an Sie angehängt, als Sie mit Habichtsaugen den Weg hierher gefunden haben.«

»Sie haben Hashimoto erschossen?«

»Kümmern Sie sich nicht um ihn. Es sind die Lebenden, über die Sie reden sollen, nicht die Toten. Wo sind sie, Lance. Wo sind Mayumi und Haruko?«

Unbeholfen kreisten meine Gedanken um das, was mir Bryce – Ledgister, für den ich ihn jetzt halten musste – verschwieg. Er war Loudon zum Bauernhaus gefolgt. Doch Mayumi und Haruko waren nicht dort gewesen. Es war ihr Versteck, musste es sein, doch sie hatten es verlassen. Warum? Darauf konnte es nur eine Antwort geben. Loudon hatte sie bei seinem Anruf gestern Abend aufgefordert, schleunigst das Weite zu suchen. Er musste sich ziemlich sicher gewesen sein, dass mir jemand gefolgt war, und hatte beschlossen, meinen Verfolgern einen Strich durch die Rechnung zu machen. Er hatte Mayumi und Haruko vor der Gefahr gewarnt, konnte aber sich selbst nicht retten.

»Ich habe natürlich Miller danach gefragt. Und wie! Mit ... großem Nachdruck. Aber er wollte es mir nicht sagen, trotz all meiner Streicheleinheiten. Schließlich habe ich die Geduld verloren. Na ja, dass können Sie sicher nachvollziehen, oder? Da komme ich nach einer so weiten Reise am Ziel an – und was muss ich erleben? Die Damen, auf deren Bekanntschaft ich mich schon so gefreut habe... sind ausgeflogen. Wirklich eine große Enttäuschung.«

»Ich weiß nicht, wo sie sind.«

»Sagen Sie das nicht, Lance. Ich möchte, dass Sie mir helfen. Ich möchte, dass Sie mir helfen *wollen*. Dann... könnte *ich* vielleicht *Ihnen* helfen. So sollten Beziehungen doch sein: *quid pro quo*. Aber wenn Sie mir nicht helfen können... oder wollen, dann wird unsere Beziehung wohl nicht von langer Dauer sein. Also, versuchen wir es noch einmal. Wo sind Mayumi und Haruko?«

»Ich weiß es nicht. Ich weiß nicht mal, wo sie *waren*.«

»Also bitte. Sie erwarten doch nicht im Ernst, dass ich das glaube.«

»Nein, aber es ist die Wahrheit.«

»Das verheißt nicht viel Gutes für Ihre Zukunft, Lance. Das ist Ihnen doch hoffentlich klar?«

»Ja.« Aber hier log ich zum ersten Mal. Denn ich hatte soeben gesehen, wie in Ledgisters Rücken eine Gestalt zwischen den Bäumen lautlos näher huschte – ein schlanker, gelenkiger Japaner in blauem Trainingsanzug. Sein kurzes schwarzes Haar war grau gesprenkelt, sein Gesicht knochig und blass. Seine Augen waren auf Ledgister gerichtet. Und er hielt eine Pistole mit beiden Händen fest, deren Lauf nach vorne zeigte, während er auf Kiefernnadeln und feuchtem Laub unhörbar seinen Weg fortsetzte. Einen Moment lang überlegte ich, ob ich mir das einbildete, ob das Bild vom Retter nur eine Halluzination war, ausgelöst von dem Schlag und meiner Angst. Doch er sah sehr echt aus. Und er kam immer näher.

»Ich habe nicht die Muße, dieses Gespräch beliebig lange weiterzuführen«, sagte Ledgister. »Vielleicht sollte ich Ihnen das etwas deutlicher zu verstehen geben. Es sei denn...«

»Waffe weg!« Der Mann im Trainingsanzug hatte gesprochen.

Ledgister machte eine halbe Drehung und sah ihn – ebenso wie die Pistole, die aus wenigen Metern Abstand auf ihn gerichtet war. »Wer zum…«

»Auf den Boden legen.«

»Okay.« Ledgister streckte die freie Hand in die Höhe, kauerte sich nieder und legte die Pistole auf die Erde. »Kein Problem.«

»Aufstehen.«

Ledgister gehorchte. »Tja, ich weiß nicht, wer Sie sind, mein Freund, aber…«

»Für Sie kein Freund.«

»Hey, seien Sie sich da mal nicht so sicher! Wir kommen vielleicht prächtig miteinander aus, wenn wir… unsere Interessen vergleichen. Wie wär's zum Beispiel mit Geld? Sind Sie darauf scharf? Etwas zu verdienen, meine ich. So leicht wie möglich.«

»Binden Sie Mr Bradley los.«

»Wer ist dieser Typ, Lance?« Ledgister sah mich an. »Sollten Sie uns nicht einander vorstellen?«

»Losbinden. Sofort.« Der Mann baute sich noch dichter vor Ledgister auf, die Pistole im Anschlag.

»Okay, okay, ich tu's ja schon.«

Ledgister trat langsam hinter den Baum. Der andere Mann folgte ihm. Ich spürte ein Zerren an den Seilen, dann lockerten sie sich und fielen zu Boden. Ich rappelte mich mit unsicheren Beinen auf.

»Wetten, dass er mir nicht mal eine Abschürfung vorwerfen kann! Stimmt doch, Lance, oder?«

»Los, an den Baum«, forderte ihn mein anonymer Retter mit ruhiger Stimme auf. »Binden Sie ihn fest, Lance.«

Ledgister setzte sich provozierend langsam auf die Wurzel und grinste mich herausfordernd an. Ich nahm die Seile und gehorchte blind, während mein Gehirn weiterhin fieberhaft arbeitete und die plötzliche Wendung zu begreifen suchte. Ledgisters Frage hatte ihre Berechtigung: Wer war dieser Typ?

»Alles zu seiner Zeit, Lance«, flüsterte Ledgister, als ich ihm die Hände hinter dem Rücken gefesselt hatte und mich anschickte, ihm das zweite Seil um die Brust zu schlingen. »Ihr Glück dauert nicht ewig. Wenn es zu Ende geht, stehe ich da und warte auf Sie.«

Warten war das Einzige, was ihm noch bleiben würde. Ich zog das Seil fest, bis er vor Schmerz grunzte, dann knotete ich die Enden zusammen.

»Gut«, murmelte der Japaner beim Überprüfen der Knoten. »Wir gehen jetzt.« Er bemerkte meinen fragenden Blick und fügte hinzu: »Nicht hier, Lance. Erklärung kommt im Wagen.« Vor Ledgister blieb er noch einmal stehen und durchsuchte seine Taschen, vermutlich nach Waffen. Er fand keine, doch Ledgister hatte etwas bemerkt.

»Hey, Ihnen fehlt ja ein Fingerchen, Freund!« Er hatte Recht. Der kleine Finger an der linken Hand war nur ein Stummel. »Sie sind ein *yakuza*, was?« Außer einem flüchtigen Blick bekam er keine Antwort. »Sie haben da eine teure Versicherung laufen, Lance. Wollen wir hoffen, dass Sie sich auch die Prämie leisten können.«

»Genug.« Der Unbekannte richtete sich auf und sah mich an. Nichts an seiner Miene ließ erkennen, ob er auch nur eines von Ledgisters Worten verstanden hatte. »Wir gehen.«

Ich zögerte. Meine Augen suchten den Boden nach meiner Brieftasche ab. Sie lag nicht weit von der Stelle, wo Ledgister seine Pistole hingelegt hatte. Ich trat darauf zu.

»Nicht berühren!« Ich blieb stehen und wandte den Kopf. »Lassen Sie die Pistole liegen.«

»Er denkt an Fingerabdrücke«, kommentierte Ledgister. »Für einen *yakuza* eine geistige Leistung.«

»Ich will nur meine Brieftasche.« Ich deutete darauf.

»Okay.« Ledgisters Sarkasmus schien ihn nicht im Geringsten zu berühren. »Nehmen Sie sie und gehen Sie zur Straße.«

Ich gehorchte. Während ich durch das Unterholz eilte, sah ich nur nach vorne. Meinen namenlosen Gefährten konnte ich nicht hören, aber ich war mir sicher, dass er dicht hinter mir war. »*Sayonara*, Freunde!«, rief uns Ledgister hinterher.

Vor Ledgisters Auto blieb ich stehen und drehte mich um. Mein Begleiter kam einen Schritt hinter mir, seine Pistole war nicht mehr zu sehen. »Mein Wagen ist weiter hinten am Straßenrand«, sagte er leise. »Kurzer Weg.«

»Wissen Sie, was in diesem Auto im Kofferraum liegt?« Ich deutete mit dem Kinn darauf.

»Ja. Ich habe gesehen. Ich habe gehört. Wissen Sie, wo die Frauen sind?«

»Ich habe keinen blassen Schimmer. Sie hatten offenbar in einem Bauernhaus Schutz gefunden. Aber dort sind sie nicht mehr.«

»Sie kehren vielleicht dorthin zurück.«

»Aber ich weiß nicht, wo es ist. Das weiß nur Ledgister.«

»Er wird nichts sagen. Durchsuchen Sie den Wagen. Vielleicht ist dort etwas.«

Ich öffnete die Fahrertür und durchwühlte die Tasche an der Seite. Nichts. Als Nächstes klappte ich das Handschuhfach auf. Es enthielt eine umgefaltete Landkarte. Ich zog sie heraus und starrte das Wirrwarr aus säuberlich mit japanischen Zeichen beschrifteten Straßen, Flüssen und Höhenlinien an. Dann bemerkte ich etwas: ein mit roter Tinte eingezeichnetes Kreuz. »Das könnte es sein.«

»Ja.« Der Japaner sah mir über die Schulter. »In der Nähe von Kamiyuge. Ungefähr fünfzehn Kilometer von hier. Gut. Nehmen Sie die Karte.«

»Und Loudon?«

»Er ist tot.« Der Mann starrte mich mit ausdrucksloser Miene an. »Wir müssen fahren.«

»Ledgister hat den Wagen in meinem Namen gemietet.«

»Aber die Beschreibung, die die Agentur der Polizei gibt, wird zu ihm passen, nicht zu Ihnen. Und eine Kugel aus seiner Pistole hat Loudon getötet.«

»Schon, aber ...«

»Ich könnte Ledgister töten, aber dann würde die Polizei denken, dass Sie beide Männer ermordet haben. Verstehen Sie? So ist es am besten. Wir rufen die Polizei und schicken sie hierher. Okay?«

»Sind Sie ein ... *yakuza*?«

»Ja. Aber ich bin nicht für Sie hier. Ich bin für meinen Bruder hier. Toshishige.«

»Sie sind ... Yamazawas Bruder?«

»Ja. Shintaro Yamazawa. Das bin ich. Wir müssen fahren, Lance. Hier ist es zu gefährlich für uns. Wenn wir gesehen werden ...«

»Alles klar. Ich verstehe.«

Natürlich stimmte das nicht. Ich begriff nicht mal die Hälfte. Aber wegfahren, das ergab Sinn. Das leuchtete sogar mir ein. Yamazawa eilte auf dem Waldweg weiter. Sein grüner Range Rover stand hinter der zweiten Biegung im Schatten der Bäume. Wir kletterten hinein, Yamazawa wendete, und wir brausten davon.

»Wie viel wissen Sie eigentlich?«, fragte ich ihn. Insgeheim überlegte ich, welches Spiel er und sein Bruder gespielt hatten.

»Toshishige hat mich gebeten, auf Sie aufzupassen. Das

ist alles. Darum habe ich mich gestern am Bahnhof an Sie geheftet. Ich habe Ledgister gesehen. Er hat mich nicht gesehen.«

»Hätten Sie nicht verhindern können, dass er Loudon umbringt?«

»Wenn ich dort gewesen wäre, vielleicht. Aber ich war in Kyoto. Ich habe auf Sie aufgepasst.«

»Hat Ihnen Toshishige gesagt, worum es hier geht?«

»Er hat mir ein bisschen gesagt. Ihr Freund hat die Hashimotos in Gefahr gebracht. Der Amerikaner, Loudon, hat sie versteckt. Toshishige hat sich um Sie gesorgt. Aber er hätte sich mehr um alle anderen sorgen müssen. Sie haben Gefahr nach Japan gebracht.«

Das stimmte. Ich hatte eine Spur hinterlassen, und Ledgister war ihr gefolgt. Meines Wissens hatte er jetzt zweimal getötet. Und ohne Loudons Selbstopferung hätte es noch mehr Tote gegeben. »Ich muss Mayumi und Haruko finden.«

»Wenn sie ins Bauernhaus zurückgekehrt sind, finden wir sie. Aber wir können nicht lange bleiben. Sie dürfen nicht gesehen werden, weil sonst ein Zusammenhang mit Ihnen erkannt wird.«

»Ich kann nicht einfach weggehen.«

»Besser als weggetragen zu werden, denke ich.«

»Hören Sie, ich bin Ihnen wirklich dankbar, aber…«

»Danken Sie Toshishige, nicht mir.«

»Nicht er hat vorhin sein Leben riskiert.«

»Kein Risiko. Ich habe besser auf meine als auf Ihre Sicherheit geachtet.«

»Trotzdem…«

»Ich habe Ihnen das Leben gerettet. Doch, ja, das glaube ich. Und ich beende gern das, was ich angefangen habe. Bei uns in Japan haben wir für Mord immer noch die Todesstrafe. Darum...« Er sah mich mit starrer Miene an, nicht einmal der Ansatz eines Lächelns flackerte auf seinen Lippen. »Wir müssen vorsichtig bleiben.«

Als wir die Landstraße erreichten, bogen wir in nördlicher Richtung ab. Nach wenigen Meilen fuhren wir in ein Tal hinunter und kamen in ein Dorf, in dem Yamazawa vor einer Telefonzelle anhielt und der Polizei anonym Meldung erstattete. Danach verließen wir das Dorf und fuhren den nächsten bewaldeten Berg hoch.

»Tun Sie Toshishige oft einen Gefallen wie diesen?«, fragte ich, als ich mich allmählich von meinem Schock erholte.

»Noch nie so wie heute. Das ist ein... besonderer Fall. Ihr Freund, Rupert Alder...?«

»Yeh?«

»Hat Ihnen Toshishige das nicht gesagt?«

»Ich weiß nicht. Was denn?«

»Toshishige und ich hatten beide eine gute Ausbildung. Unser Vater hat sich zu Tode gearbeitet, damit wir sie bekommen. Ihm war vor allem wichtig, dass wir fließend Englisch sprechen. Er dachte, das würde uns helfen, eine gute Karriere zu machen. Sie können sich denken, dass ich eine große Enttäuschung für ihn war. Er hatte einfach übersehen, dass es für Leute mit Englischkenntnissen im großen Verbrechen genauso Möglichkeiten gibt wie in großen Unternehmen. Aber auf Toshishige war er stolz. Ein angesehener Sohn. Ein aufrechter, ehrlicher Mann. Und einer, der hart arbeitet. Das war mein Bruder. Bis zu diesem Giftgasanschlag in der U-Bahn. Danach hat er sich verändert. Plötzlich gefiel ihm das... wilde Leben. Das ist der Grund, warum Yoshiko ihn verlassen hat. Sie war mit mir nicht einer Meinung. Toshishige fing an zu trinken und zu spielen. Auch mit anderen Frauen – von der teuren Sorte, glaube ich. Er brauchte Geld. Mehr als er verdiente, verstehen Sie? Also habe ich ein paar … Geschäfte für ihn arrangiert.«

»Was für Geschäfte?«

»Meistens Schmuggel. Ein Bruder bei einer Reederei kann nützlich sein. Dann … hat Ihr Freund es herausgefunden.«

»Rupe wusste Bescheid?«

»Ja. Er hat es natürlich beendet. Aber er hat Toshishige nicht angezeigt. Er hat ihn laufen lassen. Das war ihr Geheimnis.«

»Toshishige hat gesagt, Rupe hätte ihm das Leben gerettet.«

»Das könnte stimmen. Der Rauswurf, vielleicht Gefängnis – das hatte wohl sein Ende bedeutet. Vielleicht war das Ihrem Freund klar.«

»Und jetzt bin ich der Nutznießer von Toshishiges Dankesschuld?«

»Ja, so ist es. Wir Yamazawas glauben an die Ehre. Ihr Glück, denke ich.«

Nachdem wir ein weiteres Dorf, das kleiner war und aus Einzelgehöften bestand, durchquert hatten, bogen wir auf eine Schotterstraße ab. Dort fuhr es sich kaum weniger holperig als auf dem Feldweg, den Ledgister zuvor gewählt hatte, doch immerhin standen die Bäume nicht so dicht, und wir hatten eine weite Sicht auf die Hügel und Berge um uns. Yamazawa hielt kurz an, um auf der Karte nachzusehen, dann fuhr er ein kleines Stück weiter und blieb bei der Einmündung eines Fußwegs wieder stehen. Wir befanden uns in einem flachen Tal mit Äckern links und rechts von uns.

»Das Bauernhaus muss am Ende dieses Weges stehen«, meinte Yamazawa nach einem Blick auf die Karte. »Vielleicht hinter den Bäumen verborgen.«

»Es sieht auf jeden Fall so aus, als wäre hier vor kurzem jemand gefahren.« Für meine Feststellung hätte es nicht des Scharfsinns eines Sherlock Holmes bedurft. Der Lehm hier war von tiefen Reifenspuren durchzogen.

»Okay. Wir fahren da rein.« Yamazawa wendete den Range Rover behutsam, und wir zuckelten über den mit Schlaglöchern bedeckten Feldweg, der sich zwischen einem Acker und einem mit hohem Gras bewachsenen Waldrand hindurchschlängelte.

Schließlich tauchte vor uns das Bauernhaus auf, das offensichtlich schon eine ganze Weile keinem Landwirt mehr als Wohn- und Arbeitsstätte diente. Das Dach war teils mit Stroh, teil mit Ziegeln gedeckt. Anscheinend hatte hier einmal jemand mit einem Umbau begonnen, dann aber aufgegeben. Die Veranda blickte auf mit von Unkraut überwucherte Blumenbeete. Seitlich davon stand so etwas wie ein Schuppen mit rostigem Wellblechdach. Vor dessen offener Tür war eine Harley-Davidson abgestellt.

Wir hielten im Hof an und stiegen aus. Yamazawa erkannte auf den ersten Blick, dass die Schiebetür, die ins Haus führte, halb offen stand. Wir näherten uns vorsichtig. Als wir die dunklen Flecken auf den Holzdielen der Veranda entdeckten, blieben wir stehen. Ganz offensichtlich Blutspuren. Sie sahen verwischt aus, als ob das Opfer über den Boden geschleift worden wäre.

Vorsichtig ging Yamazawa daran vorbei und schob die Tür ganz auf. Im Innern waren noch mehr Blutflecken zu erkennen. »Loudon dürfte hier gestorben sein«, erklärte er. »Ledgister hat ihn dann zu seinem Wagen gezerrt.«

»Mayumi und Haruko?«

»Verschwunden, das steht fest. Aber ich sehe nach. Sie bleiben hier.«

Damit trat Yamazawa in das Haus, und mir blieb es überlassen, die Blutspuren und Loudons Motorrad anzustarren. Keine Frage, ich trug eine Mitschuld am Tod dieses Mannes, wenn auch nicht im gleichen Maß wie Rupe. Freundliche Gedanken an meinen alten Freund hegte ich in diesem Moment wirklich nicht. »Warum hast du nicht die Finger davon gelassen?«, murmelte ich vor mich hin. »Du Riesentrottel!«

Binnen weniger Minuten kam Yamazawa wieder heraus. »Hier ist niemand«, verkündete er.

»Loudon hat sie gestern Abend angerufen«, erklärte ich ihm. »Was er gesagt hat, weiß ich nicht. Sie sprachen Japanisch. Aber ich kann es mir denken. Er hat sie aufgefordert, abzuhauen. Jetzt verstecken sie sich wohl irgendwo und warten darauf, dass er wieder anruft und das Zeichen zur Entwarnung gibt.«

»Es wird keinen Anruf geben.«

»Nein«, pflichtete ich ihm bei. »Telefonieren kann er nun nicht mehr.«

»Wenn Sie Recht haben, werden sie nicht hierher zurückkehren. Sie werden warten und warten. Und dann werden sie erfahren, was geschehen ist – aus dem Fernseher, aus den Zeitungen.«

»Wir müssen sie finden.«

»Allein sind sie vielleicht nicht in so großer Gefahr.«

»Ich kann sie doch nicht ihrem Schicksal überlassen.« (Außerdem war diese Sache mit dem Townley-Brief immer noch nicht geklärt, auch wenn ich das lieber nicht erwähnte. Mehr denn je musste ich erfahren, was darin stand.)

»Sie sind also fest entschlossen, sie zu suchen?« Yamazawa musterte mich mit ernster, prüfender Miene.

»Ja.«

»Dann fragen Sie sich Folgendes: Was hatte Loudon vor? Er muss erkannt haben, dass er in Gefahr war. Folglich muss ihm klar gewesen sein, was ihnen ohne seine Hilfe geschehen würde. Wen würde er darum bitten, sie zu beschützen?«

»Ich kenne hier niemanden, der darüber Bescheid wissen könnte. Ich bin der Einzige.«

»Aber er hat Ihnen nicht gesagt, wohin er sie schicken wollte.«

»Natürlich nicht. Er befürchtete... Moment mal.« Ich verstummte jäh. Mir war etwas eingefallen. Die einzige Möglichkeit, mir die richtige Richtung zu weisen, ohne mich in seine Pläne einzuweihen, hatte Loudon womöglich in einer verschlüsselten Botschaft gesehen, auf die ich erst im Nachhinein aufmerksam wurde. Mit ihrer Hilfe wäre ich in der Lage, seine Absicht zu erkennen, falls er selbst nicht durchkam. »Er hat mir ein Buch empfohlen. *Wem die Stunde schlägt.*«

»Ernest Hemingway.«

»Sie kennen seine Werke?«

»Nein. Aber ich bin ein Fan von Ingrid Bergman. Darum habe ich den Film gesehen. Er war natürlich eine Enttäuschung, allein schon wegen ihrer schrecklichen Frisur. Aber die Geschichte ist okay.«

»Mit Hemingway habe ich eigentlich nichts am Hut. Als Hemingway-Spezialist hätte Loudon das offen gesagt erkennen müssen. Die Chance, dass ich so ein Buch aufschlage...« Ich hielt inne. Aber natürlich, Loudon hatte etwas ausgewählt, von dem er sicher war, dass ich nichts damit anfangen konnte – außer ich würde es später in Hinblick auf seine Andeutungen lesen. Darauf war es ihm angekommen. »Wir müssen uns das Buch ansehen. Es ist in seiner Wohnung.«

»Jetzt dorthin zu fahren, ist zu riskant.«

»Ich habe keine Wahl.«

»Das glaube ich nicht.«

»Doch.« Ich sah ihm in die Augen. »Glauben Sie mir, ich muss zurück.«

Wir fuhren auf dem Rückweg nach Kyoto gerade durch einen der langen Tunnels, als ein Wagen mit blitzendem Blaulicht und einem ähnlichen Tempo wie der Superexpress an uns vorbeiraste. »Die Mordjungs vom Polizeipräsidium in Kyoto«, meinte Yamazawa. »Wenn Loudon einen Ausweis dabei hatte, dauert es nicht lange, und sie haben auch die Adresse.«

»Ich weiß schon, was Sie damit sagen wollen, Shintaro. Aber ich muss das erledigen.«

»Dann erledigen wir es bitte schnell, okay? Und ich bin verantwortlich. Verstanden?«

»Abgemacht.«

So knapp die Zeit auch war, Yamazawa parkte zwei Straßen von Loudons Haus entfernt. Wir näherten uns dem Gebäude durch eine Sackgasse von hinten und mussten über einen Zaun und davor aufgestellte Mülltonnen klettern. »Das sollten wir eigentlich in der Nacht tun«, beschwerte sich Yamazawa beim Aufstemmen der Metalltür eines Lastenaufzugs. »Ihretwegen verletzte ich alle meine Vorschriften, Lance.«

»Woher wussten Sie, wie man da reinkommt?«, fragte ich, als der Aufzug sich in Bewegung setzte.

»Ich wusste es nicht. Aber Japan ist ein von Verbrechen freies Land. Hier kommt man überall rein.«

Wir traten in ein kahles Betontreppenhaus und gelangten durch eine Feuertür in einen mit Teppichboden belegten Korridor, dem wir bis zu Loudons Wohnung folgten.

Irgendwo in der Nähe lief Popmusik, ansonsten wirkte

das Haus wie ausgestorben. Yamazawa blickte sich misstrauisch um, dann zog er einen kleinen rechteckigen Metallgegenstand aus der Tasche.

»Was ist das?«

»Ein Türöffner.« Das Ding hatte eine Klinge. Diese schob Yamazawa in den Ritz neben dem Schlüsselloch. Nach kurzem Hin-und-her-Schieben sprang der Riegel zurück.

Ich stürmte sofort in Loudons Schlafzimmer. Yamazawa folgte mir. Auf dem Nachtkästchen lag eine abgegriffene Taschenbuchausgabe von *Wem die Stunde schlägt*. Schon als ich es in die Hand nahm, fiel mir auf, dass eine Seite oben an der Ecke geknickt war. Ich schlug sie auf. In den eng bedruckten Zeilen stach nur ein Wort heraus, ein mit Bleistift unterstrichener Name – *Maria*. Ich zeigte den Fund Yamazawa. »Können Sie was damit anfangen?«

»In dem Film spielt Gary Cooper einen Amerikaner, der im spanischen Bürgerkrieg kämpft. Er verliebt sich in…« Er hielt kurz inne. »Ingrid Bergmann spielt ein Mädchen namens Maria.«

»Ja, und?«

»In Arashiyama gibt es ein Hotel Maria.«

»Das ist ein Riesenzufall.« Aber natürlich war es alles andere als das.

Und Yamazawa sah das genauso. »Los«, bestimmte er, bereits auf dem Weg zur Tür.

Arashiyama lag westlich von Kyoto in der Ebene am Fuß der Vorberge. Es hatte eine hübsche Brücke über den Fluss, mehrere über die Stadt verteilte Tempel und Unmengen von Schmuckgeschäften und Rikscha-Ständen. Als Touristenfalle war Arashiyama ungemein wirksam – man hatte den Eindruck, die halbe Bevölkerung der Kansai-Region klappere über die Straßenpflaster.

»Geht es hier immer so zu?«, wollte ich wissen, als Yamazawa den Range Rover durch die Menschenmassen steuerte.

»Nein. Aber die Gärten von Tenryu-ji und Okochi-sanso sind im Herbst besonders schön. Und heute ist ein öffentlicher Feiertag.«

»Wirklich?«

»Ja. *Bunka-no-hi*. Der Tag der Kultur.«

»Demnach wird heute an der Doshisha-Universität nicht unterrichtet?«

»Nein. Die Studenten dürfen den Tag mit ihren Freundinnen in den Bambushainen verbringen. Vielleicht auch die Professoren. Warum fragen Sie?«

»Nur so.« Nun, ich dachte an eine von den Lügen, die Ledgister mir aufgetischt hatte: *Ich muss um zehn wieder an der Uni sein*. Bezeichnenderweise war er in dieser Hinsicht so ahnungslos gewesen wie ich und hatte den Makel in seiner Geschichte selbst nicht bemerkt. »Nicht mehr wichtig.«

»Hier ist das *Maria*.« Yamazawa fuhr auf den Parkplatz vor dem Hotel. Es war ein mittelgroßes, modernes Gebäude mit weiß getünchten Mauern, deren grelle Monotonie nur durch eine verblüffende Fülle von Chrysanthemen in Blumenbeeten, Steingärten und Trögen vor den Fenstern aufgelockert wurde. »Sieht so aus, als wäre diese Maria, wer immer sie sein mag, eine *Kiku*-Liebhaberin.« Er setzte unvermittelt eine Sonnenbrille auf. »Mir ist das zu hell.«

»Warum hat Loudon Mayumi und Haruko hierher geschickt? Vorausgesetzt, wir haben uns nicht geirrt.«

»Weil es in Arashiyama, wie Sie selbst gesehen haben, von Menschen wimmelt. Eine gute Wahl, denke ich. In einer Menschenmenge kann man leicht untertauchen.«

»Was ihnen gelungen ist. Aber das bedeutet auch, dass sie sich wahrscheinlich unter falschem Namen angemeldet haben.«

»Ja. Aber sie sind keine Expertinnen im Versteckspielen. Sie verraten sich.«

»Wie meinen Sie das?«

»Sehen Sie den Nissan dort.« Yamazawa deutete auf ein mit Schlammspritzern übersätes, kleines rotes Hecktürenmodell in einer Ecke des Parkplatzes. »Tokioter Nummernschild. Und es sieht so aus, als wäre er mehr über Feldwege gefahren als alle anderen Autos hier.«

»Stimmt, es könnte ihres sein, aber...« Er war wieder losgefahren. »Was haben Sie vor?«

Statt einer Antwort riss Yamazawa das Lenkrad nach links, legte den Rückwärtsgang ein und steuerte geradewegs auf den Nissan zu.

»Halt! Sie fahren ja direkt in...!« Wir prallten mit einem kräftigen Knirschen gegen den hinteren Kotflügel des Nissan. »Was, zum Teufel, machen Sie da?«

»Warten Sie hier.« Yamazawa öffnete die Tür. »Ich glaube, ich muss den Schaden dem Eigentümer dieses Wagens melden.« Damit stieg er aus. Doch ich hätte schwören können, hinter den Gläsern seiner Sonnenbrille ein Zwinkern bemerkt zu haben.

Als Yamazawa im Hotel verschwunden war, kletterte ich ebenfalls aus dem Wagen und schlenderte über den Parkplatz. Innerlich bereitete ich mich auf die Begegnung vor. Immerhin war ich der beste Freund des Mannes, der Haruko betrogen hatte, und hatte beim Tod von Mayumis Bruder eine Rolle gespielt, die ihr zwangsläufig zwielichtig erscheinen musste. Darüber hinaus war ich (durch eigenes Zutun) in einen zweiten Todesfall verwickelt, von dem sie noch nichts wusste, es aber bald erfahren würde. Was sollte ich ihnen sagen? Was würden *sie mir* sagen?

Fünf Minuten vergingen, zumindest nach meiner Uhr –

mir kamen sie eher wie eine halbe Stunde vor. Die Sonne versteckte sich hinter einer Wattebauschwolke. Abrupt verblasste das grelle Glitzern der Fassade des Hotels Maria. Dann ging die Tür auf, und Yamazawa trat in Begleitung einer Frau ins Freie. Ich erkannte Mayumi auf Anhieb. Eine kleine, gepflegte Erscheinung mit hoch erhobenem Kopf, in beigefarbenem Hosenanzug. Das ergrauende schwarze Haar, das sie straff nach hinten gekämmt in einem Knoten trug, betonte eine Hagerkeit, die ich von Rupes Foto her nicht in Erinnerung hatte. Zudem sah sie sehr ernst und besorgt aus, wozu sie auch wirklich jeden Grund hatte. Dennoch verriet ihr Gesicht auch jetzt noch Spuren ihrer Schönheit als junge Frau.

Sie hatten die Autos erreicht und besahen den Schaden. Als ich hinter sie trat, führten sie ein Gespräch auf Japanisch. Ich zögerte kurz, dann gab ich mir einen Ruck. »Mayumi Hashimoto?«

Ich sah sie zusammenzucken. Langsam drehte sie sich um. Wie auch immer sie sich an der Rezeption genannt haben mochte, sie reagierte immer noch reflexartig, wenn man sie mit ihrem eigentlichen Namen ansprach. Ihr Gesicht verriet nackte Angst.

»Ich bin Lance Bradley«, sagte ich und sah ihr fest in die Augen. »Ich bin hier, um Ihnen zu helfen.«

Sie gab keine Antwort, sondern starrte mich einfach weiter an. Nichts an ihrer Miene wies darauf hin, dass sie mir glaubte. Um ehrlich zu sein, ich konnte es ihr nicht übel nehmen. Aber ich meinte es wirklich aufrichtig. Wenn es das Letzte war, was ich noch schaffte – was leicht der Fall sein konnte –, ich *wollte* ihr helfen.

13

Die Frauen in meinem Leben (die alle die Gewohnheit hatten, daraus zu verschwinden), meinten, ich habe – auf irgendeiner fundamentalen Ebene – nie begriffen, was eine enge und liebevolle Beziehung eigentlich bedeutet. Selbst Ria, die sich gewiss nicht mit Treue hervorgetan hatte, hatte mir vorgehalten, ich sei einfach zu bequem, als dass sie mit mir leben könne. Damit meinte sie (glaube ich), dass ich, sobald die Karten auf dem Tisch lagen, immer dazu neigen würde, einfach aufzustehen und wegzugehen. Warum sollte ich mich der Angst vor der Verantwortung für das Glück oder – Gott bewahre – den materiellen Bedürfnissen einer anderen Person aussetzen? Warum überhaupt Verantwortung übernehmen?

Natürlich, weil eine Beziehung das wert ist. Heißt es. Aber ist es wirklich so? Darüber hätte ich am Nachmittag dieses Tages der Kultur in Kansai gern mit Rupe debattiert. Und wie gerne hätte ich einen verständnisvollen Zuhörer fragen können: »Brauche oder verdiene ich wirklich *diese* Angst?« (Ganz zu schweigen von dem beträchtlichen persönlichen Risiko!) Aber das Verständnis für mich war nicht mehr vorrätig und außerdem nicht der Jahreszeit gemäß. Ich hatte mich spät und gegen jede Logik der Verantwortung gestellt, vor der ich mich immer zu drücken versucht hatte – in diesem Fall der Verantwortung für die Zukunft zweier wildfremder Frauen.

Nun, am Anfang übernahm es Yamazawa, Mayumi die traurigen Tatsachen möglichst knapp und doch umfassend beizubringen. (Dabei musste ich mich auf ihn verlassen, denn natürlich sprachen sie Japanisch miteinander.) Mayumi sagte kaum ein Wort und sah immer wieder mit unergründlicher Miene zu mir herüber. Wann sie begriff, dass Loudon tot war, vermochte ich beim besten Willen nicht zu sagen. Doch nachdem sie gegangen war, um Haruko zu holen, erzählte mir Yamazawa, dass er ihr nichts vorenthalten hatte.

»Ich glaube, sie ist eine stolze Frau. Aber auch voller Angst, mehr um ihre Tochter als um sich selbst. Sie wird nicht zulassen, dass Sie sehen, wie bestürzt sie ist.«

»Zumindest droht ihnen jetzt, da Ledgister verhaftet ist, keine unmittelbare Gefahr.«

»Aber Ledgister ist vielleicht nicht allein. Das ist ihr klar. Und das ist der Grund, warum sie mein Angebot, ihr Schutz zu gewähren, angenommen hat.«

»Wo wollen Sie sie unterbringen?«

»In meinem Haus.«

»Sie nehmen sie zu sich?«

»Ja. Und Sie auch, Lance. Hier können die beiden Frauen nicht bleiben, und Sie genauso wenig. Alle übrigen Möglichkeiten sind Ihnen versperrt.« Er zuckte die Schultern. »Es ist das Beste.«

Mir blieb gar nichts anderes übrig, als ihm zu vertrauen, selbst wenn mir das widerstrebt hätte. Und Mayumi und Haruko steckten in der gleichen Zwangslage. Wir luden sie und ihre Habseligkeiten in den Range Rover, ließen den zerbeulten Nissan einfach stehen und überquerten den Fluss, um durch die westlichen Vororte von Kyoto in Richtung Süden zu fahren.

»Wir nehmen die Meishin-Autobahn nach Ashiya«, kündigte Yamazawa mir zuliebe auf Englisch an, nachdem er mit den zwei Frauen ein paar Worte auf Japanisch gewechselt hatte. »Dort lebe ich. An der Küste zwischen Osaka und Kobe.«

Mayumi und Haruko saßen stumm auf der Rückbank.

Nur gelegentlich flüsterten sie kurz miteinander. Ich hatte nicht den Mut, sie anzusprechen. Andererseits wagte ich es, ihre Gesichter möglichst oft im Spiegel in der Unterseite der Sonnenblende zu betrachten. Mayumi wahrte die ganze Zeit über die Fassung, auch wenn die Schatten unter ihren geröteten Augen verrieten, wie schwer ihr das fiel. Diese Selbstbeherrschung brachte Haruko nicht auf. Immer wieder klammerte sie sich an die Hand ihrer Mutter und wischte sich mit einem Taschentuch Tränen der Angst und Trauer aus den Augen. Seit dem Sommer hatte sie deutlich an Gewicht verloren. Ihr Gesicht war schmaler und blasser als auf Rupes Fotos, und auch ihr strahlendes Lächeln existierte nur noch auf den Aufnahmen. Ihr Geliebter hatte sie betrogen, und seinetwegen waren nun ihr Onkel und ihr Beschützer in Kyoto tot. Jetzt blieb ihr und ihrer Mutter nichts anderes übrig, als zwei Fremden zu vertrauen, einem knallharten, kaltblütigen *yakuza*... und mir.

Die Küstenstraße westlich von Osaka führte durch eine Stadtlandschaft aus ineinander übergehenden, anonymen Orten, von denen Ashiya der wohlhabendste zu sein schien. Yamazawas Haus stand in einem hügeligen Villenviertel am Fuß der Berge, die über der Stadt aufragten. Was mir hier als Erstes auffiel, waren hohe Mauern, Alarmanlagen allenthalben und das völlige Fehlen von Fußgängern. Offenbar waren die Anwohner äußerst schreckhaft und hatten wohl auch allen Grund dazu. Während wir darauf warteten, dass sich das Tor zu Yamazawas Grundstück öffnete, sah ich in einem Nachbargarten zwei Rottweiler patrouillieren.

»Sie denken jetzt sicher, dass Verbrechen sich lohnt«, meinte Yamazawa im Weiterfahren, an mich gewandt. »Und sie werden sich fragen, wie sich meine Nachbarn angesichts eines *yakuza* unmittelbar neben sich fühlen.«

»Das geht mich überhaupt nichts an.«

»Die Antwort ist, dass sie so tun, als glaubten sie, der Finger wäre mir von einer Taxitür abgeklemmt worden. Ich wiederum frage sie nicht, woher sie ihr Geld haben.«

»Geselliges Beisammensein beim Grillen ist hier demnach nicht die Norm?«

»Der Zweck des Lebens hier, Lance, ist, Beisammensein zu vermeiden.« Darüber sinnierte Yamazawa einen Moment lang, ehe er hinzufügte: »Nirgendwo gibt es mehr Sicherheit.«

Ich glaubte ihm gern. Sein weiß gestrichenes, riesiges kahles Haus wirkte merkwürdig wenig japanisch, und das karge Mobiliar war eher ein Zeichen von Leere, nicht von Schlichtheit.

Eine Haushälterin, die Yamazawa offensichtlich wegen ihrer Unergründlichkeit eingestellt hatte, sprach in einer fernöstlichen Sprache mit ihm, die sich allerdings eher wie Chinesisch anhörte (wie ich später erfuhr, war es Koreanisch), dann führte sie Mayumi und Haruko in ihr Quartier. Ich blieb fürs Erste mir selbst überlassen. So tapste ich in den für mich bereit gestellten flauschigen Pantoffeln durch das mit Tatami-Matten ausgelegte Wohnzimmer, das groß genug war, um darin Bälle abzuhalten, ohne deswegen Möbel verrücken zu müssen.

Ein dreieckiges Fenster führte auf einen gepflegten Garten hinaus, der von hohen Mauern umgeben war. In der Spätnachmittagssonne sah ich die oben einzementierten Glasscherben glitzern. Ungeladene Gäste waren hier eindeutig nicht willkommen. Rottweiler schien es auf dem Grundstück dagegen nicht zu geben – nur eine eineinhalb Meter hohe Bronzestatue eines Panters auf der Pirsch auf der Terrasse.

Gut zwanzig Minuten lang blieb ich mir selbst überlassen

und fragte mich allmählich, wie es weitergehen würde, als Yamazawa mit bestürzend ernster Miene zurückkehrte.

»Ich habe mit meinem Kontakt bei der Polizei von Kyoto gesprochen. Er hatte keine gute Nachricht für mich.«

»Was sagt er?«

»Dass so etwas geschehen konnte...«

»*Was?*«

»Ledgister ist entkommen.«

»Sie machen Witze.«

»Ich mache keine Witze.« (Niemals im Leben, meinte er wohl.) »Offenbar sind zwei Männer vom örtlichen Revier – Keihoku – als Erste dort eingetroffen. Nachdem sie Ledgister losgebunden hatten« – Yamazawa stieß ein verächtliches Schnauben aus – »erschoss er einen und lief dem anderen im Wald davon. Ich hätte mich nicht auf die Polizei verlassen sollen. Das sind... *shiroto*.«

»Hätte er er uns bis hierher verfolgen können?«

»Unmöglich. Er hat keinen Wagen. Er ist in Freiheit, aber wo wir sind, kann er nicht in Erfahrung bringen.«

»Wenigstens etwas.«

»Aber zu wenig. Die Polizei wird vermutlich denken, dass Sie das waren. Er hat den Wagen auf Ihren Namen gemietet. Inzwischen wird die deutsche Polizei wissen, dass Sie nach Tokio geflogen sind. Es sieht schlecht für Sie aus, Lance. Sehr schlecht.«

»Ich ähnele Ledgister doch nicht im Geringsten.«

»Soll ich etwa zur Polizei gehen und ihr das erklären? Ich hätte ihn töten sollen, Lance. Das ist die Wahrheit. Ich hätte ihn erledigen sollen.«

»Sie haben doch selbst gesagt, dass das meine Lage nur noch aussichtsloser machen würde.«

»Kaum aussichtsloser als jetzt. Sie müssen das Land verlassen. So schnell wie möglich.«

»Und was wird aus Mayumi und Haruko?«
»Sie sind hier in Sicherheit.«
»Vorläufig. Aber ewig können Sie ihnen nicht Unterschlupf gewähren. Außerdem: Wie komme ich hier raus? Am Flughafen würde ich sofort verhaftet werden.«
»Ich könnte Sie rausbringen.«
»Und wohin? Ich weiß nicht mal, mit wem ich es hier zu tun habe. Das muss ich aber herausfinden, Shintaro. Verstehen Sie das?«
Er nickte bedächtig. »Ja.«
»Ich glaube, Mayumi kann es mir sagen.«
»Dann fragen Sie sie, Lance. Bald.«
»Jetzt ist die Zeit wohl schlecht geeignet dafür, finden Sie nicht?«
»Ja, aber später können Sie nicht mehr fragen.« Yamazawa sah zum Fenster hinaus und seufzte. »Ich werde ihr das mit Ledgister berichten. Dann werde ich sie bitten, mit Ihnen zu sprechen. Sie ist mein Gast... Darum glaube ich nicht, dass sie sich weigern wird.«

Sie weigerte sich nicht. Die Haushälterin brachte Tee, und wenige Minuten später trat Mayumi mit ausdrucksloser Miene und scheinbar gefasst in den Raum. Wir setzten uns, und sie schenkte uns beiden Tee ein.
»Kiyofumi hat mir gesagt, dass Sie ein guter Mensch sind, Bradley-san.«
»Nicht so gut, wie er es war. Aber nennen Sie mich doch bitte Lance.«
»Sie sind in diese Sache verwickelt, weil Sie Rupes Freund sind?«
»Ja. Danach sieht es wohl aus.«
»Haruko hat ihn sehr geliebt. Sie glaubte – *wir* glaubten –, er erwidere ihre Liebe.«

»Was er getan hat, kann ich nicht ungeschehen machen.«
»Ich weiß. Aber... er hat ihr das Herz gebrochen.«
»Hoffentlich nicht unheilbar.«
»Ich teile Ihre Hoffnung. Sie ist jung. Für diejenigen unter uns, die nicht mehr so jung sind, ist das schwerer.«
»Ich habe Ihrem Bruder versprochen, dass ich alles in meiner Macht Stehende tun werde, um Ihnen zu helfen.«
»Und im Gegensatz zu Ihrem Freund halten Sie Ihr Versprechen.«
»Die Frage ist nur, Mayumi: *Wie* kann ich Ihnen helfen?«
»Retten Sie Haruko. Das ist alles, worum ich Sie bitte. Ich habe so viel verloren. *Sie* darf ich nicht verlieren.«
»Warum ist sie in Gefahr, Mayumi? Warum sind wir alle in Gefahr? Was steht in diesem Townley-Brief?«

Mayumi beugte sich vor und nippte an ihrem Tee, was ihre Haltung noch würdevoller erscheinen ließ. »Es gibt nur eine Möglichkeit, Haruko zu retten. Stephen muss daran gehindert werden, uns weiter zu verfolgen.« (Es war ein ziemlicher Schock für mich, zu hören, wie sie Townley beim Vornamen nannte.) »Wir müssen mit ihm in Verbindung treten.«

»Aber er wird nicht hören.«
»Ich glaube nicht, dass er überhaupt schon etwas von der ganzen Angelegenheit gehört hat. Meiner Meinung nach handelt dieser Ledgister ohne Stephens Wissen.«
»Was hätte er davon?«
»Es geht nicht nur um Stephen, einem Schwiegersohn aus dem Ölgeschäft würde auch Gefahr drohen. Miller...« Sie verstummte und sah weg, um erst fortzufahren, als sie die Fassung wiedererlangt hatte. »Miller hat mir die Folgen erklärt. Es scheint einfach kein Ende zu geben. Aber es muss eines möglich sein.«
»Kein Ende wovon?«

Sie starrte mich an, jetzt wieder die Ruhe in Person. »Ich weiß, dass Sie es von mir erfahren wollen. Ich weiß, dass Sie glauben, es wäre besser, wenn Sie alles verstehen. Aber dazu wird es nicht kommen. Der Brief wird Sie zerstören. Er hat schon genug Menschen zerstört.«

»Mayumi…«

Sie gebot mir mit erhobener Hand Schweigen. »Bitte hören Sie zu. Sie haben es vielleicht schon geahnt – ich weiß das nicht –, aber Miller war Harukos Vater.« (Vielleicht hatte ich tatsächlich etwas geahnt, aber bis zu diesem Augenblick war ich mir dessen nicht bewusst gewesen.) »Als er vor fünfundzwanzig Jahren nach Japan zurückgekehrt ist, waren wir eine Zeit lang zusammen. Dann haben wir… uns getrennt. Haruko weiß nichts davon. Ich habe nicht zugelassen, dass er es ihr sagt. Das ist der Grund, warum er Rupe von dem Brief erzählt hat. Er wollte sich vor Haruko und ihrem zukünftigen Mann wichtig machen und mich dafür bestrafen, dass ich ihn vom Leben seiner Tochter fern gehalten habe. Später hat er es mir gebeichtet. Ich habe ihm verziehen. Was in dem Brief stand, hatte er nicht gewusst. Und wie gefährlich der Inhalt war, erfuhr er erst, nachdem Rupe ihn gestohlen hatte. Ich hatte ihn in einem Tresor in meiner Bank aufbewahrt. Weil sich darin auch Gegenstände befanden, die Haruko von ihrer Großmutter geerbt hatte, hatte sie ebenfalls Zugang dazu. Rupe hat sie dazu überredet, ihm den Brief zu zeigen. Für ihn hätte sie alles getan. Dass er vorhatte, den Brief zu stehlen, wusste sie nicht. Wie auch? Sie liebte ihn. Ich glaube, sie liebt ihn noch immer, obwohl er ihr so viel angetan hat. Dass Miller ihr Vater ist, kann ich ihr nicht sagen. Jetzt nicht, aber später, wenn sie in Sicherheit ist.«

»Aber wann wird das sein?«

»Stephen ist dazu ausgebildet worden, Menschen zu töten, Lance. Er war schon damals, als ich ihn kennen lernte, ein gefährlicher Mann. Aber jetzt ist er alt. Wahrscheinlich hat er genauso viel Angst wie ich.«

»Miller schien das anders zu sehen.«

»Er kannte Stephen nicht so, wie ich ihn kannte.« (Wie genau mochte das gewesen sein?, überlegte ich unwillkürlich; aber mir war klar, dass ich sie das nie fragen würde.) »Ich muss mich auf meine Erinnerung und mein Gefühl verlassen. Stephen hat seinen Sohn verloren. Ich habe meinen Bruder verloren. Haruko hat ihren Vater verloren. Das reicht. Ich denke, dass er das verstehen wird. Ich kann ihm den Brief nicht geben. Ich habe ihn nicht. Aber ich werde niemandem verraten, was darin steht. Ich bitte Sie, das für mich zu bezeugen.«

»Ich?«

»Ich möchte, dass Sie ihm diese Botschaft von mir überbringen. Bitten Sie ihn, das Blutvergießen zu beenden, bevor wir alles verlieren.«

»Wie kann ich das erreichen?«

»Kiyofumi hat mir gesagt, dass er einen Enkel hat, der an der Stanford University in Kalifornien studiert.«

»Clyde Ledgister. Was ist mit dem?«

»Ich möchte, dass Sie mit ihm sprechen. Er wird wissen, wo und wie sein Großvater zu erreichen ist. Ein anderes Familienmitglied, das wir ansprechen könnten, gibt es nicht. Sie müssen Clyde dazu bringen, dass er Sie zu Stephen führt. Und Sie müssen Stephen von Angesicht zu Angesicht sehen. Sagen Sie ihm, dass er aufhören muss. Ich werde sein Geheimnis nie verraten. Das ist alles, was ich ihm anbieten kann. Aber ich gehe davon aus, dass er mir glauben wird. Denn nicht einmal mein Botschafter wird wissen, worin das Geheimnis besteht.«

Ich war in einem samtenen Schraubstock gefangen. Ich wollte die Wahrheit erfahren, doch zugleich wollte ich Mayumi und Haruko helfen. Und dann hatte ich sie in noch größere Gefahr gebracht, indem ich Ledgister zu ihrem Versteck geführt hatte. In einem verqueren, doch unwiderlegbaren Sinn war ich jetzt Rupes Vertreter und gezwungen, alles zu tun, um den Schaden zu beheben, den er verursacht hatte. So verzweifelt Mayumis Plan sein mochte, er stellte den einzigen gangbaren Weg dar. Dadurch, dass sie mich im Dunkeln tappen ließ, konnte sie Townley vielleicht tatsächlich überzeugen. (Aber wirklich nur vielleicht.)

»Es tut mir Leid, dass ich Sie darum bitten muss, Lance«, fuhr Mayumi fort. »Außer Ihnen gibt es niemanden, an den ich mich wenden könnte. Ich kann von Ihnen nicht erwarten, dass Sie das für mich tun, und wenn Sie sich weigern, haben Sie mein Verständnis.«

Wie wir beide wussten, gab es für mich natürlich längst kein Zurück mehr. Mayumi litt selbst am meisten darunter, dass sie mir so viel zumuten musste. Aber sie wusste auch, dass sie ein Recht hatte, mich darum zu bitten. Und mir war das ebenso klar.

Yamazawa sah das anders. Ja, auch wenn er es nicht direkt sagte, so ließ er doch durchblicken, dass er mich für verrückt hielt, als wir in seinem Studierzimmer darüber sprachen. (Gut, ich denke, Studierzimmer trifft den Sachverhalt am besten, obwohl man sich dort wie in einem Büro vorkam, allerdings in einem papierlosen, in dem es außer einem Schreibtisch, einem Stuhl und Computer, Telefon und Faxgerät nichts gab.)

»Das ist das *kanji* für ›Berg‹«, erklärte Yamazawa, als er sah, dass mein Blick bei dem einzigen Wandschmuck – einer eingerahmten Kalligrafie – hängen geblieben war. »Wir sprechen es *yama* aus.«

»Wie die erste Silbe Ihres Nachnamens.«

»Ein Geschenk von Toshishige, übrigens. Er schickt mir einen Berg. Dann schickt er mir einen Mann, der glaubt, dass er den Berg besteigen kann. Ohne Seil. Und ohne zu wissen, wie hoch er ist. Ich habe meinem Bruder viel zu verdanken.«

»Mich beschleicht der Eindruck, dass sie mein Vorhaben für keine allzu gute Idee halten.«

»Sie müssen selbst entscheiden, ob Sie das Richtige tun, Lance. Aber in Kalifornien werden Sie keinen Beschützer haben. Den Townley, den Mayumi kennt, hat sie seit vierzig Jahren nicht mehr gesehen. Auf der Grundlage solchen Wissens würde ich mein Leben nicht riskieren wollen.«

»Ich habe ihr die Hilfe angeboten, um die sie mich gebeten hat.«

»Dann müssen Sie wohl gehen.«

»Na ja, Sie haben selbst gesagt, dass ich das Land so schnell wie möglich verlassen sollte.«

»Ich werde sehen, was ich tun kann. Sie werden einen neuen Namen und einen Pass benötigen. Und eine sichere Ausreisemöglichkeit. Die Stanford University ist in der Nähe von San Francisco, richtig?«

»Ich glaube, ja.«

Yamazawa überlegte einen Moment lang. »Ich werde mit bestimmten Freunden sprechen müssen. Die Flughäfen werden garantiert überwacht. ›Sicher‹ könnte ›langsam‹ heißen, okay?«

»Ich bin ganz in Ihren Händen, Shintaro.«

»Aber vielleicht schon bald in Townleys Händen. Das sollten Sie bedenken. Sie sollten gründlich nachdenken.«

Ich erhielt in den nächsten vierundzwanzig Stunden Gelegenheit genug zum Nachdenken. Die meiste Zeit war Yamazawa unterwegs, um mit seinen ›Freunden‹ Vereinbarungen für mich zu treffen. Und Mayumi und Haruko blieben fast ständig für sich. Wir aßen nicht einmal zusammen. Dabei konnte ich das Haus genauso wenig verlassen wie sie. Wir waren Gefangene aus freier Wahl *und* weil wir dazu gezwungen waren.

»Aber hier sind wir wohl in Sicherheit«, meinte Haruko, als uns Mayumi zum ersten Mal zusammen allein ließ.
»Ja, das sind Sie ganz bestimmt.«
»Wie lange werden wir hier bleiben müssen?«
»Das weiß ich nicht. Das kommt darauf an...«
»Was passiert, wenn Sie Townley treffen?« Sie musterte mich mit einem prüfenden Blick. »Sie gehen für uns ein großes Risiko ein.«
»Ich werde versuchen, überhaupt kein Risiko einzugehen.«
»Werden Sie Rupe finden?«
»Vielleicht.«
»Einmal hat er von Ihnen gesprochen.«
»Was hat er denn gesagt?«
Sie lächelte nervös. »Dass er sich manchmal fragt, ob er nicht ein Leben wie Sie hätte führen sollen.«
»Wirklich?« (Es war eine müßige Spekulation. Rupe hatte nie genug Sitzfleisch gehabt.)
»Ich wollte dann von ihm wissen, ob ich Sie einmal kennen lernen würde. Er antwortete, dessen sei er sich ganz sicher. Ich dachte...« Sie errötete und senkte den Blick, dann wagte sie einen neuerlichen Anlauf. »Ich glaubte damals, er meinte bei unserer Hochzeit. Aber jetzt... schließe ich... nicht mehr aus, dass... er wirklich...« Ihre Worte erstarben.
»Dieses Treffen konnte er unmöglich vorhersehen, Haruko.«
»Vielleicht schon. Wissen Sie...«

»Was?«

»Ich weiß, dass das, was er getan hat, unverzeihlich ist. Ich weiß, dass er nur vorgegeben hat, mich zu lieben. Aber er ist nicht grausam, Lance. Er konnte nur so handeln, weil er ein großes Ziel hatte.« (Hieß ›groß‹ vielleicht ›edel‹? Liebe, wie sie blinder nicht sein konnte!) »Bei Geschäften, hat er mir einmal erklärt, braucht man immer eine Absicherung. Und ich glaube« – sie starrte mich mit ihren großen, dunklen und arglosen Augen an – »dass *seine* Absicherung Sie sind.«

Bei seiner Rückkehr, Stunden später, bat mich Yamazawa sogleich zu sich ins Studierzimmer. Dort überreichte er mir meinen Pass, den er sich zuvor von mir hatte geben lassen. Als ich ihn in die Hand nahm, spürte ich, dass darin ein zweites Dokument steckte. Es war ein amerikanischer Pass.

»Ihr Foto ist in die Daten eines gewissen Gary Charlesworth Young gescannt worden.«

»Wer ist das?«

»Er wurde am 26. Mai 1961 in New York geboren.«

»Damit haben Sie meine Frage aber nicht ganz beantwortet.«

»Mehr brauchen Sie nicht zu wissen. Mr Young benötigt seinen Pass nicht mehr.«

»Da sind wir uns absolut sicher, ja?«

»Absolut.«

»Seit wann... benötigt er ihn nicht mehr?«

»Ich kenne Leute, die solche Dokumente liefern, Lance. Es gibt damit einen regelrechten Handel. Die Quelle dieses Passes ist äußerst zuverlässig. Fragen zu stellen, gehört nicht zur Transaktion.«

»Okay.«

»Das Containerschiff *Taiyo-Maru* verlässt am Montagmorgen den Hafen von Kobe in Richtung Europa. Am Dienstag läuft es Busan, Südkorea, an, wo es weitere Ladung an Bord nimmt. Sie können dort an Land gehen und…«

»Ich fahre übers Meer?«

»Langsam, aber sicher, wie ich Ihnen gesagt habe.«

»Wie langsam?«

»Von Busan nach Seoul mit der Eisenbahn und von dort mit dem Abendflug nach San Francisco. Die Zeitverschiebung eingerechnet, wird es bei Ihrer Ankunft immer noch Dienstag sein.«

»Aber das sind drei Tage!«

»Diese Vorkehrungen sind sicher, Lance. Wenn Sie es mit einem Direktflug versuchen, schätze ich die Chancen, dass Sie verhaftet werden, auf fünfundsiebzig Prozent.«

»In den Zeitungen ist aber nichts mehr über mich geschrieben worden.«

»Das vielleicht nicht. Aber ich habe mit Toshishige gesprochen. Die Polizei war schon bei ihm.«

»Wie hat sie ihn gefunden?«

»Sein Boss bei der Eurybia…«

»Penberthy?«

»Genau, Penberthy, so heißt er. Er hat sich sofort mit der Polizei in Verbindung gesetzt, als er den Artikel in der *Japan Times* gelesen hatte.«

»Scheißkerl.«

»Toshishige hat dasselbe gesagt.«

»Was hat Toshishige der Polizei geantwortet?«

»So wenig wie möglich. Aber inzwischen dürfte sie den Zusammenhang mit Loudons Ermordung begriffen haben. Darum müssen wir doppelt vorsichtig sein.«

Er hatte Recht. Und ich konnte ihm nicht erklären, was der eigentliche Grund für meine Ungeduld war, ohne zuzugeben, dass er auch in anderer Hinsicht richtig lag. Townley zu verfolgen, das war reiner Wahnsinn. Und je länger ich es bedachte, desto verrückter wurde es. »Wie Sie meinen«, gab ich mich geschlagen.

»Gut. Denn es gibt noch mehr, wovor wir uns in Acht nehmen müssen. Es besteht eine Möglichkeit – eine winzige Möglichkeit –, dass die Polizei Toshishige verdächtigt, Ihnen geholfen zu haben. Wenn das der Fall ist, beschließt sie womöglich, die Fahndung auf seine Freunde und ...«

»Verwandten auszudehnen?«

»Genau. Ich traue ihr zwar nicht zu, dass sie mir auf die Spur kommt, ja, ich glaube nicht einmal, dass sie es versuchen wird, aber dieses Risiko können wir nicht eingehen. Mayumi und Haruko können bleiben, sie haben von der Polizei nichts zu befürchten. Doch Sie müssen weg von hier. Heute Abend noch.«

Natürlich hatte er Recht. Schon wieder. »Okay. Wohin soll ich gehen?«

»Ich habe für Mr Young ein Zimmer im Hotel Uni in Kobe reserviert. Nach Einbruch der Dunkelheit fahre ich Sie dorthin. Morgen Abend wird Sie um zweiundzwanzig Uhr ein Mann namens Ohashi abholen. Er wird Sie zum Containerhafen fahren und an Bord der *Taiyo-Maru* bringen. Offiziell sind Sie ein Angestellter der Eigentümerin, der Seinan-Reederei. Von der zwölfköpfigen Besatzung sind drei Männer Japaner – der Kapitän, der erste Maat und der Chefingenieur –, alle anderen sind Filipinos, keiner spricht Englisch. Doch der Kapitän hat seine Anweisungen. Es wird keine Probleme geben.« (Keine Probleme – das hieß, bis zu meiner Ankunft in San Francisco.) »Ab Busan« – er reichte mir einen prall gefüllten braunen Umschlag – »finden Sie hier genügend US-Dollar, die Ihnen jede weitere Reise ermöglichen.«

»Das kann ich unmöglich annehmen.«
»Sie müssen.«
Und erneut hatte er Recht.

Mir blieb noch Zeit für einen letzten, vergeblichen Versuch, Mayumi davon zu überzeugen, mir das Geheimnis des Townley-Briefs anzuvertrauen. Ich stieß auf äußerste Entschlossenheit, nur gemildert von ihrem sanften Wesen. »Wenn ich es Ihnen sagen würde, Lance, könnte ich Sie nicht mehr dorthin gehen lassen. Mein Weg ist der einzige Weg.« Ihr Blick, der weiterhin auf mir ruhte, nachdem sie verstummt war, drückte so etwas wie eine Segnung aus, und instinktiv spürte ich, dass das ihr letztes Wort war.

Nach einem förmlichen, doch durchaus hoffnungsvollen Abschied von Mayumi und Haruko brach ich mit Yamazawa im Range Rover auf. Während der Fahrt über die leere Autobahn nach Kobe offenbarte er mir, was er eindeutig für die klügste Verwendung der Hand voll Dollarmünzen hielt, die ich zusätzlich zu den Scheinen von ihm bekommen hatte.

»Das ist eine Handynummer, unter der Sie mich jederzeit erreichen können«, sagte er und gab mir ein Stück Papier. »Mayumi und Haruko werden voller Spannung auf eine Nachricht warten.«
»Sie nicht?«
»Sie haben einen amerikanischen Pass, Lance. Wenn Sie in Kalifornien ankommen, tun sich Ihnen viele Möglichkeiten auf.«
»Ich habe nicht vor, sie im Stich zu lassen.«
»Manchmal nehmen wir uns etwas vor, das wir... dann doch nicht schaffen.«
»Ich ziehe das durch.«

»Selbst wenn nicht, die Frauen sind hier in Sicherheit. Dafür werde ich sorgen.«

»Trotzdem ziehe ich das durch.«

»Na gut.« Er verstummte. Eine Zeit lang war nur der Motor des auf die Lichter von Kobe zufahrenden Wagens zu hören. Schließlich fügte Yamazawa hinzu: »Es ist Ihre Entscheidung.«

SAN FRANCISCO

14

Vor zehn Jahren hat mir eine von den Frauen, denen ich in das und wieder aus dem Leben geweht worden bin, eingeredet, Weihnachtseinkäufe in New York seien etwas, das ich schon immer mal erleben wollte. Die Reise war kein Erfolg, es sei denn, man wertet die Tatsache, dass wir beide danach jeweils eine Person weniger auf unserer Geschenkeliste hatte, als solchen. Jedenfalls blieben mir nicht gerade angenehme Erinnerungen an den Big Apple. Ja, mir blieben so gut wie gar keine Erinnerungen, außer einer ungefähren Vorstellung vom Inneren der Lucky's Bar an der Ecke Sixth Avenue und West 57th Street.

Die Landung in San Francisco mit dem Pass eines gebürtigen Amerikaners in der Tasche bedeutete für mich darum ein in der Surrealismus-Skala ziemlich weit oben angesiedeltes Erlebnis, dem mehrere erschwerende Bedingungen einen Hauch von Verrücktheit verliehen. Achtundvierzig Stunden zuvor hatte ich Kobe verlassen, um in dieser kurzen Zeit eine Schifffahrt über das Japanische Meer, eine Zugreise durch Südkorea und einen Flug über den Pazifik zu machen. Da ich aber internationale Zeitzonen überquert hatte, waren diese achtundvierzig Stunden wie durch ein Wunder auf vierundzwanzig verkürzt worden, und ich durfte Dienstag, den siebten November, noch einmal erleben.

Zudem hatte ich die Wahl zu treffen, auf die mich Shintaro Yamazawa so subtil hingewiesen hatte. Eine endgültige

Entscheidung, wie immer sie ausfallen mochte, war früher oder später unausweichlich. Von dem Moment an, als ich in Busan von Bord der *Taiyo=Maru* gegangen war, hatte mich totale Anonymität umfangen, fraglos eine ungemein angenehme Erfahrung. Immerhin war mir eine Chance geschenkt worden, für die viele ihren rechten Arm opfern würden: ein Neuanfang mit einer brandneuen Identität in einem fremden Land. In Deutschland und Japan wurde ich des Mordes verdächtigt, in England war ich ein heißer Kandidat für eine Auslieferung an beide Länder. In den Vereinigten Staaten dagegen war ich in Sicherheit – und ein Staatsbürger obendrein. Das war verlockend, wirklich sehr verlockend. Und was den Widerstand gegen Verlockungen betraf, hielt mein Lebenslauf einer Überprüfung gewiss nicht stand. Yamazawa hatte mir versichert, dass Mayumi und Haruko nichts geschehen würde. Mein Gewissen brauchte ich also nicht übermäßig zu belasten. In punkto Abgang hatte ich wirklich die Qual der Wahl.

Aber… (Natürlich gab es immer jede Menge *Aber*.)

Ich hätte am Flughafen ein Taxi nehmen können, nur hätte ich dann ein bestimmtes Ziel angeben müssen. Eine heikle Aufgabe, wenn man keines hat. Was Gepäck betraf, hatte ich auch nichts vorzuweisen, und das ließ den Sam Trans Bus in die Innenstadt als attraktive Alternative erscheinen. Die Fahrt dauerte lang, aber ich hatte es nicht eilig, ganz und gar nicht eilig. Denselben Tag von A bis Z noch einmal zu erleben, hätte mir durchaus in den Kram gepasst. Dann hätte die Uhr bis zur endgültigen Entscheidung nicht so laut getickt.

Bevor ich in den Bus gestiegen war, hatte ich mir den *San Francisco Chronicle* gekauft, den ich träge durchblätterte, während wir über den Freeway rumpelten. Zu unserer Rechten glitzerte die Herbstsonne auf den Wellen der San

Francisco Bay, von vorne schimmerten mir die mit Apartmentblocks überzuckerten Hügel entgegen. Wonach ich suchte, weiß ich nicht. Ich schlug die Seite mit den Mietangeboten nicht deshalb auf, weil ich ernsthaft an einer Unterkunft interessiert war. Gleichwohl spielte ich auf einer anderen Bewusstseinsebene mehr oder weniger mit der Vorstellung, dass ich in diese neue Welt, in der niemand etwas von mir wusste, durchaus eintauchen konnte. Und vielleicht – *vielleicht* – wäre mehr daraus geworden als nur ein Spiel, wenn ich nicht zufällig beim Überfliegen der zu vermietenden Zimmer auf einen Namen gestoßen wäre...

ALDER, Rupe.

Mein Blick war längst weitergewandert, als die Bedeutung dieses Namens mein Gehirn erreichte. Schlagartig war ich hellwach und der Jetlag verflogen. Mit weit aufgerissenen Augen suchte ich die Anzeigen noch einmal ab. Bestimmt ein Fehler, oder? Ein Streich, den mir mein müdes Hirn gespielt hatten. Aber nein!

ALDER, Rupe. Wir sind uns am 15. September in der Kimball Hall, Stanford, kurz begegnet. Wenn du noch da bist, ruf mich bitte zurück. Dringend. Mobil: 144671789.

Von einer Telefonzelle an der Endhaltestelle rief ich diesen Anschluss an, nur um die Mitteilung zu erhalten, dass bis auf Weiteres niemand unter dieser Nummer zu erreichen sei. Hilflos schrie ich in den Hörer, dass Leute, die so dämlich waren, dass sie Anzeigen mit nutzlosen Rufnummern aufgaben, an einer Eliteuniversität nichts zu suchen hätten.

Zwei Ragin' River Ales in einer nahe gelegenen Bar besänftigten mich wieder, vermochten aber nicht meine Gedanken von wilden Spekulationen abzulenken. Mich abzusetzen funktionierte also nicht. Bestimmte Versprechen meldeten sich beim ersten zaghaften Versuch, sie zu brechen, mit Macht zurück. Ob ich wollte oder nicht, ich verfolgte immer noch Rupes Fährte. Er war wegen Clyde Ledgister nach Stanford gekommen. Eine andere Erklärung war ausgeschlossen. Aber wer hatte die Annonce aufgegeben? Und warum? Ich war nahe dran, näher denn je. Also versuchte ich es am Münzapparat am Tresen noch einmal mit dieser Nummer.

Diesmal meldete sich jemand.

»Hi.« Es war eine leise, beinahe flüsternde, rauchige Frauenstimme.

»Ist das die Nummer eins-vier-vier-sechs-sieben-eins-sieben-acht-neun?«

»Yah.«

»Ich rufe wegen der Anzeige im *Chronicle* von heute Morgen an.«

»Wer bist du?«

»Ich könnte dir dieselbe Frage stellen.«

»Ich bin Maris.«

»Okay, Maris, ich bin Gary.«

»Was kann ich für dich tun, Gary?«

»Ich bin ein Freund von Rupe Alder...«

»Ach?«

»Warum versuchst du, ihn zu erreichen?«

»Darüber kann ich mich am Telefon nicht auslassen.«

»Vielleicht könnten wir uns kurz treffen.«

»Vielleicht.«

»Ich glaube nicht, dass du noch andere Antworten auf deine Anzeige kriegst.«

»Du glaubst nicht daran, hm?«

»Du kannst von Glück reden, dass ich sie gesehen habe.«

Kurzes Schweigen trat ein, dann sagte sie: »Gut, Gary,

Botschaft angekommen. Wann, meinst du, können wir uns treffen?«
»Jetzt gleich wäre mir ganz recht.«
»Ich habe heute Nachmittag Unterricht.«
»Studierst du in Stanford?«
»Yah.«
»Ich könnte zu dir rausfahren.«
»Wo bist du jetzt?«
»In San Francisco.«
»Okay. Weißt du, wie man hierher findet?«
»Eigentlich nicht. Ich bin eben erst in der Stadt angekommen.«
»Dann habe ich wirklich Glück, hm?«
»Sag ich doch. Also, wie komme ich nach Stanford?«

Die Antwort bedeutete eine einstündige Fahrt in einem Zug der Gesellschaft CalTrain nach Palo Alto, wo am Bahnhof ein Shuttlebus wartete, der Studenten, Lehrkräfte und Besucher zum Campus der Universität brachte. Zu Fuß zu gehen verbot sich auf diesem gewaltigen Gelände praktisch von selbst. Stanford umfasste ein schier grenzenloses Gebiet, auf dem weiträumig architektonische Duftmarken von patrizierhaften Ausmaßen gesetzt worden waren.

Vor dem quadratischen Hauptgebäude stieg ich aus und bahnte mir meinen Weg durch ein elegantes Labyrinth aus Honigsteinsäulen zum Universitätsbuchladen. Daran war ein Café angegliedert, wo mich die geheimnisvolle Maris treffen wollte, ehe sie um drei Uhr in ein Seminar ging. Ich würde sie an ihren Haaren erkennen, hatte sie gesagt. Feuerrot und nicht gerade wenige.

Es stimmte. Ich erkannte sie mühelos, wie sie an einem Capuccino nippte und zerstreut in einem dicken Lehrbuch blätterte. Sie hatte eine porzellanartige Haut, wie man sie bisweilen bei Rothaarigen antrifft und die offenbar von der kalifornischen Sonne unberührt geblieben war. Das Haar selbst war lang, glänzend und sehr auffällig. Bekleidet war sie mit einem weiten grauen Sweater und einer Hochwasserhose. Zu ihren Füßen lag ein prall gefüllter Rucksack mit rechteckigen Ausbeulungen wie von Büchern. Unmittelbar bevor sie mich bemerkte, sah sie auf ihre Armbanduhr, eine ziemlich teure Marke, wie es mir vorkam.

»Hi, ich bin Gary Young. Wir haben am Telefon miteinander gesprochen.«

»Hi. Maris Nielsen. Möchtest du einen Kaffee?«

»Okay.«

»Du musst ihn am Tresen kaufen.«

Ich spähte zu einer langen Schlange, an deren Spitze ein zierliches Mädchen mit violetter Baskenmütze beim Gebäck die Qual der Wahl hatte. »Vergiss es.« Ich setzte mich. »Wir haben ja ohnehin wenig Zeit, oder?«

»Wahrscheinlich.« Maris legte ihr Buch beiseite und sah mir ins Gesicht. »Du bist also... Gary. Wie... äh...?«

»Ich bin ein alter Freund von Rupe.«

»Aus England?«

»Eigentlich bin ich gebürtiger Amerikaner.« (Ich hielt es für eine gute Idee, von Anfang an die Standarte meiner Tarnung hochzuhalten.) »Aber ich bin in England aufgewachsen. Rupe und ich sind gemeinsam zur Schule gegangen.«

»Was führt dich nach San Francisco?«

»Rupe war hier, als seine Familie zuletzt von ihm gehört hat.«

»Und wann war das?«

»Mitte September. Seitdem ist Funkstille.«

»Mitte September, hm?«

»Yeh. Um diese Zeit müsstest du ihn laut deiner Anzeige kennen gelernt haben.«

»Ja, stimmt, da habe ich ihn kennen gelernt.«

»Wie ... ist das abgelaufen?«

»Lass mich doch bitte erst mal was klären. Für seine Freunde und Familie ist Rupe Alder verschollen, richtig? Du bist hier, um ihn aufzuspüren. Aber du weißt nicht, ob er überhaupt noch in San Francisco ist. Um noch genauer zu sein, du hast keinen blassen Schimmer, wo er jetzt sein könnte.«

»So sieht es aus, ja.«

»Dann kannst du mir wohl auch nicht helfen.«

»Vielleicht schon. Wenn du mir sagen könntest, warum du so ... dringend mit ihm Kontakt aufnehmen musst.«

»Wer sagt, dass es dringend ist?«

»Du.« Ich zog die halbe Zeitungsseite mit der Anzeige, die ich herausgerissen hatte, aus der Jackentasche. »In deiner Anzeige.«

»Oh, ach ja.« Sie lehnte sich zurück, hob langsam die Tasse an ihre Lippen und nippte am Kaffee. Es war sichtlich ein Spiel auf Zeit. »Na gut, das habe ich natürlich nur so formuliert, um seine Aufmerksamkeit zu kriegen.«

»Meine hast du jedenfalls gekriegt.«

»Yah. Stimmt.«

»Hör zu, Maris ...«

»Könnten wir rausgehen?« Sie sah um sich. »Du weißt schon, weg von ... den Leuten.«

Wir gingen hinaus an die frische Luft. Ich verzichtete auf die Bemerkung, dass Maris, nicht ich, den Treffpunkt bestimmt hatte, und folgte ihr durch einen mit Giebeldreieck gekrönten Säulenbogen in einen Innenhof, an dessen anderem Ende ein im Missionsstil errichtetes Gebäude mit weißer Fassade stand. In der Mitte des Hofs waren Bänke, die meisten davon unbesetzt, um einen Brunnen gruppiert, in dessen Wasser das Sonnenlicht tanzte. Maris steuerte auf die Bank zu, die ein Stück entfernt stand, und setzte sich.

»Es tut mir Leid, dass ich da raus musste«, entschuldigte sie sich, als ich neben ihr Platz nahm. »Aber von meinen Angelegenheiten braucht niemand was mitzukriegen.«

»Das kann ich gut verstehen«

»Vor allem darf Clyde das mit der Annonce nicht erfahren.«

»Clyde?« Ich zog in gespieltem Erstaunen die Augenbrauen hoch. Es erschien mir wichtig, den Eindruck zu vermitteln, als wüsste ich nicht Bescheid.

»Mein Freund. Clyde Ledgister. Hat Rupe ihn dir gegenüber nie erwähnt?«

»Ich glaube, nicht.«

»Ich hatte eben den Eindruck... na ja, dass Rupe vor allem seinetwegen gekommen wäre. Eigens seinetwegen, sogar.«

»Was hat dich darauf gebracht?«

»Ich weiß nicht. Das war ja der Grund, warum...« Sie senkte unvermittelt die Stimme, obwohl sich die Leute, die in Hörweite saßen, angeregt unterhielten. »Die Araber haben den Bau von Brunnen zum Standard gemacht, wusstest du das? Schon merkwürdig, wenn man bedenkt, wie wenig Wasser sie hatten. Aber damals sahen die Potentaten im Nahen Osten Brunnen eben nicht als Luxus an. Das Plätschern des Wassers erschwerte das Lauschen. Ein frühes Anti-Wanzen-System sozusagen.« Sie sah auf die Uhr. »Ich fürchte, ich habe nicht allzu viel Zeit.«

»Warum sagst du mir dann nicht einfach, warum es dir so wichtig ist, Rupe zu sprechen?«

»Okay. Aber wenn Clyde das je erfährt...«

»Könnte er nicht die Anzeige sehen?«

»Kaum. Er ist momentan nicht da. Sein Onkel ist gestorben.« (Und wurde zweifelsohne gerade in Berlin beerdigt. Richtig, Clyde war ganz gewiss weit weg.)

»Ist das der Grund, warum du sie heute aufgegeben hast?«

»Jeden Tag dieser Woche, denn Clyde kommt erst nächste Woche zurück.«

»Aha. So gesehen war das eine gute Möglichkeit, festzustellen, ob Rupe noch in der Gegend ist.«

»Yah. Okay, es war nur ein Versuch auf gut Glück, aber ich mache mir eben Sorgen um Clyde. Was hätte ich sonst tun können, um herauszufinden, was, zum Teufel, er treibt?«

»Warum machst du dir Sorgen um ihn?«

»Weil er seit diesem Tag nicht mehr derselbe ist – seit dem fünfzehnten September. Ich wusste, dass irgendwas nicht stimmte, als ich an diesem Tag bei ihnen reingeplatzt bin. Dein Freund, Rupe, war zwar irgendwie nett, aber die Atmosphäre... war total vergiftet. Ich hatte das Gefühl... dass er Clyde bedrohte. Als er weg war, hat Clyde behauptet, dass alles in Ordnung wäre und dass es absolut nichts gäbe, weswegen ich mir Gedanken machen müsste. Aber er war nicht bereit, mir zu sagen, was Rupe von ihm wollte und wie sie sich kennen gelernt hatten. Trotzdem... ich kann in ihm wie in einem Buch lesen. Mich konnte er nicht täuschen. Er hatte Angst vor irgendetwas. Rupe hatte ihm etwas gesagt oder etwas von ihm verlangt. Er hatte richtig Angst. Und dann...«

»Was?«

»Nach Rupes Besuch kam ich einfach nicht mehr an Clyde ran, verstehst du? Ein Teil von ihm war total abgeschottet. Bis dahin hatten wir uns immer alles gesagt, zumindest hatte ich das geglaubt. Er war auf einmal so... geheimniskrämerisch. Und oft blieb er einfach ohne jede Erklärung weg. Fast jeder hier wohnt auch auf dem Campusgelände. San Francisco ist weit weg und kommt uns wie eine andere Welt vor. Clyde und ich sind nicht oft in die Stadt gefahren. Aber nach dem Besuch deines Freundes wurde alles ganz anders. Ich bin zu den gewohnten Zeiten zu unseren üblichen Treffs gegangen, aber von Clyde fehlte jede Spur. Schließlich hat mir jemand gesagt, dass er ihn zum Bahnhof hat laufen sehen. Als ich ihn später gefragt habe, wo er war, ist er furchtbar wütend geworden und hat mich angeschrien, ich solle ihn nicht verhören. Also habe ich es bleiben lassen.«

»Aber du hast weiter darüber nachgedacht.«

»Yah. Je mehr ich darüber nachdachte, desto klarer wurde mir, dass der Engländer mit der leisen Stimme – Rupe Alder – dahinter stecken muss, den ich an diesem Freitag, den fünfzehnten September bei Clyde im Zimmer kennen gelernt habe. Damals hat er nicht viel über sich erzählt. Und ich hatte auch kein Interesse an ihm. Aber jetzt ist das ganz anders. Was kannst du mir also über ihn erzählen, Gary?«

»Nichts, das deine Fragen beantworten würde. Er ist Manager, unverheiratet, sechsunddreißig Jahre alt. Lebt in London. Arbeitet für eine Reederei – arbeite*te* bei einer Reederei, sollte ich vielmehr sagen. Hat Ende August gekündigt. Niemand weiß, warum, genauso wenig, warum er hierher gekommen ist; was er vorhatte – was er von Clyde wollte –, ist ein einziges Rätsel.«

»Irgendeinen Hinweis auf seine Absichten muss es doch geben.«

»Eigentlich nicht. Außer...« Ich spürte, dass es sich für mich lohnen würde, wenn ich ihr jetzt etwas bot, selbst wenn es noch so wenig war. Aber was sollte ich ihr verraten? Townley konnte ich unmöglich erwähnen. Wenn Maris erfuhr, dass das der Nachname von Clydes verstorbenem Onkel war, konnte das äußerst unwillkommene Alarmglocken auslösen. »Es gibt da so ein Foto, das ihn irgendwie ungemein faszinierte. Es hängt in seiner Küche an der Wand und zeigt jemanden, an dem Rupe offenbar sehr interessiert war, den aber niemand aus seiner Familie kennt. Möglicherweise sucht er diese Person. Darauf lassen zumindest merkwürdige Andeutungen schließen, die er seiner Untermieterin gegenüber hat fallen lassen.«

»Hast du dieses Foto dabei?«

»Äh, ja.« Ich kramte in meiner Tasche herum und förderte Rupes Schnappschuss von Townley, Loudon und dem anderen Mann in der *Golden Rickshaw* hervor. »Der Typ rechts ist der Mann, an dem Rupe interessiert war.«

»Woher weißt du das?« (Eine berechtigte Frage.)

»Ah, da gab es noch ein anderes Foto. Ich meine, an der Wand hingen insgesamt zwei. Aber ich habe nur dieses eine mitgebracht. Und nur dieser Typ hier« – ich deutete auf Townleys Gesicht – »ist auf beiden zu sehen.«

»Wo ist es gemacht worden?«

»Das weiß ich nicht. Aber… äh…. das andere Foto wurde an einem Bahnhof in Somerset gemacht, in der Nähe von dem Ort, wo Rupe und ich aufgewachsen sind. Inzwischen ist der Bahnhof geschlossen – die ganze Linie ist stillgelegt worden – seit '66; das heißt, dass die Bilder irgendwann davor entstanden sind.«

»Wie lange vorher?« (Erneut eine berechtigte Frage.)

»Tja, unser Freund trägt Zivilkleidung. Und der Mode nach könnte das Anfang oder Mitte der sechziger Jahre gewesen sein.«

Maris' Miene gab mir zu verstehen, dass ihre Tutoren eine solche Folgerung kaum durchgehen lassen würden. Doch sie schien sich nicht weiter damit aufhalten zu wollen, dass ich das andere Foto nicht auch mitgebracht hatte. »Wie alt wäre dieser Typ dann jetzt?«

»Ach, fünfundsechzig bis siebzig.«

»Fünfundsechzig bis siebzig?« Meine Schätzung hatte sie auf etwas gebracht. »Das ist ja interessant.«

»Warum?«

»Weil…« Sie sah weg. Gedankenverloren kaute sie an ihrem Daumen, womit sie zum ersten Mal etwas verriet, das nicht so reif wirkte wie der Eindruck, den sie offensichtlich erwecken wollte. »Gott, ist das schwierig!«

»Was denn?«

Erneut sah sie auf die Uhr. »Ich sollte jetzt wirklich bald gehen.«

»Weißt du, wer der Typ auf dem Foto ist?«

»Nein. Nicht… genau.«

»Aber etwas weißt du über ihn.«

»Irgendwie schon. Das heißt…« Sie schüttelte unwillig den Kopf, und kurz hatte ich ein feuerrotes Flirren vor den Augen. »Okay«, fuhr sie dann fort, »es hat doch keinen Sinn, etwas anzufangen und dann auf halbem Weg abzubrechen. Eines Tages, etwa zwei Wochen, nachdem Clyde damit angefangen hatte, sich rar zu machen, bin ich… ihm gefolgt. Ich habe ihn in den Marguerite – so nennen wir den Shuttlebus – steigen sehen. Gut, der fährt in einem Bogen zu dem Kinderkrankenhaus und der Shopping Mall und dann zum Bahnhof; darum war mir klar, dass ich ihm zuvorkommen würde, wenn ich auf kürzestem Weg den Palm Drive hinunterradelte. Und weil ich in seinem Papierkorb schon mal Fahrkarten gefunden hatte, wusste ich außerdem, dass er immer bis nach San Francisco fuhr. Als der Marguerite eintraf, bin ich in Deckung gegangen und habe gewartet, bis der Zug kommt. Clyde ist eingestiegen, ohne auf mich und die anderen Radfahrer zu achten, die in den Gepäckwaggon geklettert sind. Mir war nicht so recht klar, wie ich ihn in San Francisco im Auge behalten sollte, aber nachdem er den Bahnhof verlassen hatte, verlor ich ihn nur für ein paar Minuten. An einer Bushaltestelle habe ich ihn dann wieder entdeckt. Als ein Bus kam und er einstieg, bin ich einfach hinterhergefahren. Ich nehme mal an, dass du die Stadt nicht besonders gut kennst?«

»Überhaupt nicht.«

»Okay. Angesichts der vielen Haltestellen und der ständigen Staus ist es überhaupt kein Problem, mit dem Rad dicht hinter einem Bus zu bleiben. Wir haben den Market überquert – das ist die größte Straße in der Innenstadt – und sind weiter nach Norden in Richtung Chinatown gefahren. Dort ist Clyde ausgestiegen und in ein Cable Car zur California Street gesprungen. In dem ist er bis zur Endhaltestelle im Van Ness gefahren und dann zu Fuß nach Pacific Heights gegangen. Das ist ein ziemlich vornehmes Viertel mit Blick auf den Ozean. Dort musste ich mich weit zurückfallen lassen, um nicht doch noch bemerkt zu werden. Aber Clyde rechnete nicht damit, beschattet zu werden, schon gar nicht von mir. Er hat den Lafayette Park durchquert und ist in ein Haus rein. Eine ganz exklusive Sache mit Portier und allem Drum und Dran. Dort hinein konnte ich ihm unmöglich folgen, ohne mich zu verraten. Außerdem war ich zu weit hinter ihm, um zu sehen, bei wem er klingelte.«

»Was hast du dann getan?«

»Ich habe mich, verdeckt von den Bäumen, in den Park gesetzt und gewartet, einfach um zu sehen, wie lange Clyde dort bleibt. Nach vielleicht zwanzig Minuten ist er wieder rausgekommen. Aber er war nicht allein. So ein ... alter Knacker war dabei.«

»Wie alt?«

»Ungefähr so alt, wie dieser Typ hier« – sie deutete auf das Foto – »jetzt sein müsste.«

»Sah er ihm ähnlich?«

»Vielleicht.« Sie musterte Townleys Gesicht. »Schwer zu beurteilen. Die Leute verändern sich. Mein Großvater ist in den Siebzigern, und ich habe Fotos von ihm als jungem Mann gesehen, auf denen er kaum wiederzuerkennen ist. Möglich wäre es schon. Das ist aber wirklich alles, was ich sagen kann. Sie haben die Straße überquert und sind in den Park gegangen. Ich musste schleunigst in Deckung springen. So richtig gesehen habe ich den Typen nie. Er wirkte alt – kurz geschnittenes weißes Haar und weißer Bart –, aber dafür sah er ganz gut aus: aufrechte Haltung, weder dick noch dürr; er hat sich echt gut gehalten. Aber genauer kann ich ihn beim besten Willen nicht beschreiben.«

»Hast du ihn danach noch mal gesehen?«

»Nein. Ich bin später ein zweites Mal hingefahren – als Clyde nicht mehr da war – und habe mich ein paar Stunden lang in dem Park rumgetrieben. Irgendwie hoffte ich, ihn kommen oder gehen zu sehen. Aber er ließ sich nicht blicken.« (Vielleicht lag das daran, schoss es mir durch den Kopf, dass er ebenfalls zur Beerdigung geflogen war.) »Danach habe ich eben beschlossen, die Annonce aufzugeben und zu sehen, was dabei herauskommt.«

»Tja, eine Antwort hast du gekriegt.«

»Yah, das schon, aber nicht die erhoffte.«

»Du brauchst nicht traurig zu sein, Maris. Ich habe das Gefühl, dass ich etwas erreichen kann, was dir in deiner Lage nicht möglich wäre.«

»Und was wäre das?«

»Nun, wenn du damit anfangen würdest, in diesem Haus Fragen zu stellen, würde das womöglich Clyde zu Ohren kommen, richtig? Und das, schätze ich mal, willst du unbedingt vermeiden.«

»Und ob!«

»Lass *mich* also die Fragen für dich stellen.« Ich schenkte ihr ein großzügiges Lächeln. »Du brauchst mir nur die Adresse zu geben.«

Die Herbstsonne ging gerade unter, als ich in San Francisco aus dem Zug stieg. Laut Maris hatte Clyde einen Bus der Linie 30 genommen. Ich wartete also vor den übervollen Geschäften, bis ein 30er hielt, und ließ mich durch die Innenstadt und einen Berg hinauf nach Chinatown bringen. Es war Stoßverkehr, und die Straßen waren überall verstopft, sodass niemand schnell vorankam. Als der Bus die Cable-Car-Gleise überquert hatte, stieg ich aus, immer dem Weg folgend, den Clyde damals genommen hatte, als Maris ihm gefolgt war.

Das von Touristen und Pendlern restlos überfüllte Cable Car zur California Street mühte sich die Berge hinauf und hinunter durch Chinatown und Nob Hill in Richtung des westlich gelegenen Pacific Heights. Die Steigungen waren so steil, dass ich sie nicht einmal mit dem Rad bewältigt hätte, wenn ich noch in Maris' Alter gewesen wäre. So konnte ich Gott nur für den kalifornischen Fitnesswahn danken, ohne den ich nie erfahren hätte, wohin Clyde gegangen war.

Der Grund für seine Fahrt dorthin war mir noch nicht klar, auch wenn ich nicht so hilflos im Dunkeln tappte wie seine Freundin. An der Endhaltestelle in der Van Ness Avenue stieg ich aus. Weil dort zufällig ein Holiday Inn stand, schloss ich mich einfach einer Gruppe von Touristen an und nahm mir ein Zimmer. Dann rief ich bei Maris an, um ihr mitzuteilen, wo ich abgestiegen war. Da ihr Handy wieder mal abgeschaltet war, musste ich eine Nachricht hinterlassen. Als ich danach das Hotel verließ, versank die Stadt allmählich in Dunkelheit. Bewaffnet mit einer Karte der Umgebung, die ich an der Rezeption erhalten hatte, passierte ich zwei Querstraßen und betrat den Lafayette Park.

Das Egret-Apartment-Haus stand fast unmittelbar am nordwestlichen Rand des Parks. Es war ein dezent beleuchtetes, hohes, schlankes Jugendstilgebäude. Die breitere und sehr hübsch gestaltete Vorderseite zeigte zur Laguna Street, die schmalere Flanke führte auf die von der Nacht verschluckte San Francisco Bay.

Im Eingangsbereich prangte neben der Flügeltür eine auf Hochglanz polierte Messingtafel mit Zahlen, doch ohne ein Verzeichnis der Bewohner. Da ich davon ausging, dass Townley – wenn es sich denn um Townley handelte – dort unter einem Pseudonym lebte, hätten mir Namensschilder ohnehin nichts genutzt. Und der Portier, den ich in der Lobby hinter einem lackierten Edelholzpult in einer Zeitung blättern sah, hätte ohne triftigen Grund einem Fremden wie mir bestimmt keine Information über die Bewohner gegeben. So schlenderte ich in westlicher Richtung weiter, um das Problem in Ruhe zu überdenken.

Drei Blocks später erreichte ich die Einkaufsstraße des Viertels, wo mich die aus einem Café heranwehenden Düfte nach Kaffee und Mohn daran erinnerten, dass ich mehr als nur ein bisschen hungrig war. Ich setzte mich auf einen Hocker in der Nähe der Tür, und während ich an einer Waffel kaute und extraheißen Kakao schlürfte, legte ich mir einen vorläufigen Plan zurecht. Wenn ich zu einer Einigung mit Townley kommen wollte, musste ich zuallererst Verbindung mit ihm aufnehmen. Vieles sprach dafür, dass er so wie Clyde nicht in der Stadt war. Ich musste also bei seiner Rückkehr auf ihn vorbereitet sein, was bedeutete, dass ich ermitteln musste, wie er sich jetzt nannte. Aber wie stellte ich das an?

Eine Antwort bot sich mir, als ich Kunden den Buchladen nebenan betreten und verlassen sah. Nachdem ich mir noch einmal an dem letzten Schluck von der Schokolade die Zunge verbrüht hatte, ging ich in den Laden und kaufte mir einen Hochglanzreiseführer für Japan. Als Dreingabe bekam ich eine Plastiktüte mit dem Namen des Geschäfts. Dann zog ich meinen Stadtplan von Tokio aus der Tasche, den ich am Narita Airport erhalten hatte, trug Namen und Adressen der *Golden Rickshaw* und der *Eurybia Shipping* ein und schob ihn in den Buchumschlag. Ich nahm an, dass ich damit garantiert Townleys Aufmerksamkeit wecken würde.

Bei meiner Rückkehr zu dem Egret-Apartment-Haus war der Portier immer noch in den Sportteil des *San Francisco Examiner* vertieft. Er sah auf und legte die Zeitung beiseite. »Guten Abend, Sir.«

»Guten Abend. Vielleicht können Sie mir bei einem verzwickten kleinen Problem helfen. Letzte Woche bin ich in einem Café in der Fillmore Street unten mit einem Mann ins Gespräch gekommen. Dabei hat er auch erwähnt, dass er hier lebt. Wir hatten beide im Laden nebenan Bücher gekauft und dann haben wir beim Gehen versehentlich unsere Tüten vertauscht. Jetzt hat er mein Buch und ich seines.« Ich wedelte mit der Tüte. »Ein Fehler, der leicht mal passiert.«

»Und jetzt wollen Sie wieder tauschen, richtig?«

»Es wäre schön, wenn das ginge. Aber leider hat der Herr seinen Namen nicht genannt.«

»Wie sah er denn aus?«

»Na ja, nicht mehr der Jüngste, aber gut erhalten. Kurzes weißes Haar und Bart, ungemein aufrechter Gang. So um die sechzig, siebzig.«

»Klingt ganz nach unserem Mr Duthie. Er ist momentan nicht in der Stadt, dürfte aber in einigen Tagen zurückkommen. Wenn Sie das Buch mit Ihrem Namen und Ihrer Telefonnummer hier lassen möchten…?«

»Okay. Haben Sie einen Zettel?« Er reichte mir ein Stück Papier, und ich kritzelte eine kurze Nachricht darauf: *Ich weiß, wer Sie sind. Sie ahnen wohl schon, wer ich bin. Wir müssen miteinander reden. Ich rufe Sie nach Ihrer Rückkehr an.* Dann ließ ich den Zettel zum Buch in die Tüte gleiten und reichte sie dem Portier. »Leider bin ich telefonisch nicht erreichbar. Aber vielleicht kann ich Mr Duthie anrufen, wenn er wieder da ist. Wissen Sie, wann er zurückkommt? Sie haben etwas von einigen Tagen gesagt.«

»Auf alle Fälle bis Freitag.«

»Okay. Und die Nummer?«

»Das ist die Nummer des Hauses.« Er reichte mir eine kleine Karte. »Der Empfang ist immer besetzt.«

»Vielen Dank.« Eigentlich hatte ich mir Mr Duthies Privatnummer erhofft, aber vielleicht wäre das zu viel verlangt gewesen. So hatte ich immerhin einen Fuß in seiner Tür, und das genügte fürs Erste. Lächelnd verabschiedete ich mich.

Wieder im Holiday Inn, schlug ich im Telefonbuch nach, fand dort aber keinen Duthie mit Adresse in den Egret Apartments. Irgendwie konnte mich das nicht überraschen. Danach rief ich Maris ein zweites Mal an. Jetzt war ihr Handy eingeschaltet.

»Clydes Freund heißt Duthie. Im Augenblick ist er auch verreist. Ich werde mit ihm sprechen, sobald er wieder zurück ist, was, wie mir versichert worden ist, Ende der Woche der Fall sein wird.«

»Wie wirst du ihm erklären, wie du auf seine Spur gekommen bist, ohne mich mit reinzuziehen?«

»Indem ich behaupte, Rupe hätte seinen Namen genannt.«

»Und dann?«

»Dann werde ich ja sehen, was er darauf antwortet.«

»Und wenn er nichts darauf antwortet?«

»Ich habe nicht vor, ihm eine Wahl zu lassen.«

Diese mutigen Worte waren teilweise auf meinen überdrehten Zustand zurückzuführen. Die Dauerbelastung meiner Nerven und die Zumutungen für meine innere Uhr hatten übelste Folgen für meinen normalerweise gut ausgeprägten Selbsterhaltungstrieb. Ich wagte mich auf der Suche nach einer angenehmen Bar noch einmal auf die Straße, gab mich mit einem weniger angenehmen Lokal zufrieden und hatte mich gerade zu zwei Dritteln durch mein zweites Ragin' River gearbeitet, als mich eine volle Ladung aufgestauter Müdigkeit erwischte. Ich quälte mich ins Hotel zurück und versank, kaum im Bett, tief im Reich der Träume.

Der halbe Mittwoch hatte sich in Nichts aufgelöst, als ich das Bewusstsein wiedererlangte. Da ich nichts Bestimmtes zu erledigen hatte, bereitete das mir keine Probleme. Nach einem üppigen Frühstück zur Mittagszeit wurde ich für den Nachmittag zu einem Tourist. Ich fuhr mit dem Cable Car zum Fisherman's Wharf und ließ mich in einem Boot rund um die Bay fahren.

Als das Boot durch die Brandung auf die Golden Gate Bridge zusteuerte, ließ ich mir noch einmal die Ab-durch-die-Mitte-Taktik, die mir Shintaro Yamazawa stillschweigend nahe gelegt hatte, durch den Kopf gehen. Sie war immer noch verlockend, doch jetzt nur noch im Prinzip. Ich wollte diese Sache durchziehen – worum immer es dabei ging, und wo immer sie hinführen mochte.

Auf dem Rückweg ins Hotel legte ich wieder in dem nicht wirklich angenehmen Lokal eine Pause ein. Dort drehten sich alle Gespräche um die sensationellen Entwicklungen bei der Präsidentenwahl, und ich erinnerte mich vage, etwas darüber in der Zeitung gelesen zu haben. Von mir aus hätten die Leute genauso gut über die Präsidentschaft auf dem

Mars debattieren können. Ich war vollauf mit meiner eigenen Politik beschäftigt, und da war die Zeit der Stimmenauszählung noch nicht gekommen.

Es kommt jedoch, wie es so schön heißt, immer anders, als man denkt. Im Holiday Inn wartete Maris auf mich. Und ihr Gesichtsausdruck machte deutlich, dass sie nicht erfahren wollte, ob mir die Sehenswürdigkeiten gefallen hatten.

»Ich hab noch eine Antwort auf meine Anzeige gekriegt.«

»Von wem?«

»Mr Duthie.« Außer Angst hörte ich in ihrer Stimme einen vorwurfsvollen Ton. »Er will mich treffen.«

15

Maris sollte Mr Chester Duthie um acht Uhr in der Bar des Fairmont Hotel treffen. Das war in weniger als einer Stunde. Mir war klar, dass aus ihrem unguten Gefühl schlagartig panische Angst würde, wenn sie erfuhr, was tatsächlich dahinter steckte. Dennoch war sie mir für mein Angebot, an ihrer Stelle hinzugehen, ungemein dankbar, wenn sie auch nicht annähernd so erleichtert war wie ich, als sie mir erzählte, dass sie Duthies Vorschlag, zu ihm in die Wohnung zu kommen, abgelehnt hatte.

Eine Sorge bedrückte sie dennoch. »Jetzt wird er es Clyde garantiert brühwarm erzählen. Dabei wollte ich unbedingt vermeiden, dass er davon erfährt.«

»Vielleicht kann ich Mr Duthie überreden, den Mund zu halten.«

»Wie denn?«

»Ich bin mir nicht sicher. Aber vielleicht finde ich einen Weg.«

»So, wie du einen Weg gefunden hast, Kontakt zu ihm aufzunehmen, ohne mich hineinzuziehen, hm? Mir kommt es eher so vor, als hättest du dir alle Mühe gegeben, mich voll reinzureiten.« (Das stimmte, war aber trotzdem ungerecht. Sie hatte diese Situation auch ihren eigenen Aktivitäten zu verdanken.)

»Moment mal, er weiß doch gar nicht, dass du Clydes Freundin bist.«

»Es wird nicht lang dauern, bis er dahinter kommt.«

»Vielleicht doch.«

»Wieso?«

»Wenn er mich trifft, wirst du für ihn kein Thema mehr sein, das verspreche ich dir.«

Endlich ein Versprechen, das ich mit einiger Sicherheit würde halten können, obwohl mir die wahre Natur von Mr Duthies Themen unangenehm unklar war. Er hatte uns offensichtlich durchschaut, und zwar gründlich. Es war müßig, darauf zu spekulieren, er hätte den Zusammenhang zwischen Maris' Annonce und dem anonymen Buchpräsent nicht begriffen. Doch weil er andererseits unmöglich über sämtliche Zusammenhänge im Bilde sein konnte, bestand durchaus eine Chance, ihn zu überraschen. (Und eine noch größere, dass es genau umgekehrt ablief.)

Zumindest klang der Ort unseres Treffens sicher. Maris und ich fuhren mit dem Cable Car nach Nob Hill, wo das Fairmont und mehrere andere protzige Hotels um die malerischste Aussicht stritten. Bevor wir uns trennten, vereinbarten wir, uns in etwa einer Stunde im Ritz-Carlton zu treffen, das weiter unten in der California Street stand. Noch während wir die Zeit bestimmten, beschlich mich das Gefühl, dass die nächste Stunde womöglich mehr für mich bereit hielt als die üblichen sechzig Minuten.

In der Bar des Fairmont Hotel war es ruhig – zu spät für Cocktails, zu früh für einen Drink nach dem Dinner. Mr Duthie zu erspähen, war sehr einfach. Er wirkte, bekleidet mit blauem Anzug und braunem Hemd mit offenem Kragen, entspannt, um nicht zu sagen in seinem Element. Es war zugleich eine Ausstattung, die das Weiß seines Haares und Barts und das Blau seiner Augen zur Geltung brachte. Die straffen Schultern und das vorgereckte Kinn verrieten, dass er an das Alter – und noch an vieles andere – wenig Zugeständnisse gemacht hatte. Sein Gesicht war von Falten durchfurcht, aber mit der Beschreibung »zerbrechlich« hätte man weit daneben gelegen. Selbst beim Sitzen in einem Ledersessel war er eine unverkennbar markante Erscheinung. Man konnte sich leicht vor ihm fürchten. Und genau das tat ich auch.

Für einen Mann, der mit einem zwanzigjährigen Mädchen gerechnet hatte, zeigte sich Chester Duthie verblüffend gelassen, als auf einmal ich vor ihm auftauchte. Mich beschlich sogar der beängstigende Verdacht, dass er bereits in dem Moment, in dem ich die Bar betreten hatte, gewusst hatte, wer ich war – und was ich wollte.

»Mr Duthie?«

»Yah.« Er sog an seiner Zigarette. »Sie müssen der Bursche sein, mit dem ich letzte Woche in dem Café in der Fillmore Street ins Gespräch gekommen bin.« Seine Stimme war erstaunlich leise, als hätte er es schon lange nicht mehr nötig, sie zu heben. »Ich glaube, Ihr Name ist Lance Bradley.«

Leugnen wäre zwecklos gewesen, selbst wenn mich meine, wie ich fürchtete, total verblüffte Miene nicht verraten hätte. »Und Ihr Name, glaube ich, ist Stephen Townley«, erwiderte ich in einem Versuch, verlorenen Boden zurückzuerobern.

»Setzen Sie sich doch.«

»Okay.«

»Zigarette?«

»Nein, danke.«

»Drink gefällig?«

»Gern.«

Er befahl den Kellner mit erhobenem Zeigefinger zu sich. »Noch einen großen J and B on the rocks für mich und dasselbe für den Gentleman.«

»Ich trinke meinen Whiskey ohne Eis«, erklärte ich, als der Kellner sich entfernt hatte.

»Höchste Zeit, dass Sie damit anfangen.«

»Wenn Sie meinen.«

»Wollen wir hoffen, dass Sie diese Haltung auch bei meinen anderen Empfehlungen an Sie einnehmen.«

»Das kann ich nicht versprechen.«

»Nein? Nun, Versprechen sind billig. Denken Sie nur an Miss Nielsens Versprechen, sich hier mit mir zu treffen.«

»Sie ist nur wegen Clyde besorgt, sonst nichts.«

»Das hatte ich mir schon gedacht, so wie ich auch damit gerechnet habe, dass Sie an Ihrer Stelle aufkreuzen.«

»Freut mich, dass ich Sie nicht enttäuscht habe.«

»Das ist auch besser für Sie, denn Enttäuschung kommt bei mir nicht gut an. Und ein Todesfall in der Familie…« Er hielt inne, da der Kellner in diesem Augenblick mit den Drinks zurückkehrte, fixierte mich aber weiterhin, bis der Mann wieder abgezogen war. »Das kommt bei mir noch schlechter an.«

»Das mit Ihrem Sohn tut mir Leid.«

»Es fällt mir schwer, das zu glauben.«

»Ich hatte nicht die Absicht, ihn zu töten.«

»Ah, das glaube ich Ihnen allerdings. Aber er *ist* nun mal tot. Und die deutsche Polizei scheint anzunehmen, dass Sie daran schuld sind.«

»Es war Notwehr.«

»Nein, Lance, es war Mord. Schlicht und ergreifend Mord. Aber Sie waren es nicht. Das ist der Witz daran.«

»Wie meinen Sie das?«

»Darauf kommen wir später zu sprechen. Sie wollten mich treffen. Das war doch der Zweck Ihres Spielchens mit dem Buch. Nun treffen Sie mich dank der guten Flugverbindung sogar noch früher, als Sie gehofft hatten. Nachdem Gordon die Sache in Japan in den Sand gesetzt hatte, stand es so gut wie fest, dass Sie hierher kommen würden. Der Portier hat übrigens sofort Verdacht geschöpft. Er wird mich wohl nie mit einer Buchladentüte unter dem Arm sehen, und wenn wir beide hundert Jahre alt werden. Und was Gespräche mit Fremden in Cafés betrifft, so ist das einfach nicht mein Stil. Nun, was haben sie mir zu sagen?«

»Ich bringe eine Botschaft von Mayumi.«

»Raus damit.«

»Sie wird den Inhalt des Briefs niemandem offenbaren, wenn Sie sich bereit erklären, Haruko und sie in Frieden zu lassen.«

»Ich muss mich auf ihr Wort verlassen, richtig?«

»Ja. Ich denke, dass Sie das getrost können. Die einzigen Menschen, denen sie den Inhalt offenbart hat – Miller Loudon und ihr Bruder – sind tot.«

»Ihnen hat sie ihn nicht offenbart, Lance?«

»Nein.«

»Nein?«

»Das habe ich doch gesagt.«

»Und ich glaube Ihnen. Wissen Sie, warum? Wenn Sie wüssten, was in dem Brief steht, wären Sie nicht nach San Francisco gekommen. Sie wären um Ihr Leben gerannt. Und Sie hätten gut daran getan.«

»Warum sagen *Sie* es mir nicht?«

»Sie haben Humor, Lance. Das muss der Grund sein, warum Gordon Sie nicht ausstehen kann. Er hat grundsätzlich was gegen Leute, die bessere Witze machen als er.«

»Nehmen Sie Mayumis Angebot an?«

»So nennen Sie es also – ein Angebot? Klingt in meinen Ohren eher wie ein Flehen um Gnade.«

»Und, sind Sie ein gnädiger Mensch?«

»Was meinen Sie?«

»Ich glaube... eher nicht.«

Townley gestattete sich ein mattes Lächeln, während er seine Zigarette ausdrückte. »Humorvoll und ehrlich obendrein. Ach Gott, für Sie spricht wirklich viel. Mehr als für Ihren Freund Rupe Alder.«

»Wo ist Rupe?«

»Er hat mir gedroht, Lance. Und als ich ihm gezeigt habe, dass ich nicht bereit bin, Drohungen nachzugeben, hat er meinem Enkel gedroht. Ich weiß nicht, welche Reaktion er erwartet hat. Aber fragen Sie sich selbst, Lance: Was hätte ich tun sollen? Welche Wahl hat er mir gelassen?«

»Was haben Sie getan?«

Townley senkte die Stimme zu einem rauen Flüstern. »Ich habe ihn getötet.«

Das waren die Worte, mit denen ich eigentlich gerechnet hatte. Dennoch überlief es mich eiskalt. »Er ist tot?«

Townley nickte. »Hm.«

»Sie haben ihn umgebracht?« Unwillkürlich flüsterte auch ich.

»Um genau zu sein: Ich habe mich aus diesem Geschäft zurückgezogen. Darum ließ ich Gordon die Angelegenheit erledigen. Er mag solche Aufträge, wie es bei Amateuren ja oft der Fall ist. Wollen Sie die Einzelheiten wissen? An Ihrer Stelle würde ich allerdings lieber darauf verzichten.«

»Sagen Sie es mir.«

»Okay. Ihr Freund, Ihre Entscheidung. Rupe hat schwere Geschütze gegen uns aufgefahren, also haben wir mit noch schwereren zurückgeschlagen. Gordon hat ihn zu einem Treffen in den Buena Vista Park gelockt. Die offizielle Todesursache war eine Überdosis Kokain. Die Medien nahmen offenbar an, die Beule an seinem Kopf stamme von einem Sturz im Drogenrausch. Japanische Touristen haben ihn gefunden. Hm, die ziehen nun mal früh los, nicht wahr? An und für sich war es ihnen um Sehenswürdigkeiten gegangen. Na gut, dazu gehören wohl auch tote Junkies.«

Mir hatte es die Sprache verschlagen. Alles, was ich bisher getan hatte – wofür? Dafür, dass ich mir Townleys Schilderung anhören durfte, wie er und sein mordgieriger Schwiegersohn die Bedrohung durch Rupe neutralisiert hatten.

»Natürlich hat Gordon alles mitgenommen, womit Rupe hätte identifiziert werden können. Und er hat ihn auch im Hotel abgemeldet. Damit ist Ihr Freund über den Rand dieser Welt gestürzt, oder über den Rand dieses Kontinents, denn hierzulande werden Leichen, die binnen dreißig Tagen von niemandem angefordert werden, verbrannt, und ihre Asche wird auf dem Meer verstreut. Doch leider ist er nicht ganz so sauber aus meinem Leben geschieden. Gordon hat sein Zimmer, seine Habseligkeiten und die Kleider, die er am Leib trug, gründlich durchsucht. Dabei hat er eine Kopie des Briefs, die Rupe mir bereits gezeigt hatte, gefunden. Aber nicht das Original. Und es ist bis heute nicht aufgetaucht. Rupe muss es versteckt haben. Die Frage ist nur: Wo?«

»Glauben Sie, dass ich es Ihnen sagen würde, wenn ich es wüsste?«

»Allerdings. Wissen Sie, das, was Sie über Notwehr gegen Eric gesagt haben, tja, das gilt auch für mich in dieser Sache mit Rupe. Er wollte, dass ich die ganze Geschichte vor der Öffentlichkeit ausbreite. Aber das wäre Selbstmord gewesen. Schlimmer noch, meine Familie wäre dadurch in Gefahr geraten. Ich musste sie, genauso wie mich selbst, verteidigen. Mir blieb wirklich keine andere Wahl. Ich hatte noch versucht, es ihm auszureden. Und ihn zu kaufen. Ja, ich hatte ihn sogar inständig gebeten, was mir bestimmt nicht leicht fällt. Nichts davon hat geholfen. Ihr Freund war ein Mann mit einer Mission. Er war fest entschlossen, alles auffliegen zu lassen. Er musste gestoppt werden, und er wurde gestoppt.«

»Sie haben Rupe also ermordet, weil er Sie erpresste.«

»Darauf läuft es hinaus, yah.«

»Und Peter Dalton? Was war ihre Rechtfertigung für den Mord an ihm?«

Townley vergewisserte sich, dass niemand nahe genug saß, um mitzuhören, dann zischte er: »Geld. Ich brauchte es damals dringend, denn ich bereitete mich auf meine vorzeitige Pensionierung vor. Ich sah voraus, wie es weitergehen würde, und wusste, dass ich von der Bildfläche würde verschwinden müssen, wenn ich nicht so enden wollte, wie es Hilde Voss in dem Gespräch, das sie mit Ihnen über mich geführt hat, behauptete. Rupe hätte mich nie aufgespürt, wenn ich mich an meinen weisesten Grundsatz gehalten hätte: Alleinsein ist Sicherheit. Im Laufe der Jahre habe ich klug investiert. Ich bin Eigentümer der Egret Apartments, auch wenn ich für die Mieter nur einer von ihnen bin. Meine einzige unkluge Handlungsweise war zugleich eine zutiefst menschliche: Ich bin mit meiner Familie in Verbindung geblieben. Ohne sie wäre ich nie enttarnt worden, und der Brief hätte mir nie schaden können.«

»Weiß Clyde, was mit Rupe passiert ist?«

»Nein. Und auch nicht, warum es nötig war. Ich möchte es gern weiterhin so halten.«

»Ich werde Maris nichts davon sagen, wenn Sie das meinen.«

»Das ist sehr rücksichtsvoll von Ihnen.«

»Ich nehme auf Maris Rücksicht.«

»Natürlich. Was für ein Gentleman Sie doch sind, im Gegensatz zu Rupe. Die Wahrheit ist, Lance, dass Clyde nicht mal ahnte, dass er einen lebenden und rüstigen Großvater hat, bis Rupe es ihm sagte. Ich hatte vor, den Jungen später damit zu überraschen, wenn er in Stanford was erreicht hat. Eigentlich wartete ich nur noch darauf, dass seine Mutter sich für diese Idee erwärmte. Wie auch immer, Rupe hat mir das Heft aus der Hand genommen und Clyde klar gemacht, dass ich nicht der Typ von Pfeife schmauchendem Opa im Lehnstuhl bin. Jetzt muss ich zusehen, wie ich den Schaden behebe. Ich wäre dankbar, wenn man mich diese Aufgabe selbst bewältigen ließe, so gut ich es eben kann.«

»Vermisse ich da nicht was?« (Dieses Gefühl hatte ich jedenfalls. Townley hatte Offenheit und Unerbittlichkeit mit entwaffnender Wirkung gemischt. Er war nicht das, was ich erwartet hatte, doch ob ihn das noch gefährlicher oder eher weniger bedrohlich machte, konnte ich nicht beurteilen.)

»Ob Sie was vermissen? Sie meinen, über das große Gesamtbild hinaus?«

»Wie lautet Ihre Antwort für Mayumi?« (Ob so oder so, es musste letztlich eine geben.)

»Gehen wir hier raus.« Er drehte sich zur Theke um, wo der Kellner gerade den Eiseimer nachfüllte. »Zahlen.«

»Ich weiß nicht, ob ich…«

»Keine Sorge, in den Buena Vista Park gehe ich nicht mit Ihnen.«

Nun, wir gingen nicht weiter als bis zu dem Platz zwischen dem Fairmont Hotel und der Grace Cathedral. Townley zündete sich eine weitere Zigarette an und rauchte voller

Hingabe, während wir den kleinen Park im Westteil des Platzes gemächlich umrundeten. Hier waren jede Menge Autos und Leute unterwegs. Die Straßenlampen sorgten für genügend Helligkeit, die Gegend selbst schien hinreichend sicher. Es gab keine finsteren Winkel, keine Kombis mit verdunkelten Fenstern. Kurz, ein Teil meines Hirns schätzte diesen Flecken als kaum weniger unbedenklich ein als die Bar, die wir soeben verlassen hatten. Mein übriger Verstand war freilich mit etwas ganz anderem beschäftigt.

»An Mayumis Aufrichtigkeit habe ich nicht den geringsten Zweifel, Lance. Das Problem ist der Brief. Solange er existiert, stellt er eine Bedrohung für mich und meine Familie dar. Sollte er in die falschen Hände fallen… die Folgen wären undenkbar. Keine Frage, man würde Mayumi zwingen zu sprechen. Als 1906 nach dem Erdbeben eine Feuersbrunst durch diese Stadt fegte, konnte ihr nur durch die Sprengung der Villen in der Van Ness Avenue Einhalt geboten werden, weil dadurch eine breite Feuerschneise geschaffen wurde. Verstehen Sie, worauf ich hinaus will? Solange ich den Brief nicht habe, muss ich mir eine Feuerschneise schaffen.«

»Mayumi hat den Brief nicht.«

»Nein. Aber inmitten all Ihres schmerzenden Mitgefühls für sie und ihre liebeskranke Tochter könnten Sie sich fragen, warum sie so dumm war und den Brief überhaupt aufbewahrt hat. Wenn sie ihn gleich an dem Tag, an dem sie ihn bekam, verbrannt hätte… Ich kenne natürlich die Antwort, wohingegen Sie nicht in der Lage sind, sie zu finden. Aber zum Glück sind Sie immerhin in der Lage, das Problem zu beheben.«

»Bin ich das?«

»Wir beide befinden uns in einem Dilemma, Lance. Der einzige Unterschied ist, dass Sie Ihres im Hier und Jetzt haben, während meines weiter in der Zukunft liegt. Sie stehen in zwei Kontinenten unter Mordverdacht. Ich bin ein Niemand, der die Sicherheit braucht, dass es weiterhin so bleibt. Ich kann beweisen, dass Sie niemanden ermordet haben. Und Sie können Mr Chester Duthie das ungestörte Weiterbestehen seiner Anonymität garantieren. Ich sehe da ein sich anbahnendes Geschäft, Sie nicht auch?«

»Wie können Sie etwas beweisen – und ich Garantien geben?«

»Hören Sie zu. Ich habe Gordon als Mann für Barbara ausgesucht, weil ich dachte, sie würde vielleicht seinen Schutz benötigen, wenn ich irgendwann einmal nicht mehr in der Lage wäre, sie zu schützen. Das hat sie natürlich nie erfahren. Nun, der Nachteil von Schutz ist der Umstand, dass der Wachhund bisweilen über seinen eigenen Halter herfällt. Gordon hat für den Schlag in Berlin einen Profi namens Ventress angeheuert. Doch für derlei Dinge gibt es ein Protokoll, von dem Gordon keine Ahnung hat. Als ich Ventress erklärte, dass sein eigentlicher Chef ich bin, war er bereit, wenn auch nicht unbedingt voller Begeisterung, mir alle Geschehnisse zu schildern. Anscheinend hat Gordon noch einen zusätzlichen Anschlag in Auftrag gegeben, bevor er sich wieder an Ihre Fersen heftete. Er war Eric ins Adlon gefolgt und wusste darum, dass Eric sich mit seinem Entschluss, mit Ihnen eine persönliche Rechnung zu begleichen, einem Befehl widersetzte. Daraufhin hat Gordon Ventress angewiesen, dafür zu sorgen, dass Eric diese Gehorsamsverweigerung nicht überlebte.«

»Wollen Sie damit sagen…?«

»Ventress hat Eric auf Gordons Befehl beseitigt. Mein Schwiegersohn hatte meinen Sohn zu einem Sicherheitsrisiko erklärt. Das hatte er schon eine ganze Weile vorgehabt, und jetzt, im Adlon, bot sich ihm die Gelegenheit, etwas zu unternehmen. Und er hat sie ergriffen. Jetzt stellt sich die Frage: Was unternehme *ich*?«

»Wie lautet die Antwort?«

»An dieser Stelle kommen Sie ins Spiel, Lance. Verstehen Sie, ich könnte den Behörden in Deutschland *und* Japan einen Hinweis zuspielen. Ich könnte ihnen sagen, dass Gordon Ledgister der Mann ist, den sie suchen. Die gerichtsmedizinische Untersuchung dürfte schnell ergeben, dass nur er Miller Loudon ermordet haben kann. Da sich außerdem nachweisen ließe, dass er sich auch in Berlin an allen Tatorten hat blicken lassen, wäre man wohl eher geneigt, Ihrer Version der Ereignisse Glauben zu schenken. Womit Sie aus dem Schneider wären und Gordon dort wäre, wo er hingehört. Eric *war* ein Sicherheitsrisiko. Damit hatte Gordon Recht, aber er war eben auch mein Sohn. Der Mann, der ihn getötet hat, muss dafür zahlen. Und damit meine ich nicht Ventress.«

»Befürchten Sie nicht, dass Gordon Sie belasten könnte?«

»Nein. Er liebt Clyde – und Barbara. Er weiß, was ihnen zustoßen könnte, wenn er sich den Mund verbrennt. Außerdem würde er nie erfahren, dass ich ihn hingehängt habe. Er würde die Strafe wie ein Mann auf sich nehmen. In Japan steht auf Mord die Todesstrafe, habe ich gehört. Machen Sie sich um Gordon keine Sorgen. Ich habe ihn geschaffen, und ich kann ihn zerbrechen. Vielmehr sollten Sie sich überlegen, was *Sie* tun können, um mich darin zu bestärken, die nötigen Schritte zu ergreifen. Ich meine, das mit Gordon kann ich selbst erledigen, wenn ich muss. Deswegen muss ich nicht unbedingt als Dreingabe Ihren Hals retten.«

»Was wollen Sie von mir haben?«

»Den Brief. Was sonst?«

»Ich habe ihn nicht und weiß auch nicht, wo er ist. Ich kann ihn Ihnen nicht geben.«

»Ich glaube, das können Sie doch. Waren Sie nicht Rupes bester Freund? Sein bester und ältester Freund? Das bedeutet, dass Sie wissen, wie sein Verstand gestrickt war. Und das bedeutet wiederum, dass Sie eine bessere Chance als jeder andere haben, herauszufinden, wo er ihn versteckt hat.«

»*Ich weiß es nicht.*«

»Noch nicht. Aber ich helfe Ihnen dabei, ihn zu finden. Sie brauchen nur eine geringfügige Motivation.« Er blieb stehen. Ich sah mich um und merkte, dass wir den ganzen Platz umkreist hatten und wieder dort angelangt waren, wo wir losgegangen waren: vor dem Fairmont Hotel. »Ta, ich schätze, dass ich Ihnen jetzt alle Motivation gegeben habe, die Sie brauchen. Sehen sie das nicht auch so?«

Ich glotzte ihn benommen an. Was sollte ich ihm nur antworten. Mayumi hatte mich geschickt, um ihn um Gnade zu bitten. Dass das eine hoffnungslose Mission sein würde, war mir von vornherein klar gewesen. Doch ich hatte weder erwartet, dabei eine weitere Mission angeboten zu bekommen, noch, dass ich auf Anhieb erkennen würde, dass ich diese ebenso wenig würde zurückweisen können wie die erste.

»Finden Sie den Brief, Lance, und bringen Sie ihn mir. Dann nehme ich Mayumis Angebot an, und Sie erhalten Ihr Leben zurück.«

Als Townley und ich uns trennten, war es bereits zu spät für die Verabredung mit Maris. Dennoch fuhr ich noch durch Chinatown ins Ritz-Carlton. Ob mir ein Rettungsanker angeboten worden war oder eher nicht, vermochte ich noch nicht zu entscheiden. Townleys Argumente klangen, soweit ich das beurteilen konnte, ganz vernünftig. Wahrscheinlich hatte ich tatsächlich eine bessere Chance als alle anderen, dahinter zu kommen, wo Rupe den Brief verborgen hatte. Aber besser hieß nicht notwendigerweise gut genug. Und den Inhalt nicht zu kennen, konnte sich als verhängnisvoller Nachteil erweisen.

Aber auch der Erfolg konnte verhängnisvoll sein. Wenn ich den Brief doch noch fand, würde ich endlich erfahren, worum es ging. Townleys Zuversicht, dass ich den Brief nicht lesen würde, war gewiss nur gespielt. Ich wusste, was denjenigen geschehen war, die sein Geheimnis erfahren hatten. Das konnte durchaus auch das Schicksal sein, das er für mich vorsah, selbst wenn er tatsächlich beabsichtigte, Ledgister für die Morde büßen zu lassen. Zwei für den Preis von einem war ein Geschäft, das ihn reizen musste. Ich durfte ihm nicht trauen, und ich traute ihm auch nicht.

Trotzdem hatte ich keine andere Wahl, als so zu handeln, als ob ich ihm traute.

»Chester Duthie ist Clydes Großvater. So was wie ein Rohdiamant, den Clydes Mutter aus dem Leben seines Enkels verbannt hatte. Rupe hat versucht, Geld aus ihnen rauszupressen, indem er gedroht hat, ihr zu verraten, dass sie sich gefunden haben. Sie haben gezahlt, und er ist abgezogen. Sonst ist da nichts. Chester hat mir versichert, dass er Clyde kein Sterbenswörtchen von deiner Annonce sagen wird.«

Maris starrte mich mit weit offenen, skeptisch blickenden Augen an. »Wie kommt es, dass ein völlig Fremder aus England rausfindet, wo so eine Familie ihre Leichen im Keller versteckt?«

»Durch die Geschäftskontakte mit Chester, schätze ich. Der alte Knabe wollte sich über Details nicht auslassen. Wohl auch deswegen, weil sie nicht ganz ... astrein waren.«

»Und dass Rupe danach verschwunden ist, hat sich einfach so ergeben?«

»Zufall, würde ich sagen. Ich werde ihn woanders suchen müssen.«

»Und mit dem Tod von Clydes Onkel hat das alles nichts zu tun?«

»Nicht das Geringste.«

»Dann ist das alles also viel weniger zwielichtig, als es den Anschein hatte.«

»Tja, der Eindruck *kann* trügen.«

»Ganz bestimmt.«

»Wie spät ist es eigentlich? Ich möchte nicht, dass du den letzten Zug verpasst.«

»Keine Angst. Ich gehe bald.«

»Ich wollte dich nicht...«

»O doch, Gary, das wolltest du. Na ja, vielleicht sollte ich es auf sich beruhen lassen. Dann hast du deine Ruhe.... und Chester auch. Ich gebe mich damit zufrieden – Clyde zuliebe. Ja, ich werde alles auf sich beruhen lassen. Aber eines sollst du wissen.«

»Was?«

»Ich glaube dir nicht ein Wort.«

Ich konnte Maris ihre Skepsis nicht übel nehmen. Aber dass ich ihr einen Gefallen getan hatte, konnte ich ihr unmöglich erklären. So konnte ich nur hoffen, dass sie tun würde, was sie angekündigt hatte: Alles auf sich beruhen lassen.

Die nicht wirklich nette Bar war immer noch geöffnet, als ich dort vorbeikam, und dem Wirt schien es Freude zu machen, mich mit Drinks zu versorgen. Es gibt einen himmelweiten Unterschied – hinsichtlich Stimmung und Grund – zwischen sich schnell zusaufen und sich langsam zusaufen. Diesmal handelte es sich eindeutig um einen schnellen Vollrausch. Ich hatte Grund genug, um einen Freund zu trauern und ihn zu verfluchen. Ich tat beides, mehr oder weniger gleichzeitig, während sich die Uhrzeiger von Mitternacht bis in die frühen Morgenstunden schleppten.

Am nächsten Morgen stand ich schon vor der Bibliothek, als die Türen geöffnet wurden. Es dauerte keine zwanzig Minuten, bis ich in einer mehrere Wochen alten Ausgabe des *San Francisco Chronicle* fündig wurde. Im Lokalteil der Zeitung vom Samstag, dem dreiundzwanzigsten September, stand es:

Toter im Buena Vista Park

Die Leiche eines bisher unbekannten etwa 30- bis 35-jährigen Weißen wurde gestern Früh im Buena Vista Park gefunden. Wie ein Sprecher der Polizei erklärte, handelt es sich vermutlich um Drogenmissbrauch. Auffällig an dem Toten war seine elegante Kleidung. Das Police Department bittet um Hinweise, die zur Identifizierung des Mannes führen könnten.

Das war alles. Ein Absatz, vier Sätze. Nicht gerade ein warmherziger Nachruf. Aber der Einzige, den Rupe bekommen sollte.

Ich trat auf den Platz zwischen der Bibliothek und dem Rathaus hinaus und schlenderte um den viereckigen Teich in der Mitte herum. Die Wasserfontäne glitzerte im Sonnenlicht, und ein kühler Wind wirbelte raschelndes Laub an mir vorbei. Rupe und ich waren weit entfernt von der Heimat, und nur einer von uns sollte zurückkehren. Ich musste aufbrechen, und zwar bald. Doch ich gelobte Rupe – und mir –, dass ich eines Tages zurückkommen und die Behörden darüber aufklären würde, wer der tote Weiße im Buena Vista Park gewesen war. Dann würde ich auch versuchen, ihm eine richtige Beerdigung zu verschaffen. Was allerdings eine Lobrede betraf...

Wo war der Brief? Wo konnte er sein? Ein Tresor in einer Bank schien mir das Naheliegendste. In diesem Fall hätte Rupe jedoch so etwas wie eine Quittung gehabt, irgendein Dokument zum Beweis seiner Eigentümerschaft. Doch weder in seinen Taschen noch in seinem Hotelzimmer hatte Ledgister etwas gefunden. In Rupes Haus in London und in Tokio hatte er gleichermaßen eine Niete gezogen. Rupe hatte sein Versteck mit größter Sorgfalt ausgewählt, so viel stand fest.

Dass er den Brief nicht in Tokio gelassen haben konnte, war mir längst klar, denn dorthin wollte er bestimmt nicht mehr zurückkehren. Genauso wenig hätte er ihn zu seinen Verhandlungen mit den Townleys in Berlin und San Francisco mitgebracht. Mehr als eine Fotokopie hatte er nicht benötigt.

Folglich lief alles auf London hinaus, die einzige andere Stadt, in der er zwischen dem Raub des Briefs und jener verhängnisvollen Verabredung im Buena Vista Park gewesen war. Ich brauchte nur noch eines zu tun – wirklich eine Kleinigkeit: ihn zu finden.

Ein Rückflug nach London war natürlich riskant, obwohl ich an und für sich den Schutz meiner von wahren Experten angefertigten, alternativen Identität genoss. In England lag wahrscheinlich schon ein Haftbefehl gegen Lancelot Gawain Bradley vor. Und zu Hause gab es jede Menge Leute, die mich kannten, wohingegen ich in Kalifornien außer Townley niemandem ein Begriff war. Doch meine Rückkehr war beschlossene Sache, und ich musste hoffen, dass ich den Brief entdeckte, bevor die Polizei mich aufspürte.

LONDON

16

Es ist ein unumstößliches Gesetz im Leben – na ja, in meinem zumindest –, dass einem gerade dann, wenn man sich einsam und gelangweilt fühlt, der Zufall nie einen alten Bekannten über den Weg schickt, diese sich aber förmlich aufdrängen, sobald man sich bedeckt halten will.

Immerhin traf ich im Flugzeug keine Bekannten, was mein Glück war, denn es hätte sie wohl befremdet, dass ich mich bei der Ankunft am Heathrow Airport in die Schlange für Reisende ohne EU-Pass stellte. In Hinblick auf eine solche Katastrophe lässt sich wohl sagen, dass ich einigermaßen ungeschoren davonkam, auch wenn ich mich alles andere als glücklich pries, als ich im Zug nach London jäh durch ein »Hey, Lance!« aus meinen Überlegungen gerissen wurde.

Simon Yardley – es war tatsächlich mein alter Schönwetterfreund und Saufkumpan – ließ sich mir gegenüber auf den Sitz fallen und grinste, als hätte es ihm den Tag gerettet, dass sich unsere Wege heute kreuzten. Was paradox war, denn das Gleiche ließ sich von mir gewiss nicht behaupten, zumal er mich bei unserer letzten Begegnung, als ich nach Hinweisen nach Rupes Aufenthaltsort geforscht hatte, so brüsk hatte abblitzen lassen.

Sein Haar war schütterer geworden, als ich es in Erinnerung hatte, sein Gesicht runder, und unter seinem schicken Hemd aus irgendeinem Luxusladen in der Jermyn Street wölbte sich ein beträchtlicher Bauch. Auch wenn sein Anzug zweifellos maßgeschneidert war, schien eine Aktualisierung der Maße dringend angesagt. »Na, das ist aber ein Ding. Ich dachte schon, du hättest dich im Hinterland von Somerset verkrochen.«

»Gelegentlich breche ich aus, Simon.« (Die gute Nachricht war, dass er von meiner Verwicklung in mehrere gewaltsam herbeigeführte Todesfälle rund um den Globus keine Ahnung hatte. Die schlechte Nachricht war... dass ich mich genau dagegen wappnete.)

»Ich bin soeben mit der Maschine aus LA gekommen.« (Ich schickte ein stummes Dankgebet in den Himmel, dass es nicht der Flug aus San Francisco gewesen war.) »Und du?«

»Ach, ich, äh, habe mich von jemandem verabschiedet.«

»Es ist schon eine Last, dieses viele Reisen, aber man muss eben dorthin, wo das Geld ist, richtig?«

»Unbedingt.«

»Egal. Es ist schön, dich nach so langer Zeit wiederzusehen. Wie läuft's so bei dir?«

»Ich bin nicht gerade...«

»Zu lange, das steht schon mal fest. Bleibst du jetzt in der Stadt?«

»Äh, nein.«

»Hm, was hältst du davon, wenn wir uns in Paddington bei ein paar Gläsern zusammensetzen. Hat ja keinen Sinn, jetzt, am Nachmittag, noch ins Büro zu gehen. Außerdem ist heute Freitag.«

»Tut mir Leid, Simon, ich muss gleich weiter.«

»Wirklich?« Die Vorstellung, dass ich es eilig haben könnte, fiel ihm sichtlich schwer. »Wirklich ein Jammer.«

»Ein andermal vielleicht.«

»Yeh. Genau.« Einen leeren Augenblick lang dachte er über diese Aussicht nach, dann sagte er: »Wenn du wieder im Lande bist, ziehen wir zu dritt los, du, ich und Rupe.«

Es kann sein, dass ich zusammenzuckte. Ich war mir sogar fast sicher. »Gute Idee.«

»Ein Männerabend. Wir machen einen drauf wie in alten Zeiten.«

»Klingt großartig.«

»War ja mal ziemlich dicke mit Rupe. Keine Ahnung, was der Knabe jetzt so treibt. Wirklich, keinen blassen Schimmer. Hast du vielleicht…?« Ihm fiel etwas ein. »Moment mal. Du hast doch neulich versucht, ihn aufzuspüren, nicht wahr? Hast sogar bei mir im Büro angerufen.«

»Stimmt.«

»Und? Glück gehabt?«

»Nein.« (Nun, das stimmte garantiert.)

»Schade. Rupe sorgte immer für gute Laune.« Eine graue Tafel mit der Aufschrift Hayes-cum-Southall glitt am Fenster vorbei, während Simon über seine Bemerkung nachdachte. »Ich habe ihn seit mindestens einem halben Jahr nicht mehr gesehen. Das heißt, nicht mit ihm gesprochen.«

»Hast du ihn denn mal gesehen… ohne mit ihm zu sprechen?« Meine Neugierde war jäh erwacht.

»Hm?«

»Als ich dich anrief, hast du gesagt, du hättest ihn schon länger nicht mehr gesehen.«

»Das stimmt. Wie gesagt: Nicht mit ihm gesprochen.«

»Aber du hast ihn – rein physisch – gesehen?«

»Hm, das war vor weniger als sechs Monaten, yeh. Aber…«

»Wann?«

»Wann?« Simon blies die Wangen auf. »Bin mir nicht sicher. Im Sommer irgendwann. Spätsommer. Genau, so um die Zeit.«

»Wo war das?«

»Irgendwo in der City. Ist das so wichtig?«

»Wollte es einfach nur wissen«, wiegelte ich ab, um einen beiläufigen Ton bemüht. »Es könnte vielleicht Aufschlüsse darüber geben, wo er zurzeit lebt.«

»Das glaube ich nicht unbedingt. Es war in der Nähe des... *Monument,* mitten im Stoßverkehr. Ich war unterwegs zur Liverpool Street Station. Er war auf der anderen Straßenseite. Bei dem dichten Verkehr hatte ich keine Chance, seine Aufmerksamkeit auf mich zu ziehen.«

»In welche Richtung lief er?«

»Süden. Auf die London Bridge zu.« Simon legte die Stirn in Falten; er dachte angestrengt nach. »Er grinste. So richtig, verstehst du, von einem Ohr zum anderen. Aber für sich. Er war allein unterwegs. Irgendwie war es merkwürdig. Der Stoßverkehr am Abend ist normalerweise doch nichts zum Lachen.«

»Aber er wirkte... glücklich?«

»Er sah total verzückt aus. Leicht übergeschnappt, um ehrlich zu sein. Vielleicht hatte er gerade erfahren, dass er im Lotto gewonnen hatte. Damit wäre wenigstens erklärt, warum er sich abgesetzt hat. Schließlich hätte er bestimmt keine Lust darauf, von alten Kumpeln, denen es nicht so gut geht, um einen Anteil angehauen zu werden. Während wir so reden, hockt er wahrscheinlich am Strand in Rio, nippt an irgendeinem starken Drink aus einer Ananasschale und übt portugiesische Anmachsprüche.« Über seine lateinamerikanischen Phantasien meditierte Simon gut zehn Sekunden lang, dann wandte er seine gerunzelte Stirn wieder mir zu. »Hey, ist das etwa der Grund, warum du scharf darauf bist, ihn zu treffen?«

An der Paddington Station verabschiedete ich mich von Simon unter dem Vorwand, ich müsse den Zug zur Westküste nehmen. Als er sich zur U-Bahn verzogen hatte, konnte ich endlich telefonieren. Es war mein zweiter Versuch an diesem Tag, Echo zu erreichen, und er brachte dasselbe Ergebnis wie am Flughafen: niemand nahm ab. Merkwürdigerweise war kein Anrufbeantworter eingeschaltet. Nicht, dass ich etwas auf Band gesprochen hätte, denn ich wollte keinen Hinweis auf Lance Bradleys Rückkehr in die Heimat hinterlassen.

Ich setzte mich ins Bahnhofscafé und trank zwei doppelte Espresso. Ich wollte den Jetlag abschütteln und versuchen, mit kühler Logik (normalerweise nicht meine Stärke) an die Frage heranzugehen, wo Rupe den Brief versteckt haben könnte. Dass Simon ihn in der City gesehen hatte, ließ einen Panzerschrank im Kellergewölbe irgendeiner Bank in der Lombard Street wahrscheinlicher erscheinen. Aber wo war der Schlüssel – oder was immer Rupe gebraucht hatte, um an den Brief heranzukommen. Offenbar hatte er ihn raffiniert verborgen, denn die Möbel und all seine Habseligkeiten waren mehrmals ohne Erfolg durchsucht worden. Aber irgendwo dort in der Nähe lag das Ding ganz gewiss.

Leider war die Hardrada Road 12 ein riskantes Ziel für mich. Womöglich hatte die Polizei die Bewohner über mich befragt. Einfach so konnte ich unmöglich dort auftauchen, vor allem nicht tagsüber. Ich musste erst mit Echo reden.

Doch das war leichter gesagt als getan. Auch bei meinem dritten Versuch, sie zu sprechen, meldete sie sich nicht. Unverrichteter Dinge verließ ich den Bahnhof und nahm mir ein Zimmer im unscheinbaren, aber erfreulich anonymen Hotel Polaris in der Craven Road, wo ich bar zahlen konnte, ohne irgendwelche Fragen beantworten zu müssen.

Nachdem ich am Münztelefon in der Lobby eine vierte Niete gezogen hatte, wagte ich mich in den Nachmittag hinaus. Auch meine nächsten Schritte waren nicht frei von Risiken, und vielleicht hätte ich besser zuerst in der Hardrada Road mein Glück versuchen sollen. Aber weil das Wochenende bevorstand und ich dann in meinen Möglichkeiten noch stärker eingeschränkt wäre, konnte ich mir einen Aufschub kaum leisten. Philip Jarvis von Myerscough and Udal hatte mir deutlich zu verstehen gegeben, dass er unsere Bekanntschaft offiziell leugnen würde. So blieb mir nichts, als zu hoffen, dass er dies wenigstens inoffiziell anders behandeln würde. Sprechen wollte ich ihn schon deshalb, weil ich ihm zutraute, dass er eine Vorstellung davon hatte, wo Rupe ein wichtiges Dokument versteckt haben konnte.

Die Büros von Myerscough and Udal lagen in einem öden Häuserblock aus den siebziger Jahren. Als ich neben der Vordertür Stellung bezog und versuchte, hinter einem *Evening Standard* mit dem Mauerwerk zu verschmelzen, tröpfelten die ersten Mitarbeiter aus dem Haus, die es besonders eilig hatten, das Wochenende anzutreten. Jarvis war für meine Begriffe weder nachlässig noch besessen. So wie ich das sah, ging er in der Regel um halb sechs und am Freitag vielleicht um fünf nach Hause, sodass ich mich auf eine Wartezeit von dreißig bis sechzig Minuten einstellte. Allerdings konnte ich auch Pech haben, wenn er sich ausgerechnet heute frei genommen hatte, wegen Grippe das Bett hütete oder irgendwo außer Haus eine Verabredung hatte. Andererseits hatte ich nichts Besseres zu tun.

Es war um Punkt halb sechs, als ich ihn in den feuchten Herbstabend treten sah. Angesichts der Stoßstange an Stoßstange stehenden Autos missmutig die Nase rümpfend, schlug er den Kragen seines Regenmantels hoch, wechselte die Richtung und steuerte auf die U-Bahn-Haltestelle Holborn – und mich – zu.

Ich folgte ihm in einigem Abstand, bis wir Myerscough

and Udal weit genug hinter uns gelassen hatten, dann beschleunigte ich meine Schritte. »Mr Jarvis!« Ich tippte ihm mit dem zusammengerollten *Standard* gegen den Ellbogen.

Er blieb stehen und drehte sich um. Seine Züge verrieten mir sofort, dass er mich auf Anhieb erkannte. Genauso abrupt veränderte sich dann sein Ausdruck, als wäre ein Schalter umgelegt worden. Sein Gesicht klappte richtiggehend zu. »Was?«

»Mr Jarvis, ich muss mit Ihnen sprechen. Es tut mir Leid, aber es ist wirklich sehr wichtig.«

»Wer sind Sie?«

»Sie wissen, wer ich bin. Wir haben uns im Hyde Park kennen gelernt. Zusammen mit Mr Hashimoto.«

»Mit wem?«

»Hashimoto, tun Sie nicht so. Vor zwei Wochen.«

»Ich weiß nicht, wovon Sie reden.«

»Es ist nicht nötig, irgendwelche Spiele zu spielen. Ich erkenne an, dass Sie vorsichtig sein müssen, aber...«

»Ich habe keine Ahnung, wer Sie sind oder was Sie von mir wollen!« Er hatte die Stimme ohne Not gehoben, als brauche er unbeteiligte Zeugen, um mich abzuwimmeln. »Lassen Sie mich gefälligst in Frieden!«

Damit stürmte er fast im Laufschritt davon. »Jarvis!«, rief ich. »Mein Gott...« Ich eilte ihm nach, gab aber nach zehn Schritten auf.

Es hatte keinen Zweck, ihn zu verfolgen. Schlagartig war mir klar geworden, dass er stur bestreiten würde, mich je gesehen zu haben, egal, wie hartnäckig ich ihn bedrängte. Und *zu große* Hartnäckigkeit konnte ich mir, wie er wohl genau wusste, nicht leisten. Dass er so reagieren würde, hatte ich eigentlich nicht erwartet, doch jetzt, im Nachhinein, war ich merkwürdigerweise kaum überrascht. Sogar die Angst, die er kurz gezeigt hatte, war in gewisser Weise vorherzusehen gewesen. Auch sie erlebte ich nicht zum ersten Mal, und allmählich wurde ich mit ihrem Gesicht vertraut.

Dass Echo den Petrus spielen und mich verleugnen würde, konnte ich mir nicht vorstellen. Doch wenn sie weiterhin nicht ans Telefon ging, lief es auf dasselbe hinaus. Ich hatte mich von ihr mit dem Rat verabschiedet, schleunigst auszuziehen. Wenn sie ihn tatsächlich so schnell beherzigt hatte, sah es schlecht für mich aus. Zwar wäre damit erklärt, warum der Anrufbeantworter nicht eingeschaltet war, aber es warf eine beunruhigende Frage auf, der ich mich in einem vollen Pub in Covent Garden bei zwei Carlsberg Special stellte. Wie ging es weiter, wenn sie verschwunden war?

Und dann kam mir ein noch beunruhigenderer Gedanke. Jarvis hatte davon gesprochen, dass Myerscough Udal von irgendeiner Organisation, die weit mächtiger war, unter Druck gesetzt würde. Stephen Townley? Aber der war doch ein Einzelgänger, und allein hätte er nie derart viel Druck ausüben können. *Wer* oder was sonst steckte also dahinter? Caribtex Oil etwa? Oder irgendein riesiger Konzern, von dem es nur eine Tochtergesellschaft war? Wie konnte jemand – außer Townley und seine Familie, natürlich – Angst davor haben, dass ihm Morde und ein Überfall angelastet wurden, die so viele Jahre zurücklagen?

Ich verließ das Pub gegen acht Uhr und lief zum Leicester Square. Mein Entschluss stand fest, aber noch war die Zeit nicht reif dafür, ihn umzusetzen. Die Wartezeit mit Trinken zu überbrücken, war allerdings ein sicheres Rezept für die Katastrophe. Ob es eine viel bessere Idee war, mir einen Film über einen Typen anzusehen, der sein Kurzzeitgedächtnis verloren hatte, erwies sich als müßig, denn ich schlief während seiner zweiten Krise ein und wachte gerade rechtzeitig zum Abspann wieder auf. Ich hatte die Zeit nicht totgeschlagen, sondern eher ausgelöscht.

An der U-Bahn-Haltestelle Charing Cross ergatterte ich ein Taxi. Als wir in Kennington ankamen, bat ich den Fahrer, in der nächsten Querstraße zur Hardrada Road zu warten, und legte die letzten Meter zu Fuß zurück. Da sie immer früh in der Verteilerstraße anfangen musste, war Echo keine Nachteule. Wenn sie noch in der Nummer 12 lebte, war sie jetzt bestimmt zu Hause.

Doch das war nicht der Fall. Im Haus war es dunkel, und obwohl ich wiederholt und lange auf die Klingel drückte, rührte sich drinnen nichts. Was noch schlimmer – und eindeutiger – war: hinter allen Fenstern waren die Vorhänge zurückgezogen. Ich spähte durch den Briefschlitz. Inmitten der Schatten des Flurs vermisste ich die Umrisse von Echos Gemälden. Das Einzige, was mir ins Auge stach, war gähnende Leere.

Am nächsten Morgen, der trüb und viel zu früh begann, fand ich mich in einem leeren 36er Bus wieder, der, wie es mir vorkam, durch stockdunkle Nacht zur Vauxhall Bridge zuckelte. Ich fühlte mich nicht allzu gut und hatte Schwierigkeiten, mich auf sehr viel mehr zu konzentrieren als auf meine benebelte Erkenntnis, dass ich zum Postboten wirklich nicht das Zeug hatte.

Vom südlichen Ende der Brücke trottete ich in dichter werdendem Sprühregen die Wandsworth Road zur Sortierstelle hinunter. Es war beinahe sieben Uhr, aber immer noch so dunkel wie im Inneren eines Postsacks. Echo verzehrte jetzt wohl gerade in der Kantine ihr zweites Frühstück, bevor sie ihre Runde begann. Es sei denn, natürlich, sie hatte sich krank gemeldet oder machte Urlaub. Diese Möglichkeiten wollte ich mir lieber erst gar nicht vorstellen. Insofern war es ganz gut, dass ich in meinem Zustand zum Denken kaum in der Lage war.

Da der Auskunftsschalter laut einem Schild neben der verriegelten Tür erst um acht Uhr öffnete, lief ich in den Verladehof hinter dem Gebäude, wo ich einen Burschen anhielt, der gerade in die Sortierhalle wollte, und überredete ihn dazu, die Kollegin Echo Bateman zu bitten, kurz rauszukommen.

»Ich wusste, dass du es bist«, sprudelte sie schon in der Tür zum Hof los. »Ich habe mich die ganze Zeit gefragt, ob ich je wieder von dir höre.«

»In den letzten zehn Tagen ist es einigermaßen hektisch zugegangen.«

»Mehr als hektisch, Lance. Die Polizei war bei mir.« Den Rest ließ sie ungesagt, doch sie verdrehte ihre Kulleraugen.

»Du bist aus der Hardrada Road ausgezogen.«

»Deine Idee, wenn ich mich richtig erinnere.«

»Yeh. Die Sache ist die, Echo: Ich ... äh ... muss mich dort noch mal umsehen. Hast du noch die Schlüssel?«

»Was ist los?«

»Ich kann mich nicht darüber auslassen.«

»Jetzt vielleicht nicht.« Dicht hinter uns fuhr ein Laster an und begann, mit mehrmaligem warnendem Hupen zu wenden. »Wie auch immer, ich habe sie nicht dabei. Und ich muss gleich meine Tour antreten. Komm gegen Mittag in meine neue Wohnung, dort können wir reden. Eigentlich ...« Sie zögerte und starrte mich an, während der Laster weiter wütend hupte. »Vielleicht sollten wir uns besser irgendwo anders treffen.«

»Soll ich das persönlich nehmen?«

»Was glaubst du?«

Ich brachte ein Lächeln zu Stande. »Ich denke, es ist wohl eine vernünftige Sicherheitsmaßnahme.«

Das Ferret and Monkey war tief im modischen Clapham gelegen und bot uns am Samstagmittag inmitten seiner lärmenden jungen Gäste völlige Anonymität. Wir hatten Schwierigkeiten, einander bei diesem Stimmengewirr und der dröhnenden Musik zu verstehen, doch so hatte ich wenigstens die Gewissheit, dass andere es mindestens ebenso schwer haben würden, uns zu belauschen.

»Die Polizisten wollten mir nichts sagen, Lance. Aber wenigstens haben sie nicht bei mir rumgeschnüffelt. Und danach war mir klar, dass du tief in der Tinte sitzt. Das und dein Anruf aus Berlin haben den Ausschlag für den Umzug gegeben. Die Radway Road ist zwar um einiges übler als die Hardrada Road, aber wenigstens weiß ich bei einem Einbruch, dass es echte Ganoven waren. Schieß los, wozu brauchst du die Schlüssel?«

»Ich muss das Haus durchsuchen.«

»Ist es denn nicht oft genug durchsucht worden?«

»Rupe hat dort was versteckt. Ich muss es finden.«

»Was denn?«

»Kann ich dir nicht sagen. Ehrlich, Echo, es ist das Beste, wenn du …«

»Nichts weißt. Yeh, ich erinnere mich an den Spruch. Er nutzt sich allmählich ab.«

»Es ist der Einzige, den ich habe. Ich bin froh dass du ausgezogen bist. Gott sei Dank, steckst du nicht mit drin. Halte dich weiterhin raus. Ich wünschte, ich könnte das tun.«

»Zu spät fürs Aussteigen?«

»Viel zu spät.«

»Dein japanischer Freund ist draufgegangen, richtig?«

»Woher weißt du das?«

»Deinem Vater gegenüber waren die Polizisten etwas auskunftsfreudiger. Er war letzte Woche hier, und wollte herausfinden, was aus dir geworden ist.« (Mich durchfuhr ein Schreck. Dass Dad jetzt auch herumpfuschte, war ganz schlecht – für ihn und für mich.) »Hast du ihn schon angerufen?«

»Noch nicht.«

»Aber das tust du noch? Er macht sich große Sorgen.«

»Ich verspreche es.«

»Hast du was von Rupe gehört?«

»Er kommt nicht zurück, Echo.«

»Nie wieder?«

Ich schüttelte den Kopf und bildete stumm mit den Lippen das Wort »tot«.

»Verdammte Scheiße.«

»Und die Schlüssel?«

Sie starrte mich einen Moment lang an; offenbar versuchte sie noch, die Bedeutung dessen, was sie gerade erfahren hatte, zu verdauen. Langsam, die Augen unablässig auf mich gerichtet, zog sie dann die Schlüssel aus ihrer Jackentasche und ließ sie auf den Tisch fallen. »Du wirst doch vorsichtig sein, ja?«

»O ja.« Ich grinste. »Mach dir um mich keine Sorgen.«

»Ich mache mir Sorgen.«

»Das ist schön, zu wissen. Hör zu, ich muss jetzt los.«

Ich ergriff die Schlüssel, und wir standen auf, beide mit einem verlegenen Grinsen. Schlagartig erstarb Echos Lächeln. »Fast hätte ich es vergessen. Du hast noch einen japanischen Freund, einen, der gesund und munter ist. Meine ehemaligen Nachbarn haben ihn zu meiner neuen Adresse geschickt. Er will unbedingt Kontakt mit dir aufnehmen.«

»Name?«

»Ich habe ihn mir aufgeschrieben.« Sie reichte mir ein zerknittertes Stück Papier, auf dem in großen Druckbuchstaben TOSHISHIGE YAMAZAWA – ARUNDEL HOTEL, MONTAGUE ST., WC1 stand.

»Wann ist er aufgekreuzt?«, wollte ich wissen. (Und was, zum Teufel, trieb er in London?)

»Vorgestern.«

»Ich, äh, melde mich später noch mal.«

»Ist er ein Freund?«

»Ich glaube, ja.«

»Hm, ich habe das Gefühl, du bist jetzt auf Freunde dringend angewiesen.«

»Allerdings.«

»Ich bin auch einer.«

»Ich weiß.«

Sie beugte sich vor und küsste mich auf die Wange. »Dann viel Glück, du … Aussteiger.«

Soweit ich das beurteilen konnte, gelangte ich unbeobachtet zur Hardrada Road 12. Mit einem Seufzer der Erleichterung sperrte ich auf und verriegelte die Tür sorgfältig hinter mir.

Ohne Echos Habseligkeiten war das Haus auffallend leer. Es war nie Rupes Sache gewesen, an einem Ort Wurzeln zu schlagen, aber natürlich hing die Fotocollage immer noch in der Küche. Ich nahm sie ab und löste die Bilder aus dem Rahmen. Kein Brief war unter den Bildern verborgen. Und außer diesem einen gab es keine weiteren Rahmen, die ich hätte überprüfen können. Alles andere, was an den Wänden gehangen hatte, war von Echo gewesen. Rupes Wohn- und Schlafzimmer hatte ich schon mal durchsucht – allerdings ohne einen Anhaltspunkt zu haben, wonach ich suchte – und war auf nichts Verwertbares gestoßen. Jetzt sah ich mir alles noch einmal an, wesentlich gründlicher. Das Ergebnis war jedoch dasselbe. Bei keinem der Bücher im Regal steckte etwas zwischen den Seiten oder unter dem Umschlag. Und nirgendwo im Inneren des Modellschiffs war ein zusammengerollter Papierbogen versteckt.

Jedes potenzielle Versteck so sorgfältig zu überprüfen, wie es eben nötig war, erforderte viel Zeit, und ich befürchtete schon, nicht vor Einbruch der Dunkelheit fertig zu werden. Auf keinen Fall konnte ich es mir leisten, die Lichter anzumachen. So beschloss ich, unverzüglich auf dem Dachboden weiterzusuchen, und hatte gerade die Stufenleiter aus dem Verschlag im Treppenhaus gezogen, als es klingelte.

Zwar kauerte ich mich sofort wieder in den Verschlag, blieb aber mit der Leiter am Fenstersturz hängen, konnte sie nicht mehr halten und musste mit einem hilflosen Ächzen zusehen, wie sie gegen die Wand krachte und zu Boden polterte. »Scheiße«, murmelte ich. (Lautlos – als ob das jetzt noch was gebracht hätte.)

Es klingelte erneut. Ich blieb, wo ich war, und hoffte, der Besucher hätte den Lärm trotz allem nicht gehört. (Dazu hätte er allerdings taub sein müssen.) Ein drittes und lange anhaltendes Klingeln folgte. Dann klapperte der Briefkasten.

»Ich weiß, dass du da bist, Lance.« Die Stimme gehörte Carl Madron, dem Barkeeper. »Warum machst du nicht einfach auf und lässt mich rein?«

Es ist nicht schön, auf dem falschen Fuß erwischt zu werden. Noch dazu von jemandem mit einem verschlagenen Lächeln, den Augen einer Ratte und einer ätzenden, kalten Art wie Carl Madron. Dann nämlich kommt man sich vor, als würde einem ein gesunder Zahn ohne Betäubung aufgebohrt: man erleidet grässliche Schmerzen, ohne dass Besserung in Sicht wäre.

»Irgendwie hab ich mir gedacht, dass du wieder im Lande bist, Lance, weißt du? Für so was hab ich 'nen Riecher. Jede Wette, dass du bloß darauf gewartet hast, dass Echo Leine zieht, weil du hier dann freies Feld hast.«

»Was willst du, Carl?«

»Ein Plausch unter Freunden wäre nett. Das ist wirklich das Wenigste, das du mir schuldest, nachdem ich dich zu Bill Prettyman gebracht habe. Aber wenn du unbedingt willst, kann ich auch *un*freundlich werden. Wir hatten was abgemacht. Du solltest mich auf dem Laufenden halten. Aber wie es aussieht, muss ich mich darauf verlassen, dass mir eine neugierige Nachbarin erzählt, dass du dich hier hast blicken lassen – nach zwei Wochen unüberhörbarem, beschissenem Schweigen!«

»Es hat nichts gegeben, worüber ich dich auf dem Laufenden hätte halten können.«

»Ach, wirklich? Nicht laut den Bullen. Die glauben, dass du ein unheimlich fleißiger Junge warst. Eine Spur von Toten und Chaos um die halbe Welt, das ist die Geschichte, die sie einem erzählen – wenn man sie höflich darum bittet. Aber *du* wirst bestimmt lieber nichts darüber sagen wollen. Darum beschränke ich mich auf eine einfache Frage: Was ist es mir wert, für mich zu behalten, dass du wieder im Lande bist?«

»Warum sagst du's mir nicht einfach? Du hast dir bestimmt schon überlegt, was auf dem Preisschild stehen soll.«

»Allerdings.«

»Und?«

»Folgendes, Lance. Du bist in was Großes verwickelt, was verdammt Großes sogar. Ich weiß, dass einer von den Toten in Berlin Townley hieß. Du brauchst dir also nicht die Mühe zu machen, zu leugnen, dass es mit dem Townley zusammenhängt, den Rupe gesucht hat. Das bedeutet zugleich, dass auch ein Zusammenhang mit einem großen Coup besteht: dem Postraub, zum Beispiel. Worüber reden wir? Über die Strippenzieher, die jetzt wie Würmer hervorgekrochen kommen – oder hervorgezogen werden? Ich kenne da so einen Typen von einem der Sonntagsblätter. Er spricht von richtigem Geld für eine Exklusivstory über die ganze Schachtel voller Würmer. Mit richtig meine ich eine Zahl mit vielen Nullen. Glaub mir, das sollte dich unbedingt interessieren.«

»Ja, ja, das glaube ich dir.«

»Aber nur für den Fall, dass du einen Anreiz brauchst, der deiner Begeisterung für ein Gespräch einen Kickstart verschafft, hier ist er: Ich halte den Mund, wenn du deinen aufmachst.«

»Gegenüber deinem Kumpel in der Fleet Street?«

»Richtig.«

»Und springt bei diesem… richtigen Geld ein Teil für mich raus?«

»Eher ein Splitter als ein Teil. Aber immer noch genug, um dir Abstand zu den Gesetzeshütern zu verschaffen.«

»Den ich sicher brauchen werde, wenn die Zeitungen meine Geschichte groß rausbringen.«

»Du sagst es.«

»Wann soll ich ihn treffen?«

»Je früher desto besser. Wenn du willst, rufe ich ihn an. *Wenn* du meinen großzügigen Vorschlag verbindlich annimmst.«

»Wie könnte ich einem Angebot wie deinem widerstehen, Carl?« (In Wahrheit leicht. Aber weil Carl anscheinend glaubte, dass jeder aus den gleichen niedrigen Motiven handelte wie er, sah ich in der Hinhaltetaktik den einzigen Weg, mir die Zeit zu erkaufen, die ich brauchte.) »Ich denke, die Medien ins Spiel zu bringen, dürfte der einzige kluge Zug sein, der jetzt noch möglich ist.«

»Darauf kannst du Gift nehmen.«

»Aber zuerst muss ich noch ein letztes Teilchen in das Puzzle einfügen. Ein Teilchen, mit dem sich die Nullen für dich – und vielleicht auch für mich – vervielfachen ließen.«

»Was ist das?«

»Ein Brief, der Stephen Townleys Beteiligung am Raub beweist.«

»Raub wie in Großer Postraub?«

»Yeh.«

»Rupe hat ihn hier versteckt, was?«

»Es ist die einzige Stelle, wo noch nicht gesucht worden ist.«

Carl warf durch die offene Küchentür, hinter der wir standen, einen Blick auf die gegen die Flurwand gelehnte Leiter. »Der Dachboden ruft, was?«

»Vielleicht. Ich muss überall nachsehen. Willst du mir helfen?« (Ich wagte mich jetzt auf dünnes Eis. Das hätte mir gerade noch gefehlt, dass Carl meine Einladung annahm. Aber die einzige Chance, ihn loszuwerden, bestand darin, ihm das Gefühl zu vermitteln, dass ich willens sei, mich auf seinen Plan einzulassen. Dabei setzte ich alles darauf, dass er sich zu schade sein würde, sich zu Arbeiten herabzulassen, die er seiner Meinung nach genauso gut mir allein überlassen konnte.)

»Wie lange dauert das?«

»Wie viel gibst du mir?«

»Finden wir's am besten raus.« (Nun, wie die Buchmacher in Glastonbury bezeugen können, war ich im Glücksspiel noch nie besonders erfolgreich gewesen.) »Mach mal ruhig weiter, Lance. Ich sehe dir zu – einer muss schließlich darauf achten, dass du keine Ecken übersiehst.« (Hinsichtlich seines Charakters lag ich also richtig, völlig daneben aber in dem Gefühl, ich wisse schon, wie er sich manipulieren ließe.)

»Wir könnten aber eine ganze Weile hier oben bleiben.«
»Das macht nichts.« Er grinste. »Ich hab's nicht eilig.«

Zufällig fanden wir das Gesuchte sehr bald. *Ich* fand es, genauer gesagt. Carl hielt tatsächlich Wort und beschränkte seinen Beitrag darauf, zuzusehen und mir zu sagen, wo ich es als Nächstes versuchen sollte.

Er stand auf der obersten Stufe der Trittleiter, von wo er mein Herumkriechen zwischen den Balken hochmütig verfolgte, als der Lichtstrahl aus meiner Taschenlampe auf etwas fiel, das ich sofort erkannte. Es war ein rotweißes Klebeband, wie man sie bisweilen in Höhlen findet. Bei unserer verunglückten Exkursion unter Rupes Führung, die beinahe meinen Tod bedeutet hätte, waren wir wiederholt auf Stellen gestoßen, die mit solchen Bändern markiert waren. »Sie dienen dazu, gefährdete Bereiche zu schützen«, hatte Rupe mir erklärt. »Die Aufforderung, die Hände wegzulassen, sozusagen.«

Hände weg oder komm her? Das Band war fast am äußersten Rand des Speichers knapp über dem Boden an einen Dachsparren genagelt, sodass wenig Platz blieb, den Kopf zu heben. Es war wirklich günstig für mich, dass der Wassertank ausgerechnet davor stand und Carl den Blick auf mich verstellte, während ich mit der Lampe die Umgebung des Bandes absuchte: Ich sah nichts außer Holz, Dachpappe und Spinnweben. Dann endlich kam mir in den Sinn, dass das Band vielleicht auf etwas deutete, wenn es schon genau senkrecht herabhing. Ich beleuchtete den Träger unmittelbar darunter. Immer noch nichts. Doch das Band war viel sauberer als seine Umgebung, was den Schluss nahe legte, dass es vor nicht allzu langer Zeit angebracht worden war. Das musste doch irgendeine Bedeutung haben. Ich kauerte mich nieder, streckte die Hände weit vor und betastete den mit Isolationsmaterial gefüllten Hohlraum neben dem Träger.

Und darin steckte er. Ein kleiner gepolsterter Umschlag, der mit einem Paketklebeband an der Seite des Balkens befestigt worden war. In einem kurzen Moment der Zufriedenheit lächelte ich vor mich hin, während meine Finger darüber hinwegglitten und der Knöchel, den ich mir bei meinem viele Jahre zurückliegenden Sturz beim Höhlenwandern gebrochen hatte, solidarisch zuckte.

Was nun? Über dieser Frage brütete ich eigentlich schon, seit Carl darauf bestanden hatte, zu bleiben. Ich konnte so tun, als hätte ich nichts gefunden, darauf hoffen, ihn irgendwie los zu werden, und dann zurückkommen. Aber ich war mir nicht sicher, ob er sich abschütteln ließe oder ich es fertig bringen würde, das Haus ohne den Umschlag zu verlassen. Den Inhalt des Umschlags mit diesem Typen zu teilen, widerstrebte mir und wäre außerdem riskant gewesen, denn womöglich handelte es sich dabei gar nicht um die Information, mit der ich ihm den Mund wässrig gemacht hatte. Damit blieb mir nur noch eine Option – in vielerlei Hinsicht der riskanteste Weg, doch es war derjenige, für den ich mich entschied.

Ich riss den Umschlag aus dem Hohlraum und robbte zurück, bis ich wieder aufrecht stehen konnte. »Ich glaube, ich hab was gefunden, Carl.«

»Echt?«

»Yeh. Einen Umschlag. Jede Wette, dass ein Brief drin steckt. Lass uns runtergehen und nachsehen.«

»Okay.«

Carl stieg bereits die Leiter hinunter, als ich die Luke erreichte. Ich steckte den Umschlag unter den Hosenbund, setzte mich an den Rand der Öffnung und ließ mich langsam zur obersten Stufe hinab. In diesem Moment sah ich meine

Chance. Carl blickte gerade nach unten, um zu prüfen, wie viele Stufen es noch waren. Mich oben mit beiden Armen abstützend, holte ich mit den Füßen aus und verpasste ihm von der Seite einen Tritt an den Kiefer. Er stieß ein Grunzen aus, verlor den Halt und stürzte mit einem dumpfen Knall auf den Boden, wo er nach Luft schnappend liegen blieb. Ich stieß die Leiter weg und sprang hinunter. Während Carl sich noch stöhnend zur Seite wälzte und sich mühsam von der Leiter befreite, die auf ihn gefallen war, hatte ich bereits das Treppenhaus erreicht.

Zwei Stufen auf einmal nehmend, jagte ich die Treppen hinunter. »Du verdammter Scheißkerl!«, brüllte mir Carl hinterher. Ich sah, wie das Geländer zitterte, als er sich daran hochzog und mir nachlief. Doch mein Vorsprung war zu groß. Ich zog die Schlüssel aus der Tasche, riss die Haustür auf und stürmte hinaus, um die Tür sofort wieder zuzuknallen und abzusperren. Damit war Carl gebremst.

Ich sah mich um und erkannte die Frau von der Nummer 10, die mit ihren Kindern und allen möglichen Tüten beladen vom Einkaufen zurückkam. Sie starrte mich entgeistert an. Ich hörte mich »Hi« sagen, dann suchte ich eilig das Weite.

Pech im Spiel, Glück in der Liebe. Na ja, besonders viel Glück hatte ich bisher weder hier noch dort gehabt. Aber mit Bussen ist das etwas ganz anderes. Mein treuer Helfer, der 36er, war im Begriff, die Haltestelle an der Harleyford Road zu verlassen, als ich ihn erreichte und aufsprang. Am oberen Deck angekommen, blickte ich zurück. Von Carl war keine Spur zu sehen. Da das Haus in der Hardrada Road 12 zugesperrt war, versuchte er wohl gerade, ein Fenster aufzustemmen und hinauszuklettern. Den Kerl war ich los.

Keuchend ließ ich mich auf einen leeren Sitz plumpsen

und zahlte dem Schaffner den Fahrpreis, der das Geld mit ausdrucksloser Miene entgegennahm. Dann endlich zerrte ich den Umschlag aus dem Hosenbund und nahm ihn in Augenschein. Es stand nichts darauf, was einen Hinweis auf seinen Inhalt gegeben hätte, aber ich konnte einen kleinen festen Gegenstand ertasten. Ich schob einen Finger unter die zugeklebte Lasche und riss sie auf.

17

Der kleine feste Gegenstand war ein Schlüssel mit einer am Griff eingestanzten Nummer: 4317. Er war in einen säuberlich zusammengefalteten Brief eingebettet. Doch mit einem Brief dieser Art hatte ich allerdings nicht gerechnet.

Hardrada Road 12
London SE11
29. August 2000

Sehr geehrte Herren,
hiermit bestätige ich die Ihnen heute erteilte Vollmacht, Mr Lancelot Bradley, wohnhaft in der High Street 18a, Glastonbury, Somerset, Zugang zu dem Schließfach mit der Nummer 4317 zu gewähren.

Mit freundlichen Grüßen
Rupert Alder

International Bank of Honshu
164 – 165 Cheapside
London EC4

Während der Bus die Vauxhall Bridge Road hinunterrumpelte, starrte ich Rupes am Computer geschriebenen Kurzbrief an. Das ergab doch überhaupt keinen Sinn, und dennoch war es irgendwie vollkommen logisch. Haruko hatte gesagt, ich sei womöglich Rupes Absicherung, und so bizarr es wirkte, genau das schien der Fall zu sein. Sollte Rupe nicht zurückkehren – was jetzt traurige Realität war –, dann würde das hier warten, bis es irgendwann von dem einzigen Freund gefunden wurde, dem zuzutrauen war, dass er hartnäckig genug danach suchen würde. Zwar nicht der Townley-Brief selbst, aber ein sicheres Mittel, seiner habhaft zu werden – ein Mittel, das allein ich einsetzen konnte.

An der Victoria Station stieg ich aus und nahm mir ein Taxi nach Cheapside. Dass die International Bank of Honshu an einem Samstagnachmittag für den Geschäftsverkehr geöffnet sein würde, war nicht zu erwarten, aber ich konnte der Versuchung nicht widerstehen, einen hoffnungsvollen Blick zu riskieren. Für eine Bankzentrale war das Gebäude weder zu bescheiden noch zu protzig, ein normaler Bürokomplex aus mattiertem Stahl und mit Bronze getöntem Glas. Innen boten sich mir glänzender Marmor und poliertes Holz, und weiter hinten bewegte sich etwas, das wie ein Springbrunnen aussah. Das war alles, was ich vom Bürgersteig aus erkennen konnte. Und wie mir eine diskret angebrachte Tafel mit den Öffnungszeiten deutlich klarmachte, würde ich bis halb zehn am nächsten Montagmorgen nicht weiter als zum Bürgersteig vordringen.

Allmählich wurde es dunkel, nass war es schon. Bei der St. Paul's Cathedral sprang ich in einen Bus zum Oxford Circus. Zum ersten Mal war ich zutiefst dankbar, dass man in dem dichten Verkehr nur langsam vorankam, denn ich musste über einiges nachdenken. Ich hatte keinerlei Gewähr, dass der Townley-Brief tatsächlich in diesem Bankschließfach lag, aber ich *fühlte* mich ziemlich sicher. So wie die Dinge lagen, hatte ich eine hervorragende Chance, Townley den Brief in einem Zustand zu überbringen, der ihn davon überzeugte, dass ich ihn nicht gelesen hatte. Es war eine Gelegenheit, die ich wirklich mit beiden Händen ergreifen sollte. Zwar würde ich dann das Geheimnis nie lüften, aber wenn ich etwas in den letzten Wochen gelernt hatte, dann, wie wertvoll es sein konnte, bestimmte Geheimnisse nicht zu erfahren. Letztlich fiel mir die Entscheidung leicht.

Das Hotel Polaris verfügte nicht über Telefone in den Zimmern, und der Münzapparat in der Lobby war für vertrauliche Auslandsgespräche alles andere als geeignet, zumal ich unter Umständen sogar gezwungen sein könnte, auf Band zu sprechen und um einen Rückruf zu bitten. Das war einer der Gründe, warum ich eine Haltestelle vor Oxford Circus ausstieg und zu Fuß in Bloomsbury eintauchte. Dank Echos Mitteilung glaubte ich, in dieser Gegend einen Hotelgast zu kennen, der vielleicht nichts dagegen hatte, wenn ich seine Telefonrechnung belastete.

Doch Mr Yamazawa, ließ mich die freundliche Empfangsdame des Arundel wissen, war nicht im Haus, und natürlich konnte sie mir auch nicht sagen, wann er zurückkehren würde. Ich unterdrückte den Impuls, mich nach einem freien Zimmer zu erkundigen – dieses Haus war viel angenehmer als das Polaris –, und lenkte meine Schritte in Richtung British Museum. Gegenüber dem Haupteingang hatte ich ein Pub in Erinnerung, in dem ich bestimmt so viele Geldstücke aus meinem Berg von Münzen loswerden konnte, wie für einen Anruf in die Staaten von einem öffentlichen Telefon aus nötig war.

Das Pub war brechend voll, der Tresen hinter all den Rücken kaum zu sehen. Als ich mich durch die Menge zwängte, spürte ich, wie mich jemand am Ärmel zupfte, und hörte eine vertraute Stimme sagen: »Lance. Hier, Lance.«

Ich drehte mich um. Von einem Stuhl an einem längs der Wand, gegenüber dem Tresen, aufgestellten Tisch grinste mich Toshishige Yamazawa an. Über einer weit geschnittenen Baumwollhose trug er einen Plastikregenmantel von der Sorte, wie ich sie zuletzt als Kind bei Elvis Presley gesehen hatte, als er in einer Nachmittagsfernsehshow *Blue Hawaii* gesungen hatte. An der anderen Seite des Tisches saß, ebenfalls lächelnd, ein kräftig gebauter, grauhaariger Schwarzer zwischen fünfzig und sechzig in lässig-eleganter, taubenblauer Hose, braunem Rollkragenpullover und Tweedjacke.

»Was treibst du hier, Lance?«, flötete Yamazawa.

»Das Gleiche könnte ich Sie… dich fragen. Und was ist aus dem ›Sie‹ und ›Bradley-san‹ geworden?«

»Nun, eines steht schon mal fest: Wir beide haben einiges zu erklären. Was ›Bradley-san‹ betrifft« – er zuckte die Schultern – »ich bin mich in London nicht so formell wie in Tokio.« (Und auch nicht mehr ganz so nüchtern, wie es schien.)

»Ich beklage mich ja gar nicht, Toshi.«

»Klingt ganz so, als hätten Sie noch viel nachzuholen«, meldete sich der andere Typ zu Wort. »Ich will Sie dabei nicht stören.« Er leerte sein Glas und erhob sich. »Abgesehen davon muss ich sowieso ins Hotel zurück, meine Tochter anrufen und so.«

»Gus und ich waren soeben im Tower«, ließ mich Yamazawa wissen (als ob damit alles erklärt wäre).

»Freut mich, Ihre Bekanntschaft zu machen, Lance.«

»Ganz meinerseits.« Ich schüttelte Gus die Hand.

»Bis später, Toshi.« Damit schob Gus seinen mächtigen Körper mit erstaunlicher Geschmeidigkeit durch die Menge zur Tür.

Ich setzte mich auf den Stuhl, den Gus frei gemacht hatte, und sah Yamazawa mit ernster Miene an. »Nun?«

»Mit dir hatte ich nicht gerechnet, Lance.« Yamazawa verstummte und winkte Gus durch das Fenster zu. »Ich habe Miss Bateman auf gut Glück angerufen.«

»Ehrlich? Und ich bin nur auf gut Glück hierher gekommen, nachdem ich in deinem Hotel eine Niete gezogen hatte.«

»Das glaube ich nicht. Wie kann man in der Nähe dieses Pubs sein und nicht reinkommen?«

»Was hast du denn getrunken?«

»Old Peppered Hen. Vorzüglich.«

»Speckled heißt das.«

»Was?«

»Ach, nichts. Möchtest du noch eines?«

»Gute Idee.«

»Okay, warte.«

Ich kämpfte mich zum Tresen durch und kehrte zwei Minuten später mit zwei Gläsern Old Speckled Hen zurück. (Eigentlich nicht mein Lieblingsbier, aber wenn man in Bloomsbury ist, sollte man sich eben an die Sitten der Japaner halten.)

»Shintaro muss dir erzählt haben, was in Kyoto geschehen ist.«

»O ja, das hat er. Aber London ist weit von San Francisco entfernt. Bedeutet das, dass du seinen Rat beherzigt hast und dich nicht mehr um die Damen kümmerst?«

»Ganz und gar nicht. An dieser Front habe ich eine gute Nachricht und werde es dir gleich erklären. Aber fangen wir doch mit dir an. Wer ist Gus?«

»Ach, Gus ist aus New Jersey. Er macht hier Urlaub und ist auch im Arundel abgestiegen. Wir sind beide allein hier. Da hat er vorgeschlagen, wir könnten uns zusammen den Tower anschauen. Sehr unterhaltsam. Er hat ein Foto von mir mit einem Beefeater geschossen.«

»Du machst auch Urlaub?«

»Gewissermaßen, ja.«

»Was soll das bedeuten?«

»Na ja, du weißt doch, dass Penberthy der Polizei gesagt hat, dass du bei uns warst. Ich musste viele Fragen beantworten. Penberthy genauso. Daraufhin hat er sich bei Charlie Hoare beschwert und hat behauptet, ich hätte ihn *und* Eurybia ins Gerede gebracht. Charlie hat das auch so gesehen und hat mich zu sich nach London zitiert. Ich sollte ihm erklären, warum ich Ihnen geholfen habe. Aber das konnte ich ihm natürlich nicht sagen. Sehr schwierig. Die Direktoren waren darüber nicht glücklich. Anscheinend stand ich ohnehin schon auf der Kippe wegen« – er senkte die Stimme – »schlechter Arbeitsmoral.«

»Sie haben dich doch nicht gefeuert?«

»Doch, Lance. Sie haben mich gefeuert. Prost.« Er trank einen großen Schluck.

»Wie viele hast du schon getrunken?«

»Das weiß ich nicht. Gibt es bei euch Engländern nicht ein Sprichwort, dass man die Hennen nicht zählen soll, bevor sie alle ausgebrütet sind?«

»Ich weiß nicht, ob es das in diesem...«

»Fristlose Beurlaubung. Ich kann diese Erfahrung nur empfehlen. Sehr befreiend. Sie wollten nicht, dass ich bis zum Ende der gesetzlichen Frist arbeite. Darum« – er grinste erneut – »gönne ich mir einen Urlaub. Sag selbst, ist das nicht eine gute Nachricht?«

Eine halbe Stunde später – Yamazawa schnarchte friedlich in seinem Bett im Arundel – saß ich an dem kleinen Schreibtisch am anderen Ende seines Zimmers und ließ mich mit Stephen Townley verbinden.

Sein Telefon klingelte sechsmal, ehe der Anrufbeantworter ansprang, doch ich kam nur noch dazu, meinen Namen zu nennen, als er abnahm.

»Schön, von Ihnen zu hören, Lance. Wo sind Sie?«

»London.«

»Hm. Was haben Sie für mich?«

»Den Schlüssel zu einem Tresor. Und die Vollmacht, ihn zu öffnen. Ich bin mir ziemlich sicher, dass er das enthält, was Sie wollen.«

»Was schlagen Sie vor? Dass ich der Öffnungszeremonie zusammen mit Ihnen beiwohne?«

»Er befindet sich im Gewölbe einer Bank. Das heißt, ich komme nicht vor Montagvormittag rein.«

»Okay. In diesem Fall komme ich. Wo ist die Bank.«

»Cheapside. In der City.«

»Nahe bei der St. Paul's Cathedral?«

»Ziemlich nahe, yeh.«

»Wann öffnet die Bank?«

»Halb zehn.«

»Okay, Lance. Wir treffen uns am Montagmorgen um viertel nach neun an der Westseite der St. Paul's. Ist Ihnen das recht?«

»Ja, ich... denke.«

»Gut.«

»Ich...« Aber die Leitung war schon tot. Townley hatte aufgelegt. Obwohl das Gespräch auf meine Kosten ging (na ja, streng genommen auf Yamazawas), hatte er es vorgezogen, keine Worte zu vergeuden.

Yamazawa wachte auf und blieb lange genug ansprechbar, um mir zu versichern, dass er seinen Bruder am Morgen anrufen und über meine weiteren Pläne informieren würde. Ich hätte das auf der Stelle tun können, aber da es jetzt in Japan halb vier in der Nacht war, schien mir die Zeit für einen Anruf nicht geeignet, egal, bei wem, nicht einmal bei einem *Yakuza*. So ließ ich den alten Fuchs noch ein wenig von seinen Old Speckled Hens träumen. Ich ging in ein italienisches Restaurant am Ende der Shaftesbury Avenue, das ich von früher kannte, und schaufelte einen Teller Spaghetti in mich hinein, ehe ich mich über zwei Pubs in Marleybone wieder dem Polaris näherte. Mit jedem Drink stieg meine Stimmung. Townley hatte versprochen, mir mein Leben zurückzugeben, und er sollte keinen Grund bekommen, sein Wort nach Montagmorgen zu brechen. Es sah eindeutig gut für mich aus.

Ganz so rosig schien die Zukunft am nächsten Morgen nicht mehr zu sein, aber das führte ich auf einen Kater zurück, auf die bedrückende Atmosphäre im Polaris und auf meine genetisch programmierte Aversion gegen Sonntage. Außerdem regnete es.

Und nicht zuletzt brachte der Jetlag meine innere Uhr nach wie vor gehörig durcheinander. Kurz und gut, ich hielt es für eine ausgezeichnete Idee, noch ein paar Stunden länger zu schlafen. Sehr viel später als beabsichtigt rief ich schließlich Yamazawa von einer Telefonzelle am Bahnhof von Paddington an und war insofern nicht besonders überrascht, dass er weggegangen war. Er hatte gestern von einer Besichtigung des Hampton Court gesprochen und gemeint, ich könnte ihn – und vermutlich Gus – doch begleiten. Ich hatte dankend abgelehnt. Jetzt allerdings wünschte ich mir beinahe, ich wäre darauf eingegangen.

Dass ich mich ausgerechnet an diesem Tag bei meinen Eltern meldete, geschah aus einem Impuls heraus. Ich schuldete ihnen einen Anruf, das stand fest. Ja, ein Gespräch war überfällig, und sei es auch nur, um ihnen zu versichern, dass ihr mehr als pflichtvergessener Sohn am Leben und gesund war, auch wenn er, wie sie bereits wussten, in Schwierigkeiten steckte.

Ich musste es länger klingeln lassen, als ich erwartet hatte. Trotzdem legte ich nicht auf, allein schon deshalb, weil mir die Vorstellung, meine Eltern könnten an einem Sonntag außer Haus sein, schlicht undenkbar erschien. In so kurzer Zeit hatten sie ihre Gewohnheiten doch gewiss nicht aufgegeben. Und ich sollte mich nicht getäuscht haben.

»Wer ist da?« Die Stimme meines Vaters klang noch barscher als sonst.

»Ich bin's, Dad, Lance.«

»Lance? Nach all den Sorgen, die wir deinetwegen ausstehen mussten. Jedenfalls suchst du dir immer die günstigsten Zeiten aus.«

»Was stimmt denn nicht?«

»Es ist elf Uhr!«

»Ja, und?«

»Der Tag der Kriegstoten. Es gibt Leute, die zu ihrem Gedenken das zweiminütige Schweigen einhalten.«

»Oh, das tut mir Leid.« (Es gab Augenblicke – und das war einer davon –, in denen ich bezweifelte, dass mein Vater seine Prioritäten richtig setzte.)

»Wo bist du?«

»London. Hör zu, könntest du mich vielleicht...?«

»Zurückrufen? Von mir aus. Welche Nummer?«

Ich gab sie ihm und legte auf. Etwa zehn Sekunden später sprachen wir wieder miteinander.

»Wir hatten die Polizei im Haus, Lance. Das ist dir doch

klar? Wir stehen auf deiner Seite, aber leicht machst du es uns nicht. Deine Mutter sorgt sich zu Tode. Was, zum Teufel, ist los? Die Polizei hat was von... Mord gesagt.«

»Das alles ist ein großes Missverständnis. Du glaubst doch nicht im Ernst, dass ich zu einem Mord fähig wäre, oder?«

»Natürlich nicht. Aber...«

»Ich brauche noch ein paar Tage, um meine Unschuld zu beweisen, Dad. Dann gehe ich zur Polizei und erkläre alles.«

»Wenn du schon beim Erklären bist, vielleicht möchtest du *uns* was erzählen.«

»Selbstverständlich. Bald, das verspreche ich dir. Bis dahin, habe ich mir gedacht, wollte ich dir wenigstens sagen, dass es mir gut geht.«

»Nun, natürlich...«

»Du hast doch der Polizei nichts von den Alders gesagt, Dad, oder?«

»Von den Alders?« Er senkte die Stimme, als solle Mum nichts davon mitbekommen. »Nein, Junge, kein Wort. Wir haben gesagt, wir hätten keine Ahnung, was du zurzeit treibst. Wir hielten das für das... Klügste.«

»Das war es auch, Dad, glaub mir.«

»Das kann schon sein, aber lass dir eines gesagt sein: Das alles geht mir gegen den Strich.«

»Ich bin dir dankbar, Dad. Ehrlich.«

»Das solltest du auch. Winifred ist zweimal zu uns gekommen und wollte wissen, ob du dich gemeldet hast. Es gefällt mir nicht, dass ich dich decken muss. Trotzdem tue ich es, und deine Mutter genauso. Und wir sind nicht die Einzigen. Was ist mit Miss Bateman? Hast du schon mit ihr gesprochen?«

»Ja. Echo geht's gut.«

»Sie hat sich aber nicht so angehört.«

»Ich habe sie gestern gesehen.«

»Ich spreche von heute Morgen.«

»Heute Morgen?«

»Ja. Sie hat angerufen, als wir beim Frühstück saßen, und wollte wissen, ob wir von dir gehört haben, und wenn ja, wie sie dich erreichen kann.« (Ich hatte ihr natürlich nicht gesagt, wo ich abgestiegen war, weil ich es für sicherer hielt, wenn sie es nicht wusste.) »Dass sie dich gestern gesehen hat, hat sie nicht gesagt, sondern nur, dass sie dich sprechen muss. Dringend.«

»Hallo?« Es war eine Frauenstimme, aber nicht die von Echo.

»Ist Echo da?«

»Mit wem spreche ich?«

Ich musste tief Luft holen, ehe ich antwortete. »Lance Bradley.«

»Ah. Sie hat gesagt, dass Sie vielleicht anrufen. Ich bin Karen. Sie wohnt bei mir.«

»Gut. Kann ich mit ihr sprechen?«

»Nein. Verstehen Sie, als ich zurückgekommen bin und gesehen habe, in welchem Zustand sie ...«

»Was für einem *Zustand*?«

»Ich nehme an, Sie kennen den Scheißkerl, der ihr das angetan hat.«

Ein beängstigender Gedanke schoss mir in den Kopf. »Carl Madron.«

»Den hat sie genannt.«

»Was hat er getan?«

»Es hätte wohl schlimmer kommen können, aber ...«

»*Was hat er getan?*«

In der Unfallstation des St. Thomas's Hospital herrschte die übliche Hektik. Nach einem nicht unbedingt kurzen Wortwechsel mit der Dame am Empfang schaffte ich es, Echo eine Nachricht ausrichten zu lassen, und erhielt sofort die Antwort, dass ich zu ihr konnte.

Ich fand sie in einer durch einen Vorhang abgetrennten Nische in einem Beobachtungsraum. Sie war voll bekleidet, lag aber auf mehrere Kissen gestützt auf einem Bett. Ihr Gesicht war von einem blauen Auge und einer gewaltigen Beule an der Wange entstellt. Ob sie mich hätte anlächeln können, wenn sie denn gewollt hätte, vermochte ich nicht zu beurteilen. Immerhin wirkte sie erleichtert, mich zu sehen.

»Ist dir etwas passiert, Lance?«, nuschelte sie.

»Ob *mir* etwas passiert ist? Wie geht es dir?«

»Es ist nur das, was du sehen kannst, und dazu ein lockerer Zahn und verschwommene Sicht. Das ist etwas, was ihnen eigentlich die größte Sorge bereitet. Sie haben was von Gehirnerschütterung gesagt, aber ich kann mich nicht erinnern, das Bewusstsein verloren zu haben. Sie wollen mich zur Beobachtung hier behalten. Ich warte nur noch auf die Einweisung.«

»Was ist geschehen?« Ich setzte mich auf den Stuhl neben dem Bett. »Das war Carl, nicht wahr?«

»O ja. Das war Carl. Aber sprich leise. Ich habe behauptet, ich sei von einem Unbekannten überfallen worden. Ein furchtbar netter Polizist war vor einer halben Stunde bei mir.«

»Um Himmels willen, Echo, warum hast du ihnen nicht gesagt, wer es war?« (Ganz zu schweigen davon, natürlich, wem sie es in Wahrheit zu verdanken hatte – mir.)

»Weil Carl deine Tarnung auffliegen lassen würde, wenn sie ihn festnähmen. Das wäre unvermeidlich.«

»Lass das ruhig meine Sorge sein.«

»Du verstehst nicht, Lance. Ich habe alles verkompliziert.«

»Nein. Genau das Gegenteil ist der Fall. Ich hatte gestern eine Auseinandersetzung mit Carl und hätte mir denken müssen, dass er seine Wut an dir auslässt. Jetzt hast tatsächlich du alles auszubaden, und ich kann dir gar nicht sagen, wie Leid mir das tut.« (Aber Selbstvorwürfe waren nur die Hälfte der Geschichte. Beim Anblick ihres zerschlagenen Gesichts spürte ich unbändige Wut in mir aufsteigen.)

»Du verstehst immer noch nicht. Sie waren zu zweit. Sie sind hinter dir her. Und ich habe es ihnen leichter gemacht, dich zu finden.«

»Zu zweit?«

»Sie müssen gewartet haben, bis Karen das Haus verlassen hat. Sie joggt jeden Morgen. Als ich die Tür aufmachte, sind sie sofort eingedrungen. Carl… und dieser andere Typ.«

»Wie sah er aus?«

»Amerikaner. Schütteres blondes Haar und Schnauzer. Mittleren Alters.« Sie musste gesehen haben, wie mir der Mund aufklappte. »Du kennst ihn?«

»Allerdings. Aber… er war mit Carl zusammen?«

»Ja. Und er hatte das Sagen, soweit ich das beurteilen konnte.«

»Jetzt verstehe ich gar nichts mehr.« (Ledgister in London, und er steckte mit Carl unter einer Decke? Unheimlich und beängstigend war das. Mir stellten sich regelrecht die Nackenhaare auf.)

»Ich dachte, sie wollten mich umbringen, Lance. Ehrlich. Dass Carl auf mich einschlug, war eine Sache. Aber der Amerikaner hatte ein Messer. Und er meinte es todernst. Er hat gedroht, mir die Kehle aufzuschlitzen, wenn ich ihm nicht sage, wo du bist. Die Klinge war so dicht an meinem Hals…« Sie hob eine Hand und führte Daumen und Zeigefinger bis auf einen Zentimeter an ihre Kehle.

Jetzt erst bemerkte ich, dass ihre Hand zitterte. Ich nahm sie in die meine. Vielleicht lag es an der zärtlichen Geste – oder war es die Erinnerung an Ledgisters Drohung? –, jedenfalls traten ihr plötzlich Tränen in die Augen.

»Sei mir nicht böse. Mein Gott, das hört gar nicht mehr auf. Kannst du mir vielleicht...?« Sie deutete auf eine Schachtel Papiertücher am Fuß des Betts. Ich reichte ihr eines, und sie trocknete sich die Augen. »Verspäteter Schock. Das ist anscheinend normal.« Sie schneuzte sich. »Es tut mir Leid.«

»Bitte hör auf, dich zu entschuldigen. Wenn einer Grund dazu hat, dann ich, weil ich dich da reingeritten habe.«

»Hm, gut, vielleicht. Und vielleicht sollten wir uns gemeinsam bei Mr Yamazawa entschuldigen.«

»Warum?«

»Ich wusste nicht wo du warst. Und *hätte* ich es gewusst, hätte ich es ihnen gesagt. Das ist die Wahrheit. Aber irgendwas musste ich ihnen sagen. Sonst...« Sie schniefte und holte tief Luft. »Ich hatte doch keine Wahl, Lance! Im ganzen Leben hatte ich noch nie solche Angst!«

»Du hast ihnen von Yamazawa erzählt?«

»Yeh. Ich habe ihnen gesagt, dass er weiß, wo du bist.« Sie atmete erneut tief durch. »Da sind sie ihn suchen gegangen.«

Die nächsten Münzfernsprecher befanden sich im Korridor vor dem Wartezimmer. Sie waren alle besetzt, doch bei meinem Eintreffen verabschiedete sich gerade jemand, und ich packte den Hörer.

»Arundel Hotel. Miranda am Apparat. Womit kann ich Ihnen dienen?«

»Ich muss dringend einen Ihrer Gäste sprechen. Mr Yamazawa.«

»Einen Moment bitte.« Eine Pause von mehreren Sekunden trat ein, dann meldete sie sich wieder. »Es tut mir Leid, aber Mr Yamazawa ist nicht im Haus. Darf ich fragen, wer anruft?«

»Mein Name ist Bradley.«

»Mr Lance Bradley?«

»Ja.«

»Ah. Mr Yamazawa hat vor kurzem angerufen, um uns zu sagen, dass Sie ihn vielleicht sprechen wollen. Er hat eine Nummer hinterlassen, unter der Sie ihn erreichen können.«

»Bist du das, Lance?« Es war Carls Stimme, und irgendwie klang sie am Telefon noch sarkastischer, als wenn man ihn leibhaftig vor sich hatte.

»Wo ist Yamazawa?«

»Hier neben mir. Soll ich ihn dir vielleicht geben?«

»Hallo, Lance.« Es war Yamazawa. »Ich habe es leider nicht zum Hampton Court geschafft.«

»Ist alles in Ordnung mit dir?«

»Sie haben mir nichts angetan.«

»Noch nicht«, schaltete sich Carl ein. »Das ist das Wort des Tages.«

»Du Dreckskerl!«

»Halt dein Scheißmaul, Lance, und hör mir gut zu. Ich schätze, du weißt schon, wer noch hier ist. Er will den Brief. Du triffst ihn in genau einer Stunde an der Hungerford Bridge. Und bring den Brief mit. Wenn du ihn nicht übergibst, begeht dein Kumpel Yamazawa unfreiwillig Harakiri. Kapiert?«

Und wie ich kapierte.

Eine Stunde später überquerte ich die Hungerford Bridge unter einem gewehrkugelgrauen Himmel, aus dem die Helligkeit bereits wich. Die Themse war nach dem Regen zu einem bedrohlichen braunen Strom angeschwollen, die Skyline der City war grau und trist. Vor mir stand an einem Aussichtspunkt, wo sich der Fußgängerweg zu einem Halbkreis weitete, eine Gestalt gegen die Brüstung gelehnt und starrte, eine Zigarette rauchend, in die Wassermassen hinunter, als würde dieser Anblick sie tatsächlich interessieren.

»Hi, Lance«, brummte Ledgister, obwohl er mich, soweit ich das beurteilen konnte, unmöglich hatte kommen sehen. (In einem metaphorischen Sinn war das zweifellos sehr wohl der Fall gewesen.)

»Sie müssen ja sehr verzweifelt sein, wenn Sie sich einen wie Carl als Partner nehmen«, sagte ich und stützte mich dicht neben ihm mit den Ellbogen auf die Brüstung.

»Sieht ganz so aus. Allerdings denke ich, dass nicht mal er das für eine Partnerschaft hält.« Ledgister wandte sich mir zu. »Nun, so gerne ich auch den ganzen Nachmittag hier stehen und Reiseanekdoten mit Ihnen austauschen würde, schlage ich Ihnen doch vor, dass wir gleich zum Geschäftlichen übergehen. Toshishige ist der Bruder von diesem *yakuza*-Arschloch, das sich mir bei unserer ersten Begegnung in den Weg gestellt hat. Ich hätte keine Probleme damit, die Rechnung zu begleichen, indem ich ihn in das Shinto-Jenseits befördere. Darum rate ich Ihnen, meine legendäre Toleranz nicht zu strapazieren. Kurz gesagt, Lance, wo ist der Scheißbrief?«

»Hier.« Ich zog den Umschlag aus der Manteltasche und reichte ihn ihm.

»Sie haben ihn gelesen?«

»Yeh.«

»Sehr unklug, mein Freund, sehr unklug. Das bedeutet, dass Sie jetzt wissen, in was für eine Geschichte mein schießwütiger Schwiegervater verwickelt war.«

»Etwas, das weitaus größer war als ein Überfall auf einen

Postzug.« (Da Ledgister dachte, ich wüsste alles, ließ ich mich dazu hinreißen, meine Karten bis zum Letzten auszureizen.)

»Das Größte überhaupt, könnte man wohl sagen, hm?«
»Wahrscheinlich.«
»Wenn man sich in dieses Schlangennest verirrt hat, gibt es nur eines: jeder für sich. Und ich habe die Absicht, zu den Wenigen zu gehören, die da lebend rauskommen.« Er zog den Brief aus dem Umschlag. »Sie werden sicher nachvollziehen können, dass mir das nur gelingt, wenn...«

Ledgister verstummte jäh. Er hatte das Dokument in seiner Hand überflogen und ließ es, mit aufeinander gebissenen Zähnen lächelnd, sinken. Doch das Lächeln erreichte seine Augen nicht.

»Sie sind noch mein Tod, Lance, wissen Sie das? Ein richtiger Scherzkeks, was? Ein richtiger beschissener Scherzkeks.«

»Ich hatte auch was anderes erwartet.«
»Warum eigentlich? Wo Rupe und Sie doch offenbar einen gewissen eigenwilligen Humor gemeinsam haben.«
»Was wollen Sie jetzt machen?«
»Sie meinen, außer Sie von dieser Brücke zu stoßen?«
»Das würde ich Ihnen nicht empfehlen. Ich bin Ihr Sesam-öffne-dich.«
»Das sind Sie allerdings.« Er spähte in den Umschlag. »Wir haben auch einen Schlüssel, wie ich sehe. Rupe hat an alles gedacht, was?«
»Bis auf den zeitlichen Ablauf hat sich ja nichts geändert. Ich kann diesen Tresor leeren, sobald die Bank morgen Vormittag aufmacht, und Ihnen dann den Inhalt im Austausch gegen Yamazawa übergeben.«
»So stellen Sie sich das also vor, was?«
»Ein einfacher Tausch, yeh.« (Nun, in Wahrheit hatte ich

überhaupt keine Vorstellungen, nicht einmal ansatzweise. Der morgige Vormittag war praktisch in totale Dunkelheit getaucht, und ich sah keinen anderen Weg, als Ledgister hinzuhalten und zu hoffen, dass es mir irgendwie gelingen würde, ihn und Townley gegeneinander auszuspielen.)

»Nun, ich bedaure, Sie enttäuschen zu müssen, aber einfach sind meine Operationen nie. Das hier behalte ich.« Er schob den Brief in den Umschlag zurück. »Wir werden Sie und die Vollmacht morgen Früh wiedervereinigen, wenn die Bank aufmacht. Aber ich werde dabei sein, um Sie um den Inhalt des Tresors zu erleichtern, sobald Sie ihn an sich genommen haben.«

»Und Yamazawa?«

»Wenn ich mich davon überzeugt habe, dass Rupe uns keine posthumen Streiche mehr spielen kann, rufe ich Carl an und fordere ihn auf, Tokio-Joe laufen zu lassen.«

»Welche Sicherheit habe ich, dass Sie das wirklich tun?«

»Gar keine. Aber Sie *haben* die Sicherheit, dass ihm was passiert, wenn Sie morgen Früh nicht vor der Bank erscheinen. Wann macht sie auf?«

»Um halb zehn.«

»Dann um halb zehn. Wir treffen uns dort.«

»Nur noch eines.«

»Was?«

»Es geht um Carl. Er hat mir gestern eröffnet, er hätte einen Journalisten an der Hand, der daran interessiert wäre, ihm die Geschichte über den Hintergrund zu dem Ganzen abzukaufen. Ich kann mir nicht vorstellen, dass Ihnen daran gelegen ist, solche Schlagzeilen zu lesen.«

»Und mich davor zu warnen, ist eine Geste des guten Willens Ihrerseits, richtig? Und natürlich haben Sie nie daran gedacht, zwischen mir und meinem neuen Kumpel Misstrauen zu säen.« Ledgister schmunzelte. »Sie können nicht etwas beseitigen, das nie vorhanden war, Lance. Ich traue diesem kleinen Dreckskerl nicht einen Zoll weit über den Weg. Andererseits habe ich das auch gar nicht nötig. Sie dagegen haben es sehr wohl nötig, mir zu vertrauen. Und das können Sie auch. Ich sage Ihnen jetzt schon, dass ich Yamazawa den gleichen Abgang zukommen lasse wie Rupe, wenn Sie unseren Termin morgen Früh nicht einhalten. Das ist ein Versprechen.«

»Ich werde da sein.«

»Yah, das werden Sie bestimmt.« Damit löste er sich vom Geländer und setzte sich in Bewegung, um mir über die Schulter ein kurzes »Bis dann!« zuzurufen.

Ich blieb stehen und sah ihm nach, wie er in Richtung Charing Cross davonschlenderte. Es sah schlecht aus, sehr schlecht. Kurz und bündig, schlechter hätte es nicht kommen können. Ledgister glaubte, mich im Schwitzkasten zu haben. Townley dachte dasselbe. Und beide hatten Recht. Aber sie können nicht beide gewinnen. Morgen Früh würden sie das herausfinden. Und was immer dann geschah: Ich würde verlieren.

Das allein war schon schlimm genug, ganz zu schweigen davon, dass mit mir eine Reihe anderer Leute ebenfalls verlieren würde.

Ich lief durch den bleiernen Spätnachmittag ins Arundel zurück. In meinem Kopf nahm eine Idee Gestalt an – wenn auch erst sehr vage: Wenn ich wenigstens einen Anhaltspunkt hätte, wo sie Yamazawa gefangen hielten, könnte ich mir vielleicht den Hauch eines Vorteils verschaffen. Und mich beschlich das leise Gefühl, dass womöglich Gus etwas wusste.

Die Frau am Empfang identifizierte ihn anhand meiner Beschreibung als Gus Parminter. Aber offenbar hatte sich

Mr Parminter wegen eines Tagesausflugs nach Stonehenge und Salisbury abgemeldet. Er war früh aufgebrochen und würde erst spät zurückkehren. Er hatte also von vornherein nicht beabsichtigt, Yamazawa zum Hampton Court zu begleiten. Und er würde mir nichts verraten können.

Als ich wieder im St. Thomas's Hospital eintraf, lag Echo auf der allgemeinen Station. Sie sah schon etwas besser aus – und offenbar hatte sich auch ihr Sehvermögen gebessert.

»Jetzt habe ich dich nur noch einmal vor mir, Lance. Allerdings bist du noch ein bisschen verschwommen.«

»Ich fühle mich auch verschwommen.«

»Wie geht es Mr Yamazawa?«

»Frag mich nicht. Ich sitze in der Klemme. Und er steckt da mit drin.«

»Darf ich annehmen, dass das noch arg untertrieben ist?«

»Yeh.«

»Was unternimmst du jetzt?«

»Keine Ahnung. Aber ich weiß, worum ich dich bitten möchte. Wann, glaubst du, wirst du entlassen?«

»Morgen. Wahrscheinlich wäre ich schon heute draußen, wenn nicht Sonntag wäre.«

»Okay. Könntest du mir einen Gefallen tun, sobald du rauskommst?«

»Was für einen?«

Ich beugte mich vor und senkte die Stimme. »Geh zur Polizei und ändere deine Geschichte. Sag ihnen alles über Carl. Sag ihnen sogar...«

»Was?«

»Sag ihnen alles.«

18

Ich verließ das Polaris beim ersten Lichtschimmer und legte den ganzen Weg zur St. Paul's Cathedral in der klammen Dämmerung zu Fuß zurück. Die Pendler waren in Scharen auf den Beinen und strebten zu ihren Computerbildschirmen und Bürointrigen. Unter normalen Umständen hätte ich sie bemitleidet. (Andererseits wäre ich normalerweise natürlich nie so früh aufgestanden und hätte daher gar nichts davon mitbekommen.) Heute war freilich alles anders. Heute hätte ich nur zu gern mit jedem von ihnen getauscht.

Es hatte eine schlaflose Nacht gedauert, bis ich mich zu einer Entscheidung durchgerungen hatte. Allerdings bedeutete mein Entschluss letztlich nicht mehr als eine Wahl zwischen zwei Übeln. Ich konnte nicht zugleich nach Townleys und nach Ledgisters Pfeife tanzen. Ich konnte nicht sowohl Mayumi und Haruko als auch Yamazawa schützen. Mir blieb nichts anderes übrig, als von zwei Übeln das kleinere zu wählen – und zu hoffen, dass ich mich nicht geirrt hatte.

»Sie sind pünktlich«, sagte Townley, als ich die Stufen vor der St. Paul's Cathedral erklommen hatte. »Das gefällt mir.« Er schlug den Kragen seines Regenmantels hoch und zog sich die Hutkrempe in die Stirn. »Das Wetter gefällt mir allerdings nicht. Ich hatte ganz vergessen, wie schrecklich es hier im Herbst ist.«

»Etwas anderes wird Ihnen noch weniger gefallen. Ihr Schwiegersohn trifft mich vor der Bank. Er hat die Vollmacht und den Schlüssel zu der Schachtel im Tresor.«

Nichts verriet Townleys Überraschung, nicht einmal ein Wimpernzucken. Einen Moment lang musterte er mich mit ausdrucksloser Miene, ehe er sagte: »Sie hätten Gordon nicht erlauben dürfen, sich da einzumischen, Lance. Diese Angelegenheit hätte doch zwischen Ihnen und mir bleiben sollen.«

»Ich hatte keine Wahl. Er hält einen Freund von mir als Geisel.«

»Ich hatte nie Freunde. Vielleicht verstehen Sie jetzt, warum.«

»Aber Sie haben eine Familie.«

»Yah. Und ich hatte gedacht, ich könne ihr trauen.«

»Ich will nicht behaupten, dass Sie das nicht können. Wahrscheinlich hat Gordon vor, den Inhalt des Tresors – den Brief – Ihnen wie vereinbart auszuhändigen. Von unserer Abmachung weiß er nichts.«

»Er hatte nie vor, für mich zu arbeiten, Lance. Das wird mir jetzt klar. Er hat nebenbei seine eigenen Geschäfte laufen. Durchaus vernünftig, von seinem Standpunkt aus, vielleicht sogar weitsichtig. Aber gefährlich. Ich mag es nicht, wenn man gegen mich arbeitet.«

»Ich arbeite nicht gegen Sie. Ich habe mein Bestes getan, um mein Ehrenwort zu halten.«

»Ehrenwort! Lassen wir die Ehre bitte aus dem Spiel.«

»Ich versuche ja nur...«

»Was Sie versuchen, ist, Ihr eigenes Süppchen zu kochen und es auch noch zu essen. Das gelingt meiner Erfahrung nach nur selten.«

»Es muss doch einen Ausweg aus dem Ganzen geben.«

»Es gibt einen. Sie treffen Gordon in der Bank. Sie öffnen den Tresor für ihn. Sie lassen ihn seine Beute mitnehmen.« Townley fixierte mich mit seinen kalten Augen. »Und den Rest überlassen Sie mir.«

Als ich um 9.32 Uhr ins Foyer der International Bank of Honshu trat, saß Ledgister entspannt in einem Sessel vor dem Wasserspiel und las in der *Financial Times*.

»Guten Morgen, Lance.« Er legte die Zeitung beiseite und stand auf. »Sie streiten drüben immer noch um die Präsidentschaft, wie ich sehe.«

»Was?«

»Sie sollten sich mehr für Politik interessieren, wirklich. Sie ist der Schlüssel zu allen Zusammenhängen, allen Verschwörungen. Klar zu erkennen, wenn man weiß, worauf man achten muss.« Er grinste. »Aber ich habe das Gefühl, dass Sie jetzt lieber gleich zum Geschäftlichen übergehen wollen.«

»Sie etwa nicht?«

»Mit Verzögerungen ist nichts gewonnen, das steht fest. Davon hatten wir genug, würde ich sagen. Ihr Freund hat übrigens eine angenehme Nacht verbracht.«

»Bringen wir's hinter uns.«

»Okay.« Ledgister zog die Bevollmächtigung aus der Manteltasche und reichte sie mir. »Sie gehen vor, einverstanden?«

In der Bank musste ich Pass und Führerschein vorlegen. Danach verschwand ein Mitarbeiter mit Rupes Vollmacht, damit die Unterschrift anhand der Unterlagen der Bank verglichen werden konnte. Irgendjemand ließ die Worte »Pomparles Trading Company« fallen. Ledgister und ich zeigten keinerlei Regung. Die Pomparles-Affäre – und die Frage, was die International Bank of Honshu damit zu tun haben könnte – interessierten uns nicht.

Nachdem man sich von der Echtheit der Dokumente überzeugt hatte, wurden uns der Zutritt zum Tresorraum gestattet. Ein äußerst beflissener und höflicher Herr, laut

Dienstmarke am Revers ein gewisser Toru Kusakari, eskortierte uns im Aufzug. Unten traten wir in einen Vorraum. Vor der massiven Tür, die bereits offen stand, hatte sich ein Wachmann postiert. Ich musste noch ein Formular unterschreiben, dann ließ man uns hinein.

Von überall schimmerte uns massiver Stahl entgegen; längs der Wände reihte sich ein nummerierter Safe an den anderen. Am hinteren Ende des Raums führte ein Durchgang in eine mit einem Schreibtisch und zwei Stühlen möblierte, innere Kammer. Kusakari identifizierte den Safe mit der Nummer 4317, öffnete ihn und nahm eine flache Metallbox heraus.

»Möchten Sie den Inhalt mitnehmen oder ihn lediglich überprüfen, Mr Bradley?«, fragte er mich.

»Ich weiß noch nicht«, antwortete ich.

»Sie können beides. Ich lasse Sie jetzt damit allein. Bitte.« Er reichte mir die Box und deutete auf den inneren Raum, ehe er sich diskret zurückzog.

Ich trug die Box zum Schreibtisch und setzte sie mit einem Knall ab. Ledgister zog den Schlüssel aus seiner Tasche, steckte ihn ins Loch und drehte ihn. Der Deckel sprang auf.

Darin lag, auf edles Filztuch gebettet, ein weißer Umschlag, auf dem in Druckbuchstaben mein Name prangte. Ledgister riss ihn auf, nahm den Brief heraus und hielt ihn dann so, dass ich nichts lesen konnte.

Doch seine Miene verriet mir sofort, dass das, was er mir vorenthielt, nichts Gutes bedeutete. »Verflucht«, zischte er. Er funkelte mich an. »Ein verschlagenes Früchtchen, Ihr Freund Rupe, hm?«

»Glauben Sie?«

»Sehen Sie selbst.«

Das Schreiben war auf Briefpapier der Pomparles Trading

Company verfasst, die im Briefkopf mit zwei Adressen ausgewiesen war. Die Londoner Anschrift lautete: Mulberry Park, SE16. Das Datum war dasselbe wie auf der Vollmacht für mich. Nur hatte Rupe es in seiner Eigenschaft als Geschäftsführer der Gesellschaft unterzeichnet. Gerichtet war das Schreiben an Colin Dibley unter der Adresse Tilbury Freeport.

Lieber Colin,
wenn du diese Mitteilung erhältst, wirst du bereits Kenntnis von einer Ladung Aluminium haben, die am 14. September von der Eurybia Shipping (aus deren Diensten ich bis dahin ausgeschieden sein werde) in Tilbury gelöscht werden soll.
Ungeachtet möglicher rechtlicher Vorbehalte oder Forderungen Dritter, die auf die Ladung erhoben werden können, möchte ich dich daran erinnern, dass diese Gesellschaft Inhaberin des ersten Rechtsanspruchs darauf bleibt und ihr zum Zweck der Inspektion Zugang zur Ladung gewährt werden muss.
Mit diesem Schreiben bevollmächtige ich meinen Partner, Lancelot Bradley, wohnhaft in Glastonbury, Somerset, High Street 18A, dieses Zugangsrecht zu jedem vernünftigen Zeitpunkt auszuüben.

Mit bestem Dank für Deine Hilfe,
in tiefer Verbundenheit
Rupe

»Er ist im Container«, murmelte ich. Meine Gedanken überstürzten sich. Aber natürlich! Nur darum war es beim Pomparles-Betrug gegangen, nicht um Aluminium, und schon gar nicht um Geld. Sondern allein darum, einen kleinen Gegenstand unversehrt in sicherer Verwahrung zu halten, getarnt hinter einer großen Lieferung, die ihrerseits dank einer internationalen Kontroverse unverrückbar an Ort und Stelle bleiben würde, solange Rupe bei seinem gefährlichen Duell mit Townley nur eine Kopie mit sich führte und bis er ihn holen kam. Oder ich in seiner Vertretung.

»So habe ich es jedenfalls auch gelesen«, brummte Ledgister. »Verborgen in der beschlagnahmten Aluminiumladung.«

»So muss es sein.«

»Yah. Und *Sie* müssen hinfahren, um ihn zu holen. Sieht so aus, als müssten wir einen Ausflug zur Küste unternehmen, Lance, und zwar auf der Stelle.«

Ich versuchte, mich nicht nach Townley umzusehen, als wir die Bank verließen und durch Cheapside in östlicher Richtung weiterliefen. Wenn Townley zu Fuß oder mit der U-Bahn gekommen war, würde er uns nicht nach Tilbury folgen können. Ja, er hätte keine Ahnung, wohin wir wollten. Was könnte er dann noch machen?

»Sie scheinen in Gedanken ganz woanders zu sein«, meinte Ledgister, als wir in eine Querstraße abbogen.

»Ach, ich habe nur überlegt, wieso Rupe derart... komplizierte... Vorkehrungen getroffen hat.«

»Wenn Sie so etwas Ähnliches wie er vorgehabt hätten, dann hätten Sie auch verdammt komplizierte Vorkehrungen getroffen.«

»Meinen Sie?«

»Yah. Glauben Sie mir ruhig. Ich hätte mir denken können, dass er den Brief nicht auf die Reise nach Japan mitnehmen würde. Auf diese Weise hatte er die Gewissheit, ihn sicher verwahrt zu haben, und brauchte nicht zu befürchten, damit gestellt zu werden. Ich hätte wirklich schon vorher an diesen Container denken müssen.« Ledgister schien sich tatsächlich über sich selbst zu ärgern. »Hier ist der Wagen.«

Es war eine unauffällige weiße Limousine, derjenigen, die er (unter meinem Namen) in Japan gemietet hatte, nicht unähnlich. Er stellte sich vor die Fahrertür und sperrte sie und damit die anderen Schlösser auf. Während ich mich anschickte, auf der Beifahrerseite einzusteigen, sah ich plötzlich, wie sich sein Gesichtsausdruck veränderte. Er erstarrte, seine Augen fixierten durch die halb offene Tür im Rückspiegel etwas, das hinter mir war.

»Stephen«, sagte er langsam, »was machst du denn hier?«

Ich drehte mich um und sah Townley. So gut ich es konnte, spielte ich den Überraschten. In Townleys Gesicht hätte allerdings auch der begnadetste Spezialist für Physiognomie… absolut nichts abgelesen.

»Sieht ganz nach einem Aufeinandertreffen großer Geister aus, Gordon. Du hast Lance als den Schlüssel zu dem Ganzen gesehen. Und ich genauso. Hat er dir nichts von unserer Abmachung erzählt?«

»Nein«, antwortete Ledgister, »das hat er nicht.«

»Seit Kyoto hatte ich nichts mehr von dir gehört. Da blieb mir kaum was anderes übrig, als noch mal persönlich in Erscheinung zu treten.«

»Es tut mir Leid, dass ich mich nicht gemeldet habe, Stephen. In Japan ist das Pflaster ganz schön gefährlich für mich geworden; darum wollte ich dich nicht unnötig in Gefahr bringen und mich lieber bedeckt halten, bis ich dir die Ware unversehrt überbringen kann.«

»Und kannst du sie überbringen?«

»Ich denke, schon. Steig ein, und ich erklär's dir unterwegs.«

Ich konnte nicht anders, als die Art zu bewundern, wie beide, Townley und Ledgister, in unausgesprochenem Einverständnis die jüngste Vergangenheit bemäntelten. Ich wusste, dass Townley seinem Schwiegersohn kein Wort glaubte, doch seine Stimme ließ nichts davon erkennen. Und was Ledgister betraf, konnte ich zwar nicht beurteilen, was er in Wahrheit dachte, doch es lag auf der Hand, dass alle beide ihr Bestes gaben, um den anderen davon zu überzeugen, dass ihre Allianz so fest wie eh und je war. Damit blieb mir die Rolle eines Kibitzes bei einer Partie Stud-Poker, der alle Karten auf dem Tisch gesehen hat, nicht nur die aufgedeckten.

Während wir durch Aldgate und weiter über die Old Commercial Road in östlicher Richtung fuhren, erzählte Ledgister eine verworrene Geschichte darüber, wie er es bewerkstelligt hatte, Japan zu verlassen und schnurstracks nach London zu kommen, weil er sich schon gedacht hatte, dass ich dort landen würde. Er hatte Carl Madron mit Geld und dem Versprechen von noch mehr Geld geködert, das eine Story abwerfen würde, für die die Medien sich gegenseitig überbieten würden. Dann hatte er kurzerhand Yamazawa verschleppt, um mich so zur Kooperation zu zwingen, nachdem Carls Verheißungen von Barem bei mir nicht gezogen hatten. Townley wiederum gab die eine Hälfte unserer Vereinbarung ziemlich genau wieder – den Brief im Tausch gegen die Garantie, Mayumi und Haruko in Frieden und Sicherheit leben zu lassen. Natürlich fiel dabei die andere Hälfte – dass er die drei Morde allesamt Gordon anhängen wollte – völlig unter den Tisch. Und selbstverständlich erwähnte auch ich das mit keinem Wort. Wo das alles enden würde – abgesehen von Tilbury –, war eine Frage, die mir zu stellen, geschweige denn zu beantworten, ich offenbar nicht die innere Stärke aufbrachte. Der klarste Gedanke, den ich fassen konnte, war, dass ich dringend einen Drink nötig hatte.

Eine gemütliche Plauderstunde in einem Ginpalast im East End stand allerdings nicht auf der Tagesordnung. Irgendwann unterwegs drückte mir Ledgister sein Handy in die Hand und forderte mich auf, Dibley anzurufen. »Handeln Sie mit ihm unsere Beteiligung aus, Lance. Einen Streit am Tor können wir nicht brauchen.«

Darin musste ich ihm Recht geben. Aber mich damit zu befassen, wie Dibley auf meine unwahrscheinliche Wandlung zu Rupes Geschäftspartner reagieren würde, gefiel mir ganz und gar nicht. Zum Glück war Dibley heute nach Felixstone gefahren und hatte die Regelung der Geschäfte seinem Assistenten, einem Burschen mit freundlicher Stimme namens Reynolds, anvertraut.

»Selbstverständlich weiß ich, von welchem Container Sie sprechen, Mr äh...«

»Bradley.«

»Mr Bradley. Ja, Sie sind ein mit allen Vollmachten ausgestatteter Vertreter des Unternehmens?«

»Unbedingt.«

»Nun... äh... in diesem Fall kann es wohl keine... äh...«

»Einwände geben?«

»Nein. Äh, richtig. Hören Sie, sind Sie sicher, dass das nicht bis morgen warten kann? Dann wird Mr Dibley wieder da sein, und es wäre mir wirklich lieber, wenn...«

»Leider sind meine Kollegen und ich einem sehr engen Terminplan unterworfen.«

»Ich verstehe. Nun, wenn das so ist... müsste ich bei dieser Lieferung das Zollamt einschalten, verstehen Sie.«

»Tun Sie das.«

»Na schön, Mr Bradley, ich werde sehen, was ich tun kann.«

»Wir sind in einer Stunde bei Ihnen.«

»So früh?«

»Ja. Vielen Dank, Mr Reynolds. Bis gleich.« Ich beendete das Gespräch und reichte Ledgister das Handy.

»Das hat gut geklungen, Lance, yah, wirklich gut. Aber ich schätze, wir brauchen noch eine gewisse Versicherung.« Damit bog Ledgister von der Schnellstraße auf eine Landstraße ab.

»Wohin fahren wir?«

»Dort drüben habe ich so was wie einen Eisenwarenladen gesehen.« Er zeigte mir mit dem Daumen die Richtung. »Wir müssen in der Lage sein, den Container aufzustemmen, wenn das Zollamt meint, uns aufhalten zu müssen. Mit einem vernünftigen Bolzenschneider dürfte das klappen. Und eine extrastarke Taschenlampe wird bestimmt auch nicht schaden.«

Während Ledgister (mit Rupes Brief in der Tasche, wie ich registrierte) loszog, um seine »Versicherung« zu kaufen, blieben Townley und ich im Wagen sitzen. Sobald er außer Sichtweite war, beugte sich Townley zu mir herüber und sagte mit kaum mehr als einem Flüstern: »So weit, so gut, Lance. Sie schlagen sich prima. Weiter so.«

»Meinen Sie, er glaubt Ihnen?«

»In seiner Lage würde ich das tun.«

»Und in welcher Lage ist er?«

»In einer schlimmeren, als er denkt. Der eigentliche Test kommt erst noch, wenn wir den Brief finden. Wenn er mit jemand anderem eine Vereinbarung getroffen hat, ihn ihm zu liefern, wird sich das spätestens dann zeigen.«

»Was wollen Sie dann machen?«

»Zerbrechen Sie sich darüber nicht den Kopf. Das ist meine Sorge.«

»Und unsere Abmachung?«

»Gilt immer noch.«

»Es ist nur so, dass ich nicht begreife...«

»Das werden Sie bald.« Townley lehnte sich wieder zurück. »Wir alle sind bald klüger.«

Etwas mehr als eine halbe Stunde später erreichten wir das Haupttor des Hafens von Tilbury mit einem diskret im Kofferraum verstauten, brandneuen XL-Bolzenschneider (der dort, wie ich inständig hoffte, auch bleiben würde). Reynolds hatte uns bereits eingetragen, sodass wir unverzüglich zur Verwaltung fahren konnten, wo er uns erwartete.

Townley und Ledgister blieben im Wagen, während ich in Dibleys Büro verschwand, in dem heute ausnahmsweise Reynolds residierte. Auch persönlich zeigte er dieselbe unverbindliche Höflichkeit wie am Telefon. Erst wurden belanglose Floskeln wiederholt, ehe er sich über Rupes Brief beugte. Dann rief er beim Zollamt an und sprach mit einem gewissen Dave. Während sie redeten, sah ich zum Fenster hinaus. Townley und Ledgister standen vor dem, zwischen dem Bürokomplex und einer Phalanx von Containern geparkten Wagen. Auch sie redeten miteinander. Und ich konnte mir gut vorstellen, worüber. Was sie jedoch sagten, vor allem über mich...

»Dave Harris wird Sie am Container empfangen«, verkündete Reynolds und legte den Hörer auf die Gabel. »Ich... äh... nehme an, dass Sie bereits wissen, wo er ist.«

»Ja.« Ich zwang mich zu einem Lächeln. »Allerdings.«

Wir fuhren die kurze Strecke zu dem berüchtigten Container, der nach wie vor in seiner zubetonierten Vorhölle gefangen war. Außen herum war das Unkraut gesprossen, das ich von meinem letzten Besuch nicht in Erinnerung hatte. Dave Harris, ein großer, schwerer Mann, der in seiner extraweiten knallgelben Regenjacke noch massiver wirkte, wartete bereits mit einem Klemmbrett in der Hand. Nach einer flüchtigen gegenseitigen Vorstellung musste ich ein Formular an drei gekennzeichneten Stellen unterschreiben. »Wie Sie sich selbst überzeugen können, Gentlemen«, erklärte Harris dann, »ist hier bis auf die Inspektion des Inhalts unsererseits nichts mit der Ladung geschehen. Achtzehn Tonnen hochwertigsten Aluminiums, wie im Frachtbrief ausgewiesen. Sie werden alles unversehrt vorfinden.« Er riskierte ein Lächeln, das jedoch keiner von uns erwiderte. Schließlich holte er eine offizielle Bolzenschere des Zoll- und Einfuhramts aus seinem Wagen, brach damit die offiziellen Zoll- und Einfuhramtssiegel, schob die Riegel zurück und öffnete die Tür.

Im Inneren, das eher an ein ausgehöhltes Weißbrot erinnerte, lagen, sorgfältig auf Paletten gestapelt, gefalzte Scheiben aus russischem Aluminium und warteten geduldig darauf, in Dosen für Getränke oder Radspeichen verwandelt zu werden. Wie sollte ich dort einen Brief finden? Mein erster Eindruck war, dass unter jeder einzelnen Scheibe ein Brief hätte verborgen werden können. Während ich die, sich bis in das dunkle hintere Ende des Containers erstreckenden Paletten betrachtete, beschlich mich das Gefühl, dass wir die Geduld des Zoll- und Einfuhramts zum Äußersten strapazieren würden, ehe wir fündig wurden.

Im Auto hatte Ledgister angekündigt, dass er sich um Harris kümmern würde, während Tonley und ich nach dem Brief suchten. Darum überraschte es mich nicht, dass er den Beamten sofort in ein Gespräch verwickelte. »Hoffentlich bereiten Ihnen die Liquididätsprobleme der Pomparles keine allzu großen Kopfschmerzen«, begann er und postierte sich so geschickt, dass Harris mit dem Rücken zum Container stehen musste. »Aber nun hat ja Lance meinen Kollegen und mich an Bord genommen, und wir haben vor, die Sache schnell zu bereinigen.«

Und mit dieser Masche machte er weiter, wobei er nahtlos teilnahmsvolle Fragen über die Mühen und Plagen eines Zoll- und Einfuhrbeamten einflocht. Mit derlei Geplauder im Ohr, tasteten Townley und ich uns langsam an den Paletten vorwärts, ließen auf der Suche nach irgendeinem Hinweis auf ein mögliches Versteck für den Brief unentwegt die Blicke über die Aluminiumstapel schweifen und sahen einander immer wieder kopfschüttelnd an, weil wir bei jedem Stoß nichts als Nieten zogen.

Ich hatte die Taschenlampe, und sie erwies sich bald als nötig, da die Sicht zunehmend schlechter wurde, je weiter wir vorankamen. Wir hatten den Inhalt zu etwa zwei Dritteln inspiziert, als mir etwas ins Auge stach, nach dem ich wohl schon die ganze Zeit unbewusst Ausschau gehalten hatte: Ein rotweiß gestreiftes Paketklebeband, das am Boden einer Palette um die Verstrebung gewickelt war. Ich kauerte mich nieder und beleuchtete die nähere Umgebung. Auf dem Boden schien aber nichts zu liegen. Also legte ich mich der Länge nach hin und inspizierte die Palette von unten. Und dann sah ich es.

An der Unterseite der Palette war mit einem weiteren Stück Klebeband ein Plastikumschlag befestigt. Ich streckte die Hand danach aus und löste zunächst das Klebeband, ehe ich den Rest bergen konnte. Es handelte sich um ein versiegeltes Päckchen, das sehr leicht war. Ich richtete mich auf, bohrte mit einem Finger ein Loch in die Verpackung und riss sie auf.

Darin lag ein Brief. Dieser war nicht an mich gerichtet. Es war *der* Brief, daran zweifelte ich nicht einen Moment. Aus welchem Grund auch immer durchzuckte mich die Erinnerung an Rupe, wie er laut Simon Yardleys Bericht, von einem Ohr zum anderen grinsend, zur London Bridge gelaufen war. Ich richtete den Lichtstrahl auf den Luftpostumschlag. *Mayumi Hashimoto, Golden Rickshaw, 2-10-5 Nihombashi, Chuo-ku, Tokio, Japan* stand darauf in einer verschnörkelten Schrift mit großen Kringeln um R und N, wie man sie heute nur noch bei älteren Leuten findet. Links oben klebten zwei Briefmarken der USA im Wert von je fünf Cents. Mein Blick fiel auf den Poststempel. Ich entzifferte: *Dallas, TX, 22. NOV. 1963*.

In diesem Augenblick, glaube ich, begriff ich die ganze Wahrheit. Mir war, als wäre ich in einen verdunkelten Raum getreten, als plötzlich das Licht anging und ein dichtes Geflecht von Spinnweben um mich herum enthüllte. Das löste Angst aus, die sich wie ein Würgegriff um meine Kehle schloss, und Faszination, die mich neugierig machte. Ich drehte den Umschlag in der Hand um. Er war nicht aufgeschlitzt worden, doch die Lasche war nicht mehr zugeklebt. Ich zögerte, dann hob ich die Lasche an.

»Tun Sie's nicht, Lance.« Die Stimme war derart dicht bei meinem Ohr, dass ich erschrocken zusammenzuckte. Ich wirbelte herum. Weniger als eine Armeslänge von mir entfernt stand Townley, das Gesicht im Schatten. »Ich rate Ihnen eindringlich, darauf zu verzichten.« Er streckte die Hand aus. »Geben Sie mir den Brief.«

Was blieb mir anderes übrig? Ich reichte ihm den Umschlag und beobachtete, wie er einen Papierbogen herauszog und gegen das von hinten hereinfallende Licht hielt. Natürlich brauchte er ihn nicht zu lesen. Er kannte den Inhalt.

»Gut«, sagte er leise und steckte ihn wieder in den Umschlag. »Endlich ist er sicher.«

»Ich hätte ihn gern wieder.«

Townleys Augen weiteten sich geringfügig. Er starrte mich an. »Wie bitte?«

»Der Brief. Ich will ihn zurückhaben.«

»Das hätten Sie wohl gern, hm?«

»Erst will ich Yamazawa gesund und wohlbehalten wiedersehen. Bis dahin verwahre *ich* ihn.«

»Und wenn ich mich weigere?«

»Ich denke, dass ich hier genug Krach schlagen kann, um dafür zu sorgen, dass Sie am Tor angehalten werden. Und das wollen Sie doch sicher nicht.«

»Mir wäre ein stiller Abgang tatsächlich lieber.«

»Den sollen Sie haben – wenn ich den Brief hier rausbringe.«

»Wir sind zu zweit, Lance. Wir können Sie jederzeit überwältigen.«

»Und *ich* kann Gordon jederzeit von unserer Sondervereinbarung erzählen. Können Sie wirklich sicher sein, dass er mir nicht glaubt?«

Darüber dachte Townley kurz nach, dann nickte er. »Okay.« Er gab mir den Umschlag zurück. »Stecken Sie ihn in die Jackentasche und lassen Sie ihn dort, bis wir Yamazawa abholen.«

»Gern.«

»Also, los jetzt.«

Nachdem Townley Ledgister mit einem Nicken signalisiert hatte, dass wir hatten, weswegen wir gekommen waren, ging unser Abgang schnell über die Bühne – schneller als der sichtlich perplexe Harris erwartet hatte. Wir überließen es ihm, den Container wieder zu versiegeln, stiegen in den Wagen und brausten davon.

»Bist du sicher, dass es das Original ist?«, fragte Ledgister.

»Darauf würde ich mein Leben setzen«, erwiderte Townley gelassen.

»Genau das tust du, Stephen. Und ich ebenso.«

»Lance behält den Brief in Verwahrung, bis du ihn mit

seinem japanischen Freund zusammengebracht hast. Aber er hat ihn nicht gelesen. Das kann ich dir versichern.«

»Gut. Umso besser für ihn.«

»Und er wird uns keine Fragen darüber stellen, die das Datum und der Absendeort aufgeworfen haben könnten. Oder, Lance?«

»Ich habe keine Fragen«, antwortete ich gleichmütig.

»Schlau von Ihnen.« Ledgister warf mir von der Seite her einen Blick zu, während wir uns dem Tor näherten, wo die Schranke jetzt freundlicherweise hochging. »Echt schlau.«

Natürlich hatte ich Fragen – zu Dutzenden schwirrten sie mir durch den Kopf. Dallas, Texas, 22. November 1963. Eines der berühmtesten Daten der Geschichte. Der Coup der Coups. Die entsetzliche Tragödie. Die große Bettverschwörung. Und der Tag meiner Geburt.

Wen hatte Mayumi in Dallas gekannt? Warum schrieb er ihr – und ausgerechnet an diesem Tag? Die Antwort trug ich an meinem Körper, sie steckte in meiner Jackentasche. Vielleicht sogar die Antwort auf *alle* Fragen.

Mir fiel wieder das Foto in Rupes Aktentasche ein, das Townley, Loudon und einen unbekannten Dritten beim Trinken in der *Golden Rickshaw* zeigte. Das Foto, das in meiner Reisetasche im Polaris auf mich wartete. Ich hatte es so klar in Erinnerung, als sähe ich es vor mir, als starrte ich es aus der Nähe an. Insbesondere den dritten Mann. Sein Profil. Ein Gesicht, das meinen Blick nie erwidern würde. Denn wenn es das täte…

Wir erreichten die Straße nach London. Ledgister drückte aufs Gas und schwieg; seine sonst übliche Geschwätzigkeit war abgestellt. Auch Townley sagte nichts. Es gab nichts zu sagen. Ich wollte die Wahrheit wissen, mehr noch aber wollte ich aus allem raus. Das war die einzige Wahrheit, die jetzt zählte. Ich wollte, dass das Ganze zu Ende wäre. Und vielleicht – wenn ich nicht allzu angestrengt überlegte – wäre dies tatsächlich möglich.

»Erledige den Anruf.«

Wir brausten über die Schnellstraße, die die Dagenham Motorworks durchschneidet, als Townley mit gebieterischer Stimme das Schweigen brach. Ledgister gab keine Antwort. Stumm zog er sein Handy aus der Jackentasche und drückte mit dem Daumen auf mehrere Tasten. Es klingelte nur ein Mal.

»Ich bin's«, knurrte Ledgister in das Gerät. »Yah, ich weiß... Es ist nicht ganz glatt gelaufen, aber jetzt ist alles okay... Halt's Maul, verflucht noch mal, und hör mir zu! Es ist alles geregelt. Wir sind in einer halben Stunde da. Halte alles bereit. Okay?... Gut.« Damit schaltete er aus. »Das war Carl, Lance. Er freut sich auf unsere Ankunft. Allerdings bestimmt nicht so sehr wie Yamazawa. Es wird ein reizender Abschied für uns alle. Ruhig und zivilisiert. Ein glatter Tausch. Passt es Ihnen so?«

»Wunderbar.«

»Großartig.«

Wir legten weitere wortlose Meilen durch den grauen Londoner Osten zurück.

Was würde ich erfahren, wenn ich den Brief kurzerhand aus der Tasche zöge und läse? Welche Erkenntnis gewänne ich über Townley, die ihn noch gefährlicher als je zuvor werden ließe? Ich erinnerte mich an jenen Abend im November 1983, als Rupe, Simon Yardley und ich in einer Durhamer Kneipe meinen zwanzigsten Geburtstag gefeiert hatten. Das war natürlich auch der zwanzigste Jahrestag von Kennedys

Ermordung gewesen. Dabei fiel mir wieder ein, wie Simon und ich über die uralte Streitfrage debattiert hatten: War es Oswald gewesen, oder hatte es eine Verschwörung gegeben? Simon hatte natürlich die These vom übergeschnappten Einzelgänger bevorzugt. Selbst als Student war er bereits auf der Seite des Establishments gewesen. Allein schon um ihn zu ärgern, hatte ich die Verschwörungstheorie vertreten. In Wahrheit hatte ich mich nie damit auseinander gesetzt, Für und Wider abzuwägen. Rupe dagegen sehr wohl. O ja, schon damals hatte Rupe genau gewusst, wovon er redete. »Es kann doch keinen ernsten Zweifel daran geben, dass es eine Verschwörung war«, erklärte er und ratterte eine Anzahl von Fakten über Ballistik, gerichtsmedizinische Befunde, Doppelgänger von Oswald, tote Zeugen und weiß Gott was noch alles herunter. (Ich war viel zu bekifft, um auch nur die Hälfte davon zu kapieren.) »Die einzige Frage, die wirklich von Belang ist, kann nur sein: Wer waren die Verschwörer?«

Ich warf einen Blick über die Schulter auf Townley und merkte, dass er mich beobachtete. Keiner von uns sagte ein Wort. Schließlich sah ich wieder nach vorne auf die Straße.

Zu meiner Überraschung verließen wir bei Canning Town die A13 und fuhren vor der U-Bahn-Haltestelle zu einem leeren Taxistand. Hier konnte der Austausch unmöglich stattfinden, sagte ich mir. Diese Gegend war zu bevölkert.

»Stephen und ich müssen unter vier Augen reden, Lance«, erklärte mir Ledgister. »Möchten Sie sich nicht für einen Augenblick die Beine vertreten?«

»Das wäre wahrscheinlich das Beste«, stimmte Townley zu.

»Aber gehen Sie nicht zu weit weg, ja? Bleiben Sie in Sichtweite.«

»Von mir aus.« Ich stieg aus, schlug die Tür hinter mir zu und schlenderte aufs Geratewohl etwa zehn Meter weiter. Als ich mich umdrehte, hatte Townley den Kopf weit nach vorne zwischen die Vordersitze gestreckt und beobachtete mich, während er Ledgister zuhörte. Der größte Teil ihres Gesprächs unter vier Augen (in dessen Verlauf ich mir sehnlichst wünschte, ich hätte den Kurs für Lippenlesen belegt, den das Strode College für Erwachsenenbildung mal im Programm gehabt hatte) wurde von dem jüngeren Mann bestritten. Nach etwa zwei, drei Minuten stieg Townley aus und trat auf mich zu.

»Gordon glaubt – und darin gebe ich ihm Recht –, dass es nicht ratsam wäre, wenn mich Madron oder Yamazawa zu Gesicht bekämen. Es ist wirklich das Beste, wenn ich mich im Hintergrund halte. Darum fahre ich jetzt mit der U-Bahn weiter und treffe ihn später wieder.« Nichts an Townleys Miene gab auch nur den geringsten Aufschluss darüber, dass er mit Sicherheit wusste, was ich jetzt dachte: Ledgister hatte seine Karten aufgedeckt.

»Und der Brief?«

»Übergeben Sie ihn Gordon, sobald Yamazawa frei ist, wie vereinbart.«

»Sie wissen, was ich meine.«

»Alles ist unter Kontrolle. Steigen Sie wieder ein.« Ich glaubte beinahe, ein Lächeln um seine Mundwinkel flackern zu sehen, aber wegen seines Bartes konnte ich mir nicht sicher sein. »Sie können meinem Schwiegersohn trauen.«

»Aber...«

»Steigen Sie wieder ein.«

Ich stieg wieder ein und sah zu, wie Townley in der U-Bahn-station verschwand, während wir davonfuhren. Die Ereignisse beschleunigten sich, und ich hatte sie nicht unter Kontrolle. Offenbar hatte Townley einer Regelung zugestimmt, die es Ledgister gestatten würde, mit dem Brief davonzuspazieren. Darauf hätte er sich nicht einlassen dürfen. Aber er hatte es getan. Es ergab einfach keinen Sinn. Aber ich wusste, dass irgendwie doch ein Sinn dahinter steckte.

»Nicht mehr weit«, brummte Ledgister, während wir uns der Einfahrt zum Blackwell Tunnel näherten. »Unser Geschäft ist bald abgeschlossen.«

»Schön.«

»Und machen Sie sich keine Sorgen. Es wäre verrückt – wenn auch durchaus wohltuend –, Sie und Yamazawa umzulegen, sobald ich den Brief habe. Ich beabsichtige, aus London zu verschwinden, ohne den geringsten Hinweis darauf zu hinterlassen, dass ich jemals hier war.«

»Meinen Sie nicht ›sobald *wir* den Brief haben‹?«

»›Wir‹ – wie mein Schwiegervater und ich? Klar. Das versteht sich von selbst.« Ledgister schmunzelte. »Sie versuchen doch nicht etwa, einen Keil zwischen uns zu treiben, Lance? Das ist eine schlechte Angewohnheit von Ihnen.« Wir tauchten in die dunkle Mündung des Tunnels ein. »Ein Glück nur, dass ich mir über Ihre Gewohnheiten bald keine Gedanken mehr machen muss.«

Nach dem Tunnel nahm Ledgister die erste Ausfahrt und folgte einer sich durch das industrielle Ödland von North Greenwich schlängelnden Straße. Im Osten sah ich die Kuppel des Millennium Dome schimmern. (Die Stammkunden des Wheatsheaf hatten zu Anfang des Jahres eine Busfahrt dorthin organisiert, von der ich dann voller Elan zurückgetreten war.) Ich hätte schwören können, jemand hätte mir erzählt, der Millennium Dome hätte die ganze Umgebung neu belebt, aber von Belebung sah ich nirgends eine Spur, nur eine deprimierende Anzahl von leer stehenden Lagerhallen und verwaisten Chemiefabriken.

Wir folgten einer Durchfahrt zwischen den verfallenden Fassaden zweier solcher Fertigungsstätten westwärts zu dem Geflecht von Seitenkanälen der Themse, hinter dem die vielen Türme der Docklands in die Höhe ragten. Schließlich fuhren wir durch eine scheinbar absichtlich in einen Sicherheitszaun geschlagene Lücke und holperten über den mit Schlaglöchern und Unrat übersäten Verladehof eines schon lange nicht mehr benutzten Lagers. Ledgister stellte den Motor ab und öffnete das Fenster, woraufhin feuchte, leicht nach Ammoniak riechende Luft eindrang.

»Es musste eine exklusiv ausgewählte Unterkunft sein, Lance, da Yamazawa doch ein Freund von Ihnen ist. Aber jetzt ist es wohl an der Zeit, dass er weiterzieht, finden Sie nicht auch?«

»Wo ist er?«

»Geduld, Geduld.« Ledgister drückte dreimal kurz auf die Hupe. »Bald sind Sie wieder miteinander vereint. Sehen Sie, dort?«

Aus der Dunkelheit tauchte vor uns eine Gestalt auf der Laderampe der verfallenen Lagerhalle auf. Es war Carl Madron. Mit erhobener Hand gab er zu verstehen, dass er uns erkannt hatte, und huschte in die Dunkelheit zurück.

»Steigen wir aus«, sagte Ledgister, »er kommt gleich zurück.«

Wir kletterten aus dem Wagen und schlenderten langsam um die Motorhaube. Ein paar Sekunden verstrichen, dann ließ sich Carl wieder blicken, diesmal in Begleitung Yamazawas. Toshi sah müde und unrasiert aus und hatte ein Bad dringend nötig, aber ansonsten schien er alles unbeschadet überstanden zu haben. Er blinzelte ins Tageslicht – oder das, was davon übrig war – und winkte mir beinahe fröhlich zu.

Das blaue Hawaiihemd würde eindeutig nie wieder dasselbe sein, aber ich hielt mir vor (was freilich einiger Anstrengung bedurfte), dass jede Wolke eine helle obere Seite hat.

Yamazawa eilte die Stufen an der Seite der Rampe herunter und lief uns, gefolgt von Carl, entgegen. »Ich nehme jetzt den Brief, Lance«, erklärte Ledgister, »wenn ich darum bitten darf.«

Ich zog den Umschlag aus der Tasche, warf einen letzten Blick auf die handgeschriebene Adresse und den Poststempel, dann reichte ich ihn ihm.

»Verbindlichsten Dank.« Ledgister öffnete den Umschlag und spähte hinein, als müsse er sich davon überzeugen, dass ich den Brief nicht mit einem Taschenspielertrick, zu dem ich bestimmt nicht fähig gewesen wäre, hatte verschwinden lassen. Dann drückte er mit einem Nicken seine Zufriedenheit aus. »Das ist er, richtig.«

»Mir geht es gut, Lance«, sagte Yamazawa. »Aber ich bin sehr froh, dich wiederzusehen.«

»Spring in den Wagen, Carl«, brummte Ledgister. »Wir haben gefunden, was wir gesucht haben.« Er hielt den Brief wie eine Trophäe in die Höhe. »Zeit, zu gehen.«

Auf dem Weg zum Wagen beschrieb Carl einen großen Bogen um mich. Als Erinnerung an unsere letzte Begegnung hatte er einen gewaltigen Bluterguss im Gesicht, und Echo war diejenige gewesen, die dafür hatte büßen müssen. Wir hatten einander nichts zu sagen. Was für ein Geschäft er mit Ledgister vereinbart hatte, wusste ich nicht, doch ich hielt es für unwahrscheinlich, dass Ledgister sich daran halten würde. Das war allerdings etwas, das ich Carl lieber allein herausfinden lassen wollte. Ich hatte eine andere Vereinbarung im Kopf – die mit Townley – und die Frage, wie – oder ob überhaupt – sie die letzte Wendung der Ereignisse überleben würde.

Carl stieg auf der Beifahrerseite ein und knallte die Tür zu. Das war das Zeichen für Ledgister, den Brief einzustecken und uns noch einmal ein ironisches Lächeln zu gönnen. »Einen guten Tag, Gentlemen. Es war mir ein Vergnügen, mit Ihnen ins Geschäft zu kommen.« Er schlenderte weiter zum Wagen, stieg ein und fuhr im Rückwärtsgang an uns vorbei durch die Lücke im Zaun ins Freie.

»Ich stehe in deiner Schuld, Lance«, murmelte Yamazawa mit einem matten Lächeln. »Danke für alles, was du tun musstest, um mich zu befreien.«

»Kein Problem, Toshi.« Ich sah dem Wagen nach, wie er beschleunigte und um die Ecke des Lagerhauses verschwand. »Es war ein Klacks.«

»Wirklich?«

»Nein, nicht wirklich. Aber...«

Ein ohrenbetäubender Knall übertönte jäh meine Stimme. Instinktiv warf ich mich zu Boden und drückte beide Augen fest zu. Als ich sie Sekunden später wieder öffnete, sah ich hinter dem Lagerhausdach eine gewaltige Rauchwolke aufsteigen. Metallsplitter und aller möglicher Schutt regneten herab. Möwen waren von ihren Plätzen am Pier aufgeflattert. Ihre Warnschreie durchschnitten die Luft, bis schließlich von dem langsam verebbenden Donner nichts mehr zu hören war.

»Was war das?«, fragte Yamazawa mit belegter Stimme.

»Kam mir wie eine Bombe vor.«

»Mir auch.«

Ich rannte zum Zaun. Yamazawa folgte mir auf dem Fuß. Sobald ich die Lücke hinter mir hatte, konnte ich die ganze Durchfahrt neben der Lagerhalle, durch die Ledgister und ich wenige Minuten zuvor gekommen waren, gut überblicken. Es war zugleich der Weg, auf dem er mit Carl davongefahren war.

Außer den Rädern war nicht mehr viel von dem Wagen übrig. Was wir sahen, waren verbogenes Metall, Glassplitter und schwarzer Rauch, der von hungrigen Flammen gefüttert wurde. Irgendwo im Zentrum des Geschehens konnte ich zwei dunkle Gestalten ausmachen, die der Fahrer und sein Beifahrer gewesen sein mochten, vielleicht. Jetzt waren sie nur noch verkohltes Fleisch und Knochen. Und der Brief in Ledgisters Tasche... war Asche im Wind.

»Townley!«, schrie ich. »Wo sind Sie? Zeigen Sie sich!«

»Was sagst du da, Lance?« Yamazawa starrte mich entgeistert an. Er hatte eindeutig Zweifel an meiner Zurechnungsfähigkeit.

»Liegt das nicht auf der Hand? Wir sind den ganzen Vormittag mit einer Bombe an Bord durch die Gegend kutschiert! Townley muss uns irgendwie von Canning Town bis hierher gefolgt sein; er hat gewartet, bis er Gordon und Carl mit einem Schlag erledigen kann, und dann hat er das Ding gezündet. Das heißt, er muss ganz in der Nähe sein. *Townley*!«, schrie ich erneut. »*Kommen Sie raus, damit ich Sie sehen kann!*«

Ich starrte und wartete. Die Möwen kreisten über uns, stürzten sich herab und stiegen wieder auf. Das Autowrack brannte weiter. Doch Townley tat mir nicht den Gefallen, sich zu zeigen. Vielleicht, dachte ich, war er bereits auf der Flucht. Oder vielleicht bereitete er jetzt seinen Schlag gegen *uns* vor. Aber nein. Er brauchte nicht noch mehr Risiken einzugehen. Ledgister war tot, der Brief vernichtet. Townley hatte ganze Arbeit geleistet. Und jetzt war er wieder in das Dunkel geschlüpft, aus dem ihn Rupe in seiner Dummheit gezerrt hatte.

»Lance, wenn wir hier bleiben«, warnte Yamazawa, »findet uns noch die Polizei. Andere Leute haben diese Explosion auch gehört und werden wohl bald da sein.«

Er hatte Recht. Wir konnten uns keine Verzögerung leisten. Wir mussten verschwinden.

Schon näherte sich aus dem Osten Sirenengeheul, als wir den Uferweg erreichten und weiter nach Süden in Richtung Greenwich hasteten. Vor uns erkannte ich das Navy College und den dahinter liegenden Park. Im Laufen versuchte ich, Yamazawa einen zusammenhängenden Bericht von den Ereignissen zu erstatten, bei dem ich nichts zurückhielt außer meinem beklemmenden Verdacht über den Verfasser des Briefes, der so kurz in meinem Besitz gewesen war. Das brauchte Yamazawa wirklich nicht zu wissen. Außerdem, was nutzte mein Verdacht jetzt noch, da der Brief für immer verschwunden war. Und – wenn ich schon dabei war – was nutzte meine Vereinbarung mit Townley, da er wirksamer und schneller Rache an Ledgister genommen hatte, als das jemals möglich gewesen wäre, wenn er ihm drei Morde angehängt hätte. Die Antwort war jeweils: überhaupt nichts.

»In den Nachrichten haben sie gerade gemeldet«, informierte uns der Wirt der erstbesten Bar in Greenwich, die wir erreichten, »dass in der Nähe des Dome eine Bombe hochgegangen ist.«
»Ehrlich?«
»Das wird so eine Splittergruppe der IRA gewesen sein, schätze ich.«
»Wahrscheinlich.«
»Überleg doch nur, Kumpel, wer sonst kann das schon gewesen sein.«
Allerdings: Wer sonst? Yamazawa und ich verzogen uns müde an einen Fensterplatz und tranken mehrere Minuten lang in wohltuendem Schweigen unsere Gläser leer. Dann ging Yamazawa zum Tresen und bestellte uns eine zweite

Runde. Bei seiner Rückkehr fragte er schlicht: »Wie geht es jetzt weiter, Lance?«

»Ich hatte schon befürchtet, dass du das fragst.«

»Ist es vorbei?«

»Für Townley, ja. Einen Schwiegersohn, der ihn verraten hat, und einen für ihn gefährlichen Brief hat er spurlos beseitigt. Er ist aus dem Schneider. Das heißt, dass auch Mayumi und Haruko aus dem Schneider sind. Er wird sie jetzt nicht mehr verfolgen.«

»Und du?«

»Darüber möchte ich lieber nicht nachdenken, wenn dir das nichts ausmacht.«

»Aber du musst nachdenken.«

»Schon, aber nicht ausgerechnet jetzt.«

Wir erwischten den Bus zum Russell Square, und während er unter dem bleiernen nässelnden Himmel westwärts durch Deptford und Rotherhithe zuckelte, saßen wir auf dem oberen Deck ganz vorne. Yamazawa erzählte mir, wie er verschleppt worden war. Er war am späten Sonntagvormittag über den Kingsway zur Waterloo Station spaziert, um von dort zum Hampton Court zu gehen, als ihn zwei Männer, die er jetzt als Carl Madron und Gordon Ledgister kannte, niederschlugen und in den Kofferraum ihres Wagens steckten. Dann ketteten sie ihn in einem leer stehenden Lagerhaus in – wie er jetzt wusste – North Greenwich an eine Säule. Nachdem sie ihn gezwungen hatten, im Arundel Hotel anzurufen und eine Nachricht zu hinterlassen, hatte er die meiste Zeit geknebelt zugebracht – und war schon davon überzeugt gewesen, dass sie beabsichtigten, ihn zu töten.

»Lance, auf eine merkwürdige Weise war es sogar beruhigend, zu wissen, was geschehen würde und dass ich nichts mehr tun konnte, um das zu verhindern. Aber völlig darüber im Dunkeln zu sein, *warum*, das gefiel mir überhaupt nicht. Als sie mir den Knebel abnahmen, habe ich sie gefragt, aber sie haben mir nichts gesagt. Einmal habe ich sie aber reden hören, als sie draußen beim Wagen waren. Sie müssen angenommen haben, ich würde nichts mitbekommen. Ich erinnere mich, dass Carl gesagt hat: ›Sie garantieren mir, dass dieser Brief der Schlüssel zu allem ist?‹ Und Ledgister hat geantwortet: ›Der Schlüssel zu mehr, als du dir je vorstellen kannst.‹ Weißt *du*, was er damit gemeint hat, Lance?«

»Vielleicht.«

Yamazawa wartete darauf, dass ich weiterredete. Als er merkte, dass von mir nichts mehr kam, setzte er nach: »Was denn?«

»Bist du sicher, dass du es hören willst?«

»Natürlich.«

»Na gut.« Ich beugte mich vor und flüsterte es ihm ins Ohr. »Das Attentat auf Kennedy.«

Er fuhr herum und starrte mich mit weit aufgerissenen Augen an. »Wirklich?«

»Ich glaube, ja.« Ich sah nach vorne. »Was immer das jetzt wert ist.«

»Toshi, kannst du mir einen Gefallen tun, wenn du wieder im Arundel bist?«, fragte ich, als unser Bus über die Waterloo Bridge fuhr.

»Klar. Was denn?«

»Ruf deinen Bruder an. Bitte ihn, Mayumi auszurichten, dass der Brief zerstört und alles in Ordnung ist. Sie und Haruko sind in Sicherheit. Sie können nach Tokio zurückkehren und in Frieden leben.«

»Und vielleicht einen arbeitslosen Reedereiangestellten in der *Golden Rickshaw* als Tellerwäscher einstellen.«

»Sie könnten dir was Schlechteres geben.«

»Und was soll Shintaro ihnen über dich sagen?«
»Dass es mir gut geht.«
»*Gut*?
»Yeh.«
»Das ist aber nicht gerade die reine Wahrheit, Lance, oder?«
»Nein.« Ich zuckte die Schultern. »Aber es nützt nichts, wenn sie sich Sorgen machen, findest du nicht auch?«

An der Bushaltestelle Russell Square trennten wir uns. Yamazawa hatte vor, unverzüglich ins Arundel zurückzukehren und Gus mit einer erfundenen Geschichte von Missgeschicken zu unterhalten, ausgelöst durch einen Pubbesuch in Thames Ditton, bei dem er in schlechte Gesellschaft geraten sei. Er nahm an, dass Gus sich über so was köstlich amüsieren würde.

»Wann fliegst du nach Japan zurück?«
»Bald, denke ich.«
»Dann sehe ich dich wohl vor deiner Rückreise nicht mehr.«
»Ich weiß immer noch nicht, was du jetzt vorhast, Lance.«
»Vielleicht liegt das daran, dass ich es selbst nicht weiß.«
»Würde es helfen, wenn ich dir viel Glück wünsche?«
»Schaden würde es bestimmt nicht.«
»Dann viel Glück, mein Freund.«

Ein anderer Bus brachte mich vom Russell Square zum Polaris, wo mich das Packen und die Abreiseformalitäten fünf Minuten kosteten, ehe ich weiter zur Paddington Station ging. Auf halbem Weg kam ich an einem Zeitungsstand vorbei. Die Schlagzeilen der Spätausgabe des *Evening Standard* war unübersehbar: AUTOBOMBE BEIM DOME: ZWEI TOTE. Ich erinnerte mich an das Prinzip, dass Zeitungsmeldungen über bestimmte Vorfälle den Augenzeugen stets unzutreffend vorkommen, und entschied mich gegen den Kauf.

Gerade noch rechtzeitig erreichte ich den Zug in den Südwesten. Eine Überschwemmung im Sedgemoor bedeutete, dass wir nicht über Dastle Cary fahren würden. Ich würde in Taunton in einen Bus steigen müssen. Es konnte also spät werden, sehr spät, bis ich mein Ziel endlich erreichte. Nicht dass es mir viel ausmachte. Schließlich war es in fast jeder Hinsicht bereits viel zu spät.

SOMERSET

19

Als ich in Street eintraf, war es nicht so spät wie befürchtet. Aber ein nasser Montagabend im November ist nicht gerade ein Festtag, schon gar nicht in einer Stadt, die stark von den Traditionen der Quäker geprägt ist: Die Straßen waren menschenleer.

Auch der Two Brewers Pub machte an diesem Abend kein gutes Geschäft. Doch mir ging es ohnehin nicht um Gesellschaft, ich wollte nur auf einen Drink vorbeischauen. Allerdings wartete eine ziemlich gespenstische Gesellschaft auf mich. Rupe und ich hatten in dieser Kneipe als Minderjährige unsere ersten Cider geschluckt, als sie noch Albert hießen. Und später noch mehr, nachdem sie längst den Namen gewechselt hatten. Gleichwohl wäre ich nur zu gerne sitzen geblieben, wenn mir nicht klar gewesen wäre, dass ich umsonst nach Street gekommen war, solange ich nicht das erledigte, was ich mir vorgenommen hatte.

In der Hopper Lane hätte es genauso gut Mitternacht sein können und nicht Abend. Ein paar matte Lichter waren die einzigen Anzeichen von Leben – sonst hätte man meinen können, das Haus stünde leer. Ich tastete mich durch den tropfnassen Rhododendron zur Haustür. Durch das Wohnzimmerfenster konnte ich Howard sehen. Er kauerte auf einem Stuhl und starrte auf den Fernseher. Von Win und Mildred fehlte jede Spur. Es war weniger als drei Wochen her, dass ich zuletzt hier gestanden war, doch ich fühlte mich um mindestens drei Jahrzehnte älter. Die Vorzüge eines ruhigen Lebens, sagte ich mir, wurden stark unterschätzt.

Ich betätigte den Klopfer. Wie ein erschreckter Hase sprang Howard auf und rannte davon. Als die Tür geöffnet wurde – und zwar von Win –, entdeckte ich ihn hinter ihrem Rücken neben der Wohnzimmertür, von wo er ängstlich in den Flur spähte. Dann erst sah ich Win an und sagte: »Ich bin wieder da.«

Sie maß mich mit ihrem gewohnten Erzähl-mir-bloß-keinen-Blödsinn-Blick. »Komm besser aus dem Regen raus, Lancelot.«

»Hallo, Howard«, sagte ich beim Eintreten. Dafür erntete ich Grimassen und ein Zischen, was wohl einen Gruß ausdrücken sollte, und bekam seine Kleidung zu sehen: graue Strickjacke, Sweatshirt von der Durham University, Schlafanzughose und Hausschuhe – genau dasselbe hatte er auch bei meinem letzten Besuch getragen. Ein im Flur hängender, säuerlicher Geruch legte den Verdacht nahe, dass es seitdem nicht allzu viele Waschtage gegeben hatte.

»Sieh weiter fern, Howard«, sagte Win. »Wir gehen in die Küche.«

Howard drehte den Kopf mehrmals hin und her, als wolle er die Beweglichkeit seines Halses überprüfen, dann leistete er zögernd Gehorsam.

»Tut mir Leid, dass ich… äh… so spät vorbeischaue«, sagte ich an Win gewandt.

»Wir haben uns Sorgen gemacht.« Nun, besorgt sah Win nicht aus, doch ihr gewohnter strenger Gesichtsausdruck hatte noch nie eine große Bandbreite von Gefühlen verraten, ebenso wenig wie ihr Geschmack in punkto Kleidung je einen Hang zu Exotischem hatte vermuten lassen. Wie immer war sie in triste Kleidung gehüllt: formloser Pullover (braun) und ausgefranster dreiviertel langer Rock (noch dunkleres Braun), denen an diesem Abend ein Paar garantiert selbst gestrickte Handschuhe (das dunkelste Braun von allem) Leben verliehen.

»Es hat Probleme gegeben, Win. Da war es mir ... einfach nicht möglich, mich früher zu melden.«

»Hast du Nachrichten von Rupert?«

»Ja. Die habe ich.«

»Komm mit in die Küche. Dort reden wir weiter.«

»Wo ist Mil?«

»Hinter dir.«

Ich erschrak fast genauso heftig wie Howard vor wenigen Minuten, als ich sah, dass Mil tatsächlich dicht hinter mir stand. Wahrscheinlich war sie unbemerkt die Treppe heruntergekommen. Sie trug andere Farbtöne, als das bei Wins Kollektion der Fall war (eher Pilz- als Schokoladebraun und *keine* Handschuhe) und eine verschreckte Miene, die bei mir den Verdacht nährte, dass für sie bereits feststand, dass ich schlechte Nachrichten hatte. »Lance«, sagte sie schlicht, begleitet von einem entschiedenen Nicken.

»Hallo, Mil.«

»Bleiben wir nicht länger im Flur stehen«, drängte Win. »In der Küche ist es wärmer.«

Das war unbestreitbar richtig, dank des Kohleherds, der allerdings auch schon sämtliche Vorzüge der Küche auf sich vereinte. In der Spüle stapelte sich schmutziges Geschirr, vom Wasserhahn tröpfelte es mit lautem Widerhall in einen Kochtopf, und völlig ohne Rhythmus mischte sich ein schnelles Tropfen vom Dach dazu, das von einem sich rasch füllenden Eimer aufgefangen wurde. Jemand – Win, wie ich annahm – hatte das Silberbesteck gereinigt. Auf einem Fetzen Zeitungspapier lagen teils glänzende, teils matte Messer, Gabeln und Löffel neben einem Tuch und einer Dose *Goddard's Polish* auf dem Tisch. Wie sie darauf gekommen sein mochte, dass das Familiensilber dringender der Aufmerksamkeit bedurfte als das Geschirr, war mir ein Rätsel; andererseits waren im Haushalt der Alders dergleichen Rätsel keine Seltenheit.

»Möchtest du Tee, Lancelot?«

»Yeh, danke. Warum nicht?«

»Mach welchen, Mil.«

»Vorher möchte ich euch noch was sagen. Vielleicht solltet ihr euch besser setzen.«

In einem langen Augenblick angespannter, schweigender Prüfung starrten mich die Schwestern an. Zu hören waren nur das Tropfen aus dem Wasserhahn und vom undichten Dach sowie der durch die dicken Wände dringende Lärm vom Fernseher im Wohnzimmer. Schließlich fragte Win. »Hast du ihn gefunden?«

»Setzt euch, bitte.«

Ich zog für mich einen der Stühle am Tisch heran. Langsam nahmen erst Win, dann auch Mil mir gegenüber Platz. Win legte das Tuch sorgfältig über das Besteck, dann sah sie mich wieder an. »Was hast du uns zu sagen, Lancelot.«

»Rupe ist tot.«

Zunächst schien keine zu reagieren. Sie starrten mich nur weiterhin an. Dann unterdrückte Mil ein Schluchzen. Tränen quollen ihr aus den Augen. Win schluckte schwer. So etwas wie Tränen gab es bei ihr offenbar nicht. »Bist du sicher?«

»O ja.«

»Wie ist das geschehen?«

»Er ist ermordet worden. In San Francisco.«

Mil stieß einen neuerlichen Schluchzer aus. Zu meiner Überraschung bekreuzigte sich Win und murmelte etwas auf Lateinisch. Dann fragte sie: »Wann?«

»Am einundzwanzigsten September.«

»Am einundzwanzigsten September?«
»Yeh.«
»Nicht am zweiundzwanzigsten?«
»Nein.«
»Merkwürdig. Es war am Morgen des zweiundzwanzigsten, dass ich es... gespürt habe.«

Es war merkwürdiger, als sie ahnte. Plötzlich fiel mir der Zeitunterschied ein. Wenn es in Kalifornien noch nicht mal Mitternacht war, brach in Somerset schon der Morgen des nächsten Tages an. »Was hast du gespürt, Win?«

»Einen Verlust.« Sie wandte sich an ihre Schwester. »Mach Tee, Liebes.« Mil *Liebes* zu nennen, war wohl das Höchste, was sie an schwesterlichem Mitgefühl aufbrachte.

Mil stand auf, wobei sie den Stuhl mit einem lauten Scharren zurückschob, und stakste zum Herd.

»Du hast mir nie von diesem Gefühl erzählt«, sagte ich zu Win.

»Ich hatte gehofft, es würde nichts bedeuten.« Win nickte versonnen. »Ich hatte vergeblich gehofft.«

»Es tut mir Leid.«

»Danke.« Sie schien sich jäh auf etwas Wichtiges zu besinnen. »Er war auch dein Freund.«

»Das war er.«

»Wer hat ihn ermordet?«

»Ein Mann namens Townley.«

Mil schnappte nach Luft und hielt sich an der Herdstange fest. Win sah sie scharf an, dann drehte sie sich wieder zu mir um. »Townley?«

»Stephen Townley. Sagt dir der Name was?«

»Nein.«

»Also bitte, Win. Das sieht doch jeder, dass Mil ihn kennt, selbst wenn er dir kein Begriff ist.«

»Mil weiß nichts.«

»*Nichts*?« Das Wort entwich Mils Mund beinahe wie ein Heulen. Mit einem gleichermaßen von Entsetzen wie von Trauer verzerrten Gesicht starrte sie ihre Schwester an. »Wie kannst du das sagen?«

»Nicht so laut. Willst du etwa Howard hier drin haben?«

»Jetzt rede *ich*«, fuhr ich mit leiser Stimme fort. »Ihr habt mich losgeschickt, damit ich euren Bruder finde. Das habe ich getan.«

»Wir sind dir dankbar.«

»Ich will eure Dankbarkeit nicht. Sie nützt mir nichts. Die Suche nach Rupe hat mir – und anderen – größte Schwierigkeiten eingebracht. Er ist nicht der Einzige, der ermordet worden ist. Es hat noch fünf Tote gegeben, Win, *fünf*. Stell dir das nur vor! Fünf Leben, die geopfert worden sind! Und das von Rupe. Euch gebe ich keine Schuld, die trifft allein Rupe. Aber warum? Warum hat er Townley verfolgt? Er hat versucht, den Mann zu erpressen. Deswegen ist er ermordet worden. Aber *warum*? Um was ist es dabei überhaupt gegangen?«

»Ich weiß nicht, was du damit meinst.«

»Peter Dalton. Es ist auf ihn zurückzuführen, nicht wahr?«

»Peter?«, keuchte Mil.

»Reiß dich zusammen!«, fauchte Win. »Setz das Teewasser auf.«

»Vergiss den Tee«, brummte ich. »Sagt es mir einfach.«

»Das kann unmöglich mit…«

»Ich denke, du weißt genau, dass es damit zusammenhängt. Dalton ist im August '63 gestorben. Offiziell war es Selbstmord. Aber es ist viel wahrscheinlicher, dass er ermordet wurde, und zwar von Townley. Vielleicht ging es um Geld. Das Geld aus dem Postraub. Howard hat bei der Vernehmung durch die Polizei ausgesagt, dass er wenige Tage vor Daltons Tod auf der Wilderness Farm eine Reisetasche voller Fünfer-Scheine gesehen hat.« Ich sah zu Mil auf. »Du kanntest Peter Dalton recht gut, stimmt das?«

Sie starrte mich hilflos an. Kein Teewasser kochte auf dem Herd, aber Erinnerungen kamen hoch. Erinnerungen *und* Geheimnisse. »Es war Mums Schuld«, flüsterte sie.

»Deine Mutter?«

»Wenn sie Rupert nicht gesagt hätte...«

»Es reicht!«, blaffte Win. »Kein Wort mehr!«

»Aber, Win...«

»Sei still!« Win war aufgesprungen und starrte ihre Schwester wütend an. »Du wirfst meiner Mutter nichts vor!« (*Meine* Mutter, schoss es mir durch den Kopf, obwohl sie auch Mils Mutter war.) »Sie konnte doch wohl am wenigsten dafür, oder?«

»Du hast ja Recht, Win. Es tut mir Leid.« Mil wischte sich mit einem Geschirrtuch, das zum Trocknen über der Herdstange hing, die Tränen aus den Augen. »Es ist nur so... schwer, Rupert zu verlieren... und ich hatte nie die Möglichkeit...«

»Welche Möglichkeit hattest du nie?«, half ich sanft nach.

»Ich finde, du solltest nach oben gehen, Mil«, sagte Win mit leiser, doch fester Stimme. »Ich kann alles erklären, was erklärt werden muss.«

»Aber...«

»Geh schon.«

Mil sah erst mich, dann ihre Schwester an. »Jetzt, wo Rupert nicht mehr bei uns ist«, murmelte sie, »sollten wir vielleicht...«

»Ich sage es ihm, Mil. Geh jetzt. Es wird dich nur noch mehr aufregen, wenn du es hörst.«

Mil ließ den Kopf sinken. Geistesabwesend hängte sie das Geschirrtuch wieder über die Stange, dann trottete sie zur Tür, die Win ihr bereits aufhielt. Noch einmal stieß sie einen schweren Seufzer aus. »Es tut mir Leid, Lance...«, murmelte sie. Es hörte sich an, als käme es tatsächlich aus tiefstem Herzen, »all die Schwierigkeiten, die du meinetwegen bekommen hast...«

»Es ist ja gut, Liebes«, versicherte ihr Win. »Du kannst das getrost Lancelot und mir überlassen.«

Mit einem letzten betrübten Nicken ging Mil hinaus. Win wartete, bis sie ihre Schwester die Treppe hinaufgehen sah – ich konnte von meinem Platz aus ihre schleppenden Schritte auf den Stufen hören –, dann schloss sie die Tür, ging zu einem Regal hinüber und förderte eine halb volle Flasche Johnnie Walker zutage. Sie schenkte jedem von uns zwei Finger breit in ein verschmiertes Glas ein und setzte sich wieder an den Tisch.

»Rupert hat versucht, Townley zu erpressen, sagst du?«

»Es gab sehr viel, weswegen er erpresst werden konnte.«

»Mehr als der Postraub?«

»Das war nicht mal die Hälfte.«

»Hat Rupert mehr riskiert, als er in den Griff kriegen konnte?«

»Er war Townley nicht gewachsen, das steht fest.«

»Und Townley hat ihn umgebracht?«

»Nicht persönlich. Aber... im Prinzip, ja.«

»Bist auch du in Gefahr geraten, weil du es rausgefunden hast, Lancelot?«

»Das kann man so sagen.«

»Das tut mir Leid.«

»Mir auch. Also, wie sieht es aus? Möchtest du mir den kleinen Gefallen tun und mich wissen lassen, warum Rupe so versessen darauf war, sich mit Townley anzulegen?«

»Ich fürchte, dass Mil Recht hatte. Wenn Mutter diesen Brief an ihn nicht hinterlassen hätte, wäre nichts von all dem geschehen. Wenn ich geahnt hätte, was sie getan hat...«

»Was für ein Brief war das?«

»Sie hatte ihn beim Anwalt hinterlegt, der ihn nach ihrem Tod Rupert geben sollte.«

»Was stand darin?«

»Das Familiengeheimnis. Und ein beschämendes obendrein. Rupert war Mils Sohn, Lancelot.«

»Was?« Ich starrte sie mit offenem Mund an.

»Jetzt ist es raus. Ich habe es gesagt. Mein Bruder Rupe ist das Kind meiner Schwester.«

»Das ist doch nicht dein Ernst.«

»Es ist die Wahrheit. Meine Mutter glaubte, er hätte ein Recht, das zu erfahren, und sie befürchtete, dass wir ihn nie aufklären würden. Darum hatte sie beschlossen, dafür zu sorgen, dass... ihm das Geheimnis nach ihrem Tod offenbart werden sollte.«

»Wie hat er reagiert?«

»Wie du, er konnte es erst nicht glauben. Aber er musste. Es hat harte Worte gegeben. Mil nahm es sich fürchterlich zu Herzen. Sie wurde krank vor Kummer, und ich fürchtete schon um ihren Verstand. Rupert... Aber ich konnte es ihm nicht verübeln. Es war schrecklich für ihn, so etwas zu erfahren. Seitdem hat er nie wieder einen Fuß in dieses Haus gesetzt.«

»Ich verstehe das nicht. Warum wurde es überhaupt geheim gehalten?«

»Bevor Mil etwas anzusehen war, hat Mutter sie nach Bournemouth gebracht. Wir haben den Leuten erzählt, Mutter sei schwanger und bräuchte wegen ihres Alters eine besondere Pflege, und Mil würde sie begleiten, um ihr Gesellschaft zu leisten. Nach Ruperts Geburt sind sie gleich wieder zurückgekommen und haben ihn als das Kind unserer Mutter eintragen lassen. Ein uneheliches Kind war damals ein schrecklicher Skandal. Kein Vergleich mit heute.

Mil hätte ihren Job verloren. Die Leute hätten sie geächtet. Und wenn sie mal hätte heiraten wollen... Sie war doch erst neunzehn. Da schien diese Lösung das Beste zu sein. Ich will nicht behaupten, dass ich mich dagegen gestellt hatte, denn das wäre gelogen. Aber unser Vater grämte sich. Ob er uns erlaubt hätte, das so durchzuziehen, wenn er am Leben geblieben wäre... ich weiß es nicht.«

»Hat er deswegen Selbstmord begangen, Win?«

»Niemand weiß, was damals passiert ist. Es hätte nichts geholfen, seinen Tod als etwas anderes als einen Unfall zu sehen.«

»Aber er hatte damals eine Depression, und euer Vorhaben war der Auslöser, oder?«

»Ja. Er hielt unser Vorgehen für falsch. Wenn ich bedenke, was danach alles geschehen ist, hätten wir wohl besser auf ihn hören sollen. Aber Mutter und ich... haben ihn überstimmt.«

»Wer war Rupes Vater? Peter Dalton?«

Win nickte. »Mutter hat ihn in ihrem Brief genannt. Rupert hat danach unzählige Erkundigungen über ihn angestellt und hat diese ganze Geschichte ausgegraben. Es gab Zeiten, da war er hier in Street, ohne dass wir davon wussten. Die Leute erzählten im Postamt, dass sie ihn gesehen hatten. Aber wir nicht. Ich glaube, er... stellte Nachforschungen an.«

»Und seine Nachforschungen ergaben, dass sein wahrer Vater von Stephen Townley ermordet worden war.«

Win nickte erneut. »Wenn Ruperts Vater gelebt hätte und bereit gewesen wäre, Mil mit dem Kind zu heiraten, dann wäre alles ganz anders gekommen.«

»Aber er hat nicht mehr gelebt.«

»Nein.«

»Und Rupe hat Townley dafür verantwortlich gemacht.«

»So muss es gewesen sein, ja.«

»Der Mann, dem er nachgestellt hat... war der Mörder seines Vaters.«

Darüber dachte ich einen Moment lang nach, und zum ersten Mal seit dem Beginn meiner Suche nach Rupe empfand ich Mitleid mit ihm. Die Frau, die er immer für seine Schwester gehalten hatte, war in Wahrheit seine Mutter. Und die Menschen, die er als seine Eltern angesehen hatte, waren seine Großeltern. Kein Wunder, dass Rupe Rache für dieses von Schuld beherrschte Chaos in seiner Familie hatte üben wollen. Und dann wartete in seiner Vergangenheit auch noch Townley, der jede Rache, die Rupe nur üben konnte, verdient hatte, und die bei seinen dunklen Machenschaften gar nicht fürchterlich genug ausfallen konnte.

»Rupe hatte ein Foto von Townley, das Howard geschossen hatte. Wie ist er da rangekommen, Win?«

»Howard muss es ihm gegeben haben. Aus Angst, Howard könnte mit der Sache mit Mil und Peter herausplatzen, haben wir ihm eingebläut, niemandem was davon zu verraten, was er in diesem Sommer alles gesehen haben will. Aber irgendwann hat er seine Geschichte vielleicht doch Rupe erzählt. Sie waren einander ja wahnsinnig nahe, als Rupert ein Kind war.«

»Mir hat Rupe nie ein Sterbenswörtchen davon erzählt.«

»Wahrscheinlich, weil er es nicht glaubte. Er hat immer sein Bestes getan, um seinen Bruder zu schützen.«

Das stimmte. Rupe hatte stets darauf geachtet, dass die Leute Howard nicht für verrückt hielten – oder zumindest nicht für verrückter, als er tatsächlich war. Die Geschichte vom Überfall auf den Postzug musste Rupe jedoch als vollkommen verrückt erschienen sein. Bis ihn dieser posthume Brief von seiner Mutter – na ja, von der Frau, die er für seine Mutter gehalten hatte – dazu gezwungen hatte, alles neu zu bewerten. Aber wie war es ihm gelungen, die Sache weiterzuverfolgen? Wie hatte er Townleys Spur aufgenommen? »Kann es sein, dass in dem Brief, den eure Mutter für Rupe hinterlassen hat, auch etwas über Townley stand, Win?«

»Wie soll ich das beurteilen? Ich habe ihn nie gelesen. Sie hat von Mil höchstens erfahren, dass er Amerikaner war und Peter sich während seiner Dienstzeit bei der Armee mit ihm angefreundet hatte. Ich glaube, sie wusste herzlich wenig über Peter. Sehr viel mehr als seinen Namen hätte sie Rupert kaum über seinen Vater verraten können. Und Mil hatte nichts von ihm bekommen. Außer…« Win legte die Stirn in Falten. (Beziehungsweise die Falten vertieften sich, denn ihre Stirn war permanent gerunzelt.)

»Was?«

»Mil hat bei sich im Zimmer auf dem Nachtkästchen eine kleine Porzellankatze. Peter hat sie ihr einmal geschenkt. Mutter wollte sie wegwerfen, aber Mil hing so sehr daran, dass Mutter schließlich nachgab. Ob sie sie in ihrem Brief erwähnt hat, weiß ich nicht. Ich kann mir nicht vorstellen, dass es ihr wichtig genug erschienen war. Das Ding ist nichts als Mils dämliche alte japanische Katze.«

»Japanisch?«

»Ein Glücksbringer aus Japan, ja.«

»Peter Dalton war in Japan gewesen?«

»Irgendwann wird er mal dort gewesen sein.«

Um einen Freund zu besuchen. Richtig, das musste es sein. Das war der Zusammenhang. Wahrscheinlich hatte Mrs Alder die Katze in ihrem Brief erwähnt. Trotzdem hätte Rupe zunächst nicht viel damit anfangen können. Dann hatte ihn Eurybia nach Tokio geschickt, wo sich ihm die Möglichkeit bot, nach Daltons Freund zu forschen. Volltreffer! In der *Golden Rickshaw*, um 1960 Stammkneipe einer bestimmten Clique von amerikanischen Armeeangehörigen, stieß er durch Zufall auf ein weiteres Foto von Townley. Von da an gab es für ihn kein Halten mehr.

»Ist sie denn wichtig, Lancelot?«

»Die Katze? Nicht wichtiger als alles andere. Nur ein Indiz unter mehreren. Rupe hat sie sehr geschickt aneinander gefügt. Seine einzige Fehleinschätzung war, dass er glaubte, er könne Townley in den Griff kriegen. Aber darin war er nicht allein.«

»Bedroht Townley nun auch dich?«

»Eigentlich nicht. Sagen wir es so: Ich habe überlebt und bedaure, seine Bekanntschaft gemacht zu haben. Aber zumindest *lebe* ich noch.«

»Hast du jetzt vor, zu bleiben?«

Ich brachte ein Lächeln zuwege. »Leider nein. Muss weiterziehen.«

Sie fragte nicht nach dem Grund. Vielleicht begriff sie, dass diese für mich untypische Wanderlust auch mit ihrer Familie zu tun hatte – und mit der Situation, in die sie mich gebracht hatten. Wenn das stimmte, dann war es ein Punkt, mit dem sie sich lieber nicht aufhalten wollte. »Warst du schon bei deinen Eltern?«

»Noch nicht. Ich habe mir gedacht, ich gehe nachher rüber.«

»Richte ihnen bitte meine Grüße aus.«

»Mach ich.« Ich sah auf, weil in diesem Moment die Uhr neun Mal schlug – das kräftige, langsame Dröhnen einer viktorianischen Standuhr. Vermutlich hatten sie Wins Großeltern, wenn nicht sogar ihre Urgroßeltern, gekauft, in einer Zeit, in der die Alders nichts anderes als Landwirtschaft gekannt hatten. (Rupe hatte für eine beachtliche Premiere in der Familie gesorgt, hatte er es doch so weit gebracht, dass seine Asche über dem pazifischen Ozean ausgestreut wurde.)

»Ich mache mich mal besser auf die Socken. Sie gehen früh ins Bett.«

Win begleitete mich zur Tür. Als ich am Wohnzimmer vorbeikam, rührte Howard sich nicht in seinem Sessel vor dem Fernseher. Von Mil fehlte jedes Zeichen. Ich spähte die Treppe hinauf. Insgeheim rechnete ich damit, sie oben dabei zu ertappen, wie sie mich beobachtete. Aber dort stand sie nicht.

»Es hat aufgehört zu regnen«, bemerkte Win, als ich in die kühle, feuchte Luft hinaustrat.

»Stimmt.«

»Auf Wiedersehen, Lancelot.« (*Gute Nacht* hätte es wirklich nicht getroffen, das wussten wir beide.)

Ich hörte, wie die Tür hinter mir abgeschlossen wurde. Und es hatte den Anschein, als wäre in diesem Moment noch sehr viel mehr abgeschlossen worden.

Letzteres dürfte einmal mehr belegen, dass man nie dem Anschein trauen darf. Ich bahnte mir meinen Rückweg durch die tropfnasse Rhododendronbarriere, erreichte die Auffahrt – und blieb wie angewurzelt stehen.

Wie aus dem Boden gestampft stand ein Mann vor mir – kräftig gebaut, mit Regenmantel bekleidet, das Gesicht im Schatten. Spontan dachte ich, er stünde schon lange dort, als hätte er auf mich gewartet.

»Hi, Lance.«

Ich erkannte die Stimme, zweifelte aber an meiner Wahrnehmung. Das konnte er nicht sein. Hier doch nicht. Unmöglich. »Gus?«

»Volltreffer.«

»Was, zum Teufel...?«

»Was ich hier mache? Gute Frage.«

»Ist Toshi bei Ihnen?«

»Nein. Toshi hat keine Ahnung, wo ich bin. Als er gestern zurückkam, hatte ich mich schon aus dem Arundel abgemeldet.«

»Aber...«

»Ich bin Ihnen hierher gefolgt, Lance.«

»Sie... sind mir gefolgt?«

»Richtig.«

»Ich verste –«

»Parminter ist nicht mein richtiger Name.«

»Nein?«

»Ventress genauso wenig. Aber das ist der Name, unter dem Sie mich kennen werden.«

Wenn Somerset über Nacht zu einem erdbebengefährdeten Gebiet geworden wäre und sich vor meinen Füßen eine Erdspalte aufgetan hätte, es hätte mich wohl nicht so verblüfft wie die Erkenntnis, dass Yamazawas lockerer Zechkumpan aus New Jersey, Gus Parminter, in Wahrheit ein... Auftragsmörder war.

»Bummeln wir ein bisschen diesen Weg entlang. Wir müssen miteinander reden, Sie und ich. Hier sieht es verschwiegen genug aus. Und wie die Dame gesagt hat... es hat aufgehört zu regnen.« Gus legte seine große, schwere Hand auf meine Schulter und drehte mich in die gewünschte Richtung. Wir gingen in gemächlichem Tempo los.

»Sie sind... Ventress?«, stammelte ich um Fassung ringend.

»Yes.«

»Ledgister hat sie angeheuert, um... Hashimoto zu töten?«

»Das hat er. Und dann hat mich Townley angeheuert, damit ich... Ledgister töte.«

»Sie haben die Bombe gelegt?«

»Und gezündet. Yes. Saubere Arbeit, auch wenn das nach Selbstlob klingt. Ich dachte mir, dass Yamazawa mich zwangsläufig zu Ihnen führen würde, und damit auch zu Ledgister. Townleys Anweisungen waren eindeutig. Beseitige Ledgister und dieses Ungeziefer, mit dem er sich zusammengetan hat – Madron – und zerstöre den Brief. Drei Fliegen mit einer Klappe. Nicht schlecht, hm?«

Wenn er ein Kompliment von mir erwartete, war er an den Falschen geraten. Aber warum war er überhaupt auf mich gekommen? »Was wollen Sie?«

»Ich will Ihnen was Wichtiges sagen, Lance. Zum Ersten, dass dieser Spruch ›Es geht um Leben und Tod‹ hier wirklich angebracht ist. Verstehen Sie, Townleys Anweisungen haben sich nicht auf Ledgister, Madron und den Brief beschränkt. Er will reinen Tisch machen. Er will jede Möglichkeit, dass noch mal so ein Rupe Alder auftaucht und ihn in seinem Rentnerdasein stört, ausschließen. Er will, dass der Faden, den Rupe verfolgt hat, an der Wurzel abgeschnitten und zusammengerollt wird. Das bedeutet, wie ich Ihnen zu meinem größten Bedauern mitteilen muss…«

Wir blieben stehen. Während ich im matten Licht einer der wenigen Straßenlaternen in der Hopper Lane in Ventress' – von den Schatten herabhängender Zweige gesprenkeltes – Gesicht starrte, wurde mir klar, und zwar ohne jeden Zweifel, was er vorhatte. »Sie sind gekommen, um mich zu töten, nicht wahr?«

Er nickte. »Und dazu die Alders. Den Bruder und die zwei Schwestern.«

»Mein Gott!«

»Eine frommere Reaktion auf die Nähe des Todes, als viele andere zu Stande bringen, Lance, das muss Ihnen der Neid lassen. Aber überlegen Sie doch nur: Warum sage ich Ihnen das? Sie glauben doch sicher nicht, dass ich Ledgister sein bevorstehendes Ableben angekündigt habe. Und Sie wissen, dass Hashimoto von mir keinen Hinweis bekommen hat.«

Ich schluckte schwer. »Warum dann?«

»Weil Townley nicht der Einzige ist, dem ein reiner Tisch sehr gelegen käme. Ich hatte keine Ahnung, in welche Geschichten Ledgister mich verwickeln würde, als er mich anheuerte. Jetzt aber schon. Sie wissen, was ich meine. Der Stoff von Legenden. Allerdings neigen die Helden von Legenden dazu, nicht lange am Leben zu bleiben. Darum bin ich nur zu froh, wenn ich darin keine Erwähnung finde. Aber um das zu erreichen, muss ich jede Verbindung mit Townley kappen. Und das, schätze ich, lässt sich am anderen Ende erreichen.«

»Was ... haben Sie vor?«

»Ich habe vor, Townley auszuschalten, und Sie können mir helfen. Als Gegenleistung bekommen Sie und Ihre Hillbilly-Freunde ein... längeres Leben.« Ein Lichtschimmer verriet mir, dass er lächelte. »Wissen Sie, was? Mein Wagen steht weiter unten in der Straße. Warum besprechen wir die Einzelheiten nicht dort? Ich könnte mir vorstellen, dass es bald wieder regnet.« Er ging weiter, und ich hielt Schritt – ganz im Gegensatz zu meinen Gedanken.

»Moment mal.« Mir war plötzlich etwas aufgefallen. »Haben Sie nicht gesagt, Sie wären mir gefolgt? Mit dem Auto können sie das aber nie und nimmer getan haben.«

»Eine Übertreibung, ich gebe es zu. Sobald Sie in den Zug gestiegen waren, stand für mich fest, wohin die Reise ging. Hertz hängt die öffentlichen Verkehrsmittel jederzeit ab. Ich bin Ihnen zuvorgekommen.« (In mehr als nur einer Hinsicht, wie mir schnell klar wurde.) »Townley hat mir eine Menge von Hintergrundinformationen über die Alders gegeben und darüber, wie Sie da reinpassen. Ich hatte mir schon überlegt, wie ich Sie hierher lotsen könnte, wenn Sie nicht von selbst gekommen wären. Dass ich Sie als Mittelsmann brauchen würde, war mir von Anfang an klar. Ich meine, die Alders würden doch eine Mordsangst vor mir bekommen, wenn Sie nicht dabei wären und bei ihnen Händchen halten würden. Danke, dass Sie es mir erleichtern. Ihre Hilfe wird wirklich geschätzt. Dort ist der Wagen.«

Ein kleines dunkles Auto mit Hecktür stand weiter vorne, halb von Bäumen verdeckt, am Straßenrand. Ventress öffnete mir die Beifahrertür. Ich widerstand dem Impuls, es einfach darauf ankommen zu lassen und um mein Leben zu rennen, und stieg ein. Eines war mir bereits klar: Wenn ein Mann wie Ventress mich tot sehen wollte, sobald er alles andere erledigt hatte, dann würde er den Job erledigen und nicht mit der Wimper zucken.

Er ging um die Motorhaube herum, öffnete die Fahrertür und setzte sich neben mich. »Verflucht feuchtes Klima, das ihr hier habt, Lance. Mich wundert nur, dass euch noch keine Kiemen gewachsen sind. Hey, vielleicht haben ja die Alders welche, wo sie doch seit Ewigkeiten hier ansässig sind.« Er sah mich unverwandt an. »Ich habe nichts dagegen, wenn die Leute über meine Witze lachen.«

»Ist das eine Verpflichtung?«

Er stieß ein Lachen aus – einen tiefen, dröhnenden Laut, der offensichtlich echte Erheiterung ausdrückte. »Okay, lassen wir das Rumalbern. Was ich Ihnen zu erzählen habe, ist keine Gutenachtgeschichte. Es ist die Realität. Und die kann bisweilen ganz schön gefährlich werden. Sie haben den Brief gesehen, den Townley so dringend haben wollte?«

»Ja und nein. Ich habe den Umschlag gesehen.«

»Sie haben einen Blick auf den Poststempel geworfen?«

»Yeh.«

»Dallas, Texas, am berühmtesten Tag seiner Geschichte, richtig?«

»Richtig.«

»Ich habe meine eigenen Erkundigungen angestellt. Das muss man schließlich in meinem Geschäft. Es zahlt sich aus, sich abzusichern, denn man muss neben dem Honorar auch an die eigene Zukunft denken. Hashimoto war ein gängiger Auftrag, kein Schnickschnack, kurz und schmerzlos – meine Spezialität. Eric Townley war eine härtere Nuss, und das hätte ich mir zweimal überlegen sollen. Aber was soll's? Ledgister hat dafür eine fette Zusatzprämie springen lassen. Originell ist so eine Denkweise nicht, das muss ich zugeben. Werde wohl langsam alt. Na ja, ich möchte gern noch einige Jahre älter werden. Aber als Townley mich ansprach, wurde mir schlagartig klar, dass dieser Plan gefährdet ist. Ich habe mich umgehört und einige beunruhigende Antworten erhalten. Townley war einer von den Dallas-Jungs – das Team, das seinerzeit Kennedy abserviert hat, damals, '63. Na gut, in meinem Beruf landet man damit in der Ruhmeshalle. Aber es bringt einem nicht gerade das ein, was man einen beneidenswerten Status nennt. War es eine Verschwörung oder nicht? Ihr ganzes Leben lang und zwei Drittel von meinem ist darüber debattiert worden. Na gut, man müsste schon ein Einfaltspinsel sein, wenn man bezweifeln wollte, dass es eine war, aber Leute von der Sorte scheint es in rauen Mengen zu geben. Oder einfach nur sehr viele Herrschaften, die die Statistiken zur Sterblichkeit unter den Zeugen des Attentats studiert und die Lust verloren haben, gegen solche Zahlen anzugehen. Egal, das große Problem der Anhänger der Verschwörungstheorie ist, dass niemand die Hand gehoben und gerufen hat: Hey, Leute, klar doch, ich war dabei und erklär euch jetzt, wie das abgelaufen ist! Bei Gott und J. Edgar Hoover, mindestens einer davon müsste doch längst verzweifelt genug sein, um auszupacken. Aber nein! Kein einziger hat sich gerührt. Woran, glauben Sie, könnte das wohl liegen, Lance?«

»Die Angst war zu groß?«

»Um sich und ihre Familien? Damit wäre die Sache bei den meisten Beteiligten bestimmt erklärt. Aber wie ist das bei einem Einzelgänger, wie es in meiner Branche fast alle sind, der jetzt alt und todkrank ist, dem es am nötigen Kleingeld für eine Kunsthüfte fehlt oder was auch immer? Warum tritt der nicht vor die Öffentlichkeit – wegen Ruhm, Geld oder einfach nur so?«

»Nun? Warum nicht?«

»Weil er bereits tot ist. Tot und beerdigt. Die sind nämlich alle umgelegt worden. Wie so viele von den Zeugen auch. Geschlachtet, um die Herde zu retten. Die Killer sind selbst gekillt worden.«

»Außer Townley.«

»Er hatte es kommen sehen und sich beizeiten einen Fluchtweg zurechtgelegt. Er brauchte nur zu warten. Wir müssen uns vor Augen halten, dass er mehr war als nur ein Fußsoldat. In Japan war er ein hohes Tier und für die Anwerbung guter Leute zuständig. Menschenskind, vielleicht hat er sogar Oswald angeheuert, als der Bursche dort bei den Marines diente. Vielleicht war das in genau dieser Zeit, als Oswald sich am Rand der fragwürdigen Welt der Spionage verfangen hat. Jedenfalls waren er und Townley miteinander bekannt, so viel steht fest. Sie verstanden sich gut. Als Oswald Townley am Tag vor Kennedys Besuch in Dallas wiedersah – das ist jetzt eine Mutmaßung von mir, aber sie dürfte nach dem Stand der Dinge gar nicht so abwegig sein –, begriff er, was gespielt wurde. Oder vielleicht *wusste* er das bereits, nur nicht, dass Townley ebenfalls darin verwickelt war. Wie auch immer, er beschloss, Mayumi Hashimoto vor der Gefahr zu warnen, die ihr nach dem Anschlag als gemeinsame Bekannte von ihnen beiden drohen würde – oder als gemeinsame was weiß ich, was. Er hat ihr also einen Brief geschrieben und am Morgen des zweiundzwanzigsten November auf dem Weg zur Arbeit aufgegeben. Möglich ist auch, dass er mit dem Abschicken bis nach dem Attentat gewartet hat. Aber das ist nicht so wichtig, denn abgeschickt wurde er. Und seinetwegen sind wir jetzt hier.«

»Sie glauben, dass zu Townleys Fluchtplan das Geld aus dem Überfall auf den Postzug gehörte?«

»Dazu gehörte eine Unmenge von Geld. Zu verschwinden ist eine teure Angelegenheit, vor allem dann, wenn man obendrein seinen Beruf an den Nagel hängen muss. Aber er hatte die nötigen Mittel bereits beiseite gelegt. Dalton war ein Freund von ihm aus Westberliner Tagen, der in der britischen Unterwelt Kontakte geknüpft hatte und mit Informationen handelte. Ich könnte mir vorstellen, dass er Beziehungen zur Mafia – und sogar zur *yakuza* – hatte.« (Sofort drängte sich mir der Verdacht auf, dass der Besuch in Japan Dalton womöglich mehr eingebracht hatte als nur eine Porzellankatze.) »Wie auch immer, im Frühling '63 wurde Townley hierher geschickt. Offenbar sollte er peinliche Verbindungen zu dem sich abzeichnenden Profumo-Skandal und zu wichtigen Angehörigen des US-Geheimdienstes verschleiern, mit denen Townleys Gruppe zusammenarbeitete. Es ist schon komisch, wie sich auf einmal ein Zusammenhang zwischen all diesen Dingen herstellen lässt. Allerdings lohnt es sich nicht, sich damit aufzuhalten. Konzentrieren wir uns also auf diesen *einen* Punkt. Townley hatte bereits den Plan gefasst, sich aus dem Verkehr gezogenes Geld zu beschaffen, denn er hatte davon Wind bekommen, was für den Herbst vorgesehen war. Und Dalton hatte gerade einen heißen Tipp über Züge voller gebrauchter Geldscheine bekommen, die mit nur wenigen

Sicherheitsleuten durch das Land gekarrt werden sollten. Zählen Sie eins und eins zusammen, und was kriegen Sie? Motiv und Methode. Sie zogen den Coup durch – oder vielmehr, sie heuerten die Leute an, die ihn durchzogen. Aber sie steckten dahinter. Und das zählt.

Dalton hatte kurz zuvor die Wilderness Farm geerbt – ein schön abgelegener Ort, wo er und Townley alles in Ruhe planen und koordinieren konnten. Nur ein Jammer, dass irgendein Dorftrottel ein ungesundes Interesse an ihren Aktivitäten entwickelt hatte. Aber das störte Townley nicht allzu sehr, denn er hatte sowieso vor, einen dicken Schlussstrich unter das ganze Geschäft zu ziehen, sobald er das Geld hatte. Dalton vertraute ihm vermutlich, denn sie waren ja alte Freunde. Ein großer Fehler. Townley brachte ihn um, drehte es so hin, dass es nach Selbstmord aussah, sackte das Geld ein und ritt gemächlich in den Sonnenuntergang. Drei Monate danach, unmittelbar nach dem Ding mit Kennedy, hat er sein ganzes Dasein in einem schwarzen Loch versinken lassen.«

»Und warum hat er das nicht gleich getan – noch im August?«

»Kluge Frage, Lance, wirklich klug. Mir ist der gleiche Gedanke gekommen. Die Antwort ist Spekulation, aber sie hört sich sehr nach der Wahrheit an. Er glaubte an seine Mission. Ich bin überzeugt, dass es so war. Ihm war am Gelingen der Verschwörung gelegen, und er blieb noch, bis er das Seine zu ihrem Erfolg beigetragen hatte. Für ihn war das eine Glaubenssache – ein Ausdruck, der seine verquere Art des Patriotismus vielleicht am besten trifft. '63 gab es jede Menge Leute, die genauso dachten wie er. Aber wenige, die den Mut hatten, voll und ganz in so was einzusteigen, und den Verstand, sowohl zu durchschauen, was für ein Schicksal danach für ihn vorgesehen war, als auch es elegant zu vermeiden. Vor so einem Kerl ziehe ich den Hut. Er hat wirklich ein paar raffinierte Züge gemacht. Mit seiner Familie nach so vielen Jahren wieder Kontakt aufzunehmen, war allerdings nicht so raffiniert. Verständlich, das schon, aber doch riskant. Nicht, dass es was ausgemacht hätte – er galt ja seit langem als tot –, aber dann kam Ihr Freund Rupe Alder dazwischen. Typen wie der sind einfach unberechenbar.«

»Peter Dalton war sein Vater.«

Ventress stieß ein leises Pfeifen aus. »Ach ja? Sieh mal einer an! Hm, da fügt sich eines zum anderen. Rupe war losgezogen, um den Mörder seines Vaters zu erledigen. Wer war dann eigentlich Rupes Mutter?«

»Die jüngere der zwei Schwestern. Mil.«

Ein neuerliches Pfeifen. »Bebop-a-lula! Das wird ja immer schlimmer.«

»Yeh.«

»Na, kann sein, dass ich zur Abwechslung mal eine gute Nachricht für Mil habe – allzu viele wird sie in ihrem Leben wohl nicht gehört haben.«

»Was für eine?«

»Nun, es wird sie vielleicht freuen, das Ableben des Mörders ihres Liebhabers aus der ersten Reihe verfolgen zu dürfen.«

»Wie soll das gehen?«

»Ganz einfach. Während ich vorhin auf Ihr Erscheinen wartete, habe ich Townley angerufen. Ich habe ihm gesagt, nach der Explosion der Bombe im Auto wäre einiges schief gelaufen. Die Cops wären hinter mir her. Darum müsste ich ihn enttäuschen, was Sie und die Alders betrifft, und zusehen, dass ich das Land schleunigst verlasse. Er war nicht glücklich darüber. Er war sogar richtig *un*glücklich, aber er hat mir geglaubt. Meine Masche mit der Panik wirkt erstaunlich überzeugend. Jetzt nimmt er an, ich hätte ihn versetzt. Und bestimmt plant er schon, mich dafür büßen zu lassen. Fürs Erste wird er aber meinen Auftrag selbst erledigen.«

»Sie meinen...«

»Er wird persönlich kommen, um die Alders auszuschalten. Und Sie. Mein letzter Dienst für ihn war, ihm zu melden, dass Sie auf dem Weg hierher waren.«

»Das haben Sie ihm gesagt?«

»Klar. Damit seid ihr alle zusammen. So, was wird er jetzt machen? Nach San Francisco zurückfliegen und eine nur halb erledigte Sache hinter sich lassen? Wohl kaum. Nein, er wird hierher kommen. Das ist so sicher wie etwas in dieser von Zufällen bestimmten Welt nur sicher sein kann. Er wird kommen. Und ich werde warten.«

»Wann?« Ich starrte Ventress unverwandt an. Die Erkenntnis traf mich wie ein Blitzschlag: Er hatte einen Mechanismus in Gang gesetzt, den nichts mehr aufhalten könnte. »Wie bald?«

»Morgen Abend, schätze ich, spätestens übermorgen. Nicht schon heute Nacht. Er wird zuerst die Gegend bei Tageslicht erkunden wollen, und in Erfahrung bringen, wo er Sie finden kann. Der Aufenthaltsort der Alders ist natürlich eine bekannte Tatsache. Andererseits kennt er das Gelände nicht. Ich vermute, dass er '63 nie auf Penfrith gewesen ist. Das ist doch eine berechtigte Annahme, finden Sie nicht auch?«

»Was?« Mit einiger Verspätung dämmerte mir, dass Ventress aufrichtiges Interesse an meiner Meinung zeigte. »Nein, auf Penfrith war er bestimmt nie.«

»Gut. Er wird also wahrscheinlich morgen sehr früh London verlassen, am Nachmittag die Bruchbude der Alders auskundschaften und irgendwann nach Einbruch der Nacht seinen Zug machen.«

»Seinen ... Zug machen?«

»Seinen Dreifachschlag, Lance. Vierfach, Sie mitgerechnet. Die Uhr tickt. Wir haben nicht unbegrenzt Zeit zur Verfügung, aber wir haben genug.«

»Genug ... wofür genau?«

»Dafür, dass Sie die Alders überreden, zwei Gäste aufzunehmen. Nur für kurze Zeit.«

20

Warum gerade ich? Das war eine Frage, die beharrlich in mir hoch kroch, sobald dringendere Probleme in den Hintergrund rückten. Ich meine es wirklich ernst: Warum musste das alles ausgerechnet mich treffen? Was hatte ich getan, um so etwas zu verdienen? Angestrebt hatte ich es gewiss nicht. Wenn jemand versucht, im Verborgenen ein nutzloses Dasein zu fristen, unterstellt man ihm doch normalerweise nicht, er sei von dem Drang beseelt, sich mit Schwerstverbrechern anzulegen. Man kann auch vom falschen Ort zur falschen Zeit sprechen (ganz zu schweigen von der falschen – oder verheerenden – Wahl der Freunde). Ich neige an und für sich nicht zu Selbstmitleid, doch in diesem Moment wälzte ich mich geradezu darin. Oder, wie Les einmal zu mir gesagt hatte, als es mir zum x-ten Mal nicht gelungen war, in der Rennlotterie des Wheatsheaf auf das Siegerpferd zu setzen: »Manche Leute haben eben immer Glück, Lance. Das heißt, dass andere einfach das Pech anziehen.«

Mit Les Stammtischweisheiten auszutauschen, wäre mir heute Abend nur recht gewesen. Stattdessen verbrachte ich die Nacht eingesperrt im klammen Haus der Penfrith-Farm und gab mir alle Mühe, Win, Mil und Howard (und auch mich) vor dem Nervenzusammenbruch zu bewahren, während wir auf etwas warteten, auf dessen Eintreten ich mich nur geringfügig besser hatte vorbereiten können als sie.

Als Einzige von den dreien hatte Win unsere Lage klar erfasst. Sie hörte schweigend zu, als ich ihr erklärte, warum es vernünftig war, unser Vertrauen auf Ventress zu setzen – warum wir im Grunde keine andere Wahl hatten. »Die Polizei kann euch vor einem Mann wie Townley nicht schützen, Win, das kann nur jemand wie Ventress. Er weiß, was er tut. Er ist wirklich unsere einzige Hoffnung.«

»Wir können hier nicht weg«, sagte sie, als ich geendet hatte. Es klang, als verkündete sie einen unumstößlichen Fundamentalsatz ihrer Existenz. »Wenn durch Ruperts Verhalten Probleme unausweichlich sind, dann müssen wir uns ihnen stellen, auch wenn ich mir eigentlich nicht vorstellen kann, dass Townley tatsächlich vorhat, uns alle umzubringen.«

»Und ich kann mir das Gegenteil nicht vorstellen.«

»Du kennst den Mann. Du musst es besser wissen.«

»Es tut mir Leid, Win, wirklich.«

»Du kannst ja nichts dafür. Wenn jemand Fehler gemacht hat, dann wir. Und du bist in unsere Probleme reingezogen worden. Townley hat Rupert umgebracht, nicht wahr?«

»Ja.«

»Was spricht dann dagegen, den Mann aufzunehmen, der uns verspricht, Townley zu töten? Das Alte Testament hat die Sprache unseres Herzens schließlich festgeschrieben, Lance. Auge um Auge bedeutet ausgleichende Gerechtigkeit. Ich werde mit Mil sprechen und Howard erklären, dass er in seinem Zimmer bleiben muss. Danach kannst du Ventress holen.«

Die Schwestern schafften Howard in sein Zimmer und befahlen ihm, oben zu bleiben. Mil stimmte wie gewohnt allem zu, was Win für das Klügste hielt, auch wenn sie wahrscheinlich gar nicht ahnte, was ihr Einverständnis bedeutete. Sie war nach der Nachricht, dass Rupe, ihr geheim gehaltener Sohn, tot war, vom Schock immer noch wie betäubt und hatte die neue Entwicklung so gut wie nicht registriert. Sie sah mich unentwegt blinzelnd an und murmelte: »Das sind dunkle Tage, Lance.« (Was diesmal durchaus als scharfsinnige Beurteilung gelten konnte.) Bei Ventress' Eintreten sagte sie kein Wort, nahm aber sein höfliches »Evening, Ma-'am«, mit einem Nicken zur Kenntnis. Danach brachte sie uns Decken ins Wohnzimmer, wo wir, so gut wir konnten, schlafen sollten, und verzog sich nach oben in ihr Bett.

»Sie werden sie so nehmen müssen, wie sie ist, Mr Ventress«, sagte Win. »Wir sind Besucher nicht gewöhnt.«

»Vor allem nicht Besucher meiner Hautfarbe und meines Berufs, was, Ma'am?«

»Haben Sie eine Pistole?« Bei ihrer unverblümten Frage verschlug es mir die Sprache.

»Ja.«

»Und Sie sind ein Experte im Umgang damit?«

»Ich habe keine Zeugnisse dabei, Ma'am. Aber meine Dienste sind sehr gefragt. Das liegt daran, dass diese Dienste wirkungsvoll und zuverlässig erledigt werden.«

»Gut. Was sollen wir jetzt machen?«

»Nichts. Bleiben Sie im Haus, am besten oben, wenn möglich. Warten Sie einfach. Den Rest besorge ich.«

»Wie lange wird das dauern?«

»Nicht so lange, wie es Ihnen vielleicht vorkommen wird. Sind Sie geduldig?«

»Ja.«

»Und Ihr Bruder und Ihre Schwester?«

»Weniger. Aber die kriege ich schon in den Griff.«

»Und ich kriege Townley in den Griff. Okay?«

Win überlegte einen Moment lang. Dieser amerikanische Ausdruck gehörte nicht zu ihrem Alltagswortschatz, aber schließlich entschied sie, dass kein anderes Wort die Sachlage besser traf. »Okay«, erklärte sie mit Nachdruck.

Win brachte uns noch etwas zu trinken, um dann selbst ins Bett zu gehen und Ventress und mich den muffigen Freuden des Wohnzimmers zu überlassen. Meine Cola war mittlerweile durch einen Schuss Johnny Walker angereichert worden. Ich bot Ventress auch etwas an, doch er lehnte mit einem Hinweis auf die Prinzipien seines Berufs ab.

»Während der Arbeit rühre ich das Zeug nicht an, Lance. Eine ruhige Hand und ein klarer Kopf sind mein Schwert und mein Schild.«

»Haben Sie nicht gesagt, er würde heute nicht mehr kommen?«

»Das wird er auch nicht. Aber ich bereite mich auf seine Ankunft vor.«

»Und bis dahin bleiben wir einfach in Deckung?«

»So ist es.«

»Meine Eltern leben nur eine Straße weiter. Meinen Sie, ich...?«

»Nein.«

»Ich könnte sie dazu bringen, zu meiner Schwester nach Cardiff zu fahren.«

»Ach, könnten Sie das?« (Nun, es war vermutlich noch zweifelhafter, als Ventress vielleicht dachte. Wenn ich meinem Vater erzählte, was los war – was *wirklich* los war –, würde er wohl eher die Polizei alarmieren, als bei Diane und Brian Zuflucht suchen.) »An ihnen hat Townley kein Interesse, Lance. Sie sind nicht in Gefahr. Aber wenn Sie ihnen erzählen, dass was passieren könnte, würden wir womöglich alle Vorteile verlieren. Townley braucht nur den Braten zu riechen, und wir landen in der Kanalisation. Alles, aber auch wirklich alles, muss absolut normal wirken. Solange die Alders für sich bleiben, passt das wunderbar ins Bild, und nur so kann ich ihm diese Falle stellen. Aber dazu ist es erforderlich, dass alle – Sie und die Alders – sich bedeckt halten. Okay?«

»Okay.«

»Versuchen Sie, sich zu entspannen.«

»Sie haben gut reden.«

»Vertrauen Sie mir. Ich weiß, was ich tue.«

»Townley auch.«

»Er ist alt und eingerostet. Ich bin ihm gegenüber im Vorteil, glauben Sie mir. Vor siebenunddreißig Jahren wäre das was anderes gewesen, aber das ist eben siebenunddreißig Jahre her.«

»Wie viel wissen Sie über die Ereignisse von damals?«

»Nur das, was ich Ihnen gesagt habe.«

»Aber es *war* eine Verschwörung.«

»Wenn Sie es so nennen wollen, von mir aus. Wer in der amerikanischen Politik zu heftig in eine bestimmte Richtung drängt, wird zurückgedrängt. Das war nicht das erste Mal. Zuvor diente der Kalte Krieg unter McCarthy nur dazu, die Befürworter des Rückzugs aus dem Koreakrieg mundtot zu machen. Und später ist es wieder geschehen. Mit Watergate ist Nixon der Boden unter den Füßen weggezogen worden, als er angefangen hatte, mit Breschnew und dem Großen Vorsitzenden Mao Kontakte aufzunehmen. Und was Kennedy betrifft, na ja, es ist eine bekannte Tatsache, dass er vorhatte, die Truppen aus Vietnam abzuziehen. Und genauso wissen wir, dass diese Pläne zurückgenommen wurden, noch ehe er in seinem Grab lag. Verschwörung – oder das System? Suchen Sie es sich aus. Aber denken Sie dran: Selbst wenn Townley Rupes Forderungen nachgegeben hätte und an die Öffentlichkeit getreten wäre, irgendwann wäre die Geschichte trotzdem abgewürgt worden. Lange geht so was nie gut. Im Zentrum der Macht kann niemand sein eigenes Licht lange zum Leuchten bringen. So funktioniert das einfach nicht.«

»Wie funktioniert es dann?«

»So, wie Sie es sehen, Lance. Einfach so, wie Sie es sehen. Durch das, was hier geschieht, ändert sich rein gar nichts. Außer für Sie, mich und die Alders. Und für Townley. Hier wird es einen Abschluss geben, ob so oder so. Aber draußen in der Welt findet nichts statt. Die Anhänger einer Verschwörungstheorie werden den Zapruder-Film weiter Bild für Bild analysieren und immer näher rangehen, bis alles ineinander verschwimmt. Diejenigen, die uns das Gegenteil klarmachen wollen, werden weiterhin behaupten, dass all die Zufälle, Widersprüchlichkeiten und Unmöglichkeiten die Summe Null ergeben. Nichts wird sich jemals ändern. Nicht eine gottverdammte Einzelheit.«

»Rupe glaubte, er könne etwas bewegen.«

»Yah. Und wo ist er jetzt?«

»Sie haben nicht gerade ein optimistisches Weltbild, Gus, hm?«

»Klar habe ich eines!« Er grinste. »Es wird das Weltbild der Überlebenskünstler genannt. Und, wetten, dass es auch bald das Ihre ist – wenn hier alles vorbei ist.«

Ventress nahm sich den Sessel, versicherte mir aber, dass er in der Nacht nur dösen und bei jedem verdächtigen Geräusch sofort hellwach sein würde. »Ich habe einen leichten Schlaf, Lance, und ein Gehör wie eine Eule. Das heißt, dass Sie ruhig schlafen können. Bis morgen werden Sie nichts hören.«

Die Türen wurden zugesperrt, die Fenster verdunkelt – und ich wollte mich nur zu gern auf Ventress' blitzschnelle Reaktionen verlassen. Dennoch klappte es mit seiner beruhigenden Behauptung nicht ganz. Dabei stellte das durchgesessene Sofa der Alders nicht das eigentliche Problem dar (obwohl es an sich sehr wohl eines war). Ich war schlichtweg zu nervös, zu aufgewühlt von einem Gewirr von Wünschen und Unwägbarkeiten, als dass eine gesunde Nachtruhe eine realistische Option gewesen wäre.

Irgendwann muss ich trotzdem eingeschlafen sein, denn ich fand mich im Wheatsheaf wieder, in das mich nur ein Traum hätte befördern können. Ich stand am Tresen und trank in geselligem Schweigen, während Les die Zapfhähne polierte und völlig falsch »Oh what a beautiful morning« pfiff, als plötzlich eine Gestalt neben mir auftauchte. Es war Rupe. »Ich suche Lance Bradley«, sagte er, an Les gewandt. »Hast du ihn gesehen?« »Nein«, erwiderte Les. »Er kommt nicht mehr hierher.« »Was redet ihr da?«, rief ich. »Ich stehe direkt vor euch!« Doch keiner hörte mich. Keiner sah mich. Für sie existierte ich einfach nicht. »Ich bin's!«, schrie ich. »Um Himmels willen...!«

»Albtraum?«, fragte Ventress am anderen Ende des verdunkelten Zimmers, als ich mit einem Ruck hochfuhr. »Es hat ganz danach geklungen.«

»O Gott, ja. Tut mir Leid. Habe ich etwa im Schlaf gesprochen?«

»Nichts, was einen Sinn ergeben hätte.«

»Immerhin etwas. Wie spät ist es?«

»Kurz nach fünf. In zwei Stunden oder so wird es hell.«

»Und wie geht es dann weiter?«

»Wir frühstücken, Lance.«

Zum Frühstücken kamen wir nicht mehr. Ich verfiel wieder in einen unruhigen Halbschlaf, bis ich Ventress' schwere Hand an meiner Schulter spürte. Durch die Vorhänge in seinem Rücken sickerte graues Zwielicht herein, doch er hatte etwas merkwürdig Angespanntes an sich, das mir auf Anhieb verriet, dass er mich nicht geweckt hatte, um mich zu fragen, ob ich den Tag mit einem Kaffee beginnen wollte.

»Stimmt was nicht?«

»Nichts Dramatisches. Es ist nur dieser bekloppte Bruder. Er ist vor ein paar Minuten in die Küche runtergekommen. Und nicht wieder in sein Zimmer gegangen.«

»Win hat ihm doch gesagt, dass er oben bleiben soll.«

»Sieht so aus, als wäre er nicht so gehorsam, wie sie glaubt. Wahrscheinlich will er den Kühlschrank plündern. Aber möchten Sie nicht mal nachsehen? Wenn er mich sieht, kriegt er vermutlich eine Höllenangst.«

»Okay.« Ich rappelte mich auf, stieg in meine Schuhe und trat in den Flur. Die Küchentür war geschlossen. Es schien auch kein Licht durch die Ritzen. Im Näherkommen hörte ich von der anderen Seite ein Quietschen und Klappern. Was, zum Teufel, machte Howard da nur? Ich packte die Klinke und stieß die Tür weit auf.

Ich kam gerade noch rechtzeitig, um ihn durch die nach oben geschobene Hälfte des Fensters neben dem Herd klettern zu sehen. Die Hintertür war zugesperrt, der Schlüssel im Wohnzimmer verwahrt. Aber davon hatte er sich nicht aufhalten lassen. Er lief weg, Gott allein wusste, warum.

»Howard!«, schrie ich. »Warte!«

Er blickte zurück, aber es war zu dunkel, um seinen Gesichtsausdruck zu erkennen. Und warten wollte er nicht. Für den Bruchteil einer Sekunde kauerte er auf dem Fensterbrett, dann sprang er auf den Pfad hinunter, der um das Haus führte.

Ich rannte zum Fenster und beugte mich hinaus. »Howard!«, rief ich. Seine schemenhafte Gestalt bewegte sich nach links. Und bevor ich mich umdrehen konnte, verschwand sie um die Ecke. In der Annahme, dass er zur Straße strebte, jagte ich zurück, um den Schlüssel im Wohnzimmer zu holen. Howard durch das Fenster zu folgen, hatte wohl wenig Sinn. Der Weg über die Vordertür wäre der schnellere, sagte ich mir.

Ventress hatte dieselbe Berechnung angestellt. Als ich den Flur erreichte, sperrte er bereits auf. »Wir müssen ihm den Weg abschneiden, Lance!«, rief er. »Ausflüge ganz allein im Morgengrauen sind im Spielplan nicht vorgesehen.« Er öffnete die Tür. »Ich decke Ihnen den Rücken.«

Mir schwirrte der Kopf von der durchaus ambivalenten Bedeutungen von Ventress' Bemerkung, aber ich stürzte sofort zur Tür hinaus. Der Rhododendron nahm mich raschelnd in Empfang. Weiter vorne bewegten sich Schatten. Es war Howard, der irgendetwas zur Straße schob. Dann hörte ich das Klappern einer Fahrradkette und begriff, was er vorhatte. »Bleib stehen, Howard! Ich muss mit dir sprechen!«

Zu spät. Er saß schon im Sattel und trat mit aller Kraft in die Pedale, als ich die Straße erreichte. Ich rannte ihm nach und holte tatsächlich auf, doch dann sprang die Gangschaltung mit einem Klicken um, und er raste davon, um sogleich im Schatten der Bäume zu verschwinden, die die Straße überwucherten. Ich blieb keuchend stehen. Jetzt erst merkte ich, dass es in Strömen regnete. Ich war tropfnass. Ich lauschte noch einen Moment lang in die Dunkelheit, doch inzwischen war Howard außer Sicht- und Hörweite, dann wandte ich mich um und eilte zum Haus zurück.

Die Tür ging auf, als ich sie erreichte. Ventress trat beiseite, um mich hereinzulassen, und schloss sie hinter mir.

Mittlerweile brannte im Flur die Lampe, und in ihrem grellen Licht sah ich Win am Fuß der Treppe stehen. »Hat er sein Rad genommen, Lance?«, fragte sie mich, ohne zu zögern.

»Yeh.«

»Er hat es in der Scheune neben dem Brennholz stehen. Ich hätte es gestern ins Haus schaffen sollen.«

»Wollen Sie etwa sagen, dass Sie das geahnt haben, Ma'am?« Ventress' Stimme verriet eine Spur von Gereiztheit.

»Nein. Aber ich hätte vielleicht daran denken sollen. Ich habe ihm zwar nicht gesagt, dass Rupert tot ist, aber wenn er uns gestern Abend belauscht hat...«

»Wo ist er hin?«

»Das kann ich nicht sagen. Er fährt überall hin, wenn ihn die Lust dazu packt. Natürlich hat er seine Lieblingsstellen, aber...«

»Welches *sind* seine Lieblingsstellen, Win?«, schaltete ich mich hastig ein.

»Ach... da wäre zum Beispiel... die Ashcott Heath.«

»In Richtung der Wilderness Farm, meinst du?«

Win ließ den Kopf sinken. »Ja.«

»Wir müssen ihn erwischen, Lance«, drängte Ventress. »Nehmen Sie den Wagen und bringen Sie ihn zurück. Egal, wie.«

»Dann begleite ich dich wohl besser« sagte Win. »Auf mich wird er hören.«

Ventress stöhnte. »So ein beschissenes Durcheinander...!«

»Die Zeit ist auf unserer Seite, Gus«, redete ich ihm zu. »Das haben Sie selbst so gesagt.«

»Na gut. Nehmen Sie sie mit. Aber vergeuden Sie nicht den ganzen Morgen damit. Und versuchen Sie, keine Aufmerksamkeit zu erregen.«

»Es gießt wie aus Kübeln und ist noch stockdunkel. Niemand, der auf uns achten könnte, wird unterwegs sein.«

»Hoffentlich haben Sie Recht.« Er zog den Autoschlüssel aus der Hosentasche und warf ihn mir zu. »Machen Sie schnell!«

Howard war die Hopper Lane hinunter in westlicher Richtung gefahren. Demnach konnte die Wilderness Farm durchaus sein Ziel sein. Ich war zuversichtlich, dass wir ihn mit dem Wagen einholen würden, noch ehe er die Bridgewater Road erreicht hatte. Win teilte meine Zuversicht nicht. »Er kennt hier sämtliche Abkürzungen und Trampelpfade. Auf den Wegen, auf denen er fährt, wirst du ihm mit dem Auto nicht folgen können.«

Ziemlich bald erwies sich, dass sie Recht hatte. Weder auf der Brooks Road noch weiter draußen auf der A39, wo der Morgenverkehr langsam, aber stetig einsetzte, entdeckten wir eine Spur von ihm. Wenn Howard auf geheimen Wegen gefahren war, konnten wir nur bei der Wilderness Farm auf ihn warten.

»Sie züchten dort jetzt Schweine«, sagte Win, während wir durch den Regen und die allmählich dünner werdende Finsternis preschten. »Kein Vergleich mit damals.«

»Warum fährt Howard dann noch hin?«

»Ob sich die Zeiten geändert haben oder nicht, die Vergangenheit ist alles, was er hat.«

Einige der Felder am Straßenrand standen unter Wasser, auf anderen bildeten sich Teiche, und die Furchen waren randvoll. Vorbei an durchweichten Obstgärten, Torfstichgebieten und all den jetzt unsichtbaren Wegweisern aus Howards (wie auch Rupes und meiner) Kindheit fuhren wir weiter auf der Straße von Meare nach Ashcott in nördlicher Richtung.

Wir überquerten den South Drain und die stillgelegte Somerset-Dorset-Strecke. Rechts von uns war einmal der Bahnsteig gewesen, auf dem Howard völlig arglos seinen Schnappschuss von Townley gemacht hatte. Jäh kam mir in den Sinn, dass sich ausgehend von diesem einen banalen Ereignis, der Kreis jetzt schloss.

Am Ende der Zufahrt zur Wilderness Farm hielt ich am Wegrand an. Die Gebäude, die ich von früher her in Erinnerung hatte, und die seitdem neu hinzugekommenen Schweineställe waren hinter der in die Höhe geschossenen Hecke zu erkennen. Aus einem zerschlagenen, verwundeten Himmel regnete es in Strömen. Es war kein Morgen für Ausflüge – schon gar nicht mit dem Fahrrad.

»Wie viel bekommt Howard eigentlich mit, Win?«, wollte ich wissen. »Ich meine, ist es so, dass er zur Kommunikation einfach nicht in der Lage ist? Oder gibt es von vornherein nichts, das er mitteilen könnte? Ich war mir da nie sicher.«

»Howard kann keine neuen Ereignisse verarbeiten – oder sich an neue Leute erinnern. Aber seine Erinnerungen an die Zeit vor dem Unfall sind ungetrübt. Darum kennt er dich als Ruperts Freund. Und er kennt diese Farm als den Ort, wo Peter Dalton gestorben ist.«

»Bedeutet das, dass er Stephen Townley erkennen würde?«

»Er würde wissen, wer Townley war. Ob er ihn erkennen würde, kann ich nicht beurteilen. Hat sich Townley sehr verändert?«

»So, wie sich Menschen in siebenunddreißig Jahren eben verändern.«

»Dann ist das zu bezweifeln. Aber wenn er uns über Townley reden gehört hätte...«

»Hätte er gewusst, um wen es ging?«

Win nickte. »O ja, das nehme ich stark an.«

Zwanzig Minuten schlichen dahin. Widerstrebend hellte sich der Himmel auf, doch der Regen ließ nicht nach. Und von Howard fehlte noch immer jede Spur.

Ich wollte gerade zum x-ten Mal in die vom Regen verhangene Ferne spähen, als Win mich plötzlich am Arm packte. »Etwas ist geschehen«, verkündete sie.

Ich fuhr zu ihr herum. »Was meinst du damit?«

»Howard ist was zugestoßen. Das spüre ich.«

»Du spürst es? So wie bei Rupe?«

»Ja.«

»Aber... wo denn? Wo ist es geschehen?«

»Das weiß ich nicht. Ich weiß nur, dass es passiert ist.«

»Wo hätte er noch hinfahren können?«

»*Ich weiß es nicht!*« Sie überlegte einen Moment lang. »Ich bin sicher, dass es in Zusammenhang mit einem der Ereignisse steht.«

»Und wo könnte das sein?«

»Na ja, wenn er uns belauscht hat, wird er uns über Peter, Mil... und Mutter... und Vater reden gehört haben.« Plötzlich weiteten sich Wins Augen vor Entsetzen. »Er könnte zur Cow Bridge gefahren sein, wo er Vater gefunden hat.«

Ich ließ den Motor an.

»Das war auch an einem Novembertag.«

Ich fuhr in nördlicher Richtung nach Meare und von dort auf der alten Landstraße weiter ins südöstlich davon gelegene Glastonbury. Mehr und mehr Autos waren jetzt unterwegs, und in Glastonbury herrschte die lokale Variante des Stoßverkehrs. Weil die Umgehungsstraße ziemlich verstopft aussah, zog ich den Weg mitten durch die verwinkelten Gassen des Ortskerns und um die Kathedrale herum vor.

Vom Stadtrand war es noch eine halbe Meile zur Cow Bridge. Ich konnte ihren Bogen bereits am Ende der geraden, flachen Straße sehen und trat aufs Gas. Unvermittelt schnappte Win nach Luft. »Da ist sein Fahrrad!« Sie zeigte mir die Richtung, und dann sah ich es auch. Es stand gegen die Brüstung gelehnt. Für mich war es nichts als ein Rad, aber es lag mir fern, Wins Urteil über die Eigentümerschaft in Frage zu stellen.

Kurz vor der Brücke hielt ich an und wollte schon aussteigen, als ein Lastwagen vorbeidonnerte. Win war auf ihrer Seite bereits aus dem Auto gesprungen, und ich beobachtete, wie sie sich in ihrer Eile, zu dem Fahrrad zu kommen, einen Weg durch den dichten Verkehr bahnte.

Als ich sie erreichte, stand sie gegen die Brüstung gestützt da und richtete den Blick auf den angeschwollenen braunen Brue, der sich westwärts nach Clyce Hole und zur Pomparles Bridge wälzte, wo die A39 den Fluss überquerte.

»Er ist verschwunden«, sagte Win, ohne sich zu mir umzudrehen.

»Was?«

»Der Fluss hat ihn sich geholt. So wie er sich Vater geholt hat.«

»Das kannst du doch nicht wissen!« Wirklich nicht? Win kannte Howard besser als ich. Und wenn sie Recht hatte, würde Howard nie wieder auftauchen. Der normalerweise so träge Brue war über Nacht ein reißender Strom geworden. »Wahrscheinlich ist er bloß spazieren gegangen.«

»Nein. Ich habe dasselbe gespürt wie bei Rupert. Mein Gefühl hat mich damals nicht getrogen, und es trügt mich heute genauso wenig. Wir haben Howard verloren.«

»Wir können ja zur Pomparles Bridge fahren und sehen, ob er dort rumläuft.« Es klang nicht einmal in meinen Ohren überzeugend. Auf den Feldern längs des Ufers war mehr Wasser als Gras zu sehen. Howard würde waten müssen, nicht laufen. Es sei denn, natürlich, er wäre längst ertrunken.

Von der Stelle, an der er das Rad zurückgelassen hatte, mitten über dem Fluss, wäre es für jeden, außer vielleicht für einen bärenstarken Schwimmer, ein kurzer Sprung in ein langes Jenseits gewesen. Und soviel ich wusste, konnte Howard gar nicht schwimmen.

»Ich muss zurück nach Penfrith und es Mil sagen.« Win wandte sich vom Fluss ab, und ich sah in ihrem Gesicht die Gewissheit. »Jetzt sind nur noch wir zwei übrig.«

In ihrer gegenwärtigen Verfassung war Win keinen Argumenten zugänglich. Dass ihr Bruder tot war, stand für sie unverrückbar fest. Wir gingen wieder zum Wagen und traten den Rückweg nach Street an. Wie würde es weitergehen, sobald wir Penfrith erreicht hatten? Ich brachte einfach nicht die Kraft auf, mir das auszumalen. Unter diesen Umständen konnten wir es uns kaum noch leisten, einfach den Kopf einzuziehen. Aber was blieb uns anderes übrig? Wenn wir die Polizei einschalteten, würde Ventress' Falle zuschnappen, bevor die Beute sich gezeigt hatte. Und Polizisten waren das Letzte, was ich jetzt brauchen konnte. Doch ich konnte Howard nicht einfach seinem Schicksal – ob im Wasser oder sonstwo – überlassen. Ich musste etwas tun.

Was dieses Etwas sein würde, begriff ich erst in Street, als wir die Crispin School (in der Rupe und ich einen beträchtlichen Teil unserer Jugend gemeinsam verbracht hatten) passierten und in die Somerton Road bogen. »Wieso hältst du an?«, blaffte Win, als ich vor einer Telefonzelle in eine Parkbucht fuhr und ausstieg. Ich gab mich erst gar nicht mit einer Antwort ab.

Ich wählte die Nummer 999 und ließ mich mit der Polizei verbinden. »Ich glaube, bei der Cow Bridge ist ein Mann in den Brue gefallen, und zwar an der Straße nach Butleigh südlich von Glastonbury. Der Fluss führt Hochwasser und...«

»Wir wissen, was am Fluss los ist, Sir.«

»Gut. Äh, Sie müssen die Ufer westlich der Brücke absuchen, falls...«

»Könnte ich Ihren Namen haben, Sir?«

»Mein Name tut nichts zur Sache. Dieser Mann ertrinkt vielleicht gerade.«

»Haben Sie ihn reinfallen sehen, Sir?«

»Suchen Sie ihn einfach, bitte. Er ist nicht ganz richtig im Kopf. Stark unfallgefährdet. Er braucht Hilfe.«

»Demnach kennen Sie ihn, Sir?«

»Tun Sie einfach was, um Himmels willen!«

»Von wo rufen Sie...?«

»Es hat keinen Zweck«, erklärte Win, als ich wieder einstieg. »Für Howard kommt jede Hilfe zu spät.«

»Das wissen wir nicht.«

»Ich schon. Mir ist jetzt alles klar. Als er begriff, dass Rupe tot ist, hat er beschlossen, zur Cow Bridge zu fahren und seinem Leben ein Ende zu setzen. Wie ich dir gesagt habe: Seine Erinnerung an die damalige Zeit ist klar.« (*War* klar, hätte sie ihrer eigenen Logik nach sagen sollen, aber darauf wollte ich sie nicht hinweisen.) »Er weiß, was er getan hat – und wozu es geführt hat. Vor allem dort.«

»Dort?«

»Bei der Cow Bridge, wo Vater gestorben ist. Howard wird seine Schuld nie vergessen haben.«

»Howards Schuld? Wovon redest du?«

»Nicht nur seine, auch die von Mil. Und meine, weil ich die Lüge habe entstehen lassen. Aber Howard traf sie am härtesten.« Ihre Worte kamen zunächst stockend, fast verträumt. »Ihn traf immer alles am härtesten.« (Jetzt hatte die Vergangenheit sich vollends eingeschlichen.)

»Was meinst du damit, Win?«

»Ich hätte Rupert schon längst die Wahrheit sagen sollen, dann wäre nichts von all dem passiert. Jetzt, wo beide tot sind, kann es keinem von ihnen mehr weh tun. Rupert war sein Sohn, Lancelot. Howards Sohn von seiner eigenen Schwester.«

Zuerst begriff ich nicht, was Win da sagte. Als es dann durchsickerte, konnte ich es nicht glauben. Und die Fassungslosigkeit muss sie mir deutlich angesehen haben.

»Mil war in Peter Dalton verliebt, aber er hat sie keines Blickes gewürdigt. Howard war trotzdem eifersüchtig. Und er hatte seit seiner Kindheit einen Defekt. Da sind seine Gefühle mit ihm davongaloppiert. Er hat sich ihr aufgezwungen. Mil hat mir später erzählt, wie das geschehen ist, als sie mir beichtete, dass sie sein Kind in sich trug. Aber was hätte sie tun können? Ihren Bruder als ein abscheuliches Ungeheuer hinstellen, wo er doch in Wahrheit bloß ein unterbelichteter armer Kerl war, der sich nicht beherrschen konnte? Mutter und Vater hatte sie gesagt, Peter hätte sie geschwängert, weil Peter damals schon tot war und es nicht mehr abstreiten konnte. Die Porzellankatze, die er ihr angeblich geschenkt hat, hat sie bei einem Trödler auf dem Markt von Glastonbury gekauft. Dass er sie ihr aus Japan mitgebracht hätte, hat sie nur deshalb behauptet, weil seine Mutter ihr einmal erzählt hatte, dass er dort war, und weil die Katze unten japanische Schriftzeichen hatte. Damals hielt ich es für besser, Peter die Schuld zu geben, statt unsere Familie durch die Wahrheit zu ruinieren. Aber ich hatte Unrecht. So oder so stand Zerstörung bevor. Nachdem Mutter Mil nach Bournemouth gebracht hatte, bekam Howard Angst und Gewissensbisse. Schließlich beichtete er Vater, was er getan hatte. Ich selbst hatte Vater nie ins Gesicht lügen können. Als er mich fragte, was ich darüber wusste, sagte ich es ihm. Danach habe ich nicht mehr mit ihm gesprochen. Das war am Abend, bevor er ertrunken ist. Fast auf den Tag genau vor siebenunddreißig Jahren.«

Ich starrte das über die Windschutzscheibe strömende Wasser an. Und plötzlich lachte ich. Diese Geschichte war, auf ihre eigene Weise, nur komisch, auch wenn mir, weiß Gott, nicht zum Lachen war. Auf der Suche nach dem Mörder seines Vaters war Rupe an den Falschen geraten. Das heißt, nicht den falschen Mörder, aber den falschen Vater.

»Da gibt's doch nichts zu lachen, Lancelot.«

»Wirklich nicht? Wäre es dir lieber, ich würde jetzt heulen und mit den Zähnen knirschen? Lass mich eines auf die Reihe kriegen, Win: Deine Mutter hat Rupe gesagt, Peter Dalton sei sein Vater, weil sie glaubte, er hätte ein Recht, es zu erfahren. Aber was sie ihm gesagt hat, war eine Lüge, die du zusammen mit Mil ausgeheckt hast, um Howard zu schützen.«

»Um uns alle zu schützen.«

»Dann ist euch das aber nicht so gut gelungen, hm? Euer Vater ist ins Wasser gegangen, und jetzt nimmst du wohl an, dass Howard es ihm gleichgetan hat. Rupe ist auch tot. Und du und Mil habt – übrigens zusammen mit mir – panische Angst vor einem skrupellosen Mörder. Weißt du auch den Grund? Ich meine, weißt du den genauen Grund? Weil der Sündenbock für Mils Schwangerschaft zufällig der Komplize eines Mannes war, der nebenbei auch noch ein Attentat auf den Präsidenten der Vereinigten Staaten plante und vorhatte, ungeschoren davonzukommen. Lass uns diesen letzten Punkt nicht vergessen. Er beabsichtigt nämlich, auch weiterhin ungeschoren davonzukommen. Und das bedeutet, dass er dich, Mil und mich *beseitigen* muss. Ist das nicht toll? Bringt das dein Herz nicht zum Singen?«

Win starrte mich mit einer Mischung aus Entsetzen und Abscheu an. Da ich mich nie zuvor näher zum Geheimnis aller Geheimnisse geäußert hatte, das Townley unter Verschluss zu halten suchte, begriff sie wohl erst in diesem Moment das ungeheure Ausmaß der kleinen Lüge, die Mil und sie damals im Sommer 1963 ausgeheckt hatten, als Rupe und ich noch gar nicht geboren waren. Doch sie sagte nichts, nicht ein Wort. Vielleicht gab es für sie einfach nichts mehr zu sagen.

Ich ließ den Motor an und reihte mich in den Verkehr ein.

Als ich den Wagen in der Hopper Lane an derselben Stelle parkte, von der ich ungefähr eine Stunde zuvor weggefahren war, hatte ich immer noch keinen blassen Schimmer, was ich Ventress sagen sollte – welches weitere Vorgehen ich ihm nach Howards Verschwinden vorschlagen konnte. Der Regen prasselte immer noch vom Himmel, doch weder Win noch ich beeilten uns auf dem Weg zurück zum Haus Penfrith. Dabei hätte uns eigentlich ein Gefühl der Dringlichkeit vorwärts treiben müssen. Ich war inzwischen jenseits von Angst und Verblüffung. Stattdessen war ich in eine fatalistische Lethargie verfallen. Ich bewegte mich nur noch deshalb in die Richtung, in die mich jetzt meine Füße trugen, weil mich – bislang – nichts aufgehalten hatte. Und was Win betrifft, ich brachte nicht einmal die Neugierde auf, darüber nachzusinnen, was sie denken mochte.

Ich öffnete die Haustür, und Win folgte mir ins Haus. Eigentlich hatte ich vage damit gerechnet, dass Ventress im Flur auf uns warten würde, doch dort war er nicht. Auch Mil nicht. »Gus?«, rief ich. Keine Antwort. »Mil?« Immer noch nichts. Ich ging weiter zur Küche und stieß die Tür auf.

Und dort war Ventress. Die Arme und Beine ausgestreckt, lag er auf dem Boden, mit einem Ausdruck milden

Erstaunens auf dem Gesicht und einem runden Einschussloch mitten in der Stirn. Auf den Bodenfliesen unter seinem Kopf hatte sich Blut gesammelt, daneben eine Lache aus etwas, das nach schwarzem Kaffee aussah. Tatsächlich lag neben seiner linken Hand eine zerborstene Tasse, und sein linker Zeigefinger war noch immer um den Henkel gekrümmt. Seine Pistole schien spurlos verschwunden. Dann fielen mir am Fenster neben der Spüle Sprünge auf, die von einem Loch in der Scheibe ungefähr in Mannshöhe ausgingen. Unwillkürlich kam mir der wenig hilfreiche Gedanke, dass er sich doch noch einen Schuss Johnnie Walker in seinem Kakao hätte gönnen können.

Win, die an meiner Schulter stand, starrte Ventress' Leiche ebenfalls fassungslos an. »Wo ist Mil?«, flüsterte sie dicht an meinem Ohr.

»Oben.«

Eine Stimme hinter uns. Wir fuhren herum. Im Flur stand zwischen uns und der Haustür Stephen Townley. Rechts von ihm klaffte die jetzt offene Wohnzimmertür. Townley trug Jeans und eine braune Lederjacke. An der Jacke klebten noch immer Wasserperlen. Auch an dem Pistolenlauf, den er auf uns richtete, hingen Regentropfen. Seine blauen Augen funkelten. Er sah jünger aus als bei unserer Begegnung in London, er war wieder voll in seinem Element. Und er genoss dieses Gefühl.

»Ich hatte mich gefragt, wann Sie zurückkommen würden. Jetzt bin ich froh, dass ich nicht zu lange warten musste.«

»Was haben Sie mit meiner Schwester gemacht?«, fragte Win, merkwürdig unbeeindruckt von der Tatsache, eine Pistole auf sich gerichtet zu wissen.

»Sie können nach oben gehen und sie anschauen, Miss Alder. Ich habe nichts dagegen. Lance und ich müssen ohnehin ein, zwei Dinge miteinander besprechen. Aber die brauchen

Sie nicht zu interessieren. Gehen Sie ruhig.« Er trat höflich zur Seite.

Mit einem flüchtigen Blick in meine Richtung stakste Win an ihm vorbei, dann erklomm sie zögernd die Treppe.

»Rückwärts gehen, Lance«, sagte Townley, und deutete mit dem Kinn in die Küche. »Aber passen Sie auf, dass Sie nicht stolpern.« Ich wich sechs Schritte zurück, bis ich die Herdstange im Rücken spürte. »Das reicht.« Er trat in die Tür.

»Wir haben nichts zu besprechen.« Ich wunderte mich über mich selbst, weil ich nun, da es keinen Ausweg mehr gab, so ruhig blieb. »Warum ziehen Sie es nicht einfach durch?«

»Dafür spräche einiges. Aber ich bin meinem Zeitplan voraus, und ganz gewiss dem von Ventress. Er hatte mich bestimmt nicht so bald erwartet. Was Howard betrifft, nun, wer weiß schon, was er erwartet hat?«

»Was wissen Sie über Howard?«

»Er hat es mir erleichtert, weil er zu so früher Stunde bei Hochwasser einen Spaziergang an einem Flussufer unternommen hat. Mehr als ein kleiner Stoß war nicht nötig.« (Ihr Gefühl hatte Win also nicht getrogen, nur hatte sie den falschen Schluss gezogen: Howard hatte es seinem Vater nicht freiwillig gleichgetan.) »Nun, während Win – bis zu ihrer baldigen Wiedervereinigung – ein paar Gebete für ihre verblichene Schwester aufsagt, würde ich gern eines wissen, Lance: Worum ging es überhaupt? Warum wollte Rupe mir ans Leder?«

»Es war ein Fehler.«

»Ein Fehler?«

»Yeh. Er dachte, Sie hätten seinen Vater umgebracht.«

»Ich kannte seinen Vater nicht einmal.«

»Eben. Ein Fehler.«

»Ein verdammt weit reichender.«

»Sie sagen es. Aber apropos weit reichend: Warum sagen Sie mir nicht, was hinter der Sache in Dallas steckt, die Sie durchzuziehen geholfen haben. Ich meine, die Leute erinnern sich doch alle, wo sie waren und was sie gerade machten, als Kennedy erschossen wurde. Ich persönlich hatte damals alle Hände voll zu tun, auf die Welt zu kommen, gleich eine Straße weiter, übrigens. Aber was war mit Ihnen. Was machten Sie damals gerade?«

»Solange Sie es nicht wissen, kann ich mir den Luxus leisten, Sie leben zu lassen. Und vielleicht tue ich das sogar, wenn Sie mitarbeiten. Wo ist das Foto?«

»Foto?«

»Sie wissen schon. Rupes Foto von dem Schnappschuss, den Mayumi von Miller Loudon und mir im Frühling '58 in der *Golden Rickshaw* gemacht hat.«

»Von Ihnen, Miller Loudon *und* Lee Harvey Oswald, meinen Sie?«

»Wo ist es, Lance?« (Die Antwort wäre leicht gewesen: In meiner Tasche. Aber sie aus dem verstaubten Durcheinander im Haus der Alders herauszufischen, hatte Townley wohl einige Probleme bereitet.) »Es ist ein loses Ende, das ich unbedingt festknoten muss.«

»Ich weiß nicht, wovon Sie reden.«

»Ich werde es so oder so finden.«

»Und Sie werden mich so oder so umbringen, richtig? Warum soll ich Ihnen also einen Gefallen tun?«

»Weil es einen Unterschied zwischen sterben und langsam sterben gibt.« Der Lauf seiner Pistole wanderte um einen Zentimeter nach unten, dann schoss er. Ein sengender Schmerz zuckte durch mein linkes Knie, und ich fand mich auf den kalten Bodenfliesen wieder, mit dem Kopf auf einem von Ventress' ausgestreckten Beinen. Blitzartig erreichte ein

Stich mein Gehirn, der weit über alles hinausging, was in den Wörterbüchern als Definition von »Qualen« steht. Ich packte mein Knie und bekam einen Brei aus Knochen und zerfetztem Fleisch zu fassen. Dass das ein Teil von mir sein sollte, konnte ich einfach nicht glauben. Verschwommen tauchte Townley vor mir auf. »Sagen Sie mir, wo das Foto ist, und ich mache es ganz schnell, Lance. Das ist ein feierliches Versprechen.«

In diesem Moment wollte ich es ihm verraten. Wirklich. Aber irgendetwas hielt mich davon ab – eine verrückte Laune, die aus dem Nichts in mir hochstieg und mich daran hinderte, ihm alles zu geben, was er wollte. Wenn er ohne das Foto abzog, versetzte das vielleicht jemand anderen in die Lage, es für eine Anklage gegen ihn zu benutzen. (Eine vage Hoffnung, wie ich vor mir selbst zugab, die von einem großen Wenn abhing.) »Ein feierliches Versprechen – von Ihnen?«, keuchte ich. »Soll das ein... Witz sein?«

»Es gibt Körperteile, die noch größere Schmerzen bereiten als das Knie, Lance. Wollen Sie, dass ich zu einem davon übergehe?«

»Wie viel... Bedenkzeit kriege ich?«

»Wie Sie wollen.« Er zielte. Ich schloss die Augen. Ein Donnerschlag ertönte, doch keine neuen Schmerzen waren zu spüren. Ich schlug die Augen auf.

Und ich sah, wie Townley gegen den Herd taumelte und langsam nach unten rutschte, um an seinem Fuß endgültig zusammenzusacken. Sein rechter Hinterkopf sah aus, als hätte ein Raubtier von der Größe des sibirischen Tigers einen gewaltigen Happen herausgebissen – Haare, Schädel und das halbe Gehirn fehlten. Hinter der Stelle, wo er gestanden hatte, war die Wand mit Blutspritzern übersät. Und ich spürte Feuchtigkeit im Gesicht, die ebenfalls sein Blut sein musste.

Ich schaute zur Tür hinüber und erkannte Win. Langsam ließ sie ein Gewehr sinken, dessen Lauf noch schwach rauchte. Die Waffe musste ursprünglich ihrem Vater gehört haben. Ich hatte sie einmal damit Kaninchen schießen sehen. Die Erinnerung daran kehrte erst jetzt wieder zurück, während ich dalag und sie benommen anstarrte. Rupe und ich hatten ihr von der Kuppe des Ivythorn Hill aus zugesehen, wie sie in einem Feld am Rande des Teazle Wood das nötige Fleisch für einen Sonntagsbraten besorgte.

»Sie ist eine gute Schützin, deine Schwester, was?«, hatte ich gesagt.

»Darauf kannst du Gift nehmen«, hatte Rupe grinsend geantwortet. »Sie schießt nie daneben.«

Postscriptum

So war es. Genau so war es. Aber es war nicht exakt so, wie ich es in den Monaten seitdem erzählt habe. Ich musste mich aus den Schwierigkeiten heraus- und nicht noch tiefer hineinreden. Und die Wahrheit hätte dabei nicht geholfen. Jedenfalls nicht die ganze Wahrheit. Mein Anwalt (mir einen Rechtsbeistand zu nehmen, gehört zu den vielen neuen Erfahrungen, die mir das letzte Jahr eingebracht hat) scheint zu glauben, dass ich bald aus dem Schneider bin. Aber vielleicht wäre er nicht mehr so zuversichtlich, wenn er wüsste, was wirklich geschehen ist. Nur gut, dass er keine Ahnung hat. Nur gut, dass niemand eine Ahnung hat, außer Win (die mit niemandem spricht) und Echo (die nicht weiß, ob sie es glauben soll), und natürlich außer mir, der arme Kerl, dem das alles zugestoßen ist. Ihr aufrichtiger Berichterstatter (dieses eine Mal wenigstens).

Danksagung

Beim Verfassen dieser Geschichte haben alte und neue Bekannte großzügig und freudig mitgeholfen. Ann Symons hat mit mir ihre Erinnerungen an unsere Zeit als Heranwachsende in Street geteilt, Hugh Loftin hat mir unschätzbare Einsichten in das Reedereiwesen vermittelt, und Toru Sasaki hat mir bei meinen Recherchen in seinem zauberhaften Heimatland die Wege geebnet. In vielerlei Hinsicht zu großem Dank verpflichtet bin ich außerdem David Cross von Tilbury Container Services Ltd.; Koichi Hirose von NYK; dem Inspektor bei der Kyoter Polizei Shoichiro Harada; Dr. Boyd Stephens, Gerichtsmediziner in San Francisco; Senator John Vasconcellos und seiner Referentin Sue North; Jack Roberts und Miyoko Kai. Ihnen allen herzlichen Dank.